Stadt des Schweigens

Der tragische Tod ihres Vaters bringt die junge Avery Chauvin nach vielen Jahren in ihre Heimatstadt zurück. Doch die engagierte Journalistin glaubt nicht an die Theorie vom spektakulären Selbstmord, genauso wenig wie der attraktive Rechtsanwalt Hunter, mit dem sie gemeinsam Nachforschungen anstellt. Ihr Verdacht erhärtet sich, als sie im Haus ihres Vaters Zeitungsberichte über einen lange zurückliegenden Mord findet. Was hatte Dr. Philip Chauvin mit diesem schrecklichen Verbrechen zu tun? Vieles deutet darauf hin, dass er Mitglied des mysteriösen Geheimbundes war, der die idyllische Kleinstadt seit Jahren in Angst und Schrecken versetzt. Doch die Bürger von Cypress Springs hüllen sich in Schweigen.

Erica Spindler

Stadt des Schweigens

Roman

Aus dem Amerikanischen von
Margret Krätzig

MIRA®

MIRA® TASCHENBUCH
Band 25091
1. Auflage: Juli 2004

MIRA® TASCHENBÜCHER
erscheinen in der Cora Verlag GmbH & Co. KG,
Axel-Springer-Platz 1, 20350 Hamburg
Deutsche Erstveröffentlichung

Titel der nordamerikanischen Originalausgabe:
In Silence

erschienen bei: Mira Books, Toronto
Published by arrangement with
Harlequin Enterprises II B.V., Amsterdam

Konzeption/Reihengestaltung: fredeboldpartner.network, Köln
Umschlaggestaltung: pecher und soiron, Köln
Titelabbildung: by GettyImages, München
Autorenfoto: © by Harlequin Enterprise S.A., Schweiz
Satz: Berger Grafikpartner, Köln
Druck und Bindearbeiten: Ebner & Spiegel, Ulm
Printed in Germany
ISBN 3-89941-124-2

www.mira-taschenbuch.de

Schweigen kann die grausamste Lüge sein.
Robert Louis Stevenson

PROLOG

Cypress Springs, Louisiana,
Donnerstag, 17. Oktober 2002,
3 Uhr 30, morgens.

Der, den sie Vollstrecker nannten, wartete geduldig. Die Frau würde bald kommen, das wusste er. Er hatte sie beobachtet, hatte ihren Tagesablauf und ihre Gewohnheiten ausgekundschaftet. Und die der Nachbarn natürlich auch.

Heute Nacht würde sie den Preis für Unmoral kennen lernen.

Sein Blick wanderte über das abgedunkelte Schlafzimmer. Auf dem Flechtteppich lag überall Kleidung verstreut herum. Die Kommode verunzierte ein Sortiment an Kosmetiktiegeln und Fläschchen, leeren Diätcola- und Miller Lite-Dosen sowie Kaugummi- und Schokoriegelpapieren. Aus dem überquellenden Aschenbecher fielen bereits die Zigarettenkippen.

Hure und auch noch Schlampe.

Resignation und Ekel erfüllten ihn. Dass heutzutage nur noch wenige bis zur Hochzeit mit der körperlichen Liebe warteten, damit konnte er leben. Er hatte Verständnis für körperliches Verlangen.

Aber Exzesse, wie diese Frau sie trieb, wurden in Cypress Springs nicht geduldet. Die Sieben hatten abgestimmt – das Urteil war einstimmig gewesen. Als ihr Anführer war es seine Aufgabe, der Frau die Warnung zu überbringen.

Der Vollstrecker sah zur Nachttischuhr. Er wartete jetzt schon fast eine Stunde. Lange konnte es nicht mehr dauern. Heute Nacht war sie in CJs Bar, im Westteil der Stadt, das Lieblingslokal der notorischen Partygänger. Ihr Begleiter war ein gewisser DuBroc. Wie üblich, waren sie anschließend zu ihm gegangen. Soweit der Vollstrecker wusste, war dies der erste Fehltritt von DuBroc. Man würde ihn ebenfalls beobachten und notfalls verwarnen müssen.

Vom Eingang kam das Geräusch eines sich öffnenden Schlosses. Die Tür ging auf und fiel klickend wieder zu. Er schauderte aus Abscheu vor dem Unvermeidlichen. Er war kein Raubtier, wie einige ihn bezeichnen würden. Raubtiere suchten nach Kranken und Schwachen und töteten aus Selbsterhaltungstrieb oder aus einer abartigen Befriedigung heraus.

Er war weder ein blutrünstiges Monster noch ein Sadist.

Nein, er war ein Ehrenmann, gottesfürchtig und gesetzestreu. Ein Patriot.

Aber genau wie die anderen Mitglieder der Sieben wurde er zu verzweifelten Maßnahmen getrieben, um zu schützen und zu verteidigen, was ihm lieb und teuer war.

Frauen wie diese besudelten die Gemeinschaft. Sie trugen zu dem moralischen Verfall bei, der sich in der Welt ausbreitete.

Natürlich nicht nur sie. Ebenso alle, die exzessiv tranken, die logen, betrogen und stahlen, alle, die nicht nur die von den Menschen aufgestellten Gesetze brachen, sondern auch die göttlichen.

Die Gruppe der Sieben war gegründet worden, um diesem Frevel Einhalt zu gebieten. Für den Vollstrecker und seine sechs Generäle ging es nicht vorrangig um die Bestrafung der Sünder, sondern um die Bewahrung des Lebensstils, den Cypress Springs seit über hundert Jahren pflegte. In dieser Stadt konnte man nachts noch sicher über die Straßen gehen, hier war Nachbarschaftshilfe lebendig und Familienwerte waren mehr als von Politikern abgedroschene Phrasen.

Ehrlichkeit, Integrität, die goldenen Sittenregeln der Bibel, all das war lebendige Praxis in Cypress Springs. Die Sieben hatten es sich auf die Fahnen geschrieben, dies zu erhalten.

Der Vollstrecker verglich gern individuelle Unmoral mit der Ausbreitung einer Infektion; einmal im Körper, vermehrten sich die Erreger und taten ihr zerstörerisches Werk. Genauso wirkte die Unmoral Einzelner auf ein Gemeinwesen. Unzucht breitete sich aus und zerstörte es. Seine Aufgabe war es, dafür zu sorgen, dass es nicht dazu kam.

Der Vollstrecker lauschte angestrengt. Die Frau summte leise auf dem Weg zum Schlafzimmer, das im hinteren Teil der Wohnung lag. Ihre hörbare Zufriedenheit widerte ihn an.

Vorsichtig stand er auf und bewegte sich auf die Tür zu. Die Frau trat ein. Er packte sie von hinten, riss sie an seine Brust und bedeckte ihren Mund mit einer behandschuhten Hand, um sie am Schreien zu hindern. Sie roch nach billigem Parfum, Zigaretten und Sex.

„Elaine St. Claire", sagte er dicht an ihrem Ohr, die Stimme durch die Skimaske gedämpft, „du wurdest verurteilt und für schuldig befunden, zum moralischen Verfall dieser Gemeinde beizutragen. Du bist schuldig des Versuchs, einen Lebensstil zu zerstören, der seit über hundert Jahren existiert. Dafür musst du büßen."

Er zwang sie, zum Bett zu gehen. Sie wehrte sich, jedoch kläglich schwach – eine Maus, die sich einem Berglöwen widersetzt.

Er wusste, was sie dachte – dass er sie vergewaltigen wollte. Aber eher würde er sich kastrieren, als sich mit so einer abzugeben. Außerdem, was wäre das schon für eine Strafe oder Warnung?

Nein, er hatte etwas sehr viel Denkwürdigeres für sie im Sinn. Einen Schritt vor dem Bett blieb er stehen. Die Hand noch auf ihrem Mund, zwang er sie, hinabzublicken auf die Matratze, um das Geschenk anzusehen, das er ihr gemacht hatte.

Er hatte es aus einem Baseballschläger hergestellt, aus einem kleinen, wie sie von Fans im Souvenirladen des Stadions gekauft werden, und ihn mit einer Art Stachelhaut aus einer platt geklopften Coladose ummantelt, wofür er Diätcola gewählt hatte, ihr Lieblingsgetränk. Schwierig war es allerdings gewesen, die Klinge in die runde Spitze einzufügen.

Er konnte genau den Moment bestimmen, als sie das Instrument sah. Sie erstarrte vor Entsetzen. Panik vor dem Unvorstellbaren erfasste sie.

„Für dich, Elaine", flüsterte er an ihrem Ohr. „Da du so gerne vögelst, besteht deine Strafe darin, dir zu geben, was du so sehr magst."

Sie wich zurück, an ihn gepresst. Ihre Panikreaktion erfreute ihn, und er lächelte, wobei sich die Skimaske über seinem Mund spannte.

Er hatte fast Mitleid mit ihr, aber nur fast. Sie hatte sich ihr Schicksal selbst zuzuschreiben.

„Damit kann ich dich aufschneiden. Elaine", fuhr er fort und senkte die Stimme. „Von innen, Elaine. Es wird unerträglich. Massive Blutungen führen zum Schock, dann zum Koma und schließlich zum Tod. Und du wirst beten, dass der Tod dich rasch holt."

Wehrlos stieß sie einen hohen Laut des Entsetzens aus.

„Hättest du geglaubt, dass man zu Tode gevögelt werden kann, Elaine? Möchtest du das?"

Sie wehrte sich, da er sie näher heranführte. „Stell dir vor, wie es sich anfühlt. Denk an den Schmerz und die Hilflosigkeit. Du wirst wissen, dass du stirbst, und den Tod herbeisehnen." Er presste den Mund an ihr Ohr. „Aber so schnell geht es nicht. Vielleicht hast du Glück und wirst bewusstlos, aber ich könnte dich wach halten. Es gibt Möglichkeiten. Du wirst um Gnade winseln und um ein Wunder beten. Aber es wird keines geschehen. Kein Held eilt herbei, um dich zu retten, niemand wird deine Schreie hören."

Sie zitterte so heftig, dass er sie halten musste, damit sie nicht zusammenbrach. Tränen liefen ihr über die Wangen.

„Dies ist die einzige Warnung", fuhr er fort. „Verlass Cypress Springs sofort und ohne Aufsehen. Rede mit niemandem, nicht mit Freunden, nicht mit deinem Arbeitgeber oder Vermieter. Wenn du mit jemandem sprichst, wirst du getötet. Die Polizei kann dir nicht helfen, also wende dich nicht an sie. Tust du es doch, wirst du getötet. Wenn du bleibst, wirst du getötet. Dein Tod wird schrecklich sein. Das verspreche ich dir."

Er ließ sie los, und sie sackte als Häufchen Elend zu Boden. Er blickte auf ihren zitternden Körper hinab. „Wir sind viele, und wir beobachten dich ständig. Hast du das verstanden, Elaine St. Claire?"

Da sie nicht antwortete, griff er ihr ins Haar und riss ihren Kopf hoch, damit sie ihn ansah. „Hast du verstanden?"

„J... ja", stammelte sie flüsternd. „Alles ... ich mache alles."

Er verzog den Mund zu einem schwachen Lächeln. Meine Generäle werden erfreut sein.

Er ließ sie los. „Kluges Mädchen, Elaine. Vergiss diese Warnung nicht. Du bist jetzt Herrin deines Schicksals."

Der Vollstrecker nahm das Tatwerkzeug an sich und ging davon. Als er die Tür schloss, hallten ihre Schluchzer durch die Wohnung.

1. KAPITEL

Cypress Springs, Louisiana,
Mittwoch, 5. März 2003,
14 Uhr 30.

Avery Chauvin parkte ihren gemieteten Geländewagen vor Rauches „Dry Goods Store" und stieg aus. Eine feuchte Brise strich ihr über den verschwitzten Nacken und zerzauste das kurze schwarze Haar, während sie die Main Street hinuntersah. Rauches Laden lag immer noch an der begehrten Ecke von Main und First Street. Das Azalea Café schrie immer noch nach einem frischen Anstrich, die Kreisbank war noch nicht von einem großen Bankenkonsortium geschluckt worden, und der Stadtplatz, an dem diese Häuser lagen, war so hübsch und schattig wie eh und je, und die Laube in seiner Mitte von erstaunlichem Weiß.

In ihrer Abwesenheit hatte sich Cypress Springs kein bisschen verändert. Wie konnte das sein? Ihr kam es vor, als wären die zwölf Jahre, seit sie zur Louisiana State University in Baton Rouge gegangen und nur an den Wochenenden heimgekehrt war, nichts als ein Traum gewesen. Als wäre ihr Leben in Washington, D.C., noch eine Zukunftsfantasie.

Dann würde allerdings ihre Mutter noch leben, und der schwere Schlaganfall, den sie erlitten hatte, fände erst in elf Jahren statt. Und ihr Vater ...

Schmerz über den Verlust überwältigte sie erneut. Sie hörte die Stimme ihres Vaters, leicht verzerrt durch den Anrufbeantworter.

„Avery, Liebes, hier ist Dad. Ich hatte gehofft ... ich muss mit dir reden. Ich hatte gehofft ..." Pause. „Da gibt es etwas ... ich versuche es später noch mal. Mach's gut, Kleines."

Wenn sie doch nur an den Apparat gegangen wäre. Wenn sie sich nur die Zeit genommen hätte, mit ihm zu reden. Ihr Artikel hätte warten können. Der Kongressabgeordnete, der endlich reden wollte, hätte warten können. Ein paar Minuten. Ein paar Minuten nur, die vielleicht alles verändert hätten.

Ihre Gedanken eilten zum Morgen danach. Buddy Stevens, Polizeichef von Cypress Springs, ein Freund der Familie und lebenslang der beste Freund ihres Vaters, hatte sie angerufen.

„Avery, hier ist Buddy. Ich habe ... ich habe schlechte Nachrichten, kleines Mädchen. Dein Dad, er ist ..."

Tot. Ihr Dad war tot. In der Zeit zwischen dem Anruf bei ihr und dem nächsten Morgen hatte er sich umgebracht. Er war in die Garage gegangen, hatte sich mit Diesel übergossen und angezündet.

Wie konntest du so etwas tun, Dad? Warum hast du es getan? Du hast nicht mal gesagt ...

Das kurze Aufheulen einer Polizeisirene unterbrach sie in ihren Gedanken. Avery drehte sich um. Eine Limousine des Bezirkssheriffs von West Feliciana rollte hinter ihren Blazer Geländewagen und hielt an. Ein Officer stieg aus und kam auf sie zu.

Avery erkannte den großen schlaksigen Mann an Gang und Körperhaltung. Matt Stevens, Freund aus Kindertagen, ihre Flamme in der High School, der Junge, den sie zurückgelassen hatte, um ihren Traum vom Journalismus zu verwirklichen. Seit damals hatte sie Matt nur wenige Male gesehen. Zuletzt bei der Beerdigung ihrer Mutter vor fast einem Jahr. Buddy musste ihm erzählt haben, dass sie kommen würde.

Grüßend hob sie eine Hand. Immer noch attraktiv, dachte sie, als er näher kam. Immer noch der begehrteste Fang im weiten Umkreis. Aber vielleicht gebührte ihm dieser Titel nicht mehr, denn Matt könnte inzwischen gebunden sein.

Er blieb mit ernster Miene vor ihr stehen. „Schön, dich zu sehen, Avery."

Sie sah ihr Spiegelbild in den Gläsern seiner Sonnenbrille. Sie war kleiner, als eine erwachsene Frau sein sollte, und ihr elfenhaftes Aussehen wurde durch den kurzen Haarschnitt und die großen dunklen Augen noch unterstrichen.

„Schön, dich zu sehen, Matt."

„Das mit deinem Dad tut mir Leid. Ich fühle mich ganz schrecklich, wenn ich dran denke, wie alles gekommen ist. Einfach schrecklich."

„Danke. Ich ... ich bin dir und Buddy sehr verbunden, dass ihr euch um Dads ..." Die Rührung überwältigte sie, doch sie zwang sich, weiter zu reden. Sie wollte nicht zusammenzubrechen. „... um Dads Überreste gekümmert habt."

„Das war das Mindeste, was wir tun konnten." Matt wandte kurz den Blick ab und sah sie dann bedrückt wieder an. „Hast du deine Cousins in Denver erreicht?"

„Ja", erwiderte sie mit dem Gefühl des Verlorenseins. Ein paar entfernt wohnende Cousins, das war alles, was ihr an Familie geblieben war.

„Ich habe ihn auch geliebt, Avery. Ich wusste, dass er seit dem Tod deiner Mutter ... zu kämpfen hatte, aber ich kann immer noch nicht glauben, dass er es getan hat. Ich denke immer, ich hätte erkennen müssen, wie schlecht es ihm ging. Ich hätte stärker darauf achten müssen, wie er sich fühlte."

Tränen stiegen ihr in die Augen und liefen ihr über die Wangen. Ich bin seine Tochter. Ich bin die Schuldige. Ich hätte es erkennen müssen.

Matt streckte ihr eine Hand hin. „Scheu dich nicht zu weinen, Avery."

„Nein, ich habe schon ..." Sie räusperte sich, um Fassung ringend. „Ich muss die … Beisetzung organisieren. Führen die Gallaghers noch …“

„Ja. Danny hat das Geschäft von seinem Vater übernommen. Er erwartet deinen Anruf. Dad hat ihm gesagt, dass du irgendwann heute eintriffst.“

Sie deutete zum Polizeiwagen. „Du bist außerhalb deines Zuständigkeitsbereichs.“

Der Sheriff war für alle nicht zum Stadtgebiet gehörenden Teile des Bezirks zuständig. Die polizeilichen Aufgaben innerhalb der Ortsgrenzen von Cypress Springs hingegen waren Sache des Police Departments.

Matt zog einen Mundwinkel hoch. „Schuldig im Sinne der Anklage. Ich bin in der Gegend herumgefahren, weil ich dich erwischen wollte, ehe du zum Haus fährst.“

„Ich war auf dem Weg dahin. Ich habe nur angehalten, weil …“ Sie verstummte, als sie merkte, dass sie eigentlich keinen Grund gehabt hatte anzuhalten. Sie war lediglich einer Laune gefolgt.

Er schien zu verstehen. „Ich begleite dich.“

„Das ist wirklich lieb von dir, Matt, aber nicht nötig.“

„Da bin ich anderer Ansicht.“ Als sie wieder etwas einwenden wollte, schnitt er ihr das Wort ab. „Es sieht schlimm aus, Avery. Ich finde, du solltest nicht allein sein, wenn du es siehst. Ich folge dir“, fügte er mit rauer Stimme hinzu. „Ob du willst oder nicht.“

Avery sah ihm einen Moment in die Augen, nickte stumm, wandte sich ab und stieg in ihren Geländewagen. Sie ließ den Motor an und setzte zurück auf die Main Street. Während sie die Dreiviertelmeile zu dem alten Wohnviertel fuhr, in dem sie aufgewachsen war, atmete sie immer wieder tief durch.

Ihr Vater hatte den Zeitpunkt seiner Tat gut gewählt – mitten in der Nacht, wenn es weniger wahrscheinlich war, dass die Nachbarn das Feuer sahen oder rochen. Laut Brandexperten hatte er

Diesel benutzt, offenbar weil Diesel selbst brannte, im Gegensatz zu Benzin, dessen Dämpfe entflammten.

Ein Nachbar hatte auf seiner frühmorgendlichen Joggingtour die noch qualmende Garage entdeckt. Nachdem er vergeblich versucht hatte, ihren Vater zu alarmieren, von dem er annahm, dass er schlafend im Bett lag, hatte er die Feuerwehr gerufen. Der staatliche Brandsachverständige war hinzugezogen worden, der wiederum holte den Gerichtsmediziner, der dann die Polizei von Cypress Springs informierte. Letztlich war ihr Vater durch seinen Gebissabdruck identifiziert worden.

Weder die Autopsie noch die Spurensicherung am Tatort hatten Hinweise auf Fremdverschulden ergeben. Außerdem ließen sich keine Motive für einen Mord entdecken. Dr. Phillip Chauvin war allgemein beliebt gewesen und respektiert worden. Damit erklärte die Polizei seinen Tod offiziell zum Selbstmord.

Keine Mitteilung, kein Abschiedsbrief.

Wie konntest du so etwas tun, Dad? Warum?

Avery erreichte ihr Elternhaus, das in den 1920er Jahren im kanadischen Stil erbaut worden war, und bog in die Zufahrt. Der Rasen musste gemäht werden, die Beete gejätet und die Büsche getrimmt. Obwohl es noch früh war im Jahr, hatten die Azaleen zu blühen begonnen. Bald würden die Beete rings ums Haus in einer Sinfonie von Pinktönen erstrahlen, von eisigem Blassrosa bis zu tiefem Rosarot.

Ihr Vater hatte diesen Garten geliebt und ganze Wochenenden darin gewerkelt und gepflanzt. Jetzt wirkte alles verloren, überwuchert und vernachlässigt.

Avery runzelte die Stirn. Ihr Vater hatte sich offenbar schon lange nicht mehr um den Garten gekümmert. Länger jedenfalls als die zwei Tage, die seit seinem Tod vergangen waren.

Das war ein weiterer Hinweis auf seine Depression. Wie hatte ihr nur entgehen können, wie niedergeschlagen er war? Warum hatte sie während ihrer häufigen Telefonate nichts gemerkt?

Matt hielt hinter ihr an. Erneut atmete sie tief durch und stieg aus.

Er kam mit ernster Miene zu ihr. „Bist du wirklich bereit?"

„Habe ich eine Wahl?"

Sie wussten beide, dass dem nicht so war, und gingen die gewundene Zufahrt hinauf. Die zurückgesetzt liegende Garage duckte sich als eigenständiges Gebäude hinter das Haupthaus. Ein überdachter Gang verband beides miteinander.

Im Näherkommen wurde der Geruch nach Feuer intensiver – nicht nur nach verbranntem Holz, sondern auch nach verkohltem Fleisch und verkohlten Knochen. Als sie um die Hausecke bogen, erkannte Avery einen großen, unregelmäßigen schwarzen Fleck auf der Tür.

„Die Hitze vom Feuer", erklärte Matt. „Sie hat im Innern noch mehr gewütet. Es grenzt an ein Wunder, dass das Gebäude nicht ganz eingestürzt ist."

Vor etwa sechs Jahren hatte sie für die Tribune über eine Reihe von Bränden im Gebiet von Chicago berichten müssen. Wie sich seinerzeit herausstellte, war der Brandstifter der Sohn eines Feuerwehrmannes gewesen, der seinen alten Herrn für den Rauswurf aus dem Elternhaus bestrafen wollte. Leider hatte die Polizei ihn erst gefangen, nachdem er für den Tod von sechs unschuldigen Menschen – darunter ein Kind – verantwortlich gemacht werden konnte.

Avery erreichte mit Matt die Garage und wappnete sich vor dem, was ihr bevorstand. Durch ihre Recherchen wusste sie, wie grausam Tod durch Verbrennen war.

Matt führte sie zur Seitentür, öffnete sie, und sie traten ein. Zwei Dinge sprangen Avery geradezu an: der intensive Geruch und eine zwanghafte Vorstellung von den letzten Minuten ihres Vaters. Sie stellte sich seine Schreie vor, als die Flammen ihn einschlossen und seine Haut zu verbrennen begann. Avery schlug eine Hand vor den Mund, den Blick auf den großen verkohlten Fleck am Betonboden gerichtet – die Stelle, an der ihr Vater bei lebendigem Leib verbrannt war.

Ein so ausgeführter Selbstmord war kein bloßer Akt der Verzweiflung, sondern des Selbsthasses.

Sie begann zu zittern. Ihr wurde schwindelig, und die Beine drohten ihr den Dienst zu versagen. Rasch wandte sie sich ab und lief hinaus zu den Azaleenbüschen mit ihren aufplatzenden Knospen. Vornübergebeugt kämpfte sie gegen die Übelkeit an, um nicht zusammenzubrechen.

Matt kam zu ihr und legte ihr eine Hand auf den Rücken.

Avery fragte gequält: „Wie konnte er so etwas tun, Matt?“ Sie warf ihm über die Schulter einen Blick zu, die Augen voller Tränen. „Schlimm genug, dass er sich das Leben genommen hat, aber auf diese Weise? Die Schmerzen müssen doch unerträglich gewesen sein.“

„Ich weiß nicht, was ich dazu sagen soll“, erwiderte er sanft. „Ich habe keine Erklärung dafür. Aber ich wünschte, ich hätte eine.“

Sie straffte sich und flüchtete sich in Zorn und Verleugnung. „Mein Vater liebte das Leben. Er schätzte es hoch. Er war Arzt, um Himmels willen! Er hat sich ganz dem Bewahren von Leben gewidmet.“

Da Matt schwieg, fügte sie heftig hinzu: „Er war stolz auf sich und auf das, was er tat. Stolz auf seinen Lebensweg. Aber der Mann, der das da getan hat, hasste sich. Das war nicht mein Dad.“ Sie wiederholte es mit verzweifeltem und klagendem Unterton. „Das war nicht mein Dad, Matt!“

„Avery, du warst nicht ...“ Er brach ab und wandte unbehaglich den Blick ab.

„Was, Matt? Was war ich nicht?“

„Nicht viel hier gewesen.“ Er las die Wirkung seiner Worte in ihrem Mienenspiel ab, nahm ihre Hände und hielt sie fest. „Dein Dad war schon eine Weile nicht mehr er selbst. Er hatte sich von allen zurückgezogen und blieb tagelang im Haus. Wenn er herauskam, sprach er kein Wort. Er ging auf die andere Straßenseite, um Gesprächen auszuweichen.“

Wie ist es möglich, dass ich davon nichts gewusst habe? „Wann?“ fragte sie bedrückt. „Wann fing das an?“

„Ich glaube, etwa um die Zeit, als er seine Praxis aufgab.“

Kurz nach Mutters Tod.

„Warum hat mich niemand informiert? Warum ...“ Sie verstummte und presste die bebenden Lippen fest zusammen.

Matt drückte ihr die Hände. „Die Veränderung geschah nicht über Nacht. Zunächst wirkte er nur abwesend. Oder als brauche er Zeit zum Trauern, allein, nur für sich selbst. Erst in letzter Zeit begannen die Leute zu reden.“

Avery schaute zu dem überwucherten Garten ihres Vaters. Kein Wunder, dachte sie.

„Es tut mir Leid, Avery. Uns allen tut es sehr Leid.“

Sie wandte sich von ihrem alten Freund ab und kämpfte mit den Tränen.

Doch sie verlor den Kampf.

„Oh mein Gott, Avery.“ Matt nahm sie in die Arme und zog sie an sich. Verzweifelt schmiegte sie sich an, legte das Gesicht an seine Schulter und weinte hemmungslos.

Er hielt sie ein wenig linkisch und steif, tätschelte ihr die Schulter und raunte Tröstliches, was sie durch ihr hemmungsloses Schluchzen nicht verstand.

Allmählich ließ die Tränenflut nach und versiegte schließlich ganz. Verlegen löste sich Avery von ihm. „Entschuldige. Ich ... ich dachte, ich könnte damit umgehen."

„Sei nachsichtig mit dir. Ehrlich gesagt, wenn du damit umgehen könntest, würde ich mir Sorgen um dich machen."

Schon wieder stiegen ihr Tränen in die Augen, und sie hielt eine Hand vor die Nase. „Ich brauche ein Taschentuch. Entschuldige mich."

Avery ging zu ihrem Auto und merkte, dass Matt ihr folgte. Nach kurzem Suchen fand sie in der Tasche ein zerknülltes Kleenex, putzte sich die Nase, wischte die Augen trocken und wandte sich wieder Matt zu. „Ich weiß nicht, wie mir entgehen konnte, dass es so schlecht um Dad stand. Bin ich ein solcher Egomane?"

„Keiner von uns wusste, wie es um ihn stand", tröstete er sie leise, „und wir haben ihn jeden Tag gesehen."

„Aber ich bin seine Tochter. Ich hätte es erkennen müssen – an seiner Stimme, an dem, was er sagte oder auch nicht sagte."

„Du bist nicht schuld, Avery."

„Nein?" Sie merkte, wie ihr die Hände zitterten, und schob sie in die Hosentaschen. „Trotzdem frage ich mich, ob er noch leben würde, wenn ich in Cypress Springs geblieben wäre. Wenn ich wenigstens nach Moms Tod häufiger hier gewesen wäre, wäre er vielleicht nicht depressiv geworden. Wäre ich doch nur ans Telefon ..." Sie brach den Satz ab, unfähig, die Worte auszusprechen, und sah Matt in die Augen. „Es tut so weh."

„Quäl dich nicht mit Schuldgefühlen. Du kannst nichts ungeschehen machen."

„Das ist leider wahr", bestätigte sie voller Bitterkeit. „Ich habe meinen Dad über alles geliebt, und doch bin ich seit dem College nur wenige Male nach Haus gekommen. Auch nach Moms unerwartetem Tod bin ich nicht öfter hier gewesen, obwohl es mich hätte wachrütteln müssen, dass Mom und ich nicht mehr dazu gekommen sind, unsere Probleme zu bereinigen."

Er antwortete nicht, und sie fuhr fort: „Damit werde ich wohl leben müssen, was?"

„Nein", korrigierte er, „du musst nur daraus lernen. Es kommt darauf an, was du in Zukunft tust, nicht was du getan hast."

Eine Gruppe Teenager rumpelte in einem Pick-up vorüber, und ihr lautes Lachen löste die Spannung des Augenblicks. Dem Pick-up folgte eine weitere Teenagergruppe in einem gelben Kabrio mit offenem Verdeck.

Avery blickte auf ihre Uhr. Halb vier. Die High School schließt noch zur selben Zeit wie früher.

Seltsam, wie sich manche Dinge dramatisch verändern und andere gar nicht.

„Ich sollte wieder an die Arbeit gehen. Alles okay mit dir?"

Sie nickte. „Danke, dass du den Babysitter gespielt hast."

„Gern geschehen." Matt ging auf sein Auto zu, blieb jedoch noch einmal stehen und sah zu ihr zurück. „Fast hätte ich es vergessen. Mom und Dad erwarten dich heute Abend zum Dinner."

„Heute Abend? Aber ich bin doch gerade erst angekommen."

„Eben drum. Mom und Dad würden auf keinen Fall zulassen, dass du den ersten Abend allein zu Haus verbringst."

„Aber ..."

„Du bist hier nicht mehr in der Großstadt. Hier kümmern sich die Menschen umeinander. Außerdem gehörst du zur Familie."

Zuhause. Familie. In diesem Moment waren das wunderschöne Worte. „Ich komme. Leben sie immer noch auf der Ranch?" fragte sie und bezog sich mit dem Spitznamen auf das weitläufige Wohnhaus der Stevens, das im Ranchstil erbaut worden war.

„Natürlich. Dass in Cypress Springs alles bleibt, wie es war, darauf kann man sich verlassen." Er ging weiter zu seinem Wagen, öffnete die Tür und sah noch einmal zu ihr hin. „Ist sechs Uhr zu früh?"

„Nein, das passt genau."

„Bestens." Er stieg in die Limousine, ließ den Motor an und setzte zurück. Auf der Hälfte der Zufahrt hielt er an und drehte das Fenster herunter. „Hunter ist wieder da", rief er. „Ich dachte, das würde dich interessieren."

Avery stand noch am selben Platz, als Matts Wagen längst verschwunden war. Hunter? dachte sie ungläubig. Matts Zwillingsbruder und der Dritte ihres Triumvirats. Er war wieder in Cypress Springs? Als sie zuletzt von ihm gehört hatte, war er Partner in einer angesehenen Anwaltskanzlei in New Orleans gewesen.

Sie wandte sich von der Straße ab und ihrem Elternhaus zu. Irgendetwas war geschehen in jenem Sommer, als sie fünfzehn gewesen war und Matt und Hunter sechzehn. Zwischen den Brüdern hatte es ein Zerwürfnis gegeben. Danach war Hunter zunehmend unnahbar und heftig geworden. Er und Matt hatten oft gestritten, sogar handgreiflich. Das Haus der Familie Stevens, immer ein Hort der Wärme, des Lachens und der Liebe, wurde zum Kampfgebiet, als übertrüge sich die Feindseligkeit der Brüder auch auf alle anderen familiären Beziehungen.

Zunächst hatte sie angenommen, mit der Zeit würde alles wieder gut werden. Doch das war ein Trugschluss gewesen. Hunter ging aufs College und kehrte nicht zurück – nicht mal in den Ferien.

Seltsam, dass er nun wieder hier war, genau wie sie. Ein eigenartiger Zufall. Vielleicht würde sie heute Abend erfahren, was ihn hergeführt hatte.

2. *KAPITEL*

Punkt sechs fuhr Avery am Haus der Stevens vor. Buddy Stevens saß Zigarre rauchend auf der vorderen Veranda. Als er sie erblickte, erhob er sich schwerfällig. „Da ist ja mein Mädchen!" rief er. „Gesund und munter heimgekehrt."

Sie eilte ihm auf dem Gartenweg entgegen und wurde mit einer Umarmung empfangen. Dieser Bär von einem Mann mit seiner breiten Brust und der dröhnenden Stimme war schon, solange sie denken konnte, Polizeichef von Cypress Springs. Obwohl ein Mann des Gesetzes wie er im Buche stand und bei Straftaten in seiner Stadt so nachgiebig wie ein Betonblock, war der Buddy Stevens, den sie kannte, für sie nur ein großer lieber Teddybär. Ein harter Kerl mit einem butterweichen Kern und einem Herzen aus Gold.

Er drückte sie fest, schob sie auf Armlänge von sich und sah ihr traurig in die Augen. „Es tut mir so Leid, mein kleines Mädchen. So schrecklich Leid."

Von neuerlicher Rührung übermannt, räusperte sie sich, um den Kloß im Hals loszuwerden, und schaffte es mit einiger Mühe. „Ich weiß, Buddy, mir tut es auch Leid."

Er umarmte sie wieder. „Du bist zu dünn. Und du siehst müde aus."

Sie wich zurück, voller Zuneigung für diesen Mann, der während ihrer Kindheit und Jugend ein zweiter Vater für sie gewesen war. „Hast du's noch nicht gehört? Frauen können gar nicht dünn genug sein."

„Großstadtgequatsche." Er drückte den Zigarrenstummel aus und führte sie mit sich ins Haus, den Arm fest um ihre schmalen Schultern gelegt. „Lilah!" rief er. „Cherry! Seht mal, wen die Katze angeschleppt hat!"

Cherry, die jüngere Schwester von Matt und Hunter, erschien in der Küchentür. Die früher linkische Zwölfjährige war zu einer ungewöhnlich schönen Frau herangewachsen. Groß, dunkelhaarig und mit denselben Augen wie ihre Brüder, hatte sie die eleganten Gesichtszüge und die schöne Haut der Mutter geerbt.

Bei Averys Anblick brach sie in ein strahlendes Lächeln aus. „Du hast es geschafft! Wir haben uns furchtbare Sorgen gemacht." Sie ging zu Avery und umarmte sie. „So eine lange Reise sollte eine Frau nicht allein machen."

Ein so altväterlicher Kommentar von einer Frau in den Zwanzigern verblüffte Avery sehr. Aber wie hatte Matt richtig bemerkt: Sie war nicht mehr in der Großstadt.

Avery erwiderte die Umarmung. „War halb so schlimm. Im Taxi nach Dullas, Non-Stop-Flug nach New Orleans und ein Mietwagen hierher. Das Schlimmste war, mein Gepäck zu bekommen."

„Großes, zähes Karrieremädchen", raunte Buddy und klang alles andere als erfreut. „Ich hoffe, du hattest ein Handy dabei."

„Natürlich. Und immer voll geladen." Sie grinste ihn an. „Und was dich sicher freuen wird, ich hatte auch Pfefferspray in der Tasche."

„Pfefferspray? Wofür ist das denn?" Die Frage kam von Lilah Stevens.

„Selbstschutz, Mama", erklärte Cherry und warf ihrer Mutter einen kurzen Blick über die Schulter zu.

Lilah, immer noch so straff und attraktiv, wie Avery sie in Erinnerung hatte, kam von der Küche herüber und nahm Averys Hände. „Selbstschutz? Also, so was brauchst du hier nicht." Sie sah Avery in die Augen. „Liebes, willkommen daheim. Wie geht es dir?"

Avery drückte ihr die Hände, während ihr Tränen in die Augen traten. „Es ging mir schon besser, danke."

„Es tut mir so Leid, Liebes, ich kann dir gar nicht sagen, wie."

„Ich weiß, und euer Mitgefühl tut gut."

Im Nebenraum meldete sich eine Zeitschaltuhr. Lilah ließ Avery los. „Das ist der Kuchen."

Die Düfte, die der Küche entströmten, waren himmlisch. Lilah Stevens war die beste Köchin der Gemeinde und räumte auf jedem Gemeindefest Preise ab. Avery erinnerte sich, als Kind bei jeder Gelegenheit nach einer Einladung zum Essen geangelt zu haben. „Was für ein Kuchen?"

„Erdbeer. Ich weiß, du magst lieber Pfirsich, aber es ist fast unmöglich, um diese Zeit anständige Pfirsiche zu bekommen. In Louisiana gibt es die ersten Beeren, und die sind köstlich, möchte ich hinzufügen."

„Törichtes Weib", unterbrach Buddy sie. „Das arme Kind ist erschöpft, und du brabbelst über Lebensmittel. Lass das Mädchen sich erst mal setzen."

„Brabbeln?" Sie drohte mit dem Zeigefinger. „Wenn du Kuchen möchtest, Mr. Stevens, musst du dich ins Azalea Café begeben."

Er wirkte sofort zerknirscht. „Entschuldige, mein Herz. Du weißt, ich wollte dich nur necken."

„Jetzt bin ich plötzlich dein Herz, was?" Sie verdrehte die Augen und wandte sich wieder an Avery. „Da siehst du, was ich all die Jahre durchgemacht habe."

Avery lachte. Sie hatte sich immer gewünscht, ihre Eltern könnten mehr wie Buddy und Lilah sein, offen einander zugetan und sich neckend. Nie in all der Zeit, die sie im Haus der Stevens' verbracht hatte, war ihr ein böses Wort zwischen den beiden aufgefallen. Und wenn sie sich neckten, wie jetzt, spürte man ihre Zuneigung und den gegenseitigen Respekt.

Avery hatte sich vor allem gewünscht, ihre Mutter wäre so humorvoll und offen gewesen wie Lilah, die sich immer sichtbar wohl gefühlt hatte in der traditionellen Rolle als Hausfrau und Mutter.

Ihre Mutter schien beide Rollen stets abgelehnt zu haben. Obwohl sie es nie offen ausgesprochen hatte, waren ihr Frustration und Unzufriedenheit über den eigenen Platz im Leben anzumerken gewesen.

Nein, das stimmte nicht ganz. Ihre Mutter war frustriert gewesen über die wilde und trotzige Art ihres einzigen Kindes. Sie war enttäuscht gewesen über die Neigungen und Abneigungen der Tochter und deren Lebensentscheidungen.

Anscheinend hatte sie dem Maßstab ihrer Mutter nicht genügt.

Lilah Stevens hingegen hatte ihr nie das Gefühl gegeben, dass sie ihr nicht genügte. Im Gegenteil, Lilah hatte sie nicht nur geschätzt, sondern ihr sogar vermittelt, etwas Besonderes zu sein.

„Das sehe ich allerdings", bestätigte Avery und ging auf den Scherz ein. „Es ist empörend."

„Sehr richtig." Lilah deutete ihnen mit einer Handbewegung an, in den Wohnraum zu gehen. „Matt muss auch jeden Moment hier sein. Ich muss nur noch den Kartoffelbrei schlagen und das Baguette aufwärmen, dann können wir essen."

„Kann ich helfen?" fragte Avery.

Wie erwartet, lehnte Lilah entschieden ab. Buddy und Cherry führten sie in den Wohnraum. Erschöpft ließ Avery sich auf das Polstersofa fallen. Am liebsten hätte sie den Kopf zurückgelehnt, die Augen geschlossen und eine Woche nur geschlafen.

„Du hast dich kaum verändert", sagte Buddy leise mit wehmütigem Unterton. „Immer noch das hübsche und lebenslustige Mädchen mit den strahlenden Augen wie an dem Tag, als du Cypress Springs verlassen hast."

Damals war sie so verdammt jung gewesen und lächerlich naiv. Sie hatte sich nach Größerem gesehnt als Cypress Springs, nach etwas Besserem. Sie hatte gespürt, dass außerhalb dieser Kleinstadt etwas Wichtiges auf sie wartete. Und vermutlich hatte sie es gefunden: einen Job mit Prestige, Preise für ihre Artikel, beruflichen Respekt und ein beneidenswertes Gehalt.

Aber was zählte das jetzt noch? Sie würde mit Freuden alles anders machen, wenn sie dafür ihren Vater zurückbekäme.

Sie sah Buddy an. „Du wärst erstaunt, wie sehr ich mich verändert habe." Durch ein Lächeln nahm sie ihren Worten die Schärfe. „Und was ist mit dir? Abgesehen davon, dass du noch genauso umwerfend aussiehst wie früher. Bist du immer noch der gefürchtetste und respektierteste Gesetzesmann der Gegend?"

„Das weiß ich nicht", erwiderte er leise. „Die Ehre gebührt wohl derzeit Matt."

„Der Bezirkssheriff von West Feliciana geht nächstes Jahr in den Ruhestand", fiel Cherry ein, „und Matt will sich für den Posten bewerben." Ihr Stolz war unüberhörbar. „Eingeweihte behaupten, dass er die Wahl mit einem erdrutschartigen Sieg gewinnen wird."

Buddy nickte, sichtlich erfreut. „Mein Sohn, der Top Cop im Bezirk, stell dir das vor."

„Eine regelrechte Polizistendynastie", erwiderte Avery.

„Nicht mehr lange." Buddy nahm in einem Sessel Platz. „Die Pensionierung steht bevor. Wahrscheinlich hätte ich längst in den Ruhestand gehen sollen. Wenn ich einen Enkel hätte, den ich verwöhnen könnte ..."

„Dad!" warnte Cherry, „fang nicht wieder damit an."

„Drei Kinder, und alles Enttäuschungen", grummelte er. „Freunde von mir haben bereits ein halbes Dutzend Enkelchen. Das ist doch nicht richtig, oder?" Er sah Avery an.

Sie hob lachend die Hände „Oh nein, auf die Debatte lasse ich mich nicht ein."

Cherry formte mit dem Mund „danke". Buddy schmollte, und Avery wechselte das Thema. „Ich kann mir gar nicht vorstellen, dass du irgendwann nicht mehr der Polizeichef bist. Cypress Springs ist dann nicht mehr dieselbe Stadt."

„Irgendwann muss jede Generation für die nächste Platz machen. So sehr ich den Gedanken auch hasse, meine Zeit ist vorbei."

Cherry ging mit einem verächtlichen Schnauben auf die Küche zu. „Ich hole mir ein Glas Wein. Möchtest du auch eines, Avery?"

„Sehr gerne."

„Roten oder weißen?"

„Was da ist." Avery atmete aus, ließ den Kopf auf die Sofalehne sinken und schloss entspannt die Augen. Bilder der Kindheit tauchten auf, wie sie mit Matt und Hunter gespielt hatte, während die Eltern im Garten grillten. Buddy und Lilah, wie sie Fotos machten, als sie mit Matt zum Schulball gegangen war. Die beiden Familien unter dem Weihnachtsbaum. Liebevolle, tröstliche Erinnerungen.

„Schön, wieder zu Hause zu sein, was?" sagte Buddy leise, als lese er ihre Gedanken.

Sie öffnete die Augen und sah ihn an. „Trotz allem, ja." Kurz wandte sie den Blick ab. „Ich wünschte, ich wäre früher heimgekehrt. Nach Moms Tod ... hätte ich bleiben sollen. Wenn ich ..."

Cherry kehrte mit dem Wein zurück und reichte Avery ein Glas mit blassgoldener Flüssigkeit. „Was hast du für Pläne?"

„Zuerst muss ich den Beisetzungsgottesdienst für Dad organisieren. Ich habe Danny Gallagher heute Nachmittag angerufen. Wir treffen uns morgen zum Lunch."

„Wie lange bleibst du?" Cherry saß am anderen Ende der Couch und schlug die Beine unter.

„Ich habe unbezahlten Urlaub von der Post genommen, weil ich einfach nicht weiß, wie lange es dauert, Dads Sachen durchzugehen und das Haus zum Verkauf bereitzumachen."

„Tut mir Leid, dass ich zu spät komme."

Avery blickte auf. Matt stand mit einem Blumenstrauß und leicht amüsiertem Blick in der Tür und sah sie an. Er hatte die Uniform gegen Jeans und ein weiches Karohemd getauscht.

„Ich habe Mom ein paar Blümchen mitgebracht. Ist sie in der Küche?"

„Du kennst doch Mom." Cherry ging zu ihm und gab ihm einen Kuss auf die Wange. „Dad hat sich bereits über den Mangel an Enkelkindern beklagt. Erinnere mich, dass ich das nächste Mal auch zu spät komme."

Matt sah Avery grinsend an. „Freut mich, dass ich das versäumt habe. Obwohl ich zweifellos noch in den Genuss der Wiederholung komme."

Buddy warf seinen Kindern finstere Blicke zu. „Keine Enkel und keinen Respekt." Er sah Richtung Küche. „Lilah, was haben wir bei diesen Kindern falsch gemacht?"

Lilah steckte den Kopf zur Tür herein. „Buddy, lass um Himmels willen die Kinder in Frieden." Sie wandte sich an ihren Sohn. „Hallo, Matt. Sind die für den Tisch?"

„Ja, Ma'am." Er schlenderte zu ihr, gab ihr einen Kuss auf die Wange und überreichte die Blumen. „Irgendwas riecht hier ganz vorzüglich."

„Komm, hilf mir mit dem Braten." Sie wandte sich an ihre Tochter. „Cherry, würdest du die Blumen in eine Vase stellen?"

Während Avery die Szene verfolgte, überlegte sie, dass sie offiziell ein Teil dieser Familie hätte werden können. Alle hatten erwartet, dass sie eines Tages Matt heiratete.

Buddy unterbrach ihre Gedanken. „Hast du mal darüber nachgedacht, zu bleiben? Hier ist dein Zuhause, Avery. Du gehörst hierher."

Sie musste sich überwinden, ihn anzusehen, nicht sicher, was sie erwidern sollte. Ja, sie war gekommen, sich um Familienangelegenheiten zu kümmern, aber auch, um für sich Klarheit zu finden – und inneren Frieden. Nicht nur wegen des Todes ihres Vaters, sondern auch in Bezug auf den eigenen Lebensweg.

Wenn sie ehrlich war, musste sie sich eingestehen, dass sie sich schon eine Weile treiben ließ, war weder glücklich noch unglücklich, eher leicht unzufrieden, aber ohne zu wissen, warum.

„Gehöre ich wirklich hierher, Buddy? Ich habe mir immer eingebildet, nach einer anderen Pfeife zu tanzen als die anderen."

„Dein Dad glaubte, du gehörst hierher."

Sofort brannten ihr Tränen in den Augen. „Er fehlt mir so sehr."

„Ich weiß, kleines Mädchen." Einen Moment herrschte befangenes Schweigen. Buddy brach es schließlich. „Er hat den Tod deiner Mutter nie verwunden, vor allem die Art, wie sie starb. Er liebte sie so sehr."

Auf dem Weg nach New Orleans, wo sie sich zum Einkaufsbummel und Essengehen mit einer Cousine treffen wollte, hatte sie am Steuer ihres Wagens einen Schlaganfall erlitten, war über den Highway geschleudert und gegen eine Steinwand geprallt.

Ein Geräusch von der Tür riss Avery aus ihren Gedanken. Lilah stand traurig da, Matt und Cherry hinter ihr. „Es war so schrecklich. Sie hatte mich noch am Abend, ehe sie losfuhr, angerufen. Sie hatte sich nicht wohl gefühlt und Phillip ihre Symptome geschildert, weil sie nicht sicher war, ob sie die Fahrt machen sollte. Phillip hatte sie gedrängt zu fahren. Sie habe nichts, was ein bisschen Tapetenwechsel nicht heilen könne, sagte er ihr. Ich glaube, er hat sich das nie verziehen."

„Er machte sich Vorwürfe, dass er ihren Zustand nicht erkannt hat", fügte Buddy leise hinzu. „Er glaubte, wenn er sich so sehr um seine Frau gekümmert hätte wie um seine Patienten, hätte er sie retten können."

Avery faltete die zitternden Hände. „Das wusste ich nicht. Ich ... er erwähnte, dass er sich verantwortlich fühlte, aber ich ..."

Ich habe es vorgezogen, ihn zu beruhigen, es sei nicht seine Schuld gewesen, und bin fröhlich meiner Wege gezogen.

Matt kam zu ihr und legte ihr tröstend eine Hand auf die Schulter. „Es ist nicht deine Schuld, Avery, wirklich nicht."

Sie legte ihre Hand auf seine, dankbar für den Trost. „Matt sagt, Dad hat sich seltsam verhalten und sich von allen zurückgezogen. Aber trotzdem ... was hat ihn nur zu dieser Tat veranlasst?"

„Als ich hörte, wie er es gemacht hat, war ich nicht überrascht", sagte Cherry. „Ich glaube, man kann jemanden so sehr lieben, dass man für diese Liebe etwas Unvorstellbares und Dramatisches tut."

Ein unbehagliches Schweigen senkte sich auf die Gruppe. Avery wollte etwas erwidern, doch die aufsteigenden Tränen schienen sie fast zu ersticken.

Zum Glück wandte Buddy sich jetzt an Lilah. „Ist das Dinner fertig, mein Herz?"

„Ist es." Lilah stürzte sich geradezu auf die Gelegenheit, die Aufmerksamkeit auf das Alltägliche zu lenken. „Und es wird kalt."

„Dann sollten wir gehen", schlug Buddy vor.

Sie begaben sich ins Esszimmer und nahmen Platz. Buddy sprach das Gebet, und dann wurde wie immer bei den Stevens' eine Reihe an Schüsseln und Platten von rechts nach links weitergereicht.

Avery aß, lobte das Essen, beteiligte sich an der Unterhaltung und war doch mit dem Herzen nicht dabei. Den anderen ging es nicht besser, obwohl sie sich alle Mühe gaben, eine ungezwungene Atmosphäre zu schaffen, um sie durch Normalität zu trösten.

Aber wie konnte irgendetwas je wieder normal sein? Früher hätten ihre Eltern mit am Tisch gesessen, und sie hätte tuschelnd und scherzend mit Matt und Hunter zusammengehockt.

Hunter fehlte ihr. Nur zu deutlich spürte sie seine Abwesenheit.

Hunter war der Intellektuellste von ihnen, obwohl nicht intelligenter als sein Bruder. Beide hatten die Schule mit Bestnoten bewältigt, ohne viel Zeit zum Lernen aufzuwenden.

Hunter mit seinem scharfen Verstand und dem sarkastischen Witz war unfähig zu den Albernheiten gewesen, denen sich andere hingegeben hatten. Oft genug war er die spöttische Stimme der Vernunft gewesen, wenn wieder mal ein Donnerwetter aufzog.

Dass er ein erfolgreicher Anwalt geworden war, hatte sie nicht überrascht. Mit seinem klugen Kopf und der spitzen Zunge hatte er den Gegnern zweifellos reihenweise Niederlagen beigebracht.

Als Lilah den Kuchen auftrug, brachte Avery Hunter ins Gespräch. „Matt hat mir erzählt, dass Hunter wieder nach Cypress Springs gezogen ist. Ich hatte gehofft, er wäre heute Abend auch hier."

Es wurde still am Tisch. Avery blickte von einem zum anderen. „Tut mir Leid, habe ich etwas Falsches gesagt?"

Buddy räusperte sich. „Natürlich nicht, Kleines. Es ist nur so, dass Hunter in letzter Zeit einige Probleme hatte. Er hat seine Partnerschaft in der Anwaltskanzlei verloren. Soweit ich gehört habe, wurde er fast auch aus der Kammer ausgeschlossen. Vor etwa zehn Monaten ist er wieder hierher gezogen."

„Ich weiß nicht, warum er sich die Mühe gemacht hat", fügte Matt hinzu, „da er sich nie bei der Familie blicken lässt."

Cherry machte ein finsteres Gesicht. „Ich wünschte, er wäre nicht zurückgekommen. Er hat das nur gemacht, um uns wehzutun."

„Vorsicht, Cherry, das weißt du nicht", widersprach Buddy.

„Natürlich weiß ich das. Wenn er ein richtiger Bruder und ein richtiger Sohn wäre, würde er für uns da sein. Stattdessen ..."

Lilah sprang auf. Avery sah, dass sie den Tränen nahe war. „Ich hole den Kaffee."

„Ich helfe dir." Cherry warf ihre Serviette auf den Tisch und stand mit angewiderter Miene ebenfalls auf. Sie sah Avery an. „Ehrlich gesagt, Hunter hat immer nur eines geschafft: uns das Herz zu brechen."

3. KAPITEL

Das Gespräch über Hunter hatte die Stimmung verdorben, und der Rest des Abends verging im Schneckentempo. Lilahs Lächeln wirkte aufgesetzt. Cherrys Laune wurde mit jeder Minute schlechter, und Buddys Fröhlichkeit grenzte an Manie.

Nachdem der Kuchen gegessen und der Kaffee getrunken war, bedankte Avery sich und brach auf. Cherry und Lilah verabschiedeten sich im Esszimmer, und Buddy begleitete sie und Matt an die Tür.

Buddy umarmte sie. „Du hast uns alle sehr traurig gemacht, als du weggegangen bist, aber mich ganz besonders. Ich war der festen Überzeugung, dass du meine Tochter werden würdest."

Avery erwiderte die Umarmung. „Ich liebe dich auch, Buddy."

Matt brachte sie zu ihrem Wagen. „Eine schöne Nacht", sagte sie leise und hob das Gesicht zum Himmel. „Diese Sterne, ich hatte ganz vergessen, wie viele es sind."

„Der Abend hat mir sehr gefallen, Avery. Es war wie früher. Ich bin froh, dass du zurück bist. Du hast mir gefehlt."

Sie schluckte trocken und gestand sich ein, dass auch er ihr gefehlt hatte. Genauer gesagt, ihr hatten Situationen wie diese gefehlt. Unter einem sternenübersäten Himmel mit ihm vor dem Haus seiner Eltern zu stehen, gab ihr ein Gefühl der Vertrautheit und Geborgenheit.

„Warum bist du fortgegangen, Avery? Dad hat Recht, du gehörst hierher, du bist eine von uns."

„Warum bist du nicht mitgekommen?" konterte sie. „Ich hatte dich gebeten, ja sogar angefleht, wenn ich mich recht entsinne."

Matt hob eine Hand, als wolle er sie berühren, ließ sie aber wieder sinken. „Du hast dich immer nach mehr gesehnt, als Cypress Springs oder ich dir bieten konnten. Ich habe das nie verstanden, aber ich musste es akzeptieren."

Sie wandte den Blick ab. Dass er die Wahrheit so nüchtern erkannt hatte, war ihr unangenehm. Sie wechselte das Thema. „Cherry und dein Dad sagten, dass du der aussichtsreichste Kandidat für die Wahl zum Bezirkssheriff im nächsten Jahr bist. Das überrascht mich nicht. Du hast immer gesagt, dir sei Großes bestimmt."

„Aber unsere Definitionen von groß sind immer weit auseinander gegangen, oder?"

„Das ist nicht fair, Matt."

„Fair oder nicht, es ist wahr. Du hast mir das Herz gebrochen."

Sie sah ihm in die Augen. „Du mir meines auch."

„Dann sind wir ja quitt. Ein gebrochenes Herz pro Person."

Seine Bitterkeit schmerzte sie. „Matt, es war nicht deinetwegen. Es lag an mir. Ich habe mich nie ..."

Sie wollte sagen, dass sie sich nie als Teil von Cypress Springs gefühlt hatte. Seit der Teenagerzeit wusste sie, dass sie nicht so war wie die anderen Mädchen hier. Aber das Argument erschien ihr jetzt unreif.

„Und was ist mit der Gegenwart, Avery? Was brauchst du jetzt, was willst du?"

Bedrängt durch seinen intensiven Blick, sah sie zur Seite. „Ich weiß es nicht. Aber ich will nicht dorthin zurück, woher ich gekommen bin, und das meine ich nicht geographisch."

„Klingt ganz, als hättest du noch über einiges nachzudenken."

Das ist eine gigantische Untertreibung. Sie wandte sich ihrem Geländewagen zu, schloss auf und drehte sich noch einmal zu Matt um. „Ich muss los. Ich schlafe schon fast im Stehen ein, und morgen wird ein schwieriger Tag."

„Du könntest bei uns bleiben, das weißt du. Mom und Dad haben jede Menge Platz. Und sie würden dich gern aufnehmen."

Sie war geneigt, das Angebot anzunehmen. Die Vorstellung, im Haus ihrer Eltern zu schlafen, nachdem ihr Vater ... sie fürchtete, keinen Schlaf finden zu können.

Den Weg des geringsten Widerstandes zu gehen, wäre allerdings feige. Sie musste sich dem Selbstmord ihres Vaters stellen, und damit würde sie heute Nacht beginnen, indem sie in ihrem Elternhaus schlief.

Matt langte an ihr vorbei und zog ihr die Wagentür auf. „Immer noch so entsetzlich unabhängig, wie ich sehe, und störrisch wie ein Esel."

Avery glitt hinter das Steuer, startete den Motor und sah Matt an. „Manche Leute würden das für einen Vorzug halten."

„Klar doch, bei Eseln." Er beugte sich zu ihr vor. „Wenn du etwas brauchst, ruf mich an."

„Mache ich. Danke." Er schlug die Tür zu. Sie fuhr rückwärts die steile Auffahrt hinunter, verließ das Viertel und schlug den Weg in das alte Stadtviertel ein, in dem sie aufgewachsen war.

Amüsiert dachte sie daran, wie sie ihre Eltern seinerzeit bekniet hatte, den Stevens' in das neue Stadtviertel Spring Water zu folgen, in dem sie ein Haus gekauft hatten. Sie war begeistert gewesen von den weitläufigen Häusern im Ranchstil und von den Freizeiteinrichtungen: Pool, Tennisplatz und Clubhaus für Partys.

Was ihr damals so neu und außergewöhnlich erschienen war, sah sie heute nüchtern als billig gebaute Häuser im Zuckerbäckerstil, mit kleinen Grundstücken, damit auf dem gerodeten Gelände möglichst viele Parzellen ausgewiesen werden konnten.

Glücklicherweise hatten ihre Eltern sich geweigert, ihr Haus in unmittelbarer Nähe der Innenstadt und der Praxis ihres Vaters zu verlassen. Solide um 1920 gebaut, verfügte ihr Elternhaus über hohe Decken, Zypressenschnitzwerk und die Art von Charme, die es heutzutage nur für sehr viel Geld gab. Das ganze Viertel wirkte ein wenig antiquiert. Die Häuser lagen zurückgesetzt auf großen, schattigen Grundstücken an breiten Alleen mit Gaslaternen. Im Gegensatz zu anderen Orten, in denen der Innenstadtbereich als Folge von Kriminalität und dem Wegzug der weißen Bevölkerung verfiel, war der Stadtkern von Cypress Springs noch so gut erhalten wie zur Zeit seiner Erbauung.

Obwohl Louisiana hauptsächlich aus flachem Land bestand, schmiegte sich der Bezirk von West Feliciana an sanft geschwungene Hügel. Cypress Springs lag an diesen Hügeln. St. Francisville, die historische Stadt am Fluss mit ihren schönen Antebellum-Häusern, lag zwanzig Minuten südwestlich, Baton Rouge fünfundvierzig Minuten südlich und das French Quarter von New Orleans zwei Dreiviertelstunden südöstlich.

Außer dass es ein guter Ort war, um Kinder aufzuziehen, hatte Cypress Springs nichts, dessen es sich rühmen konnte. Als kleiner, ländlich geprägter Ort in den Südstaaten, der hauptsächlich von Viehwirtschaft und Kleingewerbe lebte, lag er zu weit von den Hauptverkehrsadern ab, um sich zu entwickeln.

Die Stadtväter mochten es so, wie Avery wusste. In der Jugend hatte sie ihren Dad, Buddy und deren Freunde darüber reden hören, dass man die Industrie mit ihren schädlichen Einflüssen draußen halten wollte. Cypress Springs sollte sauber bleiben. Sie erinnerte sich an den Aufschrei, als Charlie Weiner seine Farm an die „Old Dixie Food Corporation“ verkauft hatte, die auf dem Anwesen eine Konservenfabrik errichten wollte.

Avery fuhr verlassene Straßen entlang. Obwohl es noch nicht mal zehn Uhr war, hatte die Stadt bereits für die Nacht ihre Bürgersteige hochgeklappt. Welch ein Unterschied zu den Orten, an denen sie in den letzten zwölf Jahren gelebt hatte, wo es vierundzwanzig Stunden am Tag zu Verkehrsstaus kam, es nicht ratsam war, nachts allein auszugehen und die Menschen so nah aufeinander hockten, ohne dass ein Nachbar den anderen kannte.

So schön und grün Washington, D.C., auch war, es hielt keinem Vergleich mit der üppigen Schönheit West Felicianas stand. Hitze und Feuchtigkeit lieferten das ideale Klima für eine abwechslungsreiche Vegetation: Azaleen, Gardenien, Oliven, Kamelien und Fächerpalmen. Eichen mit massigen, knorrigen Ästen, die so schwer waren, dass sie den Boden berührten. Hundertjährige Magnolien, die im Mai so voller Blüten hingen, dass die Luft schwer war vom süßen, zitronenartigen Duft.

Es hatte eine Zeit gegeben, da hatte sie diesen Ort für hässlich gehalten. Nein, das stimmte nicht ganz, eher für eine schäbige und mickrige Kleinstadt.

Warum sah sie das heute anders? Avery bog in ihre Straße ein und in die Zufahrt des elterlichen Hauses. Sie parkte am Wegesrand, stieg aus und verriegelte den Wagen aus Gewohnheit, nicht aus Notwendigkeit.

Sie dachte noch einmal an Matts letzte Worte. Was wollte sie tatsächlich hier, wohin gehörte sie?

Die Schaukel quietschte, und eine Gestalt löste sich aus dem Schatten der überwucherten Olive am Ende der Veranda. Avery verlangsamte ihre Schritte.

„Hallo, Avery."

Hunter. Erleichtert legte sie die Hand an die Brust und atmete aus. „Ich habe zu lange in der Großstadt gelebt. Du hast mich zu Tode erschreckt."

„Diese Wirkung habe ich leider auf Leute."

Sie lächelte zwar, erkannte jedoch den Wahrheitsgehalt seiner Bemerkung. Sein Gesicht lag halb im Schatten, die andere Hälfte wurde vom Verandalicht erhellt. In der schwachen Beleuchtung wirkten seine Züge hart und kantig, die Linien um Mund und Augen tief eingegraben. Der Schatten eines mehrere Tage alten Bartes verdunkelte zudem sein Kinn.

In Washington wäre sie auf die andere Straßenseite gegangen, um ihm auszuweichen.

Merkwürdig, wie unterschiedlich sich beide Brüder physisch entwickelt hatten. Obwohl sie zweieiige Zwillinge waren, war ihre Ähnlichkeit in der Kindheit geradezu unheimlich gewesen. Dass sie einmal nicht mehr das Spiegelbild des anderen sein würden, hätte sie sich damals nicht vorstellen können.

„Wie ich hörte, bist du zurück", sagte er. „Offensichtlich."

„Neuigkeiten verbreiten sich schnell."

„Dies ist eine Kleinstadt. Die Leute müssen etwas zum Reden haben."

Seine Veränderung hatte weniger mit der verstrichenen Zeit, als vielmehr mit der Summe der Ereignisse dieser Zeit zu tun. Die Schule der harten Schläge, dachte sie, der große Gleichmacher.

„Und ich bin ein Kind dieser Stadt."

„Dann stimmt es also? Du bleibst für immer?"

„Das habe ich nicht gesagt."

„So wird geredet. Ich habe mir schon gedacht, dass es nicht stimmt." Er zuckte die Achseln. „Aber man weiß ja nie."

„Und das heißt?" fragte sie und verschränkte die Arme vor der Brust.

„Bereite ich dir Unbehagen?"

„Nein, natürlich nicht." Verärgert über ihre Geste ließ sie die Arme wieder sinken. „Ich war heute Abend zum Dinner bei deinen Eltern."

„Und Matt auch. Hab schon gehört."

„Ich hatte erwartet, dich auch dort zu treffen."

„Dann haben sie dir also erzählt, dass ich in Cypress Springs lebe?"

„Matt erwähnte es."

„Und hat er dir auch erzählt, warum?"

„Nur, dass du ein paar Probleme hattest."

„Netter Euphemismus." Er ließ den Blick über die Fassade ihres Elternhauses gleiten. „Tut mir Leid, das mit deinem Dad. Er war ein großartiger Mann."

„Das denke ich auch." Plötzlich nervös geworden, klimperte sie mit ihren Autoschlüsseln und wollte ins Haus.

„Willst du mich nicht fragen?"

„Was?"

„Ob ich mit ihm gesprochen habe, ehe er starb."

Die Frage verblüffte sie. „Was meinst du?"

„Das scheint mir doch eine klare Frage zu sein."

„Okay. Hast du mit ihm gesprochen?"

„Ja. Er hat sich Sorgen um dich gemacht."

„Um mich?" Sie zog die Stirn in Falten. „Warum?"

„Weil deine Mutter gestorben ist, ehe ihr zwei eure Differenzen ausräumen konntet."

Differenzen, dachte sie. Fasste man so lebenslange Kränkungen, Sehnsucht nach bedingungsloser mütterlicher Liebe und Zustimmung und daraus resultierende ständige Enttäuschungen zusammen? Sofort ging ihr eine Litanei an Maßregeln durch den Kopf, die sie über die Jahre von ihrer Mutter gehört hatte und die sich ihr ins Gedächtnis eingebrannt hatten.

„Avery, kleine Mädchen klettern nicht auf Bäume, bauen keine Forts und spielen nicht Cowboy und Indianer mit den Jungs. Sie tragen Schleifen und Rüschenkleider und keine abgeschnittenen Jeans und T-Shirts. Gute Mädchen planen ihr Leben damenhaft. Sie rennen nicht fort in die nächste Großstadt, um Zeitungsschreiberin zu werden. Sie werfen nicht einen guten Mann weg, um einem Traum nachzujagen."

„Er dachte, du wärst vielleicht traurig darüber", fuhr Hunter fort. „Sie war es jedenfalls. Sie hat immer bedauert, nicht ihren Frieden mit dir gemacht zu haben."

„Hat er das gesagt?" presste sie hervor.

Er nickte. Sie wandte den Blick ab und erinnerte sich, was sie ihrer Mutter entgegengeschleudert hatte, ehe sie zur Uni gegangen war.

„Tu nicht so liebevoll besorgt, Mutter! Du warst nie mit mir oder meinem Verhalten einverstanden. Ich war nie die Tochter, die du wolltest. Warum gibst du es nicht einfach zu?"

Ihre Mutter hatte es nicht zugegeben, und sie war abgereist, ohne dass der Vorwurf zwischen ihnen ausgeräumt worden wäre. Sie hatten nie mehr ein Wort darüber verloren, doch seither hatte es eine Kluft zwischen ihnen gegeben.

„Er dachte, das sei der Grund, warum du kaum noch nach Haus gekommen bist." Hunter zuckte die Achseln. „Interessant, dass du nie mit dem Leben deiner Mutter zurechtgekommen bist und er nicht mit ihrem Tod."

Der letzte Satz ließ sie aufmerken. „Was soll das heißen, er ist nicht mit ihrem Tod zurechtgekommen?"

„Das ist doch wohl offensichtlich. So etwas nennt man Trauer."

Sie merkte, dass er mit ihr spielte, und wurde wütend. „Und wann haben eure Unterhaltungen stattgefunden?"

Hunter zögerte einen Augenblick. „Wir haben uns oft unterhalten, dein Dad und ich."

Avery spürte plötzlich die Belastungen der letzten beiden Tage – die Reise in das Fremde und doch so Vertraute. „Ich habe nicht mehr die Energie, mir deinen Mist anzuhören, selbst wenn ich wollte. Sobald du dich entschlossen hast, dich wie ein anständiger Mensch aufzuführen, kannst du mich ja aufsuchen."

Lächelnd zog er einen Mundwinkel hoch. „Ich habe deine Frage von vorhin noch nicht beantwortet, als du mich nach meiner Meinung über das gefragt hast, was geredet wird. Ich glaube, du packst deinen alten Herrn in eine Kiste und haust, so schnell du kannst, wieder ab."

Betroffen wich sie einen Schritt zurück. Warum war er so schroff, obwohl sie sich einmal sehr nahe gestanden hatten? Sie drängte sich an ihm vorbei, schloss die Tür auf und trat ein. Bevor sie die Tür hinter sich zuschlug, erhaschte sie einen Blick auf sein gezeichnetes Gesicht.

Hunter Stevens ist ein gebrochener Mann.

Zum Teufel mit ihm, dachte sie und schob den Riegel vor. Sie hatte mit ihren eigenen Problemen zu kämpfen.

4. KAPITEL

Hunter blickte auf die Reihe voller, ungeöffneter Flaschen: Bier, Wein, Whisky, Wodka. Alles Sünden der Vergangenheit, Nägel zu seinem Sarg.

Er behielt die Getränke, um sich zu beweisen, dass er ihnen widerstehen konnte. Damit tat er das genaue Gegenteil dessen, was die Anonymen Alkoholiker empfahlen. Vermutlich war er tief im Herzen ein Masochist.

Wenn er an Avery dachte, stieg Zorn in ihm hoch. Früher einmal waren sie die besten Freunde gewesen, er, Matt und Avery. Doch von einem bestimmten Zeitpunkt an geriet ihre Beziehung auf verrückte Weise aus den Fugen und sein Leben irgendwie auf das falsche Gleis.

Er stellte sich vor, wie sie mit Matt und seiner Familie am Esstisch gesessen hatte und lachend in Erinnerungen an die guten alten Zeiten schwelgte. Hatte auch er eine Rolle in diesen Erinnerungen gespielt oder hatte man ihn einfach totgeschwiegen und so getan, als gäbe es ihn nicht? Hatte man ihn ausgeschlossen wie früher?

Was stimmt nicht mit dir, Hunter? Was ist bei dir schief gelaufen?

Gute Frage, dachte er, blickte zu den Flaschen und ballte die Fäuste, um dem Drang zu widerstehen, eine nach der anderen zu öffnen und sich sinnlos zu betrinken. Diesen Weg hatte er schon einmal eingeschlagen und wusste, dass er ihn geradewegs in die Hölle führte.

In seine ureigenste Hölle, in der Kinder schrien und er nur machtlos zuschauen konnte, wie das Unvermeidliche geschah, verzweifelt, entsetzt und voller Selbsthass.

Er wandte sich von den Flaschen ab, verließ die Küche und

ging zum provisorischen Schreibtisch in einer Ecke des Wohnzimmers hinüber. Der Computermonitor leuchtete in dem schwach erhellten Raum, und das Gebläse summte leise. Neben dem Gerät lagen Seiten eines Romans, seines Romans, die Geschichte über den Absturz eines Anwalts.

Wenn er das Ende der Geschichte kennen würde, wäre ihm wohler. Eines Tages würde sich sein Protagonist hoffentlich wieder nach oben hangeln. Doch manchmal hatte ihn die Hoffnungslosigkeit so fest im Griff, dass er kaum atmen, geschweige denn an ein glückliches Ende denken konnte.

Er setzte sich und wollte seine Energie – und seinen Zorn – in seinen Roman einbringen. Stattdessen kreisten seine Gedanken wieder um Avery und ihre Familie.

Was veranlasste einen Menschen, sich mit einer brennbaren Substanz zu übergießen und dann selbst anzuzünden?

Er wusste es und konnte es nachvollziehen.

Er war selbst schon an diesem Punkt gewesen.

Der blinkende Cursor erregte seine Aufmerksamkeit, und er konzentrierte sich auf die geschriebenen Worte.

Jack kämpfte gegen die Mächte an, die ihn zu verschlingen drohten. Zu seiner Rechten lagen die Gesetze der Menschen, zu seiner Linken die Gottes. Ein falscher Schritt, und er war verloren.

Verloren und aufgefangen. Er war heimgekehrt, um sein Leben ins Lot zu bringen und von neuem zu beginnen. Der Anfang war gemacht.

Seltsam, dass auch Avery nun hier war. Sie waren wieder zusammen: er, Matt und Avery, genau wie damals, als sein Leben langsam aus den Fugen geriet. Welche Auswirkungen hatte das auf seine Pläne?

Keine, sagte er sich. Er würde Klarheit in seinem Leben schaffen, gleichgültig, wie sehr es schmerzte.

5. KAPITEL

Avery fuhr mit heftigem Herzklopfen im Bett hoch, den Namen ihres Vaters noch als Schrei auf den Lippen. Ihr Blick schoss zur Schlafzimmertür. Für einen Moment war sie wieder das Kind, das ihre hereinstürmenden Eltern erwartete, die sie tröstend umarmten.

Natürlich kamen sie nicht, und sie sank gegen den Kopfteil des Bettes. Wie erwartet hatte sie schlecht geschlafen und sich die meiste Zeit von einer Seite auf die andere gewälzt. Jedes Knarren des alten Hauses war unvertraut und nervtötend. Etwa ein halbes Dutzend Mal war sie aufgestanden, hatte die Türen überprüft, aus den Fenstern geschaut und war die Flure entlanggewandert.

Vermutlich hatten nicht die Geräusche sie geweckt, sondern die Stille, oder vielmehr der Grund für diese Stille.

Schließlich hatte sie ein paar Tabletten genommen, und der Schlaf hatte sich eingestellt.

Aber keine innere Ruhe. Der Schlaf hatte Albträume mitgebracht. Sie war aus einem warmen schützenden Mutterleib plötzlich in grelles Licht gezerrt worden. Das Licht hatte geschmerzt, und sie war nackt gewesen und hatte gefroren.

Im nächsten Moment hatten Flammen sie eingeschlossen. Sie war aufgewacht und hatte nach ihrem Vater geschrien.

Es ist nicht schwer, diesen Traum zu deuten.

Avery schaute auf die Nachttischuhr. Es war kurz nach neun. Sie warf die Decke zurück und stieg aus dem Bett. Während der Nacht war die Temperatur merklich gefallen, und im Haus war es eiskalt. Fröstelnd holte sie Leggings und Sweatshirt aus ihrem Koffer und zog beides an, ohne ihr Schlafshirt auszuziehen.

Auf dem Weg zur Küche machte sie einen Abstecher zur Haustür, um die Zeitung hereinzuholen. Erst als sie nichts in der

Einfahrt liegen sah, fielen ihr zwei Dinge ein. Die Gazette, die einzige Zeitung von Cypress Springs, erschien im zweiwöchentlichen Turnus mittwochs und samstags, und außerdem hatte der Inhaber und Chefredakteur die Auslieferung an ihren Vater zweifellos gestoppt. Auf den Schwellen von Cypress Springs würden sich keine Zeitungsstapel sammeln.

Keine Zeitung? Der bloße Gedanke hatte etwas Entsetzliches.

Kopfschüttelnd ging sie wieder hinein und schloss die Tür ab. Auf dem Weg in die Küche nahm sie sich vor, die Times Picayune aus New Orleans oder den Advocate aus Baton Rouge zu besorgen, wenn sie nachher in die Stadt ging.

Der Ausflug wurde schneller nötig als gedacht, denn in der Küche gab es weder Brot und Milch, noch Eier oder Kaffee. Nach dem üppigen Mahl gestern Abend konnte sie aufs Essen zwar verzichten, aber nicht auf Kaffee.

Nach der üblichen Morgentoilette zog sie ihre Reeboks an, öffnete die Haustür – und stieß prompt mit Cherry zusammen.

Die lächelte strahlend. „Morgen, Avery. Und ich dachte schon, ich würde dich aufwecken."

„Keine Chance." Sie blickte zum Picknickkorb an Cherrys Seite. „Ich wollte mir gerade eine Zeitung und Kaffee besorgen. Du hast nicht zufällig beides dabei?"

„Eine Thermoskanne mit französischem Kaffee. Allerdings keine Zeitung, bedaure."

„Du rettest mir das Leben. Komm herein."

Cherry trat ein. „Mir ist eingefallen, dass dein Vater keinen Kaffee trank, und ich dachte mir, du könntest einen gebrauchen. Einen starken."

Es stimmte. Ihre Mutter hatte Kaffee getrunken, aber ihr Vater nicht. Cherry hatte daran gedacht, im Gegensatz zu ihr. Was war denn bloß los mit ihr?

„Und ich habe angenommen, dass du noch keine Zeit hattest, zum Markt zu gehen." Sie hielt den Korb hoch. „Moms selbst gebackene Brötchen und Pfirsichmarmelade."

Avery lief das Wasser im Mund zusammen. „Hast du eine Ahnung, wie lange es her ist, dass ich ein richtig gutes Brötchen gegessen habe?"

„Ich vermute mal seit deinem letzten Besuch hier", erwiderte Cherry, folgte Avery in die Küche und stellte den Korb auf die Arbeitsplatte. „Die Yankees können einfach keine anständigen Brötchen backen. So, jetzt ist es heraus."

Avery lachte. Vermutlich hatte Cherry Recht. Anständige Backpulverbrötchen zu backen war für Mädchen aus dem Süden eine Art Initiationsritus. Und wie bei so vielen dieser typisch weiblichen Tests hatte sie auch darin versagt.

Cherry war bestens vorbereitet. Sie entnahm dem Korb Platzdeckchen mit passenden Servietten, Geschirr, Besteck und eine kleine Vase, die sie mit Wasser füllte und mit einer Rose schmückte. „So, da hätten wir einen anständigen Frühstückstisch."

Avery schenkte Kaffee ein, und sie setzten sich. Die Finger um den warmen Becher gelegt, gab sie beim ersten Schluck einen Laut des Wohlbehagens von sich.

„Schlechte Nacht gehabt?" fragte Cherry mitfühlend und führte ihren Becher an die Lippen.

„Sehr schlecht. Erst konnte ich nicht schlafen, und dann hatte ich Albträume."

„Das war wohl zu erwarten, oder?"

Avery wandte den Blick ab und räusperte sich. „Es war sehr lieb von dir, mir Frühstück zu bringen. Ich bin wirklich dankbar, dass du dir die Mühe gemacht hast."

„War mir ein Vergnügen." Cherry glättete die Serviette auf ihrem Schoß. „Wie schon gesagt, du hast mir und uns allen sehr gefehlt.“ Sie sah Avery in die Augen. „Du gehörst zu uns, das wird sich nie ändern.“

„Versuchst du mir etwas zu sagen, Cherry?“ fragte Avery lächelnd. „Zum Beispiel, auch wenn man die Kleinstadt verlässt, bleibt man immer ein Kleinstädter.“

„So ähnlich.“ Sie erwiderte das Lächeln und beugte sich leicht vor. „Aber meiner bescheidenen Meinung nach ist daran nichts falsch.“

Lachend nahm Avery sich ein Brötchen und brach ein Stück ab. Der Teig war noch warm, saftig und locker. Sie gab Marmelade darauf, aß und stieß einen Laut schieren Entzückens aus. Noch ein paar Mahlzeiten wie diese und gestern Abend, und sie bekäme ihre Jeans nicht mehr zu.

Sie brach noch ein Stück ab. „Also, was treibst du so, Cherry? Hast du nicht vor ein paar Jahren deinen Abschluss an der Nichols State gemacht?“

„Harvard am Bayou für uns. Und es war erst letztes Jahr. Ich habe ein Diplom in Ernährungswissenschaften, aber dafür gibt es in Cypress Springs keinen Bedarf“, fügte sie achselzuckend hinzu. „Daran habe ich wohl nicht gedacht.“

„Aber du könntest es in Baton Rouge versuchen oder ...“

„Ich verlasse Cypress Springs nicht.“

„Aber du wärst doch nah genug, um ...“

„Nein“, erwiderte sie entschieden. „Hier ist mein Zuhause, ich bin hier aufgewachsen und werde hier bleiben.“

Sie schwiegen befangen. Schließlich fragte Avery: „Was hast du jetzt vor?“

„Ich helfe Peg unten im Azalea Café. Und ich sitze im Vorstand einiger Wohltätigkeitsvereine. Ich unterrichte in der Sonntagsschule und erleichtere Mom das Leben, soweit ich kann.“

„Ist sie krank gewesen?“

Cherry zögerte und sagte lächelnd. „Nein, aber sie wird älter. Und ich möchte nicht zusehen, wie sie sich abarbeitet."

Avery trank noch einen Schluck Kaffee. „Du lebst zu Hause?"

„Mm." Sie stellte den Becher ab. „Es erschien mir albern auszuziehen. Sie haben so viel Platz." Nach einer Pause fügte sie hinzu: „Mom und ich haben schon darüber gesprochen, ob wir unseren eigenen Catering Service aufmachen sollten. Keinen Service für Partys oder Feste, sondern gediegene, nahrhafte Mahlzeiten für Familien, denen die Zeit zum Kochen fehlt. Wir wollten ihn ‚Gourmetküche auf Rädern' oder ‚Gourmet-Express' nennen."

„Ich habe schon einiges über solche Anbieter gelesen. Offenbar ist das der neue große Trend, und ihr beide wärt sicher großartig darin."

Cherry freute sich über das Lob. „Glaubst du wirklich?"

„Bei euren Kochkünsten? Machst du Witze? Ich wäre euer erster Kunde."

Ihr Lächeln schwand. „Irgendwie haben wir die Kurve nicht gekriegt. Außerdem bin ich nicht wie du, Avery. Mich drängt es nicht nach einer großen, glänzenden Karriere. Eigentlich möchte ich nur Ehefrau und Mutter sein."

Avery wünschte fast, sie hätte ebenso klare Vorstellungen, was sie sich vom Leben erhoffte. Sie beugte sich ein wenig vor. „Also, wer ist er? Da muss es doch jemanden geben."

Cherry wurde sehr ernst. „Es gab ihn. Er ... erinnerst du dich an Karl Wright?"

Avery nickte. „Gut sogar. Er und Matt waren gute Freunde."

„Die besten", korrigierte Cherry. „Nachdem Matt und Hunter ... sich überwarfen ... nun ja, unsere Beziehung war etwas Besonderes. Dachte ich zumindest. Aber es hat nicht funktioniert."

Avery langte über den Tisch und drückte ihr die Hand. „Das tut mir wirklich Leid."

„Er packte einfach seine Sachen und ging nach Kalifornien. Dabei hatten wir schon Hochzeitspläne gemacht und ...“

Sie atmete tief durch, stand auf, ging zum Fenster und starrte eine Weile versonnen hinaus. Schließlich drehte sie sich zu Avery um. „Vermutlich habe ich ihn zu sehr bedrängt. Er hat Matt angerufen und sich verabschiedet, aber nicht mich.“

„Das tut mir wirklich Leid, Cherry.“

Sie fuhr fort, als hätte Avery nichts gesagt. „Matt hat ihn gedrängt, mit mir zu reden, aber ...“ Sie ließ den Satz unbeendet.

„Aber er wollte nicht.“

„Nein. Er hat immer davon gesprochen, nach Kalifornien zu gehen, aber ich wollte nicht. Ich wollte meine Familie und Cypress Springs nicht verlassen. Jetzt wünschte ich ...“ Sie verstummte wieder.

Avery ging zu ihr und legte ihr eine Hand auf die Schulter. „Es wird jemand anders kommen, Cherry. Der Richtige.“

Cherry bedeckte die Hand mit ihrer und sah Avery mit tränenfeuchten Augen an. „In dieser Stadt? Weißt du, wie wenig verfügbare Junggesellen es hier gibt? Besonders in meinem Alter? Sie gehen alle fort. Ich wünschte, ich wäre auch so scharf auf Karriere wie du, denn die könnte ich allein machen. Aber zu dem, was ich mir wünsche, sind nun mal zwei nötig. Das ist nicht fair ...“ Ihr brach die Stimme. Sie schluckte trocken und räusperte sich. „Ich klinge wie die verbitterte alte Jungfer, die ich bin.“

Avery lächelte. „Du bist vierundzwanzig, Cherry. Kaum eine alte Jungfer.“

„Aber es tut weh.“

„Ich weiß.“ Avery fiel Cherrys Bemerkung von gestern Abend ein, dass man aus Liebe zu etwas Dramatischem fähig sein könnte. Jetzt war sie besorgt und sagte es ihr.

Cherry wischte sich die Augen. „Mach dir keine Gedanken.

Außerdem", fügte sie sichtlich aufgeheitert hinzu, „kommt Karl ja vielleicht zurück. Du bist ja auch wieder da."

Avery brachte es nicht über sich, sie zu korrigieren, zumal sie noch gar nicht wusste, ob sie bleiben wollte. „Hast du mit Karl gesprochen, seit er fort ist?"

Wieder stiegen ihr Tränen in die Augen, und Avery bedauerte ihre Frage. „Sein Dad hat ein paar Briefe bekommen. Der lebt drüben in Baton Rouge in einem Heim. Ich sehe ihn einmal die Woche."

„Und Matt?"

„Sie haben einmal miteinander gesprochen und sich gestritten. Matt hat ihn ausgeschimpft, weil er mich so behandelt hat. Seither haben sie nichts mehr voneinander gehört."

Avery konnte sich vorstellen, wie Matt geschimpft hatte. Er hatte Cherrys Heldenanbetung in Bezug auf ihn immer mit grimmigem Beschützertrieb vergolten.

„Er hat dich sehr vermisst, weißt du?"

Überrascht sah Avery sie an. „Was meinst du?"

„Matt. Er hat immer gehofft, dass du zurückkommst."

Avery merkte erstaunt, wie sehr diese Mitteilung sie anrührte. „Es ist viel Zeit vergangen, Cherry. Unsere Freundschaft war wunderbar, aber wir waren sehr jung. Ich bin sicher, es hat inzwischen andere Frauen für Matt gegeben ..."

„Nein. Er hat immer nur dich geliebt. Keine andere war ihm gut genug."

Avery wusste nicht, was sie sagen sollte.

„Da ist immer noch etwas zwischen euch. Ich habe es gestern Abend gespürt und Mom und Dad auch. Es war wirklich sehr deutlich zu erkennen."

Da sie nicht antwortete, fragte Cherry forschend: „Wovor hast du solche Angst, Avery?"

„Es ist so viel Zeit vergangen. Wer weiß, ob Matt und ich überhaupt noch etwas gemeinsam haben?“

„Habt ihr.“ Cherry nahm ihre Hand. „Manches ändert sich nie, und manche Menschen sind einfach füreinander bestimmt.“

„Falls das so ist“, erwiderte Avery aufgesetzt munter, „werden wir es feststellen.“

Anstatt die Hand loszulassen, drückte Cherry sie fester. „Ich will nicht, dass du ihm noch einmal wehtust, verstehst du mich?“

Voller Unbehagen zog Avery an ihrer Hand. „Glaube mir, ich habe nicht vor, deinem Bruder wehzutun.“

„Ich bin sicher, du meinst das so. Aber wenn es dir nicht ernst ist, geh ihm aus dem Weg. Geh ihm einfach aus dem Weg.“

„Lass meine Hand los, Cherry, du tust mir weh.“

Betreten ließ Cherry los. „Entschuldige, ich werde etwas heftig, wenn es um meine Brüder geht.“

Ohne auf eine Erwiderung zu warten, sah sie auf die Uhr und bemerkte, es sei über die Zeit und sie verspäte sich zum Treffen der Frauengilde. Rasch packte sie den Picknickkorb, ließ Avery jedoch die Thermosflasche und die Brötchen da.

„Bring die Kanne irgendwann vorbei“, sagte sie und eilte zur Tür hinaus.

Als Cherry ihren Mustang rückwärts aus der Zufahrt setzte und verschwand, wurde Avery bewusst, wie sehr es sie beunruhigte, dass ihre zunächst freundschaftliche Unterhaltung einen feindseligen Ton angenommen hatte. Die drohende Cherry hatte sie nervös gemacht, und sie hatte sie kaum wiedererkannt.

Langsam schloss sie die Tür und versuchte, ihr Unbehagen abzuschütteln. Cherry hatte immer zu Matt aufgeblickt, und die eigene Erfahrung des Verlassenwerdens hatte sie wahrscheinlich überempfindlich gemacht. Allerdings hatte sie nicht nur von Matt, sondern von ihren Brüdern gesprochen.

Seltsam, vor allem angesichts ihrer gestrigen Bemerkungen über Hunter. Vielleicht hatte sie mehr Kontakt zu ihm, als sie zugab. Aber warum wollte sie das verbergen? Avery schalt sich, dass sie hinter allem immer gleich eine Story witterte. Sie sollte sich um die eigenen Probleme kümmern und sich mit dem Selbstmord ihres Vaters und der eigenen Verantwortung befassen.

Sie blickte zur Treppe und überwand sich schließlich, zum Schlafzimmer ihrer Eltern hinaufzugehen. Vor der verschlossenen Tür blieb sie stehen, holte tief Luft und griff nach dem Knauf. Langsam schwang die Tür auf. Das Bett war ungemacht, die Kommode ihrer Mutter leer geräumt. Früher war sie überladen gewesen mit Tuben und Tiegeln, und neben Bürste und Kamm hatte ein Samtkästchen mit ihrem Lieblingsschmuck gestanden.

Jetzt sah die Kommode kahl aus.

Sie ließ den Blick umherschweifen. Ihr Vater hatte alles entfernt, was an ihre Mutter erinnerte. Damit war auch die Wärme gegangen und das Gefühl, eine Familie zu sein.

Avery presste die Lippen zusammen, als sie sich vorstellte, wie schwer es ihm gefallen sein musste, die Sachen ihrer Mutter wegzuräumen und dann jede Nacht in dieses kalte Zimmer zu kommen. Sie hatte ihm Hilfe beim Ausräumen angeboten, aber vielleicht zu halbherzig. Möglicherweise hatte er gespürt, dass sie gar nicht nach Hause kommen wollte.

Ich habe mich schon darum gekümmert, Liebes. Du musst dir keine Gedanken machen.

Also hatte sie es nicht getan, und das schmerzte jetzt. Sie kam sich klein und schäbig vor. Sie hätte hier sein müssen. Mit einem Blick zum großen Doppelschrank fragte sie sich, ob ihr Vater getan hatte, was auch ihr jetzt bevorstand? Sie gab sich einen Ruck und betrat das Zimmer. Es roch nach dem würzigen Aftershave ihres Vater. Als Kind auf seinem Schoß hatte sie oft das Gesicht in seinen

Pulli gedrückt und den Geruch tief eingesogen. Dabei hatte sie sich wohl und behütet gefühlt.

Manchmal hatte er die Bartstoppeln an ihrer Wange gerieben, und sie hatte sich quiekend gewunden – und ihn gebeten, ihr mehr Bartküsse zu geben.

Sie verdrängte diese liebevollen Erinnerungen, weil sie ihr das Herz nur schwerer machten, als es ohnehin schon war.

Langsam öffnete sie den Schrank. Zwei Anzüge, drei Sportsakkos, ein halbes Dutzend Hemden, Strickhemden, ein paar Krawatten, Gürtel und Schuhe. Zwei Hüte für Sommer und Winter und ein zugeklebter Karton.

Die Kleidung ihrer Mutter war entfernt worden.

Sie stellte den Karton auf den Boden und wandte sich der Kommode zu. In der Münzschale lagen die Eheringe ihrer Eltern nebeneinander. Dad hatte offenbar gewollt, dass sie zusammen waren, und hatte seinen Ring neben ihren gelegt, ehe ...

Blind vor Tränen wandte sie sich ab, nahm den Karton und eilte aus dem Raum. Sie lief die Treppe hinunter, ließ im Foyer den Karton fallen und riss die Haustür auf, um frische Luft zu bekommen.

Nach einigen tiefen Atemzügen wurde sie ruhiger. Sie hatte gewusst, dass es nicht leicht werden würde, aber sie hatte nicht geahnt, dass es so wehtat.

Ein Hupen unterbrach sie in ihren Gedanken. Sie sah zur Straße und erkannte Mary Dupre, eine langjährige Nachbarin. Sie stellte den Wagen ab, stieg aus und eilte mit wippenden grauen Locken die Zufahrt hinauf.

Bei Avery angelangt, schloss sie sie sofort in die Arme. „Es tut mir so Leid, Liebes."

Avery drückte sie. „Danke, Mary." Die Anteilnahme und das Mitgefühl ihrer Nachbarin rührten sie sehr.

„Ich wünschte, ich wäre zu Buddy oder Pastor Dastugue gegangen. Aber ich hab's nicht getan, und dann war es zu spät."

„Zu Buddy oder Pastor Dastugue? Weswegen?"

„Ich wollte ihnen sagen, wie seltsam sich dein Daddy benahm. Er verließ das Haus nicht mehr und ließ den Garten verwildern. Ich wollte ihn besuchen und ihm etwas von meinem Hähnchen Gumbo bringen, aber er hat die Tür nicht aufgemacht. Ich wusste, dass er zu Hause war. Ich dachte, er würde schlafen, aber auf dem Rückweg sah ich ihn neben der Gardine hervorspähen."

Bedrückt stellte Avery sich das bizarre Bild vor. Es passte so gar nicht zu dem Vater, den sie kannte. „Ich weiß nicht, was ich sagen soll. Ich hatte keine Ahnung, Mary. Wir haben oft miteinander gesprochen, aber er hat nie etwas gesagt."

„Armes Baby." Mary drückte sie noch einmal. „Ich bringe dir später etwas zu essen vorbei."

„Das ist nicht nötig."

„Ist es wohl", entschied sie. „Du musst essen, und du sollst keine Mühe mit dem Kochen haben."

Dankbar gab Avery nach. „Das ist sehr umsichtig von dir."

„Wie ich sehe, bin ich nicht die Erste."

„Wie bitte?"

Sie deutete auf einen Korb auf der Schwelle neben der Tür. Avery nahm ihn auf. Er enthielt selbst gebackenes Rosinenbrot und eine Beileidskarte. Avery überflog die herzlichen Worte, und wieder traten ihr Tränen in die Augen.

„Ich wette, das ist von Laura Jenkins." Mary bezog sich auf die Frau von nebenan. „Sie backt das beste Rosinenbrot in der Gemeinde."

Avery nickte und schob die Karte ins Kuvert zurück.

„Planst du einen Gottesdienst?"

„Ich treffe mich heute Nachmittag mit Danny Gallagher."

„Er macht gute Arbeit. Wenn du Hilfe brauchst, womit auch immer, ruf mich an."

Avery versprach es, da das Angebot ehrlich gemeint war. Die großzügige Freundlichkeit, die ihr hier entgegenschlug, war ungemein tröstlich.

Sie sah Mary nach, wie sie die Zufahrt hinuntereilte, ein leuchtender Vogel im lila und orangeroten Trainingsanzug. Sie winkte zum Abschied, nahm Laura Jenkins' Korb und trug ihn in die Küche.

Das Letzte, was sie jetzt brauchte, war etwas zu essen. Trotzdem schnitt sie sich eine Scheibe Rosinenbrot ab und legte sie auf dem Küchentisch auf eine Serviette. Während sie den restlichen Kaffee erwärmte, holte sie den Karton aus dem Flur.

Sie hatte erwartet, Fotos, Karten oder andere Familienerinnerungen zu finden, doch der Karton war voller Zeitungsausschnitte.

Neugierig begann sie die Artikel durchzusehen. Alle betrafen dasselbe Ereignis aus dem Jahr 1988. Der Sommer, in dem sie fünfzehn geworden war.

Sie erinnerte sich vage an die Geschichte. Eine Frau aus Cypress Springs, Sallie Waguespack, war in ihrem Apartment erstochen worden. Die Täter waren zwei Teenager unter Drogen. Das Verbrechen führte zu einem allgemeinen Aufschrei und veranlasste die Stadt zu einem Kreuzzug gegen kriminelle Machenschaften.

Avery zog die Stirn kraus. Warum hatte ihr Vater die Ausschnitte gesammelt? Sie nahm einen und betrachtete das körnige, vergilbte Bild von Sallie Waguespack. Sie war eine hübsche Frau gewesen und noch sehr jung, als sie starb. Erst zweiundzwanzig.

Warum hatte ihr Vater diese Ausschnitte all die Jahre aufbewahrt? War er mit ihr befreundet gewesen? Sie konnte sich nicht erinnern, ihren Namen vor dem Verbrechen gehört zu haben. Vielleicht war er ihr Arzt?

Möglicherweise lag die Antwort ja auch in den Artikeln selbst.

Sie nahm alle Ausschnitte heraus und ordnete sie nach Datum. Sie umfassten einen Zeitraum von Juni bis September 1988.

Brot und Kaffee vergessend, begann sie zu lesen. Allmählich kehrten Erinnerungsfetzen zurück. Am 18. Juni war die junge Kellnerin Sallie Waguespack von zwei unter Drogen stehenden Teenagern in ihrem Apartment erstochen worden.

Die Pruitt-Brüder, wie sie sich erinnerte. Sie waren etwas älter als sie, aber sie hatte sie noch auf der High School erlebt, ehe sie abgingen, um in der Konservenfabrik zu arbeiten.

Die beiden waren noch in derselben Nacht bei einer Schießerei mit der Polizei getötet worden.

Wie hatte sie das nur vergessen können? Der Vorfall war monatelang Hauptgesprächsthema in der Schule gewesen. Sie erinnerte sich, wie schockiert, entsetzt und tieftraurig sie gewesen war. Die Pruitt-Brüder kamen aus der falschen Gegend, oder wie man hier sagte, von der falschen Seite des Baches. Der Bach war nichts weiter als ein zwei Meilen langer Entwässerungsgraben, den man gezogen hatte, um die tiefer liegenden Gebiete vor Überflutungen zu schützen. Letztlich war er jedoch zu einer Trennlinie zwischen dem guten und dem schlechten Teil der Stadt geworden.

Es waren wilde Jungs gewesen, die sich mit ebenso wilden Mädchen herumgetrieben hatten, Bier tranken und Pot rauchten. Sie hatte immer einen großen Bogen um diese Clique gemacht.

Dennoch war ihr, der behüteten Fünfzehnjährigen, die Tragik des Falles nicht entgangen. Alle Beteiligten waren noch sehr jung gewesen. Wie hatte ihr Leben nur so schief gehen können? Und das in einem sicheren Ort wie Cypress Springs?

Genau diese Frage hatten sich auch alle anderen Bürger gestellt, merkte sie bei der Lektüre der Artikel. Die zerfielen in zwei Gruppen: die Berichterstattung über das Verbrechen und seine

Aufklärung und die Zuschriften empörter Bürger aus Cypress Springs. Sie verlangten Veränderung, Verantwortung und vor allem eine Rückkehr zu den traditionellen Werten, die aus Cypress Springs einen guten Ort gemacht hatten, um hier Kinder aufzuziehen.

Den Ausschnitten nach zu urteilen hatten sich die Gemüter allmählich wieder beruhigt. Der Ton in den Zuschriften war nicht mehr so heftig, und schließlich endeten sie. Oder ihr Vater hatte aufgehört, sie zu sammeln.

Avery lehnte sich zurück, griff nach ihrem Kaffee und trank. Er war kalt und bitter. Das Gesicht angewidert verzogen, stellte sie die Tasse ab. Die Artikel lieferten ihr keinen Anhaltspunkt, warum ihr Vater sie gesammelt hatte.

Sie erinnerte sich jetzt deutlicher an die Zeit. Ihre Eltern hatten zwar wie alle über den Fall gesprochen, aber nicht sonderlich intensiv. Ihr war damals nicht aufgefallen, dass ihr Vater ein ungewöhnliches Interesse an dem Vorgang hatte.

Diese Sammlung besagte jedoch etwas anderes.

Sie sah auf die Uhr. Fast Mittag. Vielleicht wusste Buddy mehr. Wenn sie sich beeilte, konnte sie vor ihrer Verabredung mit Danny Gallagher um zwei noch bei der Polizei vorbeischauen.

6. KAPITEL

Das Polizeihauptquartier von Cypress Springs hatte sich in den Jahren ihrer Abwesenheit nicht verändert. Einen Block von der Main Street entfernt, hinter dem Gerichtsgebäude in einem alten Lagerviertel gelegen, glich es eher einem Eisenwarenladen oder einer Futter- und Samenhandlung als einem modernen Polizeicenter.

Als Avery das Gebäude betrat, schienen die alten Deckenventilatoren den Staub von fünfzig Jahren aufzuwirbeln. In dem Sonnenstrahl, der durch die Frontscheiben fiel, leuchteten Millionen von winzigen Partikeln auf. Der Officer am Tresen blickte auf. Er war so jung, dass er noch an einem heftigen Fall von Akne litt.

Lächelnd blieb sie am Tresen stehen. „Ist Buddy da?"

„Sicher. Möchten Sie ihn sprechen?"

„Nein, ich wollte nur wissen, ob er da ist."

Der Junge machte ein verdutztes Gesicht, dann begann er zu lachen. „Das war ein Scherz, oder?"

„Ja, tut mir Leid."

„Schon okay. Sind Sie nicht Avery Chauvin?"

Sie nickte. „Kennen wir uns?"

„Sie waren mein Babysitter. Ich bin Sammy Martin. Der Sohn von Del und Marge."

Avery dachte einen Moment nach und erinnerte sich lächelnd. Als Kind war er ein richtiger Satan gewesen. Interessant, dass er sich für die Polizeilaufbahn entschieden hatte. „Ich hätte dich nicht wieder erkannt; Sammy. Als wir uns das letzte Mal gesehen haben, warst du wie alt? Acht oder neun?"

„Acht. Das mit deinem Dad tut mir sehr Leid. Wir konnten es alle nicht glauben."

„Danke." Sie räusperte sich, weil ihr wieder die Tränen kommen wollten. „Du hast gesagt, Buddy sei da?"

„O ja, natürlich, ich sage Bescheid." Er drehte sich um. „Buddy! Besuch für Sie!"

Buddy rief zurück, er käme sofort, und Avery grinste. „Tolle Sprechanlage, Sammy."

Er lachte. „Ja, aber uns reicht es aus."

Da sein Telefon klingelte, entfernte er sich vom Tresen, und Avery ging zum schwarzen Brett rechts neben der Tür. Ein zweites befand sich in der Bibliothek und ein drittes bei Piggly Wiggly. Das waren die Kommunikationszentren von Cypress Springs, auch das hatte sich nicht verändert. Sie überflog die Informationen: Gemeindemitteilungen, Hinweise auf Verlorenes oder Gefundenes und Verkaufsangebote.

„Kleines Mädchen!" dröhnte eine Stimme, und sie drehte sich um. Mit langen donnernden Stiefelschritten kam Buddy um den Tresen herum auf sie zu.

„Ich hatte schon befürchtet, du würdest zum Lunch sein, Buddy."

„Bin gerade zurück." Er umarmte sie. „Was für eine schöne Überraschung."

Sie erwiderte die Geste. „Hast du eine Minute zum Reden?"

„Sicher." Er sah sie forschend an. „Ist alles okay?"

„Alles bestens. Ich wollte dich nur wegen etwas fragen, das ich in Dads Schrank gefunden habe."

„Komm herein." Er führte sie in sein Büro. Überfüllte Regale, verschlissenes Mobiliar und Wände voller Ehrenplaketten und Preise sprachen von einem Leben im Dienste der Gemeinde.

Avery setzte sich in einen der beiden Sessel vor dem Schreibtisch, holte ein paar der Zeitungsausschnitte aus ihrer Tasche und reichte sie ihm. „Ich habe einen Karton mit solchen Zeitungsausschnitten in Dads Schlafzimmerschrank entdeckt. Ich dachte, du könntest mir vielleicht sagen, warum er sie aufbewahrt hat?"

Mit gerunzelter Stirn überflog er die Ausschnitte und sah sie an. „Bist du sicher, dass dein Dad sie aufbewahrt hat und nicht deine Mom?"

Sie überlegte kurz. „Hundertprozentig sicher bin ich mir nicht. Aber Dad hatte alles andere aus Moms Schrank entfernt. Warum sollte er also das hier aufheben?"

„Punkt für dich." Er gab ihr die Artikel zurück. „Um deine Frage zu beantworten, ich weiß nicht, warum er das aufgehoben hat. Auch wenn man bedenkt, wie schwer das Verbrechen war, ist es ungewöhnlich, dass er das gesammelt hat."

„Das fand ich auch. Dann war er nicht irgendwie in die Ermittlungen eingebunden?"

„Nein."

„War er Sallies Arzt?"

„Könnte sein, aber das weiß ich nicht. Ich glaube ja, weil er einige Jahre lang der einzige Arzt in Cypress Springs war. Auch nachdem Bobby Townsend und Leon White ihre Praxen eröffneten, blieb dein Dad die erste Adresse. Die Menschen hier sind loyal und mögen keine Veränderungen."

Sie schürzte die Lippen. „Kannst du dich an diesen Fall erinnern?"

„Als wäre es gestern gewesen." Er fuhr sich mit einer Hand über das Gesicht. „In meiner ganzen Laufbahn habe ich nur in einer Hand voll Morden ermittelt. Sallie Waguespack war der erste Fall und der schlimmste."

Er zögerte einen Moment, um seine Gedanken zu ordnen. „Doch die Probleme begannen schon vor ihrer Ermordung. Eigentlich, seit wir wussten, dass Old Dixie Foods südlich von hier eine Konservenfabrik eröffnen wollte. Die Gemeinde war deswegen sehr gespalten. Etliche sahen in der Ansiedlung einen Fortschritt und einen Wandel hin zu wirtschaftlichem Wohlstand. Geschäfte, die gerade mal so ihr Auskommen hatten, würden endlich prosperieren und Gewinn abwerfen. Andere sagten den Untergang einer Lebensart voraus, die Jahrhunderte überdauert hatte und im gesamten Süden allmählich verschwand. Als Beispiele nannten sie andere Städte, die sich durch den Einfluss des Großkapitals zum Schlechten verändert hatten."

Er legte seine großen Hände flach auf den Schreibtisch. „Das Thema wurde heiß diskutiert. Freundschaften zerbrachen, Beziehungen am Arbeitsplatz waren gestört und Familien gespalten. Ich gebe zu, dass ich zu denen gehörte, die geblendet waren von der Aussicht auf Wirtschaftswachstum. Die negativen Begleiterscheinungen wollte ich nicht sehen."

„Und die waren?"

„Der Zustrom von fünfhundert Mindestlohnarbeitern, die meisten davon männlich. Es mussten Wohnungen gebaut und soziale Unterstützungssysteme geschaffen werden, damit sie hier leben konnten. Dadurch bedingt veränderten sich die sozialen und moralischen Strukturen der Gemeinde."

„Ich glaube, ich verstehe nicht ganz, was du meinst."

„Die Einwohner dieser Stadt glauben an Gott und die Familie, in der modernen Welt ein ziemlicher Anachronismus. Die Familie steht an erster Stelle, und sonntags geht man in die Kirche. Wir leben nach den Geboten Gottes und den goldenen Sittenregeln der Bibel. Lass ein paar Hundert allein stehende Männer am Freitagabend mit Geld in den Taschen auf die Straße los, und was glaubst du, passiert?"

Sie hatte eine ziemlich genaue Vorstellung, und die hatte nichts mit den goldenen Sittenregeln der Bibel zu tun. „Und mein Vater? Wo stand er in diesem Disput?"

Buddy sah sie mit gefurchter Stirn an. „Ich weiß es nicht mehr genau, aber ich glaube, er erkannte die Nachteile. Er war ein kluger

Mann, klüger als ich, das ist mal sicher." Nach einem Moment fügte er hinzu: „Letztlich hatte die Stadt wenig Einflussmöglichkeiten. Die Fabrik wurde gebaut, und Geld floss nach Cypress Springs. Die Stadt wuchs, und die schlimmsten Befürchtungen wurden wahr."

Er stand auf und wandte sich dem Fenster hinter seinem Schreibtisch zu. Versonnen blickte er hinaus, obwohl es außer einer Sackgasse und der Rückseite des Gerichtsgebäudes nichts zu sehen gab.

„Ich liebe diese Stadt", sagte er, ohne Avery anzusehen. „Ich bin hier aufgewachsen, habe meine Kinder hier großgezogen und werde wohl auch hier sterben. In diesen vier Monaten damals 1988 habe ich das einzige Mal daran gedacht, wegzuziehen." Er drehte sich zu ihr um. „Die Kriminalitätsrate stieg. Ich meine damit ernste Verbrechen, die wir hier nie gekannt haben. Vergewaltigungen, bewaffnete Überfälle, Prostitution, mein Gott." Resigniert atmete er durch. „Natürlich passierte das alles nicht über Nacht. Es kam schleichend. Mal hier ein Verbrechen, dann dort. Zuerst nannte ich das Zufälle. Aber diese Zufälle häuften sich. Schließlich veränderten sich auch andere Dinge in der Gemeinde. Die Zahl der Teenagerschwangerschaften stieg, ebenso die Scheidungsrate. Plötzlich hatten wir in der High School Probleme wie sonst nur in der Großstadt: Alkohol, Drogen, Gewalt."

Sie erinnerte sich an Schlägereien und dass ab und zu mal jemand beim Potrauchen in der Toilette erwischt worden war. Aber sie war von alledem irgendwie isoliert gewesen.

„Das muss schwierig für dich gewesen sein."

„Die Bürger hatten Angst und wurden zornig, weil sich die Stadt in einen Ort verwandelte, den sie nicht mochten. Und natürlich ließen sie ihre Wut an mir aus."

„Hatten sie das Gefühl, du tust nicht genug?"

Er nickte. „Damals steckte ich tief in der Klemme. Ich hatte weder das Personal noch die Erfahrung, gegen die wachsende Kriminalität anzugehen. Bis dahin hatten wir es mit Verkehrsvergehen, einer gelegentlichen Wirtshauskeilerei und kleinen Diebstählen zu tun, wenn Kinder mit klebrigen Fingern Kaugummi mopsten. Dann wurde Sallie Waguespack getötet."

Er kehrte zu seinem Sessel zurück und ließ sich schwer hineinfallen. „Diese Stadt wurde hysterisch. Der Mord war grauenvoll. Die Frau war jung und hübsch und hatte noch ihr ganzes Leben vor sich. Ihre Killer waren voll mit Drogen. So eine Tat ist nicht leicht zu verdauen."

„Warum wurde sie umgebracht, Buddy?"

„Wir wissen es nicht. Wir vermuteten Raub als Motiv, aber ..."

„Aber?" drängte sie.

„Wie gesagt, sie war jung und hübsch und wild. Alle waren in derselben Clique, tummelten sich in denselben Lokalen. Die Pruitt-Brüder kannten sie gut. Vielleicht war einer – oder auch beide – in sie verknallt. Möglicherweise haben sie sich gestritten, und sie ist dazwischengegangen. Ich weiß es nicht, aber ich weiß, dass die Beweise gegen die Jungs hieb- und stichfest waren."

Avery erwiderte nichts, sondern dachte eine Weile darüber nach, in welcher Beziehung ihr Vater zu alledem gestanden haben konnte. „Was geschah dann, Buddy?"

„Wir schlossen die Akten."

„Nicht das. Ich meine, was geschah mit der Stadt und der Kriminalitätsrate?"

„Allmählich beruhigten sich die Gemüter, das ist immer so. Etwas Gutes bewirkte Sallies Tod immerhin. Die Leute nahmen ihre Lebensqualität nicht mehr als selbstverständlich hin. Sie erkannten, dass Sicherheit und Gemeinsinn erarbeitet werden müssen. Man kümmerte sich wieder mehr umeinander. Es bildeten sich

Hilfsgruppen für Bedürftige. In den Schulen wurde vor Drogen gewarnt, und es gab Sexualkundeunterricht. Es wurden Beratungsgruppen für die geschaffen, die Hilfe brauchten. Wir begannen, Menschen in Lebenskrisen zu helfen, anstatt sie auszugrenzen. Die Bürger stimmten dafür, mein Budget zu erhöhen, ich schickte mehr Officer auf die Straße, und die Kriminalitätsrate sank."

„Als ich in die Stadt fuhr, war mein erster Gedanke, wie wenig Cypress Springs sich doch verändert hat."

„Das hat viel Anstrengung gekostet." Er lächelte. „Kannst du dir vorstellen, dass unsere Haupteinnahmequelle heute der Tourismus ist? Tagesausflügler und viele Leute auf dem Weg nach und von St. Francisville machen hier Halt, um sich unsere schöne alte Stadt anzusehen."

Sie fragte sich, ob in seinem Ton nicht ein Hauch Zynismus mitgeschwungen hatte. „Was wurde aus der Konservenfabrik?"

„Brannte vor einigen Jahren ab. Old Dixie steckte in finanziellen Schwierigkeiten und baute sie nicht wieder auf. Ohne Arbeitsmöglichkeiten zogen alle, die sonst keine Bindung an Cypress Springs hatten, wieder fort. Falls du eine Wohnung suchst, es gibt genügend."

Avery lächelte. „Ich werde daran denken."

„Old Dixie ging letztes Jahr Pleite. Die ausgebrannte Fabrik ist zu verkaufen. Doch ich wüsste nicht, wer sie kaufen sollte. Sie ist eine Beleidigung für Augen und Nase, und das meine ich wörtlich."

Fragend zog Avery eine Braue hoch, und er lachte freudlos. „Wart's nur ab. Du bist noch nicht lange genug hier, um zu wissen, wovon ich spreche. Wenn die Bedingungen stimmen, hohe Luftfeuchtigkeit, hohe Temperaturen und frischer Wind aus Süden, verpestet der saure Geruch der Fabrik die ganze Stadt. Die Leute schließen die Fenster und bleiben im Haus. Trotzdem ist der schreckliche Gestank überall."

„Eine ständige Erinnerung.“ Avery rümpfte die Nase. „Hat die Stadt einen Regressanspruch?“

„Nein. Die Gesellschaft fällt unter Kapitel 7.“ Er beugte sich vor. „Man kann einem nackten Mann nicht in die Tasche greifen. Der Versuch ist sinnlos.“

Avery schwieg einen Moment und wiederholte ihre Anfangsfrage. „Warum hat Dad diese Artikel all die Jahre aufbewahrt, Buddy?“

„Ich weiß es wirklich nicht, kleines Mädchen.“

„Störe ich?“ fragte Matt von der Tür aus.

„Was tust du hier, mein Sohn?“

„Brauche ich einen Grund, meinen alten Herrn aufzusuchen?“

„Natürlich nicht.“ Buddy sah auf seine Uhr. „Aber Mittag ist vorbei. Es ist also mitten in deiner Arbeitszeit.“

Matt sah zu Avery. „Verstehst du jetzt, warum ich lieber beim Sheriff arbeite als bei der Stadtpolizei von Cypress Springs? Er säße mir den ganzen Tag im Nacken.“

Buddy schnaubte. „Dir muss niemand im Nacken sitzen, und das weißt du auch. Du liebst deinen Job.“ Er drohte ihm mit dem Finger. „Um die Wahrheit zu sagen, ich hätte nicht gewollt, dass er für mich arbeitet, sonst hätte ich keine ruhige Minute mehr gehabt.“

„Faule Socke.“ Matt kam herein, blieb hinter Averys Sessel stehen und sah seinen Vater an. „Ist bei dir letzte Woche eine Vermisstenanzeige eingegangen, die eine junge Frau abgegeben hat?“

Buddy merkte auf. „Ja, was ist damit?“

„Ich hatte sie gerade am Telefon. Sie meint, du tätest nicht genug in der Sache, und sie hat das Sheriff Department gebeten, es zu überprüfen.“

Buddy lehnte sich in seinem Sessel zurück. „Ich weiß nicht, was sie erwartet? Ich habe getan, was ich konnte.“

„Das habe ich mir gedacht. Trotzdem musste ich nachfragen."

Avery ließ den Blick zwischen beiden Männern hin- und herwandern. „Soll ich gehen?"

„Nein, schon gut." Matt legte ihr eine Hand auf die Schulter. „Schließlich bist du eine knallhart recherchierende Reporterin und könntest uns deine Ansicht zu dem Fall mitteilen. Dad?"

Buddy nickte. „Ich bekam letzte Woche den Anruf einer Frau, die sagte, ihr Freund habe sie über Handy von außerhalb Cypress Springs angerufen. Er erzählte ihr, er habe eine Panne und müsste sich von einer Werkstatt abschleppen lassen. Sie hat nie mehr etwas von ihm gehört."

„Wohin wollte er?" fragte Avery.

„Nach St. Francisville. Er kam von einer Konferenz in Clinton."

„Warum?"

„Geschäfte. Treffen mit einem Kunden. Er war in der Werbebranche."

„Fahr fort."

„Ich habe mit jeder Werkstatt im Umkreis von zwanzig Meilen gesprochen. Niemand hat einen Anruf erhalten. Ich habe in der Stadt herumgefragt, habe Merkblätter verteilt, nichts. Und das habe ich ihr gesagt."

Matt ging um den Sessel herum, auf dem Avery saß, und ließ sich ihr gegenüber auf der Schreibtischkante nieder. „Also, was hältst du davon? Die Frau glaubt an ein Verbrechen."

„Wo ist dann die Leiche?" erwiderte sie. „Wo ist der Wagen?"

„Und zwar nicht irgendein Wagen. Ein Mercedes. Der ist hier nicht so leicht zu übersehen." Matt schürzte die Lippen. „Aber warum sollte die Frau lügen?"

„Wir Journalisten erleben so etwas häufig. Jeder möchte seine fünfzehn Minuten Berühmtheit genießen und sich wichtig vorkommen. Oder wie in diesem Fall einen Grund finden, warum der Freund sich nicht mehr meldet."

Avery sah auf die Uhr, merkte, dass es fast Zeit war für ihre Verabredung mit Gallagher und stand auf. „Ich muss gehen. Danny Gallagher erwartet mich um zwei." Sie sah Buddy an. „Danke, dass du dir die Zeit genommen hast, mit mir zu reden."

„Wenn mir noch etwas einfällt, lasse ich es dich wissen." Er kam um den Schreibtisch herum und küsste ihr die Wange. „Kommst du klar?"

„Wie immer."

„Braves Mädchen."

Matt berührte sie am Arm. „Ich begleite dich hinaus."

Sie verließen das Gebäude und traten in die helle Mittagssonne. Avery holte ihre Sonnenbrille aus der Handtasche, setzte sie auf und merkte, dass Matt sie beobachtete.

„Worüber hast du mit Dad geredet?"

„Über einen Karton voller Zeitungsausschnitte, die ich in Dads Kleiderschrank gefunden habe. Alle betrafen den Mord an Sallie Waguespack."

„Das überrascht mich nicht."

„Nein?"

„Es war das Ereignis, das dieses verschlafene Nest aufgerüttelt hat."

„Ich habe mich kaum daran erinnert, bis ich heute diese Ausschnitte las."

„Wegen Dad habe ich die Sache hautnah miterlebt." Er verzog das Gesicht. „In der Nacht des Mordes habe ich ihn mit Mom gehört. Er hat ... geweint. Es war das einzige Mal, dass ich ihn habe weinen hören."

Sie schluckte trocken, um die Enge in der Kehle loszuwerden. „Ich komme mir vor wie der Vogel Strauß. Zuerst kriege ich die

Sache mit Dad nicht mit und nun das. Ich frage mich ..." Sie ließ den Satz unbeendet. „Ich muss los, Danny erwartet mich."

„Was fragst du dich?" Matt hielt sie am Arm fest.

Sie seufzte bedrückt. „Ich frage mich allmählich, was für ein Mensch ich überhaupt bin."

„Du warst jung. Und die Tragödie betraf dich nicht."

„Und was ist mit der Gegenwart und Dad? Betrifft mich die Tragödie etwa auch nicht?"

„Avery, du solltest dir wegen dieser Geschichte nicht dauernd Vorwürfe machen. Du hast das Streichholz nicht angezündet, sondern er."

Wenn ich hier gewesen wäre, hätte er es vielleicht nicht getan.

„Ich muss gehen, Matt. Danny wartet." Sie ging los, doch als er ihren Namen rief, drehte sie sich zu ihm um.

„Nächsten Sonntag? Frühlingsfest?"

„Mit dir?"

Er warf ihr ein kesses Lächeln zu, dem sie nie hatte widerstehen können. „Wenn du glaubst, dass du mich einen ganzen Tag ertragen kannst."

Sie erwiderte das Lächeln. „Ich denke schon."

„Großartig. Ich rufe dich noch an wegen der Zeit."

Erfreut sah sie ihn zu seinem Wagen gehen. In dem Moment wirkte er wie sechzehn, ein jugendlicher Macho, voller Stolz über ein Ja vom anderen Geschlecht.

Wenn es dir nicht ernst ist, geh ihm aus dem Weg. Geh ihm einfach aus dem Weg!

Averys Lächeln verblasste, als sie an Cherrys Warnung dachte, doch sie verdrängte ihr Unbehagen. Cherry war ein nettes Mädchen, das sich Sorgen um ihre Brüder machte. Und Matt hatte Glück, dass es jemanden gab, dem er so am Herzen lag.

7. KAPITEL

Der Vollstrecker eröffnete die Versammlung. Alle sechs Generäle waren anwesend und voller Kampfeslust. Sie waren bereit, ihr Leben für ihre Prinzipien und ihre Stadt zu geben.

Jeder hielt sich für einen Patrioten im Krieg.

Er überblickte die Gruppe, voller Stolz auf seine Wahl. Sie repräsentierte die alte wie die neue Garde von Cypress Springs. Weisheit verstärkt durch Jugend. Und Jugend gebremst durch die Weisheit der Erfahrung, eine kaum zu schlagende Kombination.

Wegen ihres besonderen Anliegens – und weil viele der anderen ihre Motive nicht verstehen würden, obwohl sie von ihren Bemühungen, ja Opfern profitierten – trafen sie sich heimlich und im Schutze tiefer Nacht. Nicht mal ihre Familien kannten den Ort oder den wahren Grund dieser Treffen.

„Ich habe schlechte Nachrichten", sagte der Vollstrecker zu der Gruppe. „Ich habe Grund zu der Annahme, dass Elaine St. Claire einen Bürger von Cypress Springs informiert hat."

Ein Raunen erhob sich im Raum. Einer seiner Generäle ergriff das Wort. „Wie sicher ist diese Information?"

„Sehr sicher. Ich habe den Brief selbst gesehen."

„Das ist schlimm", sagte ein anderer. „Wenn sie kühn genug ist, Kontakt mit jemandem aus Cypress Springs aufzunehmen, schaltet sie vielleicht auch die Behörden ein."

„Ich habe vor, mich darum zu kümmern."

„Wie? Lebt sie nicht in New Orleans?"

„Sie kann uns vernichten", warf ein anderer ein. „Cypress Springs zu verlassen heißt, den Schutz der Gemeinschaft aufzugeben."

Der Vollstrecker schüttelte traurig den Kopf und überlegte, dass New Orleans der ideale Ort für sie gewesen wäre. Die Stadt der Sünde, da war alles möglich.

Offenbar war sie dort nicht zurechtgekommen. Die vergangenen Monate hatten offenbar ihre Angst und das Gefühl unmittelbarer Bedrohung gedämpft. So war die menschliche Natur, wie er zugeben musste. Es überraschte ihn nicht.

Er begann die Wirksamkeit ihres Warnsystems anzuzweifeln. Die Warnungen funktionierten selten und waren meist nur eine kurzfristige Abschreckung.

„Sie ist jetzt in St. Francisville", sagte er.

„Das ist gut", raunte einer der Generäle. „Wir haben Freunde dort."

„Die brauchen wir nicht", erwiderte der Vollstrecker. „Ich werde ihr eine sorgfältig aufgebaute Falle stellen."

„Locken wir sie zurück nach Cypress Springs", sagte General Blau. „Ist sie hier, gehört sie uns."

„Genau." Er blickte von einem zum anderen. „Stimmen wir überein? Sollen wir die Falle stellen?"

Die Generäle zögerten nicht. Sie hatten gelernt, dass mangelnde Entschlossenheit zu nichts Gutem führte. Schwäche öffnete die Tür für Zerstörung.

Der Vollstrecker nickte. „Betrachtet es als erledigt. Nächster Punkt. Irgendwelche Sorgen?"

Blau meldete sich zu Wort. „Ein Neuankömmling in Cypress Springs, eine Auswärtige. Sie stellt Fragen wegen der Sieben und ihrer Geschichte."

Der Vollstrecker runzelte die Stirn. Er hatte auch davon gehört. Fremde stellten immer eine potentielle Bedrohung dar. Sie verstanden nicht, wofür Die Sieben kämpften und wie ernst sie ihre Überzeugungen nahmen. Man musste sich demzufolge rasch und gnadenlos um sie kümmern.

Fremde mit Kenntnissen über Die Sieben waren eine konkrete Gefahr, die man im Auge behalten musste.

Zur Hölle mit der alten Gruppe der Sieben, dachte er. Sie waren zu schwach gewesen und hatten nicht geheim genug agiert. Es hatte ihnen an Bereitschaft gefehlt, die notwendigen Maßnahmen ohne Rücksicht auf Leib und Leben zu ergreifen.

Zu zimperlich, dachte der Vollstrecker und verzog verächtlich den Mund. Sie hatten sich internen Kämpfen und der Nachgiebigkeit Einzelner gebeugt, vor allem eines Mitglieds, das gedroht hatte, sich an die Bürgerrechtsbewegung und die Bundespolizei zu wenden und an all die anderen Weicheier, die dieses Land vor die Hunde gehen ließen.

Es machte ihn krank, wenn er darüber nachdachte. Was war mit dem Recht der anständigen, gesetzestreuen Bürger auf einen sicheren, moralisch sauberen Ort zum Leben?

Darin unterschieden er und seine Generäle sich von der alten Gruppe. Er hatte seine Leute sorgfältig ausgewählt. Ihre Hingabe an die Sache, ihre Entschlossenheit und ihr Eifer standen seiner Haltung in nichts nach.

Er war bereit, für die Sache zu sterben und zu töten.

„Hat die Fremde auch einen Namen?“ fragte der Vollstrecker.

Niemand antwortete. Ein General namens Flügel erklärte, sie sei soeben ins Gästehaus eingezogen.

Der Vollstrecker nickte. Ihr Name war leicht herauszufinden. Ein Anruf, und er hatte ihn. „Behalten wir sie im Auge“, entschied er. „Sie darf keinen Schritt machen, von dem wir nichts wissen. Wenn sie ein größeres Risiko wird, ergreifen wir Maßnahmen.“

Er sprach leise mit Falke, seinem vertrauenswürdigsten General. Der Mann neigte kaum sichtbar den Kopf. Der Vollstrecker lächelte. Falke verstand und stimmte zu. Notfalls würden sie sich dieser Gefahr so entledigen wie der letzten.

Voller Entschlossenheit vertagte er die Sitzung.

8. KAPITEL

Im Azalea Café gab es die besten Buttermilchpfannkuchen der Welt. Fett, luftig und auch ohne Sirup leicht süß. Avery gierte auch nach zwölf Jahren Abwesenheit noch danach. Und nachdem sie das ganze Wochenende damit verbracht hatte, ihr Elternhaus für den Verkauf herzurichten, war ein Abstecher ins Azalea nicht nur eine Belohnung, sondern eine Notwendigkeit.

„Morgen, Peg!“ rief sie beim Eintreten der grauhaarigen Frau hinter dem Tresen zu. Peg Becnal führte das Café in der dritten Generation. Ihre Großmutter hatte das Lokal eröffnet, weil sie ihre fünf Kinder ernähren musste, nachdem ihr Mann im Zweiten Weltkrieg gefallen war.

„Avery, Liebes!“ Peg kam um den Tresen herum und umarmte sie stürmisch. Sie roch nach Sirup und Schinkenspeck. „Die Sache mit deinem Dad tut mir furchtbar Leid. Wenn ich etwas für dich tun kann, lass es mich wissen.“

Avery erwiderte die Umarmung. „Danke, Peg. Das bedeutet mir viel.“

Als Peg sie losließ, bemerkte Avery, dass ihre Augen tränenfeucht waren. „Jede Wette, du bist wegen meiner weltbekannten Pfannkuchen hier.“

Avery lächelte. „Bin ich so leicht zu durchschauen?“

„Du hast deinen ersten kleinen Stapel verputzt, als du zwei warst. Ich weiß noch, dass dein Daddy und deine Mama fast umgefallen sind vor Schreck, weil du alles aufgegessen hast.“ Sie strich über ihre Schürze. „Setz dich irgendwohin. Ich schicke Marcie mit dem Kaffee.“

Die berufstätigen Mittagsgäste waren schon fort, sodass Avery die freie Tischwahl hatte. Sie schlüpfte in eine Nische am Fenster mit Blick auf den Stadtplatz, wo mit den Vorbereitungen für das

Frühlingsfest begonnen wurde. Arbeiter der Stadt befestigten Lichterketten in den Bäumen und an der Laube. Freitagnacht würde alles erstrahlen wie im Märchenland.

Ein Lächeln spielte um ihre Mundwinkel. Louisiana feierte gern, und man nutzte in allen Städten jede Gelegenheit dazu. Das Frühlingsfest war Cypress Springs' Beitrag zu dieser Tradition, ein typisches Wochenendfest mit Essensbuden, Kunsthandwerk, Musik und Karnevalsumzügen für die Kinder. Aus dem ganzen Staat würden die Besucher kommen und auch das letzte Gästebett belegen. Sie war jedes Jahr zu dem Fest gegangen, solange sie hier gelebt hatte.

„Kaffee?"

Avery drehte den Kopf. „Ja, danke."

Das Mädchen füllte ihre Tasse und stellte ein Sahnekännchen dazu. Avery gab Sahne und Zucker in ihren Kaffee und ließ den Blick wieder zum Stadtplatz wandern.

Das Wochenende war für sie ein Wechselbad der Gefühle gewesen. Verzweiflung und Dankbarkeit, Tränen und Gelächter hatten nah beieinander gelegen. Freunde und Nachbarn waren gekommen, um nach ihr zu sehen, und hatten Speisen und Blumen mitgebracht. Den meisten war sie zuletzt bei der Beerdigung ihrer Mutter begegnet. Sie blieben eine Weile, um mit ihr nette, lustige und wertvolle Erinnerungen an ihren Vater zu teilen. Etliche drückten ihr Bedauern aus, nicht auf sein bizarres Verhalten reagiert zu haben. Die Anteilnahme und Zuneigung erleichterten ihr, was sie hier zu tun hatte.

Vor allem gab man ihr das Gefühl, nicht allein zu sein.

Avery hatte fast vergessen, wie es war, unter Freunden zu leben, nicht nur ein Name oder eine Postfachnummer zu sein, sondern eine echte Person, die schon allein deshalb wichtig war, weil sie zur Gemeinschaft gehörte.

Versonnen nippte sie an ihrem Kaffee, in Gedanken bei der Beerdigung ihres Vaters. Danny Gallagher hatte ihr eine Totenwache für Mittwochabend vorgeschlagen und die Beisetzung für Donnerstagmorgen, damit die Gazette rechtzeitig eine Anzeige bringen konnte. Er war sicher gewesen, dass die halbe Stadt ihrem Vater das letzte Geleit geben wollte und somit frühzeitig informiert werden musste.

Lilah hatte darauf bestanden, nach der Beisetzung in ihrem Haus für das Wohl der Trauergäste zu sorgen, was Avery dankend angenommen hatte.

Zwei Tage noch.

Die Hände um den warmen Becher geschlungen, fragte sie sich, ob die Beerdigung es ihr erleichtern würde, Abschied zu nehmen. Könnte sie mit der Zeremonie einen Schlussstrich ziehen oder bliebe diese entsetzliche Leere im Herzen?

Die Kellnerin brachte die Pfannkuchen und füllte ihren Kaffeebecher wieder auf. Avery dankte, führte das erste Pfannkuchenstück in den Mund und gab einen verzückten Laut von sich. In schon peinlicher Geschwindigkeit vertilgte sie den halben Stapel und legte schließlich zufrieden seufzend die Gabel beiseite.

„Sind sie so gut, wie du sie in Erinnerung hattest?“ rief Peg, die hinter dem Tresen stand.

„Besser“, erwiderte sie und schob den Teller zurück. „Aber wenn ich noch mehr esse, platze ich.“

Peg schüttelte den Kopf. „Kein Wunder, dass du so dürr bist. Ich schicke Marcie mit der Rechnung.“

Avery dankte ihr freundlich und wandte ihre Aufmerksamkeit wieder dem Stadtplatz zu. Sie wollte den Blick soeben abwenden, als sie auf der anderen Straßenseite, halb durch eine Eiche verborgen, Hunter und seine Mutter entdeckte, tief in eine Unterhaltung versunken.

Nein, das war keine Unterhaltung, sondern ein Streit. Lilah hob eine Hand und wollte ihren Sohn offenbar schlagen, doch der wehrte sie ab. Er war wütend. Avery spürte geradezu seinen Zorn und Lilahs Verzweiflung.

Obwohl sie sich wie ein Voyeur vorkam, konnte sie den Blick nicht von den beiden losreißen. Der Wortwechsel ging weiter. Als Hunter sich zum Gehen wandte, packte Lilah ihn am Arm, doch er schüttelte die Hand angewidert ab.

Lilah flehte, wie Avery schockiert erkannte. Um was bettelte sie? Um die Liebe ihres Sohnes, um seine Aufmerksamkeit? Im nächsten Moment war Hunter verschwunden.

Lilah sah ihm nach und schien in sich zusammenzusacken. Sie ließ sich gegen den Baumstamm sinken und legte den Kopf in die Hände.

Besorgt eilte Avery aus ihrer Nische und schwang sich den Handtaschenriemen über die Schulter. „Peg!" rief sie auf dem Weg zur Tür. „Ich zahle später."

Ohne auf eine Antwort zu warten, hastete sie hinaus und über die Straße.

Sobald sie Lilah erreicht hatte, sagte sie leise ihren Namen. „Alles in Ordnung?"

„Geh, Avery, bitte!"

„Das kann ich nicht, wenn du so aufgeregt bist."

„Du kannst mir nicht helfen. Niemand kann das."

Sie ließ die Hände sinken und sah Avery an. Das Make-up von Tränen verschmiert, wirkte sie um Jahre älter als die vornehme Gastgeberin von neulich abends.

Avery reichte ihr die Hand. „Ich möchte dir wenigstens zu deinem Wagen helfen oder dich heimfahren."

„Ich verdiene deine Freundlichkeit nicht. Ich habe so viele Fehler in meinem Leben gemacht. Mit meinen Kindern, meinem

…" Sie rang die Hände. „Gott vergebe mir, es ist alles meine Schuld."

„Hat Hunter dir das gesagt?"

„Ich muss gehen."

„Hat Hunter dir das gesagt? Ich habe euch streiten sehen."

„Lass mich gehen." Sie kramte in ihrer Handtasche nach den Autoschlüsseln. Die Hände zitterten ihr so, dass die Schlüssel zu Boden fielen.

Avery beugte sich herab und hob sie auf. „Ich weiß nicht, was er dir vorgeworfen hat, aber es stimmt nicht. Hunters Probleme sind nicht deine Schuld. Er ist für die Fehler seines Lebens selbst verantwortlich."

Lilah schüttelte den Kopf. „Du weißt nicht … Ich war eine schreckliche Mutter. Ich habe alles falsch gemacht, alles!"

Verzweifelt versuchte Lilah, sich an ihr vorbeizudrängen. Doch Avery hielt sie an den Schultern fest und zwang Lilah, sie anzusehen. „Das stimmt nicht. Denk an Matt und an Cherry. Sieh dir an, wie gut es ihnen geht und wie zufrieden sie sind."

Lilah wurde still und sah Avery an. „Ich fühle mich nicht gut. Könntest du mich heimfahren?"

Avery führte sie zu ihrem Wagen, half Lilah beim Einsteigen und fuhr los.

Die Fahrt zur Ranch hinaus verlief schweigend. Avery spürte, dass Lilah weder den Wunsch noch die Kraft hatte, ein Gespräch zu führen. Sie parkte die Limousine in der Zufahrt, half Lilah beim Aussteigen und brachte sie zum Haus.

Als sie die Tür öffneten, erschien Cherry am oberen Treppenabsatz und blickte von ihrer Mutter zu Avery. „Was ist passiert?"

„Mir geht es gut", erklärte Lilah mit brüchiger Stimme. „Ich bin nur sehr müde."

Cherry eilte die Treppe herunter und nahm ihre Mutter in die Arme. „Lass mich helfen."

„Bitte kein Aufhebens."

„Mutter ..."

„Ich möchte nicht darüber reden." Sie entzog ihrer Tochter den Arm. „Ich habe Kopfschmerzen und ..." Sie wandte sich an Avery. „Du bist ein Engel, dass du mich heimgebracht hast. Hoffentlich habe ich deine Pläne nicht durcheinander gebracht."

„Kein bisschen, Lilah. Ich hoffe, du fühlst dich bald besser."

„Ich muss mich hinlegen. Entschuldige mich."

Cherry sah ihrer Mutter nach, die langsam die Treppe hinaufstieg. Als Lilah dem Blick entschwand, wandte sie sich besorgt an Avery. „Was ist passiert?"

„Ich weiß es nicht." Avery fuhr sich mit einer Hand über das Gesicht. „Ich saß im Azalea Café, am Fenster, sah hinaus und entdeckte deine Mutter und Hunter ..."

„Hunter!"

„Sie haben sich gestritten."

„Dieser Mist...! Warum lässt er sie nicht in Frieden und haut ab?"

Avery wusste nicht, was sie dazu sagen sollte. Bebend vor Zorn holte Cherry eine Packung Zigaretten und ein Feuerzeug aus der Schublade des Flurtisches, steckte sich zitternd eine Zigarette an, öffnete die Haustür und stellte sich schweigend rauchend auf die Schwelle. Nach einigen Zügen drehte sie sich zu Avery um. „Worüber haben sie gestritten?"

„Das weiß ich nicht. Sie wollte mir nichts sagen."

Cherry blies eine lange Rauchfahne aus. „Was hat sie denn gesagt?"

„Dass sie ihr Leben und das ihrer Kinder verpfuscht hätte. Alles sei allein ihre Schuld."

Cherry kniff kurz die Augen zusammen.

„Ich habe ihr gesagt, dass das nicht stimmt. Und dass Hunter für seine Probleme selbst verantwortlich ist."

„Aber sie hat dir nicht geglaubt."

„Nein. Trotzdem schien es sie zu beruhigen."

„Wenigstens das." Cherry ging auf die Veranda hinaus, drückte die Zigarette in einem unter der Stufe verborgenen Aschenbecher aus und kehrte ins Foyer zurück. „Das ist ein erster Schritt."

„Soll das heißen, so etwas ist schon mal passiert?"

„O ja. Hunter war noch keine vierundzwanzig Stunden in Cypress Springs, als er schon anfing, ihr Vorwürfe zu machen. Uns allen, um genau zu sein. Du würdest nicht glauben, was er alles gesagt hat." Seufzend fügte sie hinzu: „Gleichgültig, wie gut Matt und ich zurechtkommen, sie konzentriert sich nur auf Hunter und seine Probleme."

„Was ist mit ihm passiert, Cherry? Hunter war immer so ... freundlich und lustig."

Sie zuckte die Achseln. „Ich weiß es auch nicht."

„Es begann in dem Sommer, als Sallie Waguespack ermordet wurde, nicht wahr?"

Cherry warf ihr einen scharfen Blick zu. „Warum sagst du das?"

„Weil es der Sommer war, in dem er und Matt anfingen zu streiten. Kurz nachdem sie ihre Fahrerlaubnis bekommen hatten." Nach einer Pause fügte sie hinzu: „Da begann Hunter ... sich zu verändern." Als Cherry schwieg, fuhr Avery fort. „Ich hätte gar nicht daran gedacht, wenn ich nicht die vielen Zeitungsausschnitte in Dads Schrank gefunden hätte." Rasch erzählte sie, wie sie den Karton entdeckt, den Inhalt durchgesehen und Buddy gefragt hatte, ob er sich die Sammlung erklären könne. „Ehrlich gesagt hatte ich den Vorfall total vergessen."

„Wieso glaubst du, das eine hätte mit dem anderen zu tun?"

„Wie bitte?"

„Warum glaubst du, dieser Mord hätte etwas mit Hunter zu tun?"

Avery schaute sie verblüfft an. „Das tue ich doch gar nicht. Ich habe es nur in einen zeitlichen Rahmen gebracht."

Voller Unbehagen rieb sich Cherry mit dem Daumen eine Stelle zwischen den Augen. „Ich war noch ein Kind. Ich erinnere mich kaum an den Fall. Aber ... es war eine Zeit des Aufruhrs. Die ganze Stadt war eine Zeit lang außer sich."

Sie ließ die Hand sinken und sah Avery eindringlich an. „Was Hunter auch verändert haben mag, er gehört nicht mehr zu uns, so schwer es mir auch fällt, das zu sagen. Ich will mir gar nicht vorstellen, wie Matt sich dabei fühlt. Die beiden standen sich als Zwillinge einmal besonders nahe."

Cherry fröstelte leicht und schloss die Tür. „Aber Matt ist über die Entfremdung hinweg, genau wie Dad und ich. Nur Mutter scheint ihn nicht loslassen zu können." Sie machte eine Pause und fügte dann hinzu: „Es ist viel schlimmer geworden, seit Hunter wieder nach Cypress Springs gekommen ist. Vorher konnten wir ihn einfach vergessen. Aus den Augen, aus dem Sinn. Das funktionierte sogar bei Mom. Ich glaube, sie hat sich mit seinem beruflichen Erfolg getröstet."

Aus den Augen, aus dem Sinn. Avery verstand das nur zu gut. In gewisser Weise war sie genauso mit ihrem Vater verfahren. Sie hatte sich eingeredet, es gehe ihm gut und er habe ein angenehmes, schönes Leben. Nun musste sie mit der Erkenntnis leben, wie sehr sie sich geirrt hatte.

„Dann kam er nach Hause", fuhr Cherry fort, „und schleppte einen solchen Ballast an Zorn und Überempfindlichkeiten mit sich herum, dass er kaum noch aufrecht gehen konnte."

„Aber warum das alles, Cherry? Dein Vater erwähnte, Hunter hätte fast seine Anwaltslizenz verloren. Weißt du, was da passiert ist?“

„Ja, allerdings. Er hatte alles erreicht und hat sein Leben verpfuscht. Das ist passiert. Er hatte beruflichen Erfolg, Geld, einen klugen Kopf und eine Familie, die ihn liebte, und das alles hat er aufs Spiel gesetzt. Weißt du, was er jetzt macht? Er war Anwalt für Firmenrecht in einer der renommiertesten Kanzleien im Süden und ist nach Cypress Springs gewechselt, um gelegentlich eine Scheidung durchzuziehen oder einen Fall von Bankrott zu übernehmen. Ich begreife das einfach nicht. Er lebt und arbeitet im früheren Blumenladen von Barkers, einen Block vom Stadtplatz entfernt, an der Ecke Walton und Johnson. Erinnerst du dich?“

Avery bejahte.

„Ich glaube, er ist nur zurückgekommen, um uns wehzutun. Um uns für irgendeine Sünde oder eingebildete Zurückweisung zu bestrafen.“ Cherry blickte zur Treppe und dachte offenbar an ihre Mutter. „Und was das Traurige ist, er hat Erfolg damit.“

9. KAPITEL

Kurz darauf verließ Avery das Haus. Cherry sagte ihr, sie könne mit Lilahs Wagen zurückfahren. Nach einem solchen Vorfall würde ihre Mutter das Haus meist tagelang nicht verlassen.

Während sie durch die Stadt fuhr, musste Avery immer wieder an Cherrys Bemerkung denken, Hunter sei nur gekommen, um ihnen wehzutun. Sie hatte das nicht glauben wollen, doch wenn sie an Lilahs Verzweiflung dachte, wurde sie unsicher.

Je länger sie darüber nachdachte, desto wütender wurde sie auf Hunter. Was fiel ihm ein, derart auf seine Familie loszugehen, die ihn stets nur geliebt und unterstützt hatte?

Auch wenn sie zwölf Jahre fort gewesen war, würde sie ihm das nicht durchgehen lassen. Die Stevens' standen ihr fast so nah wie die eigene Familie, und Hunter durfte nicht so mit ihnen umspringen.

Sie erreichte die Walton Street, bog links ab und fuhr zurück zur Johnson. Nicht weit von Barkers Blumenladen entfernt fand sie eine Parkbucht, fuhr hinein und stieg aus.

Während ihrer Schulzeit war Barker der führende Florist der Stadt gewesen. Jeder Ansteckstrauß, den sie getragen hatte, war von Barker gewesen.

Und von Matt überreicht worden.

Sie stand vor dem Laden und bedauerte, durch die Schaufenster nicht mehr auf Eimer voller Schnittblumen schauen zu können.

Avery wollte die Tür öffnen, doch sie war abgeschlossen. Eine Pappuhr im Fenster verkündete: „Komme um ... zurück." Leider fehlte der Zeiger für die Zeitangabe.

Cherry hatte erzählt, Hunter benutze den Laden vorne als Kanzlei und lebe in den hinteren Räumen. Wenn sie sich recht entsann, hatten die Barkers das seinerzeit genauso gehalten. Zweifellos lag der Zugang zu den Wohnräumen auf der anderen Seite.

Sie ging um das Haus herum in die Gasse für die Anlieferungen. Tatsächlich machte die Hintertür den Eindruck eines Wohnungszugangs.

Die äußere Tür stand offen, damit frische Luft durch die Fliegendrahttür strömen konnte, und sie klopfte an den Türrahmen. „Hunter!“ rief sie. „Ich bin es, Avery!“

Von drinnen ertönte ein Schlurfen, gefolgt von einem Wimmern. Stirnrunzelnd klopfte sie noch einmal. „Hunter, bist du da?“

Das Wimmern ertönte wieder. Sie blickte durch das schmutzige Drahtgeflecht. Der Raum hinter der Tür schien eine Küche zu sein, und die war leer.

Von drinnen erklang ein dumpfer Schlag, als fiele etwas auf den Boden – etwas oder jemand.

Entschlossen drückte sie gegen die Drahttür und trat ein. Abgesehen von einer Hand voll Geschirr im Spülbecken war die Küche makellos sauber.

Mit Herzklopfen ging sie weiter. „Hunter?“ rief sie wieder. „Ich bin es, Avery! Ist alles in Ordnung mit dir?“

Diesmal nur Stille, kein Wimmern, Schlurfen oder Poltern.

Nicht gut.

Sie eilte in den nächsten Raum und blieb stehen.

Der größte und struppigste Hund, den sie je gesehen hatte, versperrte ihr zähnefletschend den Weg. Ein tiefes Knurren drang aus seiner Kehle, und Avery blieb fast das Herz stehen.

Sie wich zurück, als ein Wimmern hinter dem Hund ihre Aufmerksamkeit erregte. Auf einer Decke in der Ecke lag ein halbes Dutzend winselnder Welpen, die noch so jung waren, dass sie die Augen geschlossen hatten.

„Ist schon okay, Mädchen“, beruhigte Avery die Hündin mit leiser Stimme. „Ich tue deinen Kleinen nichts.“

Die Hündin neigte lauschend den Kopf zur Seite, offenbar abwägend, ob ihr zu trauen sei. Dann wandte sie sich ab und trottete zu ihren Jungen zurück. Sie legte sich auf die Seite, und die Kleinen begannen umherwuselnd nach ihren Zitzen zu suchen. Tief seufzend schlug die Hündin zufrieden einmal mit dem Schwanz, der so dick war wie ein Besenstiel, auf den Holzboden.

Avery kam sich albern vor. Wieso hatte sie sich eingebildet, hier jemanden retten zu müssen? Sie wandte sich von der säugenden Hündin ab und sah sich um. Sauber, aber spartanisch, dachte sie. Ein behaglicher Mischmasch aus gebrauchten Möbeln unterschiedlicher Stile. Ein altertümliches Sofa mit einem Bezug, der vermutlich einmal hellgolden gewesen war, inzwischen aber senffarben aussah. Ein ramponierter Couchtisch und ein hübscher eierschalenfarbener Sessel.

Vermutlich übrig geblieben aus den guten alten Tagen, Stücke, die Hunter nicht mehr verkaufen konnte.

Sie drehte sich um. In der Ecke hinter ihr standen ein provisorischer Schreibtisch und ein Aktenschrank. Auf dem Schreibtisch thronte ein ausgeschalteter Computer, daneben lag ein dicker Stapel bedrucktes Papier.

Neugierig trat sie näher. Ein Manuskript. Den Kopf leicht geneigt, las sie: Kehrtwende. Roman von Hunter Stevens.

Hunter schrieb einen Roman? Warum hatten Matt oder Cherry das nicht erwähnt? Vielleicht wussten sie es nicht. Avery wusste, dass die beiden nicht viel mit Hunter redeten.

„Komm nur herein!“ ertönte Hunters Stimme hinter ihr. „Fühl dich wie zu Hause.“

Erschrocken fuhr Avery herum, die Hand an die Kehle gepresst. „Hunter!“

„Du klingst so erstaunt, mich zu sehen. Hast du jemand anderes erwartet?"

„Es ist nicht so, wie es aussieht. Ich wollte nicht ..."

„Was? Einbrechen?"

Mit geröteten Wangen entgegnete sie trotzig: „So war das nicht. Ich kann es erklären."

„Klar kannst du." Er ging an ihr vorbei, nahm das Manuskript und gab es in einen Aktenordner. Avery merkte, wie sorgfältig, ja ehrfürchtig er es behandelte.

„Ich habe nur den Titel gelesen", sagte sie leise. „Und ich habe nicht eingebrochen. Die Tür stand offen."

Er verschloss die Schublade, steckte den Schlüssel ein, drehte sich zu ihr um und verschränkte die Arme vor der Brust. „Wie achtlos von mir."

„Ich kam gerade vorbei und hörte ein Geräusch von drinnen. Ein Wimmern und dann ein Poltern. Als wäre jemand ... gefallen. Ich dachte, du ..." Da er sie nur ungläubig ansah, fuhr sie erklärend fort: „Ich habe den Hund und die Welpen gehört, aber ich dachte, dass etwas nicht in Ordnung sein könnte."

„Sarah?" Er warf einen Blick auf die Hündin, die beim Klang ihres Namens einmal erfreut mit dem Schwanz auf den Boden schlug.

„Siehst du", sagte Avery, „genau das habe ich gehört."

Er lächelte überraschenderweise. „Du hast Recht, das ist ein beängstigendes Geräusch. Hast du gedacht, der Klabautermann wäre gekommen? Wollte die große mutige Avery mich retten?"

Die plötzlich aufgehellte Miene erinnerte sie an den Jungen von früher, und sie erwiderte sein Lächeln. „Warum nicht? Hätte doch sein können. Ich habe immer Pfefferspray dabei. Außerdem erinnerst du dich vielleicht, dass ich schon in der High School nicht zu den Zimperlieschen gehört habe. ‚Hunter, du bist so groß und stark', imitierte sie spöttisch ihre ehemaligen Mitschülerinnen, ‚ich wüsste nicht, was ich ohne deinen Schutz tun sollte.'"

Er lachte. „Stimmt. Eine Zimperliese würde ich dich nicht nennen."

„Danke."

„Tut mir Leid, wegen neulich. Ich habe mich einfach blöd benommen."

„Genau genommen warst du ein ziemliches Ekel. Aber Entschuldigung akzeptiert."

Die Hündin erhob sich, schüttelte einen letzten gierigen Welpen ab, trottete zu Hunter und sah ihn bewundernd an. Er ging neben ihr in die Hocke und kraulte ihr die Ohren. Sie schien dahinzuschmelzen vor Behagen.

Avery beobachtete die beiden und dachte unwillkürlich, dass Hunter nicht so herzlos sein konnte, wie er tat. „Sie scheint dir treu ergeben zu sein."

„Das beruht auf Gegenseitigkeit. Ich habe sie gefunden, als sie genauso heruntergekommen war wie ich. Ich dachte, wir wären ein gutes Paar."

Sie schwiegen einen Moment. Avery hätte ihn gern gefragt, welche Umstände dazu geführt hatten, dass er wieder hergezogen war, wollte den Augenblick der Kameradschaft jedoch nicht zerstören.

Stattdessen deutete sie zum Computer. „Deine Familie hat nicht erwähnt, dass du einen Roman schreibst."

„Sie wissen es nicht. Auch sonst weiß es keiner, außer jemandem, der hier einbricht und das Manuskript liest." Er stand auf, und Sarah blieb neben ihm. „Es wäre mir lieb, wenn du ihnen nichts davon erzählen würdest."

„Wenn du es so willst. Aber ich bin sicher, sie würden dich dabei sehr stark unterstützen ..."

„Ich will es so.“

„Also gut.“ Sie legte den Kopf schräg. „Wovon handelt das Buch?“

„Es ist ein Thriller über einen Anwalt, der vor die Hunde geht.“

„Dann ist es autobiografisch?“

„Was tust du hier, Avery?“

Um den heißen Brei herumzureden wäre wohl Zeitverschwendung. „Ich möchte mit dir über deine Mutter sprechen.“

„Welch ein Schock.“

Sein Sarkasmus ärgerte sie. „Ich habe euch zwei heute Morgen streiten sehen. Sie war wirklich aufgebracht, Hunter. Um nicht zu sagen hysterisch.“

Er reagierte nicht. Weder mit Überraschung, Reue, Sorge noch Schuldbewusstsein.

Seine scheinbare Ungerührtheit brachte sie in Rage. „Hast du nichts dazu zu sagen?“

„Nein.“

„Sie war nicht mal mehr in der Lage, selbst zu fahren, Hunter! Ich musste sie heimbringen.“

„Was soll ich dazu sagen? Dass es mir Leid tut?“

„Das wäre ein Anfang.“

„Das sage ich nicht. Sonst noch was?“

Sie starrte ihn an, fassungslos, dass er so kalt gegenüber seiner Mutter und seiner Familie sein konnte.

Als sie ihm das sagte, lachte er nur. „Na, das ist ja gelungen. Wer sagt das wem?“

„Was soll das denn heißen?“

„Du weißt verdammt gut, was das heißt. Wo warst du in den letzten Jahren, Avery?“

Sie durchschaute seine Strategie und wollte ihm nicht gestatten, vom Thema abzulenken. „Wir reden hier nicht von mir, Hunter, sondern von dir. Du machst immer nur andere für deine Probleme verantwortlich, nur dich selbst nicht. Warum wirst du nicht erwachsen?"

„Und warum hältst du dich nicht da raus, Miss Großstadtreporterin? Kehr zurück zu deinem wichtigen Job. Das hier ist nicht mehr dein Leben ... war es vermutlich nie."

Gekränkt schlug sie zurück: „Du kannst von Glück sagen, dass du eine so großartige Familie hast, die zu dir hält, obwohl du ein solcher Dummkopf bist. Warum kannst du nicht ein bisschen Dankbarkeit zeigen?"

„Dankbarkeit?" Er lachte freudlos. „Großartige Familie? Für eine Reporterin, die was auf Recherche gibt, bist du verdammt beschränkt."

„Keine Familie ist perfekt, aber wenigstens fühlen sich die Stevens einander verbunden und versuchen, in guten und in schlechten Zeiten füreinander da zu sein."

„Wann hast du dich zur Expertin für meine Familie entwickelt? Wie lange bist du hier? Eine Woche? Warte!" Er tippte sich an die Stirn. „Ich hab's. Du bist Hellseherin."

„Es ist sinnlos, mit dir diskutieren zu wollen." Sie ging zur Tür. „Ich bin weg."

„Natürlich. So machst du das ja immer."

Sie blieb wie angewurzelt stehen und drehte sich langsam zu ihm um. „Wie bitte?"

„Wo warst du die letzten zwölf Jahre?"

„Falls es dir entgangen sein sollte: Cypress Springs ist nicht gerade der Ort, wo man als Journalistin Karriere machen kann."

Er kam einen Schritt auf sie zu. „Du hast es gerade nötig, mir vorzuhalten, wie ich meine Mutter behandele. Und wie warst du zu deiner? Wie oft hast du sie denn noch besucht, nachdem du ausgezogen warst?"

„Ich habe angerufen, und ich war so oft hier, wie ich konnte. Mein Beruf erlaubte es nicht, einfach herzukommen, wenn mir danach war."

„Wie lange bist du nach ihrer Beerdigung geblieben, Avery? Vierundzwanzig Stunden oder vielleicht sechsunddreißig?"

Sie wandte sich wieder der Tür zu, doch Hunter folgte ihr und hielt sie am Arm fest. „Und wo warst du, als dein Vater so depressiv wurde, dass er sich selbst angezündet hat?"

Ein weinerlicher Laut entrang sich ihrer Kehle. Sie wollte Hunter den Arm entreißen, doch er hielt sie umso fester. „Dein Dad hat dich gebraucht, doch du warst nicht da."

„Was weißt du schon davon, wie mein Dad fühlte oder was er brauchte?"

„Mehr, als du denkst." Er ließ sie los, und sie taumelte zurück. „Ich wette, du weißt nicht einmal, dass dein Dad und meiner nicht mehr miteinander gesprochen haben. Es war so schlimm geworden, dass sie, wenn sie den anderen kommen sahen, auf die andere Straßenseite wechselten, um den Blickkontakt zu vermeiden. Jede Wette, das haben dir weder Matt noch Buddy erzählt."

„Hör auf, Hunter!" Sie wich zur Tür zurück.

„Und ich wette, sie haben dir auch nicht gesagt, dass meine Eltern schon seit einem Jahrzehnt nicht mehr dasselbe Schlafzimmer teilen und Mom von Schmerztabletten und Alkohol abhängig ist." Er lachte bitter. „Dad spielt schon so lange den jovialen Kleinstadtpolizisten, dass er eine aufrichtige Geste nicht mal mehr erkennen würde, wenn sie ihn anspringt. Matt gibt sich die allergrößte Mühe, in die Fußstapfen seines alten Herrn zu treten, und weigert sich so total, die Realität zu erkennen, dass es nur noch erschreckend ist. Und Cherry, das arme Mädchen, opfert ihr Leben diesem zerbrochenen Haufen, um ihn zusammenzuhalten. Großartige Familie", fügte er hinzu, „so amerikanisch wie Apfelkuchen und Prozac."

Zornbebend starrte sie ihn an. „Du hast Recht, ich war nicht hier, und ich mache mir die größten Vorwürfe deshalb. Ich würde alles geben, wenn ich es rückgängig machen könnte, aber das geht nun mal nicht. Ich habe meine Eltern verloren."

Sie griff nach dem Türknauf und kämpfte mit den Tränen. Er sollte nicht merken, dass seine Argumente gesessen hatten. „Ich habe Cherrys Vorwurf, du wärst nur zurückgekommen, um ihnen wehzutun, nicht glauben wollen. Aber jetzt tu ich es."

Er streckte eine Hand aus. „Avery, ich ..."

„Wann bist du so grausam geworden, Hunter?" schnitt sie ihm das Wort ab. „Was ist passiert, dass du so geworden bist, erbärmlich und voller Hass?"

Ohne eine Antwort abzuwarten, öffnete sie die Tür und ging.

10. KAPITEL

Gwen Lancaster stand am Fenster ihres gemieteten Zimmers und spähte durch die Jalousien in die hereinbrechende Dunkelheit. In den Gebäuden rings um den Stadtplatz wurden nacheinander die Lichter eingeschaltet. Gwen blieb im Dunkeln, um aus der Anonymität zu beobachten.

Wussten die, dass sie hier war und dass sie Toms Schwester war? Hatten die bereits bemerkt, dass sie sich nicht aufhalten lassen würde, um seinen Killer zu finden?

Wie immer war sie den Tränen nahe, wenn sie an ihren Bruder dachte. Gwen wandte sich vom Fenster ab, ging zum Schreibtisch und blickte auf die Gazette. Sie hatte die Zeitung gelesen und den Kalender mit den bevorstehenden Terminen aufgeschlagen. Sie hatte sich angekreuzt, an welchen sie teilnehmen wollte. Der erste war die Totenwache heute Abend.

Sie blickte auf das Schwarz-Weiß-Foto eines freundlichen älteren Herrn, laut Überschrift Dr. Philip Chauvin, der als einziges Familienmitglied seine Tochter Avery Chauvin hinterließ.

Heute Abend würde fast die ganze Stadt zusammenkommen. Sie hatte die Leute darüber reden hören. Der Mann hatte offenbar Selbstmord begangen und war einer der beliebtesten Bürger hier gewesen.

Selbstmord. Verächtlich verzog sie die Lippen. Cypress Springs war anscheinend ein Nest von Selbstmördern.

Wütend dachte sie, dass die wahrscheinlich auch dort waren, diese Bastarde, die ihr den Bruder genommen hatten, die für sein Verschwinden gesorgt hatten.

Tom hatte an seiner Doktorarbeit in Sozialpsychologie für die Tulane Universität gearbeitet. Thema seiner Dissertation war Selbstjustiz in amerikanischen Kleinstädten gewesen. Im Zuge seiner Recherchen hatte ihn eine merkwürdige Geschichte nach Cypress Springs geführt.

Es ging um eine Gruppe, die sich Die Sieben nannte. Sie war offenbar in den späten Achtzigern und frühen Neunzigern aktiv gewesen und hatte ihren Mitbürgern im Namen von Recht und Gesetz die Bürgerrechte verweigert.

Nachdem er nur wenige Wochen in Cypress Springs verbracht hatte, war Tom spurlos verschwunden.

Gwen schluckte trocken. Das stimmte nicht ganz. Seine Leiche war verschwunden. Sein verlassenes Auto war an einem einsamen Highwayabschnitt in der nächsten Gemeinde gefunden worden. Es hatte keine Spuren eines Kampfes oder eines Unfalls gegeben. Die Schlüssel waren fort gewesen.

Sowohl die Polizei von Cypress Springs als auch das Sheriff Department hatten ermittelt und den Wagen ihres Bruders wie auch die Umgebung nach Beweisen abgesucht. Sie hatten sein gemietetes Zimmer durchsucht, seine Mitbewohner befragt und seine letzten Tage rekonstruiert, ohne einen bestimmten Verdacht oder ein Motiv für sein Verschwinden zu entdecken.

Ihr hatte man gesagt, er sei vermutlich Opfer eines zufälligen Gewaltaktes geworden und habe sich zur falschen Zeit am falschen Ort aufgehalten. Immerhin hatten sie versprochen, die Akte nicht zu schließen, ehe sie konkret wussten, was ihm zugestoßen war.

Gwen hatte jedoch eine andere Theorie zu seinem Verschwinden. Sie glaubte, dass seine Suche nach der Gruppe Die Sieben ihn das Leben gekostet hatte. Er war etwas oder jemandem zu nahe gekommen. Wenige Tage vor seinem Verschwinden hatte sie noch mit ihm gesprochen. Er hatte hier viel mehr entdeckt, als erwartet. Er vermutete, dass Die Sieben immer noch im Geheimen operierten. Er hatte einen wichtigen Kontakt hergestellt, und man wollte sich am folgenden Abend treffen.

Gwen hatte ihn gebeten, vorsichtig zu sein.

Das war das letzte Mal gewesen, dass sie seine Stimme gehört hatte. Und sie fürchtete, seine Stimme nie wieder zu hören.

Obwohl seine Notizen nichts Belastendes verrieten, hatte sie keinen Zweifel, dass diese Kontaktperson ihn entweder in eine Falle gelockt oder ihn umgebracht hatte.

Gwen presste die Handballen auf die Augen. Und wenn sie sich nun irrte? Ihre Therapeutin hatte angedeutet, dass sie vielleicht nur einen Sündenbock suchte, um einen sinnlosen Gewaltakt zu verstehen – um dem Chaos Ordnung zu geben.

Müde vom Grübeln ließ sie die Hände sinken. Seit Toms Verschwinden war ihr Leben tatsächlich das reinste Chaos.

Sie ging wieder ans Fenster. Seit Tagen befestigten städtische Bedienstete Lichterketten in den Bäumen. Heute Abend war offenbar Probe. Tausende Lichter erglühten und verwandelten den Stadtplatz in ein Märchenland.

Es war unglaublich hübsch und malerisch. Ein Postkartenidyll, bewohnt von den nettesten Menschen, die ihr je begegnet waren.

Das alles war Lüge, reine Illusion. Dieser Ort war kein idyllisches Paradies, und die Menschen waren keine Tugendschafe.

Und das würde sie beweisen, ungeachtet der Folgen.

11. KAPITEL

Gallaghers Beerdigungsinstitut befand sich in einem großen viktorianischen Haus an der Prospect Street. Die Gallaghers betrieben dieses Geschäft, solange Avery denken konnte. Sie war mit Danny zur Schule gegangen, und sie erinnerte sich, dass er einen Vortrag über Einbalsamierung gehalten hatte. Die Mädchen waren entsetzt gewesen und die Jungen fasziniert.

Als größter Wildfang von Cypress Springs hatte sie es mit den Jungen gehalten.

Danny nahm sie am Eingang im Empfang. Während der Schulzeit war er der reinste Ladykiller gewesen. Obwohl die Zeit Kinn und Taille etwas gerundet hatte, war er immer noch sehr attraktiv.

Er nahm ihre Hände und küsste sie auf die Wange. „Alles in Ordnung mit dir?"

„So gut, wie man es erwarten kann, glaube ich."

Stirnrunzelnd blickte er an ihr vorbei. „Du bist selbst gefahren?"

„Allerdings." Obwohl ein halbes Dutzend Leute, inklusive Buddy und Matt, ihr angeboten hatte, sie heute Abend zu chauffieren, hatte sie abgelehnt, weil sie allein sein wollte. „Als Großstadtmensch bin ich an Selbstständigkeit gewöhnt", hatte sie erwidert.

Danny führte sie, ihre Antwort sichtlich missbilligend, ins Haus. „Wenn du etwas brauchst, lass es mich oder meine Angestellten wissen. Ich erwarte eine Menge Leute."

Innerhalb der nächsten zwanzig Minuten zeigte sich, dass seine Ankündigung gestimmt hatte. Fast die ganze Stadt zollte dem Verstorbenen Respekt: Nachbarn, Freunde, Bekannte. Avery wurde umarmt, und man sprach ihr das Beileid aus. Manche Leute erkannte sie sofort, andere erst nach einigen Hinweisen. Und immer wieder bestätigte man ihr, wie entsetzt man über den Tod des Vaters gewesen sei.

Obwohl das Wort Selbstmord nicht fiel, hing es irgendwie im Raum und damit auch ein unausgesprochener Vorwurf. Zumindest empfand sie es so.

Und wo warst du, als dein Vater so depressiv wurde, dass er sich selbst angezündet hat?

Das Schlimme an dem auch von Hunter gemachten Vorwurf war, dass er berechtigt war. Und deshalb traf er sie.

Die Minuten vergingen quälend langsam. Allmählich schien ihr die Decke auf den Kopf zu fallen. Ihr wurde schwindelig, und die Knie gaben nach. Die miteinander um Dominanz ringenden Düfte nach Parfum und Blumen schienen sie zu ersticken.

Ich brauche frische Luft.

Die Terrasse.

Gegen ein Gefühl der Panik ankämpfend, bewegte sie sich langsam auf die Tür zu und eilte dann hinaus in die ungewöhnlich kühle Abendluft. Am Terrassenrand blieb sie stehen und hielt sich am Geländer fest. „Reiß dich zusammen, Avery! Du darfst nicht zusammenklappen."

Vom anderen Ende ertönte ein verlegenes Hüsteln. Sie drehte sich um und merkte, dass sie nicht allein war. Und dass sie mit sich selbst gesprochen hatte.

Ein fremder Mann stand dort, wie sie ärgerlich feststellte, und rauchte. Sofort ermahnte sie sich wegen ihrer Gereiztheit. Schließlich war sie es, die ihn störte, und nicht umgekehrt.

Er sah sie an. „Ich bedaure den Tod Ihres Vaters, Miss Chauvin. Er war ein feiner Mensch."

„Danke", erwiderte sie, gegen neuerliche Rührung ankämpfend, und ging auf ihn zu. „Entschuldigung, aber kennen wir uns?"

Der Mann wirkte ein wenig verlegen. „Wir sind uns nie begegnet.“ Er drückte seine Zigarette aus und reichte ihr die Hand. „John Price, freiwillige Feuerwehr von Cypress Springs.“

Avery gab ihm die Hand. „Schön, Sie kennen zu lernen.“

Bedrückt wandte er den Blick ab. „Ich hatte an jenem Morgen Rufbereitschaft. Ich war der Erste ... der ihren Dad gesehen hat.“

Sogleich schossen ihr mehrere Fragen durch den Sinn. „Was haben Sie gemacht?“

Erstaunt fragte er: „Wie bitte?“

„Nachdem Sie ihn gefunden hatten, was geschah dann?“

„Ich rief meinen Captain an, und der informierte den Feuermarshall des Staates. Sie schickten den Brandsachverständigen, der für unser Gebiet zuständig ist. Er ist ein guter Mann. Ben Mitchell.“

„Und der hat den Leichenbeschauer gerufen?“

Er nickte. „Den des Bezirks. Der wiederum informierte Buddy.“

„Das ist der übliche Weg?“

Er scharrte mit der Fußspitze über den Boden. „Ja. Unsere Aufgabe ist die Bekämpfung und Eindämmung des Feuers und die Suche und Rettung von Opfern. Sobald wir unsere Arbeit gemacht haben, holen wir die staatlichen Brandexperten, die entscheiden, wie das Feuer entstanden ist.“

„Und die rufen den Leichenbeschauer?“

„Ja, falls es Opfer gibt. Der Leichenbeschauer informiert die Polizei. Das ist die Kommandostruktur.“

Sie spürte, wie sie sich emotional von dem Fall löste und in die distanzierte Rolle der Journalistin schlüpfte. Es geschah so automatisch wie das Atmen und war irgendwie tröstlich. „Und mein Vater war tot, als Sie ankamen?“

„Kein Zweifel. Er ...“ Der Mann schluckte hinunter, was er noch hatte sagen wollen.

„Was?"

„Er war tot, Miss Chauvin. Kein Zweifel."

Mit geschlossenen Augen versuchte sie sich zu erinnern, was sie über Tod durch Verbrennen wusste. Sie hatte für den Artikel über Brandstiftung dazu recherchiert. Zwei Kinder, deren Bilder sie gesehen hatte, waren ihr zum Opfer gefallen. Verkohlte Kadaver, völlig schwarz. Allgemeine Merk...

„Avery? Alles okay?"

Als sie Matts Stimme hörte, öffnete sie die Augen. Er stand in der Terrassentür, Cherry gleich hinter ihm.

„Mir geht es gut." Als sie das sagte, merkte sie, dass sie sich tatsächlich ein wenig erholt hatte.

„Man sucht dich bereits."

Sie nickte und wandte sich wieder an den Feuerwehrmann. „John, ich würde mich gern noch ein wenig über diesen Fall mit Ihnen unterhalten. Kann ich Sie anrufen? Können wir einen Termin vereinbaren?"

Unsicher wandte er wieder den Blick ab. „Natürlich, aber ich weiß nicht, was ich Ihnen sonst noch sagen könnte."

„Es ist nur für mich", fügte sie rasch hinzu. „Um die Sache abzuschließen."

„Das denke ich mir. Sie erreichen mich über die Einsatzleitung."

Sie dankte ihm, wandte sich ab und ging zu Matt und Cherry.

„Miss Chauvin?" Sie blieb stehen und drehte sich zu dem Feuerwehrmann um. „Vielleicht sollten Sie mit Ben Mitchell im Büro der Feuermarshalls in Baton Rouge reden. Er kann Ihnen sehr viel mehr sagen als ich."

„Danke, John, das werde ich machen."

„Worum ging es da?" fragte Cherry.

„Um nichts. Ich brauchte nur frische Luft."

Cherry runzelte ein wenig die Stirn und blickte ihr über die Schulter, offenbar verärgert über die Antwort. „Jill Landry hat ihn geheiratet. Du erinnerst dich an Jill? Sie hat ihn durch ihre Schwester in Jackson kennen gelernt."

„Er scheint ein netter Mann zu sein."

„Ja, ich glaube."

Avery blieb stehen und sah Cherry an. „Versuchst du mir etwas zu sagen?"

„Nein, ich dachte nur, du solltest wissen, dass er nicht aus unserer Stadt ist."

„Er hat Dad gefunden!" entgegnete sie scharf. „Ich habe ihn danach gefragt. Genehmigst du das?"

„Ich wollte nicht ..." Gekränkt blickte sie von Avery zu ihrem Bruder. „Ich meinte nur ... ich mache mir Sorgen um dich, das ist alles."

„Ich bin erwachsen, Cherry. Ich brauche keinen Schutz."

„Das sehe ich." Ihre Wangen wurden feuerrot. „Den Fehler, dir helfen zu wollen, mache ich kein zweites Mal. Entschuldige." Cherry eilte davon.

„Sie wollte nur freundlich sein", sagte Matt leise, aber vorwurfsvoll. „Sie ist um dich besorgt wie wir alle."

„Ich weiß. Es war ein Reflex." Avery verwünschte bereits ihre heftige Reaktion.

Matt legte ihr eine Hand auf den Arm. „Das verstehe ich. Aber ..." Er brach ab.

„Was?"

„Du trauerst, und ich fühle mit dir, wie alle hier. Aber weise uns nicht ab, Avery. Wir lieben dich."

Sie schluckte, den Tränen nahe. Er hatte Recht. Wenn sie die Menschen vor den Kopf stieß, die sich um sie sorgten, würde sie noch einsamer sein, als sie es ohnehin schon war.

Sie drückte ihm die Hand. „Danke. Eure Freundschaft bedeutet mir mehr, als ich sagen kann."

Er schlang die Finger um ihre. „Ich bin für dich da, wie immer."

Sie wurden von drei älteren Frauen unterbrochen, Mitgliedern der Quilt-Gruppe ihrer Mutter, wie sie erfuhr.

Matt grüßte die drei und entfernte sich. Sie sah ihm nach, wie er durch den vollen Raum seiner Schwester folgte, vermutlich, um sie zu trösten.

Avery nahm sich vor, sich später bei Cherry zu entschuldigen, wandte sich den drei Damen zu und nahm ihre Beileidsbekundungen entgegen. Nachdem die „Quilt-Bienen", wie sie sich nannten, gegangen waren, blieb Avery einen Moment allein.

Ihr Blick wanderte über die Menge und blieb an einer Gruppe Männer am Ende des Raumes haften. Sie redeten ruhig miteinander, die Mienen ernst. Einige kannte sie vom Sehen, allerdings nicht mit Namen. Keiner von ihnen hatte heute Abend mit ihr gesprochen. Während sie zusah, deutete einer mit dem Kopf auf jemanden außerhalb ihres Kreises. Die anderen blickten in die angegebene Richtung.

Avery drehte sich um. Die Männer schienen über eine Frau zu sprechen, die sie nicht kannte. Groß, schlank, mit blondem Haar. Sie trug einen schlichten schwarzen Rock und eine weiße, geknöpfte Bluse. Sie stand allein neben einem Topffarn und wirkte verloren.

Stirnrunzelnd blickte Avery wieder zu den Männern. Sie schauten eindeutig zu der Frau. Einer von ihnen lachte – ein falsches Lachen. Ihr Blick schwang zu der Frau zurück. War sie die Freundin eines dieser Männer?

„Avery, Liebes, es tut mir so Leid."

Sie drehte sich um und sah sich ihrer Grundschullehrerin gegenüber. Die beiden umarmten sich, die Frau sprach ihr das Beileid aus und nahm ihr das Versprechen ab, anzurufen, falls sie Hilfe brauchte.

Als sie sich wieder den Männern zuwenden wollte, war die Gruppe verschwunden. Auch die blonde Frau war gegangen. Ihr Blick glitt über die kleiner werdende Menschenmenge hinweg, und sie fragte sich, ob sie sich das Ganze vielleicht nur eingebildet hatte.

Erstaunen würde es mich nicht, dachte sie und blickte in einem Anfall von Panik auf den geschlossenen Sarg ihres Vaters.

12. KAPITEL

Hunter starrte auf den Monitor. Der geschriebene Text verschwamm vor seinen Augen und schien ihn zu verspotten. Angewidert betätigte er die Löschtaste und sah zu, wie der Cursor einen Buchstaben nach dem anderen auffraß, bis die Seite leer war.

Wie konnte er schreiben, wenn er ständig an den Streit mit Avery denken musste? Wie sollte er sich auf seine Protagonisten konzentrieren, wenn ihm Averys Bild nicht aus dem Kopf ging: die gekränkte Miene, der Blick ein einziger Vorwurf.

Sie hatte ihn angesehen, als sei er ein Monster.

Verdammt! Hunter schob sich vom Schreibtisch zurück und erhob sich. Sarah stand winselnd an der Küchentür und wollte hinaus. Der Hund war schon den ganzen Abend unruhig und nervös gewesen ... genau wie er selbst.

Er ignorierte ihn und ging durch die Wohnung zu seinem Büro an der Vorderseite.

Der Raum war leer und dunkel bis auf das Blinklicht am Anrufbeantworter. Hunter erinnerte sich, wie es früher hier ausgesehen hatte. Ein Raum voller Blumen, Farben und Düfte. Jetzt roch er so neutral, wie er aussah. Nur blankes Papier und Gesetzbücher.

Er ging zum Frontfenster und blickte auf die dunkle Straße. Von hier aus konnte er Gallaghers Dach etwa einen Block entfernt sehen. Jetzt waren alle bei Philips Totenwache versammelt, sein Vater, seine Mutter, Cherry und Matt und vermutlich die ganze Stadt.

So war es hier nun mal.

Er glaubte nicht, dass Avery an seiner Teilnahme lag, und natürlich wollte er nicht dem Stevens-Clan begegnen. Denn er war nicht sicher, ob er seine Zunge im Zaum halten konnte.

Und das Letzte, was Avery brauchte, war eine Konfrontation.

Er presste die Handballen auf die Augen. Philip. Was für eine Sauerei. Verdammt!

Hunter ließ die Hände sinken und gestand sich ein, wie sehr er trauerte. Er wäre nur zu gern bei der Totenwache, um einem Mann Respekt zu zollen, den er immer bewundert hatte. Philip war sein Freund geworden, und er fehlte ihm sehr.

Manchen war ihre Freundschaft vermutlich seltsam vorgekommen, schließlich hatte der Altersunterschied etwa dreißig Jahre betragen. Aber sie hatten die Gefühle der Einsamkeit und Entfremdung geteilt und gemeinsame Erinnerungen, die auch Avery einschlossen.

Avery. Ein schöner Freund war er, ihr Vorwürfe zu machen und sie genau dort zu treffen, wo sie am verletzlichsten war.

Vielleicht hatte sie Recht, vielleicht war er wirklich hassenswert und grausam geworden.

Was war bloß los mit ihm? Warum sah er alles nur immer in Schwarz oder Weiß? Warum konnte er mit seiner Meinung nicht hinterm Berg halten und seine Maßstäbe ein wenig herunterschrauben? Und wer zum Teufel war er überhaupt, sich moralisch aufs hohe Ross zu setzen?

Alles, was ich anfasse, verwandelt sich in Mist.

Hunter blickte über die Schulter in seine Wohnung. Er gierte geradezu nach einem Drink und stellte sich vor, wie er in der Küche das Gift seiner Wahl ergriff und sich betrank, bis er den Verlauf seines Lebens nicht mehr in Frage stellte und es ihn nur noch zynisch amüsierte, wenn ihn jemand, an dem ihm lag, hassenswert und grausam schimpfte.

Er schluckte trocken gegen die Gier und suhlte sich in Zorn, Frustration und Verlustgefühlen. Sie waren authentisch und gehörten zu seinem Leben wie das Atmen.

Nie mehr! schwor er sich und ballte die Hände zu Fäusten. Nie mehr würde er sich betäuben, um die Höhen und Tiefen des Lebens ertragen zu können.

Sarah schlug mit der Pfote gegen die Küchentür und bellte leise. Dann winselte sie.

Hunter drehte sich zu ihr um. Es war doch noch gar nicht so lange her, dass er sie ausgeführt hatte. Oder? Bei der Arbeit verlor er jedes Zeitgefühl.

Er ging zur Küche, während der Hund immer noch wimmerte. „Okay, Mädchen." Er nahm die Leine vom Haken, befestigte sie an dem Halsband und öffnete die Tür. Sarah machte einen Satz nach vorn und zerrte ihn in die Gasse, ehe er die Leine richtig festhalten konnte.

Als er sie gepackt hatte, ruckte er daran, und Sarah stand.

„Was ist los mit dir?" Hunter beugte sich vor und kraulte sie hinter den Ohren. Anstatt sich zu setzen und in glücklicher Ekstase gegen ihn zu sinken, blieb sie jedoch wachsam stehen, jeder Muskel angespannt und leicht zitternd.

Stirnrunzelnd blickte er in dieselbe Richtung wie sie ... in die enge, dunkle Gasse. „Was ist los, Sarah? Stimmt da was nicht?"

Die Hündin knurrte tief in der Kehle, und das Fell in ihrem Nacken richtete sich auf.

„Ist da jemand?" rief er.

Stille. Die Augen leicht verengt, versuchte er Details zu erkennen, Silhouetten von Schatten zu trennen und wünschte sich Sarahs empfindlichen Geruchs- und Hörsinn. Er rief noch einmal, doch wieder kam keine Antwort.

Obwohl er die Klugheit seines Vorhabens bezweifelte, lockerte er den Griff und der Hund sprang vor – oder versuchte es zumindest. Hunter hielt ihn fest und zwang ihn, langsam voranzugehen, damit er selbst genügend Zeit hatte, seine Augen an das Dunkel zu gewöhnen.

Sobald sie die Mitte der Gasse erreicht hatten, zog Sarah tief knurrend nach rechts. Hunter hielt sie mühsam an der Leine zurück. Muskeln und Sehnen der Hündin traten hervor, als sie sich widersetzte und mit jedem Schritt heftiger zerrte.

Er sah Gemüsekisten – ein ganzer Stapel davon stand schief vor dem Piggly Wiggly vorne um die Ecke – und umgeworfene Abfalltonnen, deren Inhalt in der Gasse herumlag. Sarah begann zu bellen. Es war kein hohes, schrilles Bellen der Erregung, sondern ein tiefes, drohendes.

„Sarah!" schimpfte er. „Die ganze Aufregung wegen ein bisschen Müll?" Er beugte sich vor und tätschelte ihr die Seite. „Oder sind die Waschbären, die das angerichtet haben, noch in der Nähe?"

Er konnte sie nicht beruhigen. Als er sich aufrichten wollte, erregte etwas, das unter dem Kistenstapel hervorschaute, seine Aufmerksamkeit.

Der Schwanz eines Tieres. Kein Wunder, dass Sarah verrückt spielte. Das Tier, das diese Sauerei angestellt hatte, hatte sich selbst unter den umgestürzten Kisten gefangen. Vielleicht war es verletzt oder tot.

Suchend sah er sich nach etwas um, womit er die Kisten bewegen konnte. Seine Hände wollte er keinesfalls benutzen. Gefangene Tiere verteidigten sich heftig, besonders wenn sie verletzt waren.

Im gegenüberliegenden Eingang entdeckte er einen Besen und holte ihn. Dann schob er den Stiel in den Spalt zwischen die Planken der Kiste und hob sie an.

Sein Mageninhalt schien ihm in die Kehle zu steigen. Er zuckte zurück, Sarahs heftiges Bellen in den Ohren.

Nicht der Schwanz eines Tieres. Menschliches Haar!

Die Frau, der es gehörte, starrte ihn ausdruckslos an, das Gesicht zu einem Todesschrei verzerrt.

13. KAPITEL

Hunter taumelte zurück und zerrte Sarah mit sich. Vornüber gebeugt, die Hände auf die Knie gestemmt, atmete er tief durch.

Ruhig, Stevens. Nicht übergeben. Lieber Gott, bloß nicht ...

Er wurde das Bild dieser Frau nicht mehr los. Die Augen zusammengepresst, atmete er noch einmal tief durch. Eine Frau ... großer Gott, was sollte er tun?

Vergewissere dich, dass sie tot ist. Hol die Polizei.

Hunter atmete langsam aus, richtete sich auf und blickte die Frau an. Sie hatte sich nicht bewegt. Die Augen starr auf ihn gerichtet, war ihr Mund zu diesem grässlichen Schrei verzerrt.

Zweifellos war sie tot, und ihr Tod musste entsetzlich gewesen sein. Trotzdem sollte er ihren Puls fühlen, oder? Machten sie das im Film nicht immer so? Entweder das oder die Leute drehten durch.

Dir bleibt keine Wahl, Stevens.

Er nahm Sarah wieder kürzer und trat näher. Vorsichtig entfernte er weitere Kisten und legte einen Arm frei.

Irgendwann vor ihrem Tod hatte sie die Nägel in einem blutigen Rot lackiert. Der Kontrast zwischen diesem Rot und der wächsernen Haut wirkte geradezu obszön.

Hunter trat näher und umfasste das Handgelenk der Frau. Es war kalt, die Haut schwammig.

Kein Puls. Nicht einmal ein Flattern.

Er riss die Hand zurück, wischte sie instinktiv an seiner Jeans ab und richtete sich auf.

Hol die Cops, Stevens. Deinen Dad oder Matt.

Sie sind gleich um die Ecke bei Philips Totenwache.

Er überlegte kurz und entschied, dass er sie zu Fuß genauso schnell erreichte wie mit einem Anruf im Department. Sofort lief er los. Als spüre sie seine Eile, blieb Sarah an seiner Seite. Sie verließen die Gasse und schafften es um den Block zu den Gallaghers in drei Minuten.

Zwei Stufen auf einmal nehmend, eilte er die Vordertreppe hinauf, befahl Sarah zu bleiben und stürmte hinein. Danny Gallagher stand gleich neben der Tür und riss die Augen auf. „Hunter, was ...?"

„Wo sind sie?"

Danny deutete nach vorn. „Nummer eins, aber ..."

Hunter eilte weiter, ohne auf das Ende des Satzes zu warten. Er entdeckte seine Familie, sobald er den Raum betrat. Sie standen alle eng beieinander.

Der Stevens-Clan gegen den Rest der Welt. Minus einem natürlich.

Während er voranschritt, teilte sich die Menge schweigend vor ihm. Unterhaltungen brachen ab, Mienen zeigten Erstaunen, dann Erregung. Man erwartete eine Szene und freute sich darauf.

Ich kann euch in der Tat Abwechslung verschaffen, aber anders, als ihr denkt.

Hunter erkannte, wann seine Familie seine Gegenwart bemerkte. Sie drehten sich um, die Blicke auf ihn gerichtet. Matt runzelte die Stirn, und Buddy zog die Brauen hoch. Zugleich veränderte sich seine Haltung kaum merklich und wurde abwehrend. Er erwartete eine Konfrontation. Lilah war besonders blass, die Augen groß, der Blick ängstlich. Cherry wandte den Blick ab, als er sie ansah.

So amerikanisch wie Apfelkuchen und Prozac.

Zur Hölle mit ihnen allen.

„Dad", begann er grußlos. „Ich muss dich sprechen, und zwar jetzt gleich, es geht nicht anders."

Matt trat vor, die Hände zu Fäusten geballt. „Du hast dir eine verdammt gute Zeit für eine Konfrontation ausgesucht. Verschwinde, ehe Avery ..."

„Halt dich raus!" schnauzte Hunter. „Es ist ein Notfall, Dad. Wir müssen reden."

„Das muss warten, Sohn. Heute Abend ehre ich meinen besten Freund."

Hunter beugte sich vor und senkte die Stimme. „Es hat einen Mord gegeben. Glaubst du, das kann warten?"

Hinter ihm sog jemand scharf den Atem ein. Er drehte sich um. Avery war zu ihnen gestoßen. Dass sie mitgehört hatte, war ihrer entsetzten Miene zu entnehmen.

Ihr Blick wanderte von ihm zu seinem Vater und Matt. „Was ist los?"

Hunter streckte ihr eine Hand hin. „Tut mir Leid, Avery. Ich wollte dich da nicht mit hineinziehen."

Matt trat zwischen sie. „Besprechen wir das draußen."

Hunter gehorchte nur zu gern. Er folgte Vater und Bruder durch die Haustür auf die Veranda, wo Sarah mit dem Schwanz auf den Boden schlug, als sie ihn sah.

Die beiden Männer wandten sich ihm zu. Matt sprach als Erster. „Hoffentlich ist das nicht einer deiner kranken ..."

„Witze? Ich wünschte, es wäre so."

Rasch erzählte Hunter, was vorgefallen war, begann mit Sarahs Unruhe und endete mit dem Prüfen des Pulsschlages der Frau.

Buddy und Matt tauschten Blicke und sahen ihn wieder an. Buddy fragte: „Bist du sicher, dass die Frau ermordet wurde?"

Hunter zögerte. Sicher war er natürlich nicht. Sie könnte eine Obdachlose sein oder jemand aus den Geschäften an der Gasse. Vielleicht hatte sie einen Herzanfall erlitten und war in die Kisten gefallen, die danach umstürzten.

Er dachte an die lackierten Fingernägel und seine beginnende

Erleichterung schwand wieder. Obdachlose hatten keine manikürten Nägel. Und die Geschäfte an der Gasse schlossen gegen fünf. Wäre sie eine Angestellte von dort gewesen, dann würden inzwischen Angehörige nach ihr suchen und in der Gasse nachsehen.

Trotzdem konnte die Frau eines natürlichen Todes gestorben sein.

„Hunter?“

Er blinzelte kurz und konzentrierte sich dann auf seinen Vater. „Ich nahm es nur an, weil sie tot in der Gasse lag.“

„Zeig uns, wo sie liegt.“

Hunter führte sie zu der Stelle. Als er an seiner Wohnung vorbeikam, hörte er die Welpen winseln und brachte Sarah zu ihnen ins Haus. Sein Vater und Matt gingen ohne ihn weiter.

„Verdammter Mist!“

„Oh verdammt!“

Sie haben sie gefunden. Die Ausrufe sprechen Bände.

Hunter ging die Gasse hinauf, blieb einige Schritte zurück und wandte den Blick ab, während die beiden sorgfältig weitere Kisten entfernten, um das Opfer besser sehen zu können. Er lauschte ihrem Dialog.

„Die Frau ist keines natürlichen Todes gestorben.“

„Nein. Verflucht!“

„Oh Mann, sie ist schrecklich zugerichtet.“

Das kam von Matt. Er klang seltsam erschüttert. Als presse jemand seine Stimmbänder. Sehr kräftig.

„Immer langsam“, warnte sein Vater. „Wir wissen nicht, was passiert ist. Wir müssen vorsichtig sein, um keine Beweise zu vernichten.“

Hunter sah seinen Bruder auf den Rat des Vaters hin nicken. Er merkte, wie viel Mühe es Matt kostete, sich zusammenzunehmen.

„Sieh nur, sie ist auf die Seite gestürzt ...“ Matt ging in die Hocke und betrachtete die Leiche genauer. „Keine bläuliche Verfärbung auf der Linken."

„Also wurde sie bewegt."

„Bingo."

Es entsprach wohl der menschlichen Natur, so vermutete Hunter, dass er wieder zu der Leiche schaute, doch er bereute es sofort. Trotzdem konnte er den Blick nicht abwenden. Der Unterkörper der Frau war nackt, die Beine gespreizt. Der Slip war weggerissen worden, und der hochgeschobene Minirock bauschte sich um die Taille.

Blut überall. Über Schenkel und Bauch geschmiert.

Hunter schmeckte bittere Galle. Er wandte den Blick ab und atmete tief durch, um den Brechreiz zu unterdrücken.

„Ich muss das melden", sagte Buddy mit belegter Stimme. „Hol eine Mannschaft zusammen, so schnell es geht."

„Brauchst du die Hilfe des Sheriff Department, Dad?" Matt klang ebenso erschüttert wie sein Vater. Hunter erkannte, dass sie trotz ihrer vielen Jahre im Polizeidienst wenig Erfahrung mit solchen Delikten hatten.

Mit solchen Delikten? Fang nicht an, es zu umschreiben, nenne es beim Namen. Das hier ist Mord. Das gewaltsame Auslöschen menschlichen Lebens.

„Ja, zum Teufel", erwiderte Buddy. „Wir sind dafür nicht ausgerüstet. Das hier ist wie der Sallie Waguespack-Fall."

Buddy und Matt erledigten ihre Anrufe, und nach zwanzig Minuten hatten sich die Polizeimannschaft von Cypress Springs und das Sheriff Department von West Feliciana am Tatort versammelt.

Hunter blieb zurück, als ein Beamter der Spurensicherung den Tatort mit gelbem Band absperrte. Ein Officer stand am Ende der Gasse, um Neugierige fern zu halten. Die Männer von der Spurensicherung des Sheriffs waren bereits bei der Arbeit. Sie hatten Scheinwerfer aufgestellt, um den Fundort auszuleuchten, und mit dem sorgfältigen Einsammeln von Beweisstücken begonnen. Der Polizeifotograf machte aus allen möglichen Positionen Aufnahmen.

Nur nicht aus der des Opfers, dachte Hunter, denn diese Augen sehen nie mehr etwas.

Er wandte dem Geschehen den Rücken zu und rieb sich die Augen. Sofort erschien ihm das Bild der Toten, und er fragte sich, ob er diesen Anblick je wieder loswerden könnte.

„Ich muss dir ein paar Fragen stellen, Hunter."

Das kam von Matt. Hunter ließ die Hände sinken, blickte seinen Bruder über die Schulter an, drehte sich zu ihm um und merkte, wie entsetzlich müde er war. „Das habe ich mir gedacht. Was möchtest du wissen?"

„Erzähl uns noch mal genau die Abfolge, wie es dazu kam, dass du das Opfer gefunden hast. So genau wie du kannst, mit jedem Detail."

Das Opfer. Hunter blickte noch einmal kurz zu der Frau hin. „Hat sie einen Namen?"

„Ja", erwiderte Buddy. „Elaine St. Claire. Behalte es ein paar Stunden für dich, bis wir ihre Familie benachrichtigt haben."

Es erstaunte ihn nicht, dass sein Vater ihren Namen kannte – schließlich kannte er jeden in dieser Stadt. „Wer war sie?"

„Eine hiesige Bardame. Partymädchen." Buddy streifte sie mit einem Blick und verzog das Gesicht. „Das Letzte, was ich von ihr gehört habe, war, dass sie die Stadt verlassen hatte."

Sie war nicht weit gekommen. Die arme Frau. Manchmal kam ihm Cypress Springs wie ein Spinnennetz vor. Sobald man sich in ihm verfangen hatte, gab es kein Entrinnen mehr.

Wenn die Stadt das Netz war, wer war dann die Spinne?

Matt wurde langsam ungeduldig. „Können wir fortfahren?“

„Sicher.“ Hunter betrachtete seinen Bruder. „Was willst du wissen?“

Matt wiederholte seine Frage, und Hunter erzählte zum zweiten Mal, wie er Elaine St. Claire gefunden hatte.

„Und das ist alles? Bist du sicher?“ fragte Buddy.

„Ja.“

Matt runzelte die Stirn. „Und du hast nichts gehört, keine Geräusche aus der Gasse?“

„Nein, nichts. Ich habe gearbeitet.“

„Gearbeitet?“

„An meinem Computer.“

„Deine Hündin, hat sie irgendwann am Abend mal gebellt?“

Hunter dachte nach. „Nicht, dass es mir aufgefallen wäre.“

„Ein großer Hund wie sie muss doch eine ziemlich laute Stimme haben.“

„Wenn ich arbeite, bin ich sehr konzentriert und blende alles andere aus.“

„An was hast du gearbeitet?“

Hunter zögerte. Er wollte seiner Familie nichts von dem Roman erzählen und log: „An einer Scheidungsvereinbarung.“

Fragend zog Matt eine Braue hoch. „Du scheinst dir da nicht sicher zu sein.“

„Ich bin mir absolut sicher.“

„Wessen Scheidung?“

Hunter schüttelte ungehalten den Kopf. „Das unterliegt, wie du sehr wohl wissen dürftest, der Schweigepflicht. Und es hat nichts mit dem zu tun, weshalb wir hier stehen.“

Matt wandte sich an Buddy. „Könnte sie schon eine Weile hier gelegen haben?“

„Ausgeschlossen. Während der Geschäftszeit ist in der Gasse

einiges los. Angestellte machen hier Zigarettenpause, es werden Waren angeliefert, und Kinder fahren hier Skateboard."

„Das heißt, sie wurde irgendwann nach Geschäftsschluss hier abgelegt."

Buddy nickte. „Einer meiner Jungs soll Jean befragen, wann sie die Kisten rausgestellt hat."

Jean war, wie Hunter wusste, die Besitzerin des Lebensmittelladens.

„Er soll sich vergewissern, ob sie ordentlich gestapelt waren, als sie abgeschlossen hat."

„Was ist mit diesen Abfalltonnen?" fragte Matt. „Warum gibt sie den Abfall nicht in den großen Behälter?"

„Ich glaube, das kann ich beantworten", sagte Hunter. „Wenn sie abends wenig Personal hat, lässt sie den Abfall bis zum Morgen in den kleinen Tonnen." Matt und Buddy sahen ihn an, und er erklärte achselzuckend: „Ich bin ihr mal morgens begegnet, als ich Sarah ausgeführt habe."

„Offenbar ist in dieser Gasse wirklich einiges los."

Matts Ton gefiel Hunter nicht. „Sind wir fertig? Kann ich gehen?"

„Wie viel Verkehr ist nachts in der Gasse?"

„Sie ist absolut tot. Entschuldige die Wortwahl."

„Gar kein Verkehr?"

„Manchmal ein paar Kids. Jemand, der versehentlich einbiegt, seinen Irrtum erkennt und zurückfährt. Ich und Sarah, wenn ich sie ausführe. Das ist alles."

„Du kannst die Kinder und die Wagen von deiner Wohnung aus hören?"

„Ja. Meistens jedenfalls."

„Aber heute Abend hast du nichts gehört oder gesehen?"

Der sarkastische Unterton und die ironische Miene seines Bruders erzürnten Hunter. „Wenn das alles war, möchte ich jetzt gehen. Es war ein harter Abend."

„Geh nur", sagte Buddy. „Wenn wir mehr wissen, müssen wir vielleicht noch einmal mit dir reden."

Hunter ging davon und spürte die skeptischen Blicke von Vater und Bruder im Rücken. Er hätte sich gern umgeschaut und ihre Mienen gesehen. Sein Instinkt drängte ihn, es zu tun.

Doch die Genugtuung würde er ihnen nicht geben. Sie sollten nicht merken, wie eigenartig ihn diese Begegnung angemutet hatte.

Sie behandelten ihn wie einen Fremden, dessen Aufrichtigkeit sie anzweifelten.

„He, Hunter?"

Er blieb stehen, drehte sich um und sah seinen Bruder an.

„Falls dir noch etwas Hilfreiches einfällt, ruf einen von uns an."

14. KAPITEL

Der Morgen der Beisetzung ihres Vaters war sonnig und warm. Die Aussegnung fand mit weit geringerer Beteiligung statt als die Totenwache. Hauptsächlich Familienangehörige, Freunde und Nachbarn waren gekommen. Aber das hatte Avery erwartet.

Lilah stand zu ihrer Rechten, Buddy zur Linken. Jeder hielt in einer tröstlich unterstützenden Geste einen ihrer Arme. Lilah wirkte gefestigter als am Vorabend, obwohl sie während des Gottesdienstes leise weinte. Matt stand hinter seiner Mutter, Cherry neben ihm. Ihr genau gegenüber stand Hunter, allein, mit verschlossener Miene.

Avery sah ihn an und entdeckte weder Trauer noch Mitgefühl bei ihm, nur Zorn. Nur diesen Ballast, den er mit sich herumschleppte. Sie schauderte. Was war ein Mensch ohne Mitgefühl? Zu was wäre er fähig?

Ein Mensch ohne Mitgefühl ist zu allem fähig.

Er wird zum Monster.

Der Pastor, der sie getauft hatte, sprach voller Wärme von ihrem Vater und seinem guten Einfluss auf die Gemeinde und das Leben vieler Menschen.

„Er war ein Licht in einer oftmals dunklen Welt", endete er. „Und dieses Licht werden wir sicher vermissen."

Avery lenkte den Blick auf den Sarg, und ihr wurde schwindelig. Sie spürte eine Schwäche in den Beinen und fühlte sich losgelöst von der Erde.

„Asche zu Asche ..."

„Er hat sich mit Diesel übergossen und angezündet."

„Staub zu Staub ..."

„Wo warst du denn, Avery, als dein Dad so depressiv wurde, dass er sich angezündet hat?"

Sie bekam keine Luft mehr und schwankte leicht. Buddy hielt sie fester, gab ihr Halt.

Das ist nicht wahr! begehrte sie innerlich auf. Dad kann sich nicht das Leben genommen haben! Es kann nicht sein, dass er nicht mehr da ist!

Ich habe mich nicht verabschiedet!

Es war meine Schuld!

Sie starrte auf den Sarg. Trauerszenen, die sie über die Jahre mitbekommen hatte, gingen ihr durch den Sinn: weinende Witwen, viel zu stille Kinder, die Familie und Freunde zur Verzweiflung brachten.

Tod, der endgültige Verlust.

Sie bekämpfte den Drang, sich auf den Sarg zu werfen und schreiend und schluchzend mit den Fäusten darauf zu trommeln. Mit geschlossenen Augen zwang sie sich zur Ruhe. Er würde neben ihrer Mutter ruhen, seiner Partnerin im Leben und im Tod.

Oder trennte seine Tat sie in der Ewigkeit? Wer erteilte ihm Absolution? Und wer ihr?

„Avery, Liebes, es ist vorbei."

Vorbei. Das Ende.

Asche zu Asche ... hat sich mit Diesel übergossen und angezündet ... wo warst du, Avery. Wo warst du, als ...

Staub zu Staub.

„Avery, Liebes, es ist Zeit."

Verständnislos sah sie Buddy an und nickte. Er führte sie vom Grab fort. Sie wandte den tränenverschleierten Blick ab, der auf den seltsamen Männern von der Totenwache haften blieb. Sie standen wieder beisammen, alle in Schwarz.

Es waren sieben. Sie starrten Avery an, und einer lachte.

Ein merkwürdiger Laut kam ihr über die Lippen. Sie taumelte, und Buddy fing sie auf. „Avery, alles in Ordnung?"

Sie blickte zu ihm auf. Kleine Lichter tanzten vor ihren Augen. „Diese Männer, die Gruppe dort drüben, wer ist das?"

„Wo?"

„Da ..."

Sie sind weg.

„Sie waren eben noch da." Sie schwankte wieder, das Rauschen des eigenen Blutstroms in den Ohren. Ihr Puls schlug heftig.

„Matt, schnell, hilf mir!"

Als Avery wieder zu sich kam, lag sie auf dem Boden und sah in den wolkenlosen blauen Himmel hinauf. Etliche Leute standen um sie herum und blickten besorgt auf sie hinab.

„Du bist ohnmächtig geworden", sagte jemand leise.

Blinzelnd schaute sie auf und erkannte Buddy. Sie blickte in die Runde. Matt, Cherry, Lilah, Pastor Dastugue. Allmählich sah sie die Welt wieder klar und erinnerte sich an die Augenblicke vor ihrer Ohnmacht.

Verlegen versuchte sie aufzustehen.

Matt drückte sie mit einer Hand an ihrer Schulter sacht nieder. „Nur keine Eile. Atme tief durch, bis du dich wieder sicher fühlst."

Sie gehorchte, und nach einer Weile gestatteten sie ihr, sich zu setzen und dann vorsichtig aufzustehen. Matt hielt den Arm um sie geschlungen, obwohl sie ihm versicherte, es gehe ihr gut.

„Ich schäme mich so", sagte sie. „Ich komme mir idiotisch vor."

„Unfug." Lilah wischte ihr Blätter und anderen Unrat von der schwarzen Jacke. „Wann hast du das letzte Mal gegessen?"

Sie wusste es nicht, denn sie konnte ihre Gedanken nicht ordnen und sich nicht erinnern. „Ich weiß nicht. Lunch gestern, glaube ich ..." Sie befeuchtete sich die Lippen.

„Kein Wunder, dass du umgekippt bist", meinte Lilah besorgt. „Ich hätte dir etwas zu essen mitbringen sollen."

Avery wandte sich an Matt. „Hast du sie gesehen?“

„Wen?“

„Die Gruppe von Männern. Sie standen beisammen. Es waren sieben.“

Matt und Buddy tauschten Blicke. „Wo?“

Sie deutete auf die entsprechende Stelle. „Da drüben.“

Die beiden blickten in die Richtung, dann wieder zu ihr. „Ich kann mich an keine Männergruppe erinnern“, erwiderte Matt und sah Cherry und Lilah an. „Ihr vielleicht?“ Da die Frauen verneinten, richtete er den Blick auf Avery. „Bist du sicher, dass du sie gesehen hast?“

„Ja. Ja, ich ... sie waren auch bei der Totenwache.“

„Wer war das denn?“

Verwirrt rieb sie sich den Kopf. Bei der Totenwache hatte sie geglaubt, einige von ihnen zu kennen, doch jetzt konnte sie sich nicht mehr erinnern.

Ich verliere den Verstand.

„Ich weiß nicht, ich ...“ Sie verstummte. Und während ihr Blick von einem zum anderen wanderte, erkannte sie Sorge in den Gesichtern.

Die denken auch, ich verliere den Verstand.

Lilah legte ihr einen Arm um die Schultern. „Armes Mädchen, du hast so viel durchgemacht. Komm jetzt. Ich habe Sandwichs und Kekse im Haus. Wir päppeln dich gleich auf.“

Lilah päppelte sie tatsächlich auf, so gut es unter den Umständen möglich war. Die ganze Familie Stevens war rührend um sie bemüht, sorgte dafür, dass sie genug zu essen bekam, und verscheuchte die Trauergäste, als ihr wieder flau wurde. April spürte, dass ihr das Essen gut tat.

Nachdem der letzte Trauergast gegangen war, fuhr Matt Avery heim. Sie legte den Kopf gegen die Rückenlehne und schloss die

Augen. Nach einem Moment sah sie ihn an. „Kann ich dich etwas fragen?"

Er streifte sie mit einem Seitenblick. „Schieß los."

„Hast du wirklich keine Gruppe von Männern gesehen, die eng beisammen standen? Weder bei der Totenwache noch auf der Beerdigung?"

„Wirklich nicht."

„Ich hatte befürchtet, dass du das sagst."

Er langte über den Sitz und drückte ihr die Hand. „Stress und Trauer lassen die Phantasie manchmal verrückt spielen."

„Habe ich schon gehört."

Leicht stirnrunzelnd sah er zu ihr hin. „Ich mache mir Sorgen um dich, Avery."

Sie lachte freudlos. „Komisch, dass du das sagst. Ich mache mir auch Sorgen um mich."

Er drückte ihr noch einmal die Hand, ehe er seine wieder ans Lenkrad legte. „Es wird besser."

„Versprochen?"

„Versprochen."

Sie schwiegen, und Avery studierte sein Profil. Gerade Nase, kräftiges Kinn, ein schön geschwungener Mund, ohne feminin zu wirken. Ein Kussmund. Das wusste sie aus Erfahrung.

Er war verdammt attraktiv, noch mehr als damals vor zwölf Jahren.

„Matt?" Er sah kurz zu ihr hin. „Was war das mit Hunter gestern Abend?"

„Ich glaube, das ist jetzt nicht der richtige Zeitpunkt."

„Die Trauergäste haben vorhin die ganze Zeit darüber getuschelt."

Er bog langsam in ihre Straße ein. „Gestern Abend wurde eine Frau ermordet aufgefunden."

„Hunter hat sie gefunden?“

„Ja. In der Gasse hinter seiner Wohnung.“

In den Großstädten, in denen sie die letzten Jahre gelebt hatte, war Mord an der Tagesordnung. Aber hier …?

Solche Sachen passieren nicht in Cypress Springs.

Genauso wenig, wie sich beliebte Ärzte hier selbst verbrennen.

„Wie wurde sie umgebracht?“

Matt erreichte ihr Elternhaus und fuhr langsam in die Einfahrt. Oben angelangt hielt er an, schaltete den Motor aus und wandte sich ihr zu. „Avery, das musst du nicht wissen. Du hast im Moment genug anderes um die Ohren.“

„Wie?“ beharrte sie.

„Ich kann und will es dir nicht sagen. Tut mir Leid.“

„Wirklich?“

Er nahm ihre Hand. „Sei nicht sauer.“

„Ich habe es satt, dass jeder versucht, mich zu beschützen.“

„Tatsächlich? Jedenfalls dürfte das der Alternative vorzuziehen sein. Ich bin sicher, Elaine St. Claire würde das bestätigen, wenn sie noch am Leben wäre.“

Offenbar hieß die Ermordete so.

Avery errötete, da sie fürchtete, wie ein bockiges Kind geklungen zu haben. Sie legte eine Hand auf seine. „Tut mir Leid, Matt. Ich bin nicht ganz bei mir.“

„Schon okay, ich verstehe das.“ Er führte ihre Hand an seine Lippen, drückte einen Kuss darauf und ließ sie los. „Kommst du jetzt allein zurecht?“

„Na bitte, du fängst schon wieder an“, neckte sie.

Er erwiderte ihr Lächeln. „Schuldig im Sinne der Anklage.“

„Ich komme bestimmt allein zurecht.“ Sie öffnete die Tür. „Ich nehme jetzt erst mal eine ausgiebige Mütze voll Schlaf.“ Damit wandte sie sich ab.

Er langte noch einmal über den Sitz und ergriff ihre Hand. Avery drehte sich zu ihm um, als er bedauernd sagte: „Die Sache mit deinem Dad tut mir wirklich Leid, Avery."

„Ich weiß, Matt, und das hilft mir sehr."

Sie stieg aus, schlug die Tür zu und ging zum Haus. An der Haustür blickte sie stehen, da Matt keine Anstalten traf loszufahren.

Winkend hob sie die Hand. Er erwiderte den Gruß, startete den Motor und fuhr rückwärts aus der Zufahrt. Avery sah ihm nach, bis er ihrem Blickfeld entschwand, und schloss die Tür auf.

Als sie eintrat, klingelte das Telefon, und sie eilte hin, um den Hörer abzunehmen. „Hallo?"

„Spreche ich mit der Tochter von Dr. Philip Chauvin?"

Es war eine tiefe, etwas rau klingende Frauenstimme. Die Stimme einer Kettenraucherin.

„Hier spricht Avery Chauvin", erwiderte sie. „Kann ich Ihnen helfen?"

„Zur Hölle mit dir!" spie die Frau aus. „Und zur Hölle mit deinem Vater. Er hat gekriegt, was er verdiente. Und du kommst auch noch dran."

Im nächsten Moment war die Leitung tot.

15. KAPITEL

In den nächsten zwölf Stunden dachte Avery ständig an den Anruf. Die Worte der Frau gingen ihr immer wieder durch den Sinn wie ein böses Mantra.

Er hat gekriegt, was er verdiente.

Und du kommst auch noch dran.

Zuerst war sie nur schockiert gewesen, dass jemand so über ihren Vater sprechen konnte. Dann war sie zornig geworden und hatte die *69 gewählt, um festzustellen, dass ihr Vater den Rückrufdienst nicht eingestellt hatte. Sie hatte kurz erwogen, Matt oder Buddy einzuschalten, es aber unterlassen. Was konnten die beiden schon tun? Ihr versichern, dass die Frau eine Irre war? Oder ihr raten, sich eine Geheimnummer geben zu lassen?

Die Frau konnte tatsächlich eine Irre sein, das stimmte.

Und wenn nicht? Wenn dieser Anruf nun eine ernst zu nehmende Drohung war?

Nachdenklich ging Avery auf und ab. Ihr Vater war Arzt und Christ gewesen. Er hatte an die Heiligkeit des Lebens geglaubt und sich der Erhaltung von Leben verschrieben.

Sollte ihre erste instinktive Skepsis bezüglich seines Selbstmordes richtig gewesen sein? Hatte er sich gar nicht selbst umgebracht?

Sie blieb stehen und versuchte, sich Wort für Wort die letzte Mitteilung in Erinnerung zu rufen, die er ihr hinterlassen hatte.

„Ich muss mit dir reden. Ich hatte gehofft ... Da gibt es etwas ... Ich versuche es später noch einmal. Wiedersehen, Kleines."

Als sie dann von dem Selbstmord erfuhr, hatte sie angenommen, diese Mitteilung sei ein verzweifelter Hilferuf gewesen. Sie hatte unterstellt, er habe angerufen, um ihr die Chance zu geben, ihm den Selbstmord auszureden. Oder um sich zu verabschieden.

Aber seit dieser Drohung sah alles anders aus. Vielleicht hatte ihr Dad erkannt, dass er in Gefahr war und Feinde hatte. Vielleicht hatte er das mit ihr besprechen und ihren Rat einholen wollen .... das hatte er oft getan.

Avery erkannte, dass ihre Überlegungen sie genau in die entgegengesetzte Richtung führten, in der alle anderen dachten: Matt, Buddy, Lilah, ja die ganze Stadt.

Sie atmete tief durch und versuchte, mit ihren widersprüchlichen Gefühlen klarzukommen. Loyalität gegenüber Menschen, die sie mochte, Misstrauen gegenüber ihrem eigenen emotionalen Zustand und Argwohn gegenüber einer Justiz, die Fehler machte und oft nur nach dem Offensichtlichen urteilte, anstatt wirklich nach der Wahrheit zu forschen.

Falls er sich nicht selbst umgebracht hatte, bedeutete das, er wurde ...

Ermordet.

Das Wort mit seiner weitreichenden Bedeutung schien in ihrem Kopf widerzuhallen. Ein Mord in Cypress Springs? Eigentlich zwei, wenn sie die Frau hinzunahm, die Hunter in der Gasse gefunden hatte. Konnten beide vom selben Täter umgebracht worden sein?

Kaum wahrscheinlich, musste sie zugeben und spürte ihr Herz schneller schlagen. Aber es war ebenso unwahrscheinlich wie die Annahme, dass es in Cypress Springs gleich zwei Morde gegeben haben könnte.

Wer sollte den Tod ihres Vaters gewollt haben, der von allen geliebt und respektiert worden war?

Nein, nicht von allen. Er hatte Feinde gehabt, wie der Anruf der Frau bewies. Und offenbar hatte sie selbst auch Feinde.

Er hat gekriegt, was er verdiente.

Und du kommst auch noch dran.

Avery ging zum Vorderfenster, zog den Vorhang beiseite und blickte auf die dunkle Straße. Ein paar Wagen parkten am Straßenrand, alle schienen menschenleer zu sein.

Jedenfalls so weit sie sehen konnte, und das war nicht allzu weit.

Besorgt fragte sie sich, ob die Frau vielleicht schon früher versucht hatte, sie zu erreichen, als sie noch nicht da gewesen war? Möglich. Ihr Vater hatte weder einen Antwortdienst noch einen Anrufbeantworter. Vielleicht beobachtete diese Frau sie sogar oder lag auf der Lauer. Sie konnte überall sein, sogar in der nächsten Telefonzelle.

Werde nicht paranoid, Chauvin. Das hier ist wie eine deiner Storys. Hol dir Informationen und setze sie zu einem schlüssigen Gesamtbild zusammen.

Avery ließ den Vorhang los und ging zur Küche. Ein Blick zur Wanduhr zeigte ihr, dass es 1 Uhr 27 in der Nacht war. Sie holte Schreibblock und Stift aus der Schublade beim Telefon und legte beides auf den Tresen.

Während der Kaffee durchlief, versuchte sie sich zu erinnern, was sie über Mordermittlungen wusste. Sie war nie als Kriminalreporterin tätig gewesen, hatte jedoch einiges an Informationen aufgeschnappt, als sie mit einem Kollegen aus diesem Bereich ein sehr kleines Büro teilen musste. Er war von der eifrigen, aufgeblasenen Sorte gewesen, der gern die eigene Stimme hörte und aus irgendeinem Grund der abartigen Einschätzung anhing, Tatortdetails wirkten auf Frauen wie ein Aphrodisiakum.

Wer hätte gedacht, dass sie einmal dankbar sein würde für jene vier langen Monate auf engstem Raum. Vielleicht würde ihr, was sie dabei gelernt hatte, jetzt nützlich sein.

Die Kaffeemaschine gurgelte, als die letzten Tropfen durchliefen. Sie füllte sich einen Becher, trug ihn auf einem Tablett zusammen mit Block und Schreibstift zum großen Eichentisch und setzte sich.

Falls es hier um Mord ging, war ihr Vater offensichtlich keinem zufälligen Gewaltakt zum Opfer gefallen. Damit blieb nur Mord aus Leidenschaft oder vorsätzlicher geplanter Mord. Der eifrige Pete, ihr Partner aus dem Minibüro, hatte Liebe, Hass und Gier die heilige Dreifaltigkeit der Mordmotive genannt. Was bedeutete, dass die meisten Killer aus einem dieser drei Gründe handelten.

Avery führte den Becher an den Mund und trank einen Schluck, wobei ihre Hand leicht zitterte. Ob aus Erschöpfung oder Nervosität, konnte sie nicht sagen. Sie konnte sich einfach nicht vorstellen, dass ihr sanfter, freundlicher Vater mit irgendetwas in Verbindung stand, das zu Mord führte.

Sie schloss die Augen. Hör auf, in Schubladen zu denken. Lös dich von allem, was du zu wissen glaubst.

Besorg dir die einzelnen Stücke des Puzzles und setze es zusammen.

Langsam öffnete sie die Augen und nahm den Schreibstift. Als Erstes musste sie so viel wie möglich über den Tod ihres Vaters herausfinden. Sie würde mit Ben Mitchell, mit dem Gerichtsmediziner und mit Buddy über die Ermittlungen reden.

Und währenddessen musste sie sich, so gut es ging, über den Mord an Elaine St. Claire informieren, um festzustellen, ob es eine Verbindung zwischen den Fällen gab.

Später an diesem Morgen suchte Avery Ben Mitchell im Büro der staatlichen Feuermarschalls in Baton Rouge auf. Sie fand heraus, dass Brandexperten nach Regionen eingesetzt und aufgeteilt wurden. Cypress Springs gehörte zu Region acht. Sie erfuhr sogar, dass Brandexperten Waffen tragen durften und das Recht hatten, verdächtige Brandstifter festzunehmen.

Ben Mitchell, ein Mann mittleren Alters mit dunkelbraunen, leicht angegrauten Haaren, war so ein Experte.

Er begrüßte sie freundlich. „Setzen Sie sich, Miss Chauvin."

Sie nahm ihm gegenüber Platz, legte ihren Notizblock auf den Schoß und sagte lächelnd: „Bitte, nennen Sie mich Avery."

Er akzeptierte es mit einem leichten Neigen des Kopfes. „Ihr Dad war ein guter Mann."

„Sie kannten ihn?"

„Ich denke, jeder im Kreisgebiet kannte ihn in der einen oder anderen Weise. Er hat meiner Schwester durch eine schwere Zeit geholfen." Er senkte die Stimme. „Gebärmutterhalskrebs. Auch nachdem sie schon bei einem Onkologen in Behandlung war, hat er sie noch durch die Krankheit begleitet."

Genau die Sorte Arzt war er. Ihm war es immer um die Patienten und ihre Gesundheit gegangen, niemals um Geld.

„Danke", erwiderte sie. „Ich denke auch, dass er ein guter Mensch war."

Kurz blickte er auf ihre Kladde. „Wie kann ich Ihnen helfen?"

Sie faltete die Hände. „Wie schon gesagt, habe ich bei der Totenwache meines Vaters mit John Price gesprochen. Er schlug mir vor, mich mit Ihnen zu unterhalten. Ich bin neugierig ... wegen der Todesumstände."

„Das verstehe ich nicht."

Fragend schaute sie ihn an. „Darf ich ganz offen sein?"

„Natürlich."

„Danke." Sie atmete tief durch, suchte nach den richtigen Worten und hatte keineswegs vor, offen zu sein. „Ich habe einige Schwierigkeiten, den Tod meines Vaters zu akzeptieren. Ihn ... zu verstehen. Ich dachte, wenn Sie mir genau erzählen könnten, was Sie am Brandort gesehen haben ... könnte ich ... würde es mir helfen, dieses Unglück zu verkraften."

Seine Miene wurde sanft vor Mitgefühl. „Was möchten Sie wissen?"

„Was Sie gesehen haben, wie Sie ermittelt haben und Ihre offizielle Einschätzung."

„Sind Sie sicher, dass Sie das hören möchten?"

Sie verschränkte die Finger fester ineinander. „Ja."

„Brandsachverständige ermitteln, wie der Brand entstanden ist, wo er begann und wie lange es brannte. Welcher Brandbeschleuniger benutzt wurde, erkennen wir am Weg des Feuers, an seiner Hitze und an der Branddauer."

„Und was hat das Feuer meines Vaters Ihnen verraten?"

„Ihr Vater benutzte Diesel, der im Gegensatz zu Benzin schwerer entflammt, dafür aber intensiver und länger brennt. Für seine Zwecke war Diesel die bessere Wahl."

„Erfüllt ein anderer Brennstoff dieselben Merkmale?"

„Jetkraftstoff. JP-5 für Gewerbe. Brennt auch heißer, ist aber schwerer zu bekommen." Er machte eine Pause, um seine Gedanken zu ordnen oder die richtigen Worte zu wählen. „Sind Sie vertraut mit dem Tod durch Verbrennen?"

„Frischen Sie mein Gedächtnis auf." Da er zögerte, erklärte sie leicht vorgebeugt: „Ich bin Journalistin. Geben Sie mir die Fakten. Ich kann damit umgehen."

„Also gut. Zunächst mal, der Körper verbrennt nicht zu Asche wie bei der Verbrennung im Krematorium. Ein Hausfeuer brennt beispielsweise bei etwa tausend Grad. Damit ein Körper ganz verbrennt, braucht man etwa tausendsiebenhundert Grad. Der Körper behält seine Form. Die Haut verbrennt, löst sich aber nicht ganz auf. Es ist nicht ungewöhnlich, dass Bereiche mit weichem Gewebe das Feuer überstehen. Es setzt ein Schrumpfungsprozess ein", fuhr er fort. „Ein zweihundert Pfund schwerer Mann wiegt in verbranntem Zustand vielleicht noch einhundertfünfzig. Kleidung, Fleisch und Haare verbrennen. Die einzelnen Partien des Gesichts, einschließlich der Lippen, bleiben erhalten, sind allerdings völlig schwarz. Im Allgemeinen ist von den ursprünglichen Gesichtszügen nichts mehr zu erkennen."

So etwas kann Dad einfach nicht getan haben, oder doch?

„Wie oft sehen Sie einen Selbstmord, der auf diese Weise durchgeführt wird?"

„Fast nie."

„Warum nicht?" fragte sie, obwohl sie dazu ihre eigenen Ansichten hatte. Durch ihren Beruf hatte sie gelernt, wie wichtig es war, dem Befragten nicht die Antwort in den Mund zu legen.

„Verstehen Sie bitte, ich bin kein Psychologe, sondern Experte für Brände. Alles, was ich Ihnen dazu sagen kann, ist meine persönliche Meinung und basiert nicht zwangsläufig auf Fakten."

„Ich möchte es trotzdem hören."

„Die meisten Selbstmörder möchten es hinter sich bringen. Es soll schnell und schmerzlos vonstatten gehen."

„Und zu verbrennen ist das genaue Gegenteil."

„Meiner Meinung nach ja."

Avery blickte kurz auf ihre Kladde und dann wieder zu dem Mann. „Glauben Sie, mein Vater kannte den Unterschied in der Brennweise von Diesel und Benzin?"

„Das weiß ich nicht. Vielleicht hat er den Diesel gewählt, weil er ihn zur Hand hatte."

„Er hat das Zeug aus dem Tank seines Mercedes abgezogen?"

„Ja."

„Sie haben Brandstiftung ausgeschlossen. Gab es da keinen Zweifel für Sie?"

„Keinen. Wie schon gesagt, wenn wir dem Weg des Feuers folgen, erzählt es uns seine Geschichte. Bei Brandstiftung beginnt das Feuer typischerweise am äußeren Rand. Außerdem finden wir meistens Kanister, Lumpen oder was immer der Brandstifter benutzt hat. Viele Täter glauben merkwürdigerweise, wir entdecken so etwas nicht. Anderen ist es einfach egal."

„Und bei meinem Vater war der Brandverlauf nicht so?"

„Nein. Das Feuer begann bei Ihrem Vater und breitete sich von dort aus. Die Reste des Absaugschlauchs wurden an ihm gefunden."

„Gab es etwas Ungewöhnliches am Ort des Geschehens, das Sie stutzig gemacht hat?"

Er runzelte die Stirn, als denke er gründlich nach. „Ich habe einen Hausschuh Ihres Vaters auf dem Weg zwischen Haus und Garage gefunden."

„Und der andere?"

„Den habe ich nicht entdeckt. Vermutlich hatte Ihr Vater ihn an."

„Wo auf dem Weg?"

Er überlegte kurz. „Er lag ein paar Schritte von der Küchentür entfernt."

Ihr Dad hatte im Haus immer Slipper getragen. Wenn er einen gleich hinter der Tür verloren hatte, warum war er nicht stehen geblieben und hatte ihn wieder angezogen? Das ergab keinen Sinn. Sie war keine Expertin für menschliches Verhalten, aber ihr schien es eine automatische Reaktion zu sein, einen verlorenen Schuh wieder anzuziehen.

„Und das finden Sie nicht seltsam?" fragte sie.

„Seltsam?"

„Haben Sie jemals versucht, mit einem Schuh zu gehen, Ben? Es fühlt sich falsch an, wie eine Sinnestäuschung. Mich würde es jedenfalls sehr stören."

„Ich vermute, dass jemand, der sich in einem so aufgewühlten Zustand befindet wie Ihr Vater, sich völlig auf sein Vorhaben konzentriert. Ich war zwar nie in dieser Lage, aber ich stelle mir vor, die geplante Tat nimmt einen völlig gefangen."

Avery war zwar nicht überzeugt, ließ das Thema aber fallen. „Sonst noch etwas?"

Ben rutschte unbehaglich im Sessel hin und her. „Es sah aus, als wäre er einige Schritte auf die Tür zugekrochen, nachdem er schon brannte."

Er hatte seine Meinung geändert. Er wollte Hilfe holen.

Es war zu spät.

Sie bemühte sich, ihr Entsetzen nicht zu zeigen, schaffte es aber nicht ganz.

„Tut mir Leid. Ich hätte das nicht sagen sollen."

„Nein." Sie hob eine zitternde Hand. „Ich bin Ihnen für Ihre Offenheit sehr dankbar. Es ist vielleicht schwer für Sie zu verstehen, aber die Fakten zu kennen, erleichtert mir den Umgang mit dem Geschehen. Ich muss genau wissen, was passiert ist."

„Ich verstehe Sie sogar sehr gut, weil ich selbst so bin." Er sah auf seine Uhr. „Haben Sie schon mit Buddy über seine Ermittlungen gesprochen? Oder mit dem Gerichtsmediziner über seine Erkenntnisse?"

„Mit Buddy habe ich geredet, aber nicht besonders ausführlich. Mit dem Gerichtsmediziner noch nicht."

Er stand auf und reichte ihr die Hand. „Viel Glück, Avery."

Avery erhob sich ebenfalls und nahm seine Hand. „Danke, Ben, dass Sie mir Ihre Zeit geopfert haben." Auf dem Weg zur Tür blieb sie noch einmal stehen und drehte sich um. „Noch eine letzte Frage. Haben Sie irgendeinen Zweifel an der Selbstmordtheorie?"

Sie las ihm die Überraschung vom Gesicht ab. Er zögerte, als suche er nach den richtigen Worten. „Meine Aufgabe ist es zu ermitteln, wie und wo ein Feuer begann. Ursache und Umstände des Todes fallen in den Bereich der Gerichtsmedizin und der Polizei."

„Natürlich“, erwiderte sie und wandte sich wieder der Tür zu.

„Avery?“ Sie blickte zurück. „Buddy hat in dieser Sache hervorragende Arbeit geleistet. Ich habe ihn nie so ... erschüttert erlebt. Er wollte es auch nicht wahrhaben.“

Doch auch der gewissenhafteste Polizist macht Fehler. Es geschieht einfach, etwas Wichtiges bleibt unbemerkt und fällt durch das Raster.

Das sagte sie ihm jedoch nicht, sondern bedankte sich noch einmal und ging.

16. KAPITEL

Hunter hatte das Polizeigebäude von Cypress Springs seit dreizehn Jahren nicht mehr betreten.

Heute kam er, weil ihm noch etwas eingefallen war, das die Ermittlungen im Mordfall St. Claire vielleicht weiterbringen konnte.

Und auch deshalb, weil er seit der Entdeckung der Toten vor sechsunddreißig Stunden kaum an etwas anderes denken konnte. Er wurde den Anblick der Ermordeten einfach nicht mehr los.

Der Empfangstresen war leer. Aber sicher nicht lange, dachte er, als er den Becher mit dampfendem Kaffee und den halb gegessenen Doughnut auf einer Serviette daneben entdeckte. Hunter wartete nicht, sondern ging am Tresen vorbei, als hätte er jedes Recht dazu.

Die Tür zum Büro seines Vaters stand offen, der Raum war jedoch leer. Hunter trat ein. Der Geruch erinnerte ihn an seinen Dad und irgendwie an seine Kindheit.

Wehmütig dachte er daran, wie er mit Matt unter dem alten Eichenschreibtisch gespielt hatte und wie sie mit offenen Mündern miterlebt hatten, dass ihr Dad einigen Untergebenen die Leviten las. Und er dachte an seinen letzten Besuch hier, als er auf dem Weg ins College gewesen war.

Er hatte ein letztes Mal versucht, seinem Vater klar zu machen, wie ausgeschlossen und entfremdet er sich von der Familie fühlte.

„Dad, sag mir, was ich getan habe? Erklär mir einfach, warum ihr mich ausschließt, du und Mom, Matt und Cherry, als würde ich nicht mehr zu euch gehören. Rede mit mir, Dad. Und ich tue alles, um unser Verhältnis zu verbessern."

Doch sein Vater hatte keine Zeit für ihn gehabt. Er hatte ihn abgewehrt und so getan, als bilde er sich das alles ein und als ob das Problem ausschließlich in seiner Wahrnehmung läge und nicht in ihrem Verhalten.

Zornig und gekränkt war er fortgegangen, mit dem festen Vorsatz, es ihnen allen zu zeigen.

Sein Blick fiel auf den Schreibtisch. Ein Aktenordner mit dem Aufdruck ‚Fotos' lag obenauf.

Vom Tatort? fragte er sich und ging näher heran.

Ja, es stimmte, die Akte trug den Namen Elaine St. Claire.

„Hallo, Sohn."

Sohn. Dieses eine ruhig gesprochene Wort wirkte auf ihn wie ein Schlag. Er sah sich zu seinem Vater um. „Dad."

Buddy blickte zum Schreibtisch, dann wieder zu Hunter. „Was führt dich heute Morgen her?"

„Der Mordfall St. Claire."

Buddy nickte, ging an seinen Schreibtisch und deutete auf den Sessel davor. „Setz dich."

Hunter wäre lieber stehen geblieben, nahm aber trotzdem Platz. „Hier hat sich nichts verändert."

Buddy setzte sich in seinen Sessel, der leise quietschte. „Du warst eine Weile nicht hier."

„Dreizehn Jahre."

Hunter ließ den Blick durch den Raum wandern. Seine Meisterschaftstrophäe aus der Kinderliga war verschwunden, ebenso das Foto gleich vorne auf dem Schreibtisch, das sie beide mit dem preisgekrönten Fisch auf dem Rodeo von Tarpon zeigte. Er schaute rasch über Regale und Wände und machte innerlich Inventur.

Schließlich sah er Buddy an. „Du hast ein bisschen umdekoriert. Sieht so aus, als hättest du alle Spuren meiner Existenz getilgt."

„Du hast uns verlassen, Hunter."

„Wirklich? Vielleicht sehe ich das anders."

„Wirst du derselben alten Geschichte denn niemals überdrüssig, Bruder?"

Hunter drehte sich im Sessel um. Er sah, dass Matt in der Tür stand, als gehöre ihm das Büro, und ihm sträubten sich die Nackenhaare. „Du kommst gerade recht zum Familientreffen."

„Was für ein Glück", erwiderte Matt.

„Hunter sagt, er ist wegen der Ermittlungen im Fall St. Claire gekommen."

„Tatsächlich?" Matt kam herein und blieb vor dem Schreibtisch stehen. Er verschränkte die Arme vor der Brust und lehnte sich gegen die Platte.

„Ich habe Sarah gegen Viertel vor sechs ausgeführt. Wir sind unsere normale Route gegangen, und ich habe nichts Ungewöhnliches bemerkt."

„Und was ist deine gewöhnliche Route?"

„Von der Walton zur Maine, um den Platz und zurück." Nach einer Pause fuhr er fort: „Ich denke mir, das sie ... dass das Opfer zu der Zeit noch nicht dort gelegen haben kann, weil Sarah sonst ein Tänzchen aufgeführt hätte, so wie dann später."

„Warum hast du uns das nicht schon gestern Abend erzählt?" fragte Matt.

„Du hast nicht danach gefragt, und ich habe erst heute daran gedacht."

Matt neigte den Kopf. „Es ist günstig, dass du vorbeigekommen bist. Wir hatten sowieso noch einige Fragen an dich."

„An mich?" Er blickte von Matt zu Buddy und zurück. „Also gut, schießt los."

„Kanntest du das Opfer?"

„Nein."

„Hast du den Namen Elaine St. Claire schon gehört?"

„Nicht vor gestern Abend."

„Wo warst du gestern zwischen sechzehn Uhr und dem Zeitpunkt, als du uns bei den Gallaghers geholt hast?"

„Ist sie während dieser Zeit gestorben?"

„Beantworte bitte die Frage."

„Du machst Witze." Doch er sah ihnen an, dass sie nicht zu Späßen aufgelegt waren. „Bin ich ein Verdächtiger?"

„Das ist das Standardverfahren der Ermittlungen. Du hast die Leiche entdeckt, das macht dich automatisch zum Verdächtigen."

Er stand auf. „Das ist doch Bockmist!"

„Setz dich, Sohn", sagte Buddy ruhig und warf Matt einen strafenden Blick zu. „Beantworte die Frage. Wo warst du gestern zwischen sechzehn und zwanzig Uhr?"

„Ich habe gearbeitet. Allein. Sarah war bei mir. Sie ist vermutlich keine tolle Alibizeugin, aber immerhin loyaler als die meisten Menschen, Anwesende eingeschlossen."

„Warst du noch mal draußen, außer da, wo du Sarah ausgeführt hast?"

„Nein."

„Hast du auf dem Spaziergang mit jemandem gesprochen?"

Hunter dachte nach. „Nein."

„Hat dich jemand angerufen in der Zeit, der bezeugen könnte, dass du zu Hause warst?"

Wieder verneinte Hunter. „Aber das macht mich ja auch noch nicht zum Killer, oder?"

„Es entlastet dich aber auch nicht."

Hunter hätte seinem Bruder gern den Ausdruck der Genugtuung vom Gesicht gewischt. „Kann ich gehen?"

„Noch nicht." Matt sah kurz zu seinem Vater. „Du weißt, wie sie umgekommen ist, Hunter?"

„Natürlich nicht."

„Ein scharfer, gezackter Gegenstand wurde wiederholt in ihre Vagina geschoben, besser gerammt."

Hunter schauderte. „Mein Gott!"

„Sie verblutete innerlich. Es war ein qualvoller, grässlicher Tod."

Buddy fügte hinzu: „Hast du eine Ahnung, wer zu so einer Tat fähig wäre?"

„Ein Psychopath."

„Hast du einen Namen, der zu dieser Beschreibung passt, Bruder?"

„Ich wünschte, ich hätte."

„Warum?" fragte Buddy.

Hunter sah ihn an. „Natürlich, damit du ihn fangen kannst, ehe er noch mehr anrichtet."

„Wie nobel", murmelte Matt vor sich hin. „Was für ein toller Bursche."

Hunter stand auf und sah seinen Bruder eindringlich an. „Hast du ein Problem mit mir? Ist diese Stadt zu klein für uns beide?"

„Und ich dachte immer, ich wäre der Cowboy in der Familie."

„Du hast meine Frage nicht beantwortet."

„Ich habe ein Problem mit Illoyalität und Feigheit."

Hunter lachte freudlos. „Und beides erkennst du bei mir?"

In Augenblicken wie diesen durchschaute er seinen Bruder völlig. Matt musste immer Recht haben, und alles musste nach seinem Kopf gehen. Er hatte den Löwenanteil der elterlichen Zuwendung bekommen und die Aufmerksamkeit der Mädchen auf sich gelenkt. Er war kein Teamspieler, er musste der Star sein.

Im Gegensatz zu Matt hatte er selbst nie danach gegiert, im Mittelpunkt zu stehen. Deshalb hatte er ihm gern das Feld überlassen.

Die Grenze hatte er allerdings gezogen, als Matt ihm das eigenständige Denken untersagen wollte und verlangte, seine Ansichten, Vorlieben und Abneigungen zu teilen. Mehr noch, er hatte von ihm und jedem, der in seinem Dunstkreis bleiben wollte, erwartet, dass er sich seiner Meinungsführerschaft unterordnete.

„Den Mord hängst du mir nicht an, Matt."

„Wie gesagt, ein illoyaler Feigling."

„Weil ich nicht mit dir streiten will?" fragte Hunter. „Oder weil ich damals gegangen bin und mein eigenes Leben gelebt habe? Weil ich dem großartigen Matt Stevens die blinde Gefolgschaft verweigert habe? Ist es das?"

„Jungs!"

Dieses eine, mit tiefer Stimme geäußerte Wort genügte, dass Hunter die Beherrschung verlor und kalte Wut in ihm aufstieg. Zahllose Male hatte ihr Vater sie seit der Kindheit so ermahnt.

Aber damals habe ich mich noch als Teil der Familie gefühlt.

„Es passt dir nicht, dass ich eigenständig denken kann, was, Matt? Ich bin nicht dein pflichtbewusster kleiner Soldat, und das bringt dich zur Weißglut."

„Rede dir das nur ein, Bruderherz."

„Wenn du mal aus deinem Schneckenhaus herauskämst, würdest du merken, dass du nicht das Nonplusultra bist, Sheriff Stevens. Aber vielleicht ist genau das ja der Grund, warum du dein Schneckenhaus nicht verlässt."

Zornesröte überzog Matts Gesicht. „Du warst immer eifersüchtig auf mich und bist es immer noch, weil ich Avery bekommen habe."

„Lass Avery aus dem Spiel."

„Sie war immer ein Teil unseres Problems. Du konntest es nicht verkraften, dass sie mich wollte und nicht dich."

Hunter sah ihn an und wiederholte ruhig: „Dich wollte? Wenn das stimmt, wo war sie dann all die Jahre? Mir scheint, sie hat dich eben nicht gewollt."

Matt machte einen Schritt auf ihn zu, und Hunter ballte die Hände zu Fäusten, bereit zum ersten Schlag.

Doch ehe es dazu kam, trat Buddy zwischen sie. „Danke, dass du gekommen bist, Hunter. Wir melden uns."

17. KAPITEL

Das Büro des Gerichtsmediziners von West Feliciana befand sich in St. Francisville. Als gewählter Beamter bediente Dr. Harris den gesamten Bezirk, einen der kleinsten in Louisiana. Er untersuchte die Todesumstände, führte die toxikologischen Tests durch, bestimmte Zeit und Art des Todes und stellte den Totenschein aus.

Avery hatte das alles von seiner Frau erfahren, als sie mit ihr telefoniert hatte, um einen Termin zu vereinbaren. Sie erfuhr auch, dass Dr. Harris schon seit achtundzwanzig Jahren im Dienst war. Sein Büro beschäftigte noch zwei stellvertretende Rechtsmediziner und führte bei etwa achtzig Todesfällen pro Jahr die Untersuchungen durch. Falls zur Ermittlung der Todesursache eine Autopsie nötig wurde, ließ er die Leichen ins Earl K. Long Hospital nach Baton Rouge bringen. Dort war eine forensische Pathologin für die Autopsien zuständig. Im Gegensatz zu großen Bezirken hatte West Feliciana nicht die Mittel, um einen eigenen forensischen Pathologen einzustellen, was Avery überraschte.

Dr. Harris war ein charmanter und humorvoller Mann mit schütterem, grauem Haar und einem neckischen Funkeln in den Augen. Nicht gerade das, was man sich unter einem Gerichtsmediziner vorstellte.

„Danke, dass Sie mich empfangen, Dr. Harris. Ich bin Ihnen sehr verbunden.“ Lächelnd nahm er ihre Worte entgegen, und sie fuhr fort: „Ihre Frau erzählte mir, dass Sie schon seit achtundzwanzig Jahren in dieser Funktion tätig sind.“

„Mit Unterbrechungen. Ich habe eine Auszeit genommen und mich um meine eigene Praxis gekümmert. Man kann nicht beides, wissen Sie. Jedenfalls sagt meine Frau das.“

„Aber Sie sind zurückgekommen.“

„Wenn man Perfektionist ist, hat man es nicht leicht. Ich kann nicht loslassen. Ich konnte nicht tatenlos zusehen, als die Arbeit nicht ordentlich gemacht wurde."

Er beugte sich zu ihr vor, die Augen lustig blitzend. „Die hatten hier einen Witzbold, der jede Todesursache als Herzstillstand diagnostizierte. Er nahm weder medizinische Berichte zur Hand noch sah er sich die Umstände des Todes genauer an. Ich konnte das nicht ertragen und stimmte einer Rückkehr zu. Zweimal." Er lehnte sich zurück und beugte sich wieder vor. „Natürlich haben wir alle irgendwann einen Herzstillstand, aber das ist nicht immer die alleinige Todesursache."

„Passiert so etwas häufiger?" fragte sie und dachte an ihren Vater. „Ich meine, dass die Todesursache nicht richtig festgestellt wird, weil man Fakten übersieht?"

„Nicht, wenn ich die Untersuchung führe." Fragend sah er sie an und lächelte dabei freundlich. „Womit kann ich Ihnen helfen, Miss Chauvin?"

„Wie ich schon am Telefon erwähnte, möchte ich Genaueres über den Tod meines Vaters erfahren."

Sein Mienenspiel verriet Mitgefühl. „Ich bedaure Ihren Verlust."

„Danke." Sie zögerte und überlegte, wie sie das Gespräch in die richtigen Bahnen lenken sollte. „Ich habe von Ihrer Frau erfahren, dass Sie etwa achtzig Todesfälle im Jahr bearbeiten und dass Sie oder Ihre Stellvertreter immer zum Ort des Geschehens fahren."

„Das ist richtig."

„Sie sagte auch, dass weder Sie noch ihre Stellvertreter Autopsien durchführen, da diese in Baton Rouge gemacht würden."

„Ja. Von der forensischen Pathologin Dr. Kim Sands."

„Und bei meinem Vater haben Sie eine Autopsie angeordnet."

„Das mache ich bei jedem Selbstmord. Ich habe den Bericht hier.“

„Und sie hat den Tod meines Vaters als Selbstmord eingestuft?“

Er nickte. „Ihre Feststellungen deckten sich mit meinen.“

Avery faltete die Hände im Schoß, um zu verbergen, wie sehr sie zitterten. „Was hat Dr. Sands als offizielle Todesursache angegeben?“

„Erstickungstod.“

„Erstickungstod?“ wiederholte sie verblüfft. „Das verstehe ich nicht.“

„Wie sollten Sie auch?“ erwiderte er freundlich. „Es ist eine wenig bekannte Tatsache, dass die meisten Brandopfer ersticken. Im Fall Ihres Vaters füllten sich die Atemwege bei den ersten Atemzügen mit giftigen Gasen und Brennstoffdämpfen. Der Tod kam schnell.“

Er ist einige Schritte zur Tür gekrochen. „Wollen Sie sagen, er starb sofort?“

„Der Tod tritt nie sofort ein. In der Gerichtsmedizin teilt man die Zeit bis zum Eintritt des Todes nach Sekunden bis Minuten, Minuten bis Stunden, Stunden bis Tagen und so weiter ein. Bei Ihrem Vater dürfte es sich um Sekunden bis Minuten gehandelt haben.“

Avery hatte Mühe, nicht an die erlittenen Schmerzen zu denken, und versuchte, sich auf die medizinisch-rechtlichen Fakten zu konzentrieren. „Fahren Sie fort. Ich will wirklich alles wissen“, sagte sie, als er zögerte.

„Das Vorhandensein von Rußpartikeln in Kehle und Lunge zeigt dem Pathologen, dass das Opfer tatsächlich im Feuer gestorben ist.“

„Oder ob es schon tot war, ehe das Feuer gelegt wurde.“

„Genau.“

„Und Dr. Sands hat diese Partikel in Kehle und Lunge entdeckt."

„Ja." Er nahm die Akte ihres Vaters zur Hand, schlug sie auf und las. „Ja", wiederholte er.

Sie räusperte sich. „Wonach würde ein Pathologe sonst noch suchen in einem solchen Fall?"

„Um Todesursache und -art zu bestätigen?" Sie nickte. „Nach Blutungen im verbliebenen weichen Gewebe. Nach Drogen oder Alkohol im toxikologischen Test. Wir testen verschiedene Körperflüssigkeiten, unter anderem Blut, Urin und Gallensaft. Ein Test dient der Bestätigung des anderen."

„Und bei meinem Vater ...?"

„Wir fanden Spuren von Halcion in seinem Blutkreislauf. Das ist ein Schlafmittel."

Sie merkte auf. „Schlaftabletten? Sind Sie sicher?"

Ihre Reaktion schien ihn zu erstaunen. „Sie wussten nichts davon? Ich habe mit Earl gesprochen, dem Apotheker von ‚Friendly Drugs' in Cypress Springs. Ihr Dad nahm schon seit einiger Zeit Schlafmittel."

„Wer hat sie ihm verschrieben?"

Er dachte nach, hielt einen Finger hoch, um anzudeuten, dass sie warten solle, und wandte sich wieder der Akte zu. „Da steht es. Er hat sie sich selbst verschrieben."

Avery wusste nicht, was sie sagen sollte.

„Schlafstörungen sind bei depressiven Menschen keine Seltenheit."

Er litt unter Schlaflosigkeit. Noch etwas, von dem ich keine Ahnung hatte. Was für eine Tochter bin ich überhaupt?

„Warum hätte er das tun sollen?" fragte sie schließlich. „Ich meine, wenn er sich umbringen wollte, warum nimmt er dann vorher noch Schlaftabletten?"

„Eine Tablette", korrigierte er. „Die Substanzmenge in seinem Blut entsprach einer Tablette von 25 Milligramm, zur Schlafenszeit genommen. Was im Übrigen die Dosis war, die er sich verordnet hatte."

„Trotzdem verstehe ich nicht ..."

„Warum?" beendete er ihren Satz. „Das können wir natürlich nicht mit Sicherheit sagen. Vielleicht wollte er die Sache abmildern und seine Sinne betäuben. Vielleicht hat er sich aber auch erst zu der Tat entschlossen, nachdem er die Tablette genommen hatte."

Es sah aus, als wäre er einige Schritte auf die Tür zugekrochen.

„Miss Chauvin?"

Avery blickte auf, und er hielt ihr ein Kästchen mit Papiertüchern hin. Sie hatte nicht gemerkt, dass sie weinte, nahm sich ein Papiertuch, trocknete Augen und Wangen und versuchte, ihre Fassung zurückzugewinnen. „War irgendetwas ... verdächtig an seinem Tod?"

„Verdächtig?" Er zog die Stirn kraus. „Ich bin nicht sicher, ob ich Sie verstehe."

„Gab es einen Hinweis darauf, dass es kein Selbstmord gewesen sein könnte?"

Er antwortete betont geduldig. „Unerklärliche Tode einmal beiseite gelassen, gibt es eigentlich nur vier Kategorien: natürlicher Tod, Unfalltod, Selbstmord oder Mord."

„Das ist mir klar."

„Auf was wollen Sie hinaus, Miss Chauvin?"

„Ich will nur ..." Sie knüllte das Papiertuch zusammen. „Ehrlich gesagt, ich kann nicht glauben, dass er das getan hat. Er hat keinen Abschiedsbrief hinterlassen. In unseren Unterhaltungen, und wir haben oft miteinander gesprochen, hat er nie angedeutet, dass er so depressiv war, sich das Leben zu nehmen."

Ein anderer wäre vielleicht beleidigt gewesen oder hätte unterstellt, sie zweifle seine Kompetenz an. Dr. Harris war nur mitfühlend. Sie vermutete, dass er es oft mit trauernden Familienangehörigen zu tun hatte.

„Die Polizei von Cypress Springs hat eine gründliche Ermittlung durchgeführt, ich ebenfalls. Dr. Sands ist eine ausgezeichnete forensische Pathologin. Die toxikologischen Tests haben nur das Halcion hervorgebracht. Ich habe nichts am Körper entdeckt, das auf Gewaltanwendung hindeutete. Dr. Sands ebenfalls nicht. Freunde und Nachbarn berichteten, dass er sich vor seinem Tod schon eine Weile sonderbar benommen hat. Er zog sich zurück, wurde depressiv. Dieses Verhalten passt zum Selbstmord. Wie ich hörte, ist Ihre Mutter kürzlich gestorben."

„Vor einem Jahr", bestätigte sie leise.

Er hat gekriegt, was er verdiente.

Und du kommst auch noch dran.

Avery presste kurz die Lippen aufeinander.

Dr. Harris beugte sich vor. „Gibt es da etwas, das ich Ihrer Meinung nach wissen sollte? Etwas, das Sie nicht sagen wollen?"

Sie sah ihm in die Augen. Was würde er sagen, wenn sie ihm von dem anonymen Anruf erzählte? Würde er das für einen abartigen Scherz oder für eine ernste Drohung halten?

Sie schüttelte den Kopf. „Nein, nichts."

„Sind Sie sicher?"

„Absolut." Sie stand auf und reichte ihm die Hand. „Sie haben mir sehr geholfen, Dr. Harris. Danke für Ihre Zeit."

Er stand ebenfalls auf und nahm ihre Hand. „Falls Sie noch etwas brauchen, rufen Sie mich an. Ich bin meistens hier."

Avery ging zur Tür. Als er ihren Namen sagte, blieb sie stehen und sah ihn an.

„Ich hoffe, Sie verzeihen einem alten Mann, dass er sich einmischt, aber ich mache diesen Job schon viele Jahre. Ich habe mit vielen trauernden Familienangehörigen gesprochen. Ich verstehe, wie schwierig es zu akzeptieren ist, dass ein geliebter Mensch sich das Leben genommen hat. Man empfindet Schuld. Man denkt, man hätte es merken und verhindern können. Ich sage Ihnen, am besten kommen diejenigen damit klar, die ihr Leben weiterleben. Die sich klar machen, dass es bei der Tat nicht um sie oder um ihr Versäumnis ging." Nach einer kurzen Pause fügte er hinzu: „Die Zeit hilft, Miss Chauvin. Lassen Sie sich Zeit. Reden Sie mit jemandem, einem Therapeuten, einem Pastor, und dann leben Sie Ihr Leben weiter."

Wenn das nur so leicht wäre und mir alles nicht so falsch vorkäme.

Sie zwang sich zu einem schwachen Lächeln. „Sie sind sehr freundlich, Dr. Harris."

„Nur damit Sie es wissen, Ihrer Schwester habe ich dasselbe gesagt."

„Wie bitte?"

„Ihrer Schwester. Sie rief gleich nach Ihnen an. Sie kommt um drei."

Stirnrunzelnd verfolgte er ihr Mienenspiel. „Ist etwas nicht in Ordnung, Miss Chauvin?"

„Ich habe keine Schwester, Dr. Harris."

18. KAPITEL

Avery wartete auf dem Parkplatz neben Dr. Harris' Büro. Das Fenster ihres Geländewagens hatte sie geöffnet, um die milde Märzluft hereinzulassen. Sie hatte ihren Blazer am Rande des Platzes abgestellt, neben einem vergammelten alten Cadillac Seville.

Fünf vor drei fuhr ein weiterer Wagen auf den Parkplatz, mit einer Frau am Steuer. Avery ließ sich auf dem Sitz nach unten gleiten, um nicht gesehen zu werden – noch nicht. Sie wollte eine Begegnung vermeiden, bis es sich nicht mehr umgehen ließ.

Die Frau parkte ihren Camry, ohne in ihre Richtung zu blicken. Sie prüfte ihr Aussehen im beleuchteten Spiegel der heruntergeklappten Sonnenblende, klappte sie wieder hoch und stieg aus.

Erst da konnte Avery sie deutlich erkennen und war verblüfft.

Die Frau von Dads Totenwache. Die, zu der die Männer gestarrt hatten.

Avery riss die Tür auf, sprang aus dem Wagen und schlug sie wieder zu. Die Frau blieb stehen, drehte sich um, sichtlich schockiert, dann betreten.

Avery war mit wenigen Schritten bei ihr. „Wir müssen reden!"

„Pardon?"

„Tun Sie nicht so. Sie waren bei der Totenwache meines Vaters. Jetzt sind Sie hier und geben sich als meine Schwester aus. Ich denke, Sie sollten mir erklären, warum."

Es schien, als wolle sie die Vorhaltungen bestreiten, doch sie blieb schweigsam. Stattdessen deutete sie auf einen Picknicktisch unter einer alten Eiche hinter dem Gebäude. „Dort drüben."

Sie setzten sich. Avery sah die Frau an. Groß, schlank, mit kurzen blonden Locken, schien sie etwa in ihrem Alter zu sein.

„Ich heiße Gwen Lancaster. Tut mir Leid, wenn ich Sie aufgeregt habe. Ich weiß, es ist eine schwierige Zeit für Sie. Ich kann es nachfühlen, denn ich habe vor kurzem meinen Bruder verloren."

Avery betrachtete sie unverwandt. „Kannten Sie meinen Vater?"

„Nein."

„Darf ich dann fragen, warum Sie bei seiner Totenwache waren und heute hier sind?"

Gwen zögerte einen Moment, ehe sie antwortete. „Ich bin neu in Cypress Springs. Nette Stadt."

„Ja, ist es. Und freundlich."

Sie verzog leicht die Miene. „Aus meiner Warte sieht sie nicht besonders freundlich aus."

„Ist das meine Schuld?"

Sie lachte angespannt. „Nein, natürlich nicht." Kurz wandte sie den Blick ab. „Ich bin nach Cypress Springs gekommen, um Nachforschungen anzustellen. Ich arbeite an meiner Doktorarbeit in Sozialpsychologie an der Tulane University."

„Schön für Sie. Und was hat das mit dem Tod meines Vaters zu tun?"

„Wenn ich es Ihnen sage, versprechen Sie mir, nicht abzublocken?"

Avery beugte sich zu ihr vor. „Ich verspreche Ihnen gar nichts, weil ich das nicht muss."

Gwen sah sie einen Moment an und nickte. „Gestatten Sie mir wenigstens, etwas auszuholen."

„Einverstanden."

Die junge Frau legte die gefalteten Hände auf zwei eingeritzte Initialen in der Tischplatte. „Ich schreibe eine Arbeit mit dem Titel: Kriminalität und Bestrafung und die Zunahme der Selbstjustiz in den Kleinstädten Amerikas."

Sie machte eine Pause, und Avery fragte sich, ob sie die Zeit brauchte, um ihre Gedanken zu ordnen – oder um sich etwas auszudenken. Ihr Recht auf Argwohn hatte Avery sich durch jahrelange Berufserfahrung verdient, durch zahllose Interviews, in denen man durch Umgehung der Wahrheit versucht hatte, sie zu manipulieren. Menschen logen aus den unterschiedlichsten Gründen: weil es einfacher war, als die Wahrheit zu sagen, um sich vor Strafe zu schützen, den eigenen Ruf zu erhalten oder um zu verschleiern, wer man wirklich war.

„Während meines Studiums verspürte ich ein wachsendes Interesse an psychologischen Vorgängen innerhalb von Gruppen und an gruppendynamischen Prozessen. Was motiviert einen durchschnittlichen, gesetzestreuen Bürger, plötzlich auf einen Kreuzzug zu gehen, das Gesetz in die eigenen Hände zu nehmen und sich damit außerhalb der Gesetze zu bewegen?"

Einen Moment senkte sie den Blick und sah Avery dann wieder ruhig an. „Solche Menschen haben einen starken Glauben an Gesetz und Ordnung. Es sind gewöhnlich Patrioten mit hohem moralischen Anspruch. Natürlich ist es eine Form von Extremismus. Und wie alle Extremisten stellen sie unsere Überzeugungen geradezu auf den Kopf."

Avery wurde allmählich neugierig. „Wie Timothy McVeigh, der Bomber von Oklahoma City."

„Genau. Er passte hundertprozentig in dieses Profil, obwohl er als Einzeltäter agierte. Was diese Menschen so gefährlich macht, ist ihr absoluter Glaube an ihre gute Sache, für die sie bereit sind zu sterben. Ihre Überzeugungen rechtfertigen ihre Taten nicht, aber aus ihrer Sicht heiligt der Zweck alle Mittel."

Avery nickte verständnisvoll. „Dann stecken Sie alle Extremisten in dieselbe Kategorie? Religiöse Gruppen wie die Taliban in Afghanistan genauso wie die Leute von El Kaida?"

„Genauso wie weiße Rassisten, Heils- und Weltuntergangssekten und jede Gruppierung, die ihre Ideologie ins Extreme führt. Kein Land, keine Religion oder Rasse ist vor diesen Entgleisungen gefeit. Die Geschichte ist voll von Opfern, die im Namen einer Ideologie gestorben sind."

„Und warum sind Sie hier?"

„Ein Barmann erzählte mir von einer kleinen, perfekten Bilderbuchstadt in Louisiana. Die Stadt litt unter einer wachsenden Kriminalitätsrate. Anstatt das Verbrechen mit den üblichen Polizeimitteln zu bekämpfen, nahmen die Bürger das Gesetz in die eigenen Hände. Sie organisierten Gruppen, die das Verhalten ihrer Mitbürger überwachten. Jedes als abweichend empfundene Verhalten wurde gemaßregelt und hatte Folgen für die Betroffenen. Die Kriminalitätsrate sank, was die Leute in ihrem Tun nur bestätigte. Ich habe ein bisschen nachgeforscht und fand Anhaltspunkte, die diese Geschichte belegen."

Sie redet von Cypress Springs. Gespannt sah Avery sie an und wartete auf die Pointe. Als keine kam, lachte sie auf. „Eine Art Bürgerwehr in Cypress Springs? Das kann nicht Ihr Ernst sein."

„Solche Gruppen bilden sich vornehmlich in Orten wie Cypress Springs. In kleinen, isoliert liegenden Gemeinden, die sich dem Wandel der Zeit entziehen und nur ungern Fremde aufnehmen."

„Das ist lächerlich."

Avery wollte aufstehen, doch die Frau ergriff ihre Hand und hielt sie fest. „Lassen Sie mich zu Ende erzählen. Die Gruppe bildete sich in den späten achtziger Jahren als Reaktion auf den raschen Anstieg der Kriminalität. Einige Zeit später löste sie sich wieder auf. Es gab interne Streitigkeiten und die Drohung aus den eigenen Reihen, die Sache publik zu machen."

In den späten Achtzigern? In der Zeit vor und nach Sallie Waguespacks Ermordung.

Sie hatte das Gefühl, als sträubten sich ihr die Haare. Wenn sie nicht gerade durch die Artikelsammlung ihres Vaters und Buddys Erzählung an diese Zeit erinnert worden wäre, hätte sie die Geschichte der Frau als völligen Humbug abgetan. Als rechtschaffene Reporterin hatte sie jedoch eines gelernt: Wenn ein Element einer Geschichte glaubhaft klang, waren es die anderen oft auch.

Aber Selbstjustiz? Waren die Leute hier so besorgt, ja verzweifelt gewesen, dass sie zu solchen Maßnahmen greifen mussten? Sie konnte sich nicht vorstellen, dass ihr Vater, Buddy, deren Freunde oder andere Stützen der Gemeinde sich aus Verzweiflung als Großer Bruder betätigt hatten.

„Die Kerngruppe war klein. Aber sie hatten ein Netz von Zuträgern, die ihre Mitbürger bespitzelten und die Gruppe informierten."

Avery zog die Stirn kraus. „Spitzel? Wollen Sie behaupten, die Bürger von Cypress Springs haben sich gegenseitig bespitzelt?"

„Ja. Die Mitbürger wurden beobachtet. Man las ihre Post und notierte, was sie aßen, tranken und lasen, vermerkte, wohin sie gingen und ob sie den Gottesdienst besuchten. Tanzte jemand aus der Reihe, wurde er verwarnt."

„Verwarnt? Sie meinen bedroht?"

Sie nickte. „Blieb die Warnung ohne Wirkung, wurde die Gruppe aktiv. Geschäfte wurden boykottiert, Menschen ausgegrenzt, Besitz verwüstet. In Abstufungen hatte jeder damit zu tun."

„Jeder?" Avery schnaubte ungläubig. „Dass kann nicht sein."

„In solchen Gruppen wird die Verantwortung auf alle verteilt. Das bedeutet, dass niemand persönlich die Verantwortung für etwas trägt, das sich gegen einen Dritten richtet. Indem man dem Einzelnen die alleinige Schuld nimmt, ist die Last der Taten leichter zu tragen. Die individuelle Verantwortung wird auf die Gruppe und ihre Ideologie umgelegt."

Avery blieb skeptisch. „Ich bin hier aufgewachsen. Von so etwas habe ich noch nie gehört."

„Das ist nicht so fremdartig, wie es klingt. Es begann als eine Art Nachbarschaftswache und sollte die Kriminalität eindämmen", fuhr die Frau fort, „und dann lief die Sache aus dem Ruder. Jeder, dessen Verhalten nicht mit dem übereinstimmte, was man als richtig, moralisch und nachbarschaftlich ansah, wurde aufs Korn genommen. Bevor das alles ein Ende nahm, hatten sie die Rechte der Bürger im Namen von Recht und Gesetz bereits außer Kraft gesetzt."

„Und niemand kam ins Gefängnis?"

„Niemand hat geredet. Die Gemeinde übte sich in Schulterschluss. Das ist nicht untypisch in solchen Fällen." Gwen beugte sich zu Avery vor und senkte die Stimme. „Die Gruppe nannte sich ‚Die Sieben'."

Die Männergruppe bei der Totenwache meines Vaters. Die Leute, die Gwen beobachtet haben.

Das waren sieben gewesen.

Ein Zufall, redete sie sich ein und hatte Mühe, ihre Beunruhigung zu verbergen. „Und was bitte hat all das mit meinem Vater zu tun und dem Umstand, dass Sie sich als meine Schwester ausgeben?"

Gwen Lancaster hatte den Blick ruhig auf sie gerichtet. „Ich versuche Quellen zu finden, die meine bisherigen Informationen bestätigen. Ihr Vater passt ins Profil."

„Mein Dad ist tot, Miss Lancaster."

„Ich meinte das Profil eines Gruppenmitglieds", erklärte sie errötend. „Weiß, männlich, lebenslanger Bewohner der Stadt, ein respektiertes Mitglied der Gemeinde."

Avery sah sie empört an. „Soll das heißen, mein Vater war Mitglied dieser Sieben?"

„Ja."

Avery stand auf und merkte, dass sie zitterte. „War er nicht! Er hätte sich nie an so etwas beteiligt. Niemals!"

„Warten Sie bitte!" Gwen stand ebenfalls auf. „Hören Sie mich bis zum Ende an. Da gibt es ..."

„Ich habe genug gehört." Avery nahm ihre Tasche von der Picknickbank. „Es ist ein Unterschied, ob man sich für ehrenwert hält oder ehrenwert ist. Und das wissen Sie, Miss Lancaster. Mein Vater war ein prinzipientreuer, hochanständiger Mann. Einer, zu dem die Menschen aufschauten, der sein Leben der Hilfe anderer gewidmet hatte. Er fühlte sich nicht der Selbstgerechtigkeit verpflichtet, sondern dem Dienst am Nächsten. Sie beschmutzen das Andenken an ihn und seine Arbeit, wenn Sie unterstellen, dass er bei diesem Extremistenmüll mitgemacht hat."

„Sie verstehen nicht. Wenn Sie doch nur ..."

„Ich verstehe sehr wohl, Miss Lancaster, und ich habe genug gehört." Avery wich zurück. „Halten Sie sich fern von mir. Sollte ich herausfinden, dass Sie im Leben oder der Arbeit meines Vaters herumschnüffeln, gehe ich zur Polizei. Und sollte ich erfahren, dass Sie diese Lügen verbreiten, hören Sie von meinem Anwalt!"

Ohne eine Antwort abzuwarten, drehte Avery sich um und ging.

19. KAPITEL

Avery saß am Küchentisch, den aufgeklappten Laptop vor sich, die Hände um einen Becher mit frischem Kaffee gelegt. Frühe Morgensonne fiel durch das Fenster. Averys Blick fiel auf den Monitor, doch der Text verschwamm ihr vor den Augen.

Sie stellte den Becher ab und rieb sich die Augen. Ihr Kopf schmerzte, da sie zu wenig geschlafen hatte. Von St. Francisville war sie gleich heimgefahren, und ihre Gedanken hatten sich immer nur um das eine gedreht. Sie war zornig, ja wütend gewesen, dass Gwen Lancaster ihren Vater solch verabscheuungswürdiger Taten an seinen Mitbürgern bezichtigte. Wie konnte sie nur unterstellen, die Bürger von Cypress Springs seien solcher Spitzeldienste fähig und bestraften jeden, dessen Verhalten nicht dem entsprach, was einige wenige für akzeptabel hielten?

Cypress Springs war ein schöner Wohnort. Die Menschen sorgten füreinander und kümmerten sich umeinander. Man half sich.

Gwen Lancaster war entweder eine Lügnerin oder ein akademischer Schreiberling. Sie kannte Journalisten des gleichen Schlages. Sie hingen eine Story an einer Geschichte auf, die ihnen jemand erzählt hatte – möglichst saftig, empörend und schockierend, wie das, was Gwen von einem Barmann über eine Kleinstadt gehört hatte, die Selbstjustiz übte.

Großartiger Aufhänger. Man unterstellte einfach, die Geschichte sei wahr, und suchte sich die passenden Fakten zusammen, um sie zu untermauern. Das war Schmierfinkenjournalismus, getarnt als sauber recherchierter Journalismus. Oder in Gwens Fall als wissenschaftliche Arbeit.

Sieben Männer bei der Totenwache, die Gwen beobachteten. Einer hatte gelacht.

Zufall. Eine Gruppe von Männern, die zufällig beisammen standen. Freunde vielleicht, die eine attraktive Frau bewunderten. Einer machte eine sexuelle Anspielung und lachte. So etwas passierte dauernd.

Da sie wenig über Selbstjustiz und Extremismus wusste, hatte sie über Nacht im Internet nachgeforscht.

Zunächst über Gruppenmentalität, Sozialpsychologie, Fanatismus. Sie hatte über den Ku-Klux-Klan gelesen, über Nazismus und über Experimente mit Gruppen und deren Verhalten.

Seit dem Anschlag vom 11. September wurde viel von Extremisten berichtet. Sie hatte alles Verfügbare dazu gelesen, auch zu den Anschlägen von Timothy McVeigh in Oklahoma City 1995. Zudem alle Berichte über die Schießerei, die das FBI 1993 mit den Davidianern in Waco hatte.

Was sie gefunden hatte, trug nicht zu ihrer Beruhigung bei. Offenbar konnte jede Idee ins Extreme getrieben werden. Das Blut, das für Gott und Vaterland vergossen wurde, könnte Seen füllen. Ein Hauptmotiv war nach ihren Recherchen Angst vor Veränderung, der heftige Wunsch, die Welt und die Ordnung der Dinge zu belassen, wie sie waren.

Die Leute hatten Angst und waren zornig, weil sich ihre Stadt in einen Ort verwandelte, den sie nicht mochten.

Die Leute nahmen ihre Lebensqualität nicht mehr als selbstverständlich hin. Sie erkannten, dass Sicherheit und Gemeinsinn erarbeitet werden müssen. Man kümmerte sich wieder mehr umeinander.

Avery ging zum Spülbecken, drehte das kalte Wasser auf und bespritzte sich das Gesicht. Hatten die Leute wirklich so viel Angst gehabt, dass sie glaubten, das Gesetz in die eigenen Hände nehmen zu müssen? Hatte ihr Vater deshalb so lange diese Zeitungsausschnitte aufbewahrt?

Sie riss ein Papiertuch ab, trocknete sich das Gesicht und warf das Tuch in den Abfall. So sehr sie sich auch wünschte, Gwen Lancasters Geschichte als Humbug abzutun, sie konnte es nicht, wegen dieses Kartons voller Zeitungsartikel.

Gwen Lancaster wusste etwas über ihren Vater, das sie nicht preisgab. Warum sonst hatte sie sich mit dem Gerichtsmediziner verabredet, um mit ihm über seine Erkenntnisse zu Philips Tod zu sprechen? Ein Licht auf die Gruppierung der Sieben oder deren Verbindung zu ihrem Vater konnte er nicht werfen.

Das ist es! dachte sie. Gwen Lancaster bezweifelt die offizielle Todesursache. Sie musste herausfinden, warum. Aber dazu müsste sie erst einmal diese Gwen wieder finden.

Avery ging zum Telefon und wählte die Nummer der Ranch. Buddy kannte jeden in der Stadt, auch Fremde. Er nahm den Hörer ab.

„Hallo, Buddy, hier ist Avery. Guten Morgen."

„Kleines Mädchen, auch dir einen guten Morgen." Seine tiefe Stimme verströmte Freude. „Wie geht es dir? Wir haben uns Sorgen um dich gemacht, wollten aber nicht aufdringlich sein."

„Ich halte mich, Buddy. Danke für eure Anteilnahme. Wie geht es Lilah?"

„Gut. Komm zum Dinner vorbei. Jederzeit."

„Mache ich. Ich habe eine Frage. Du kennst doch jeden hier. Richtig?"

„So ziemlich. Das ist wohl mein Job."

„Ich versuche, eine Frau namens Gwen Lancaster zu finden. Sie ist erst ein paar Wochen hier."

„Hübsch, blond? Schreibt irgendeine Arbeit?"

„Das ist sie."

„Dann sieh im Gästehaus nach. Warum suchst du sie?"

Avery zögerte. Sie wollte nicht lügen, andererseits wollte sie nicht preisgeben, in welche Richtung ihre Gedanken gingen. Noch nicht. Deshalb entschied sie sich für eine Halbwahrheit.

„Sie hat Fragen über Dad gestellt. Und ich möchte wissen, warum."

„Das ist eigenartig. Was für Fragen?"

„Ich fand es auch eigenartig."

Falls er ihre ausweichende Antwort bemerkte, gab er es nicht zu erkennen. „Viel Glück. Melde dich, wenn du etwas brauchst."

Avery dankte ihm und legte auf, nachdem sie versprochen hatte, morgen oder übermorgen zum Dinner zu kommen. Sie stieg die Treppe hinauf, um sich umzuziehen. Auch wenn es noch unchristlich früh war, gab es keinen besseren Zeitpunkt, Gwen Lancaster aufzusuchen.

Keine zwanzig Minuten später überquerte sie die breite, schattige Frontveranda des Gästehauses. Die Familie Landry betrieb es, solange sie denken konnte. Sie hatten den alten viktorianischen Kasten in den sechziger Jahren umgebaut, da er ihnen als schlichter Familiensitz zu groß und zu teuer geworden war. Die Familie bewohnte zwei Drittel des Erdgeschosses, die obere Etage war in vier Wohn-/Schlafräume mit kleiner Küche und Bad umgewandelt worden. Das restliche Drittel im Erdgeschoss war ebenfalls ein Wohn-/Schlafraum, jedoch mit einem zusätzlichen Salon.

Avery trat ein. An der Schmalseite des Foyers befand sich ein kleiner Empfangstresen. Die junge Frau dahinter blickte auf und lächelte. Die nächste Generation der Landrys, dachte Avery. Sie ähnelte sowohl Laurie, Averys ehemaliger Freundin, als auch deren älterem Bruder Daniel.

„Hallo", grüßte Avery und kam an den Tresen. „Ich wette, Sie sind Dannys Tochter."

„Bin ich." Sie blies eine Kaugummiblase und ließ sie platzen. „Woher wissen Sie das?"

„Ich bin hier aufgewachsen. Ich war eine Freundin Ihrer Tante Laurie. Sie sehen Ihrem Dad sehr ähnlich."

Das Mädchen zog eine Schnute. „Das sagen alle."

„Ich suche Gwen Lancaster. Sie wohnt hier, glaube ich."

„Tut sie. In 2C."

„Danke." Avery verabschiedete sich und ging die Treppe hinauf. Zimmer 2C lag am Ende des Flures auf der linken Seite. Sie klopfte und hoffte, dass es früh genug war, um Gwen zu erreichen.

Sie hatte Glück. Gwen öffnete verschlafen. Ich habe sie geweckt, erkannte Avery ohne Bedauern und legte eine Hand gegen die Tür, damit Gwen sie nicht zuschlagen konnte. „Warum sind Sie so am Tod meines Vaters interessiert? Ich will die Wahrheit wissen, die ganze Wahrheit."

Einen Moment sah Gwen sie ruhig an, zog dann die Tür weiter auf und trat beiseite. „Kommen Sie herein."

Avery folgte der Aufforderung, und Gwen schloss gähnend die Tür. „Kaffee?"

„Nein danke, ich bin abgefüllt."

„Ich brauche unbedingt eine Tasse." Sie forderte sie mit einer Geste auf, in der kleinen Sitzgruppe Platz zu nehmen. „Bin sofort zurück."

Wie versprochen saß Gwen ihr fünf Minuten später mit dem Kaffeebecher in der Hand gegenüber. Avery ließ ihr nicht einmal Zeit, den ersten Schluck zu nehmen. „Was Sie mir gestern aufgetischt haben, war der reine Mist. Mit dem Gerichtsmediziner über den Tod meines Vaters zu reden, verschafft Ihnen keinerlei Aufschlüsse über Dads Verbindung zu den Sieben. Offensichtlich sind Sie an seinem Tod interessiert. Warum?"

Gwen sah sie eine Weile nur an. „Okay, dann also die Wahrheit. Ich habe Zweifel, dass Ihr Dad Selbstmord begangen hat."

Ein unwillkürlicher Laut des Erschreckens kam Avery über die Lippen. Sie legte eine Hand vor den Mund, stand auf und wandte Gwen, um Fassung ringend, den Rücken zu.

„Tut mir Leid“, sagte Gwen leise.

Avery schüttelte den Kopf, ohne sich umzudrehen. „Warum?“ fragte sie. „Was bringt Sie zu der Annahme ...“

„Für eine so kleine Stadt hat Cypress Springs eine ungewöhnlich hohe Zahl an Selbstmorden zu verzeichnen.“

Verblüfft drehte Avery sich zu ihr um. „Wie bitte?“

„Cypress Springs hat etwa neunhundert Einwohner, richtig?“ Avery stimmte zu. „In den letzten acht Monaten haben sich sechs ihrer Bürger selbst das Leben genommen. Eine ziemlich große Zahl für eine Gemeinde, die sich doch damit brüstet, ein guter Ort zum Leben zu sein. Um Ihnen eine Vorstellung von den Relationen zu geben: Die jährliche Zahl von Selbstmorden in Louisiana liegt im Schnitt bei 1,2 pro tausend Einwohner. Wenn man diesen staatlichen Durchschnittswert auf Cypress Springs umlegt, dürfte es hier nicht mehr als 1,2 Selbstmorde jährlich geben.“

„Ihre Zahlen können nicht stimmen.“

„Sie stimmen. Zusätzlich gibt es eine Reihe von Personen, die auf unerklärliche Weise verschwunden sind.“

„Verschwundene Personen?“ wiederholte Avery.

„Leute, die ihre Sachen gepackt haben und in der Nacht ohne ein Wort abgereist sind.“ Sie trank einen Schluck Kaffee. „Die Anzahl von Unfallopfern ist ebenfalls hoch. Jagdunfälle, Autounfälle, Tod durch Ertrinken. Das meiste innerhalb des letzten Jahres.“

„Und davor?“

„Lagen alle Zahlen niedriger, in allen Kategorien.“

Avery hatte Mühe, diese neuen Informationen zu verdauen und in den Rahmen dessen einzufügen, was sie für wahr hielt. „Das muss ich selbst überprüfen.“

„Sehr gern."

Sie schwieg einen Moment. Das war doch alles verrückt. Was dieser Frau da durch den Kopf ging, konnte nicht sein. „Warum sollte jemand meinen Vater töten wollen?"

„Ich weiß es nicht. Ich glaube aber, dass er zu viel wusste."

„Über diese Gruppe Die Sieben?"

„Ja."

„Und was ist dann mit Ihnen?"

Die Frage schien Gwen zu erstaunen. „Was meinen Sie?"

„Mir scheint, dass Sie auch zu viel über diese Gruppe wissen. Falls es die überhaupt gibt."

„Es gibt sie", erwiderte Gwen und stand auf. Avery sah, dass sie zitterte. „Und sie werden immer unverfrorener. Sie tarnen ihre Taten nicht mal mehr als Unfall."

„Wovon reden Sie?"

„Vom Mord an Elaine St. Claire. Ich glaube, die Mitglieder der Sieben sind dafür verantwortlich."

20. KAPITEL

Avery verließ das Gästehaus und bahnte sich ihren Weg über den Stadtplatz durch die bereits dichte Menge an Gästen, die zum Frühlingsfest gekommen waren. Obwohl das Fest von Freitagabend bis Sonntag ging, war samstags immer der größte Andrang. Der Duft nach Krebspasteten und gebackenen Shrimps lag in der Morgenluft. Die Verkäufer bereiteten sich auf den Tag vor und scherzten lachend miteinander.

Avery beachtete sie kaum, sondern ließ Revue passieren, was sie wusste. Ihr Vater hatte angeblich Selbstmord begangen. Eine anonyme Anruferin hatte behauptet, ihr Vater habe bekommen, was er verdiente, und sie bedroht. Elaine St. Claire war ermordet in einer Gasse hinter der Walton Street aufgefunden worden. Von behördlicher Seite gab es keine Zweifel am Selbstmord ihres Vaters. Aber sie war nicht mehr allein der Ansicht, dass da etwas nicht stimmte. Gwen Lancaster glaubte es auch.

Na toll, irgendeine Verschwörungstheoretikerin ist deiner Meinung.

Sehr ermutigend.

Sie musste endlich harte Fakten zusammentragen. Eines würde zum anderen führen. Hunter und der Mord an Elaine St. Claire waren ein guter Anfang für ihre Recherche.

Sie kam zur Maine Street und ging auf die Johnson Avenue zu. Matt oder Buddy anzusprechen wäre sinnlos. Als Polizisten würden sie ihr nichts anderes erzählen als das, was in der Gazette stand.

Hunter war jedoch am Tatort gewesen. Er hatte die Leiche entdeckt, die Reaktion von Matt und Buddy am Fundort gesehen und zweifellos auch gehört, was sie untereinander gesprochen hatten.

Sie merkte, dass sie aufgeregt war. Ihr Puls schlug schneller, wie immer, wenn sie glaubte, eine Fährte gefunden zu haben und einer großen Sache auf die Spur zu kommen, nach der Aufdeckung sich wirklich etwas änderte.

Aber welche Änderung konnte sie hier schon herbeiführen, wenn das, was sie annahm, stimmte?

Avery erreichte die Johnson und ging sie hinunter. Nach wenigen Augenblicken stand sie vor Hunters Kanzlei. Als sie durch das Fenster sah, merkte sie, dass der Raum leer war, und ging zum Hintereingang in der Gasse.

Hunter erschien an der Tür, ehe sie klopfen konnte. Sarah stand neben ihm. Von drinnen hörte sie das Wimmern der Welpen.

Als er die Drahttür aufdrückte, sah sie, dass er T-Shirt und Laufshorts trug.

„Ich hatte gehofft, wir könnten miteinander reden", sagte sie.

„Worüber?" fragte er, ohne sie anzusehen. Er befestigte die Leine an Sarahs Halsband.

„Über ... einige Sachen eben."

Er sah sie an. „Benutzen Großstadtjournalisten immer solche Fachausdrücke?"

„Klugscheißer."

„Ich laufe eine Runde mit Sarah."

„Ich begleite euch."

Er maß sie mit einem Blick. Im Gegensatz zu ihm hatte sie sich bequem und nicht sportlich angezogen. Allerdings trug sie Laufschuhe. „Tut mir Leid, das ist nun mal unsere Zeit."

„Eure Zeit? Du meinst deine und Sarahs?"

„Richtig. Kennst du nicht den Spruch vom Hund als bestem Freund des Mannes?"

„Falls du eine Entschuldigung erwartest, entschuldige ich mich", sagte sie.

„Wofür?"

„Für unseren Streit."

Er zog einen Mundwinkel hoch. „Daran waren wir wohl beide beteiligt." Er blickte auf Sarah hinab. „Was glaubst du, Mädchen, kann sie mit uns mithalten?"

Als hätte sie die Frage ihres Herrn verstanden, blickte Sarah zu Avery, und die erwiderte den abschätzenden Blick. „Komm schon, Sarah, trau mir ruhig was zu. Wir Mädels müssen doch zusammenhalten."

Sarah schien zu nicken und sah zu Hunter.

„Ganz schön mies von dir, einen auf Frauensolidarität zu machen."

Avery lachte. „Hat doch funktioniert, oder?"

Er schloss die Haustür ab und begann mit Streckübungen.

„Wohin laufen wir?"

„Tillers Farm."

Tillers Farm war ein Gebiet von vierzig Acres außerhalb von Cypress Springs. Jetzt hauptsächlich für Zuchtvieh benutzt, war das Land seit Ewigkeiten im Besitz der Familie. Der alte Sam Tiller hatte sich immer geweigert, auch nur einen Acre zu verkaufen, sodass Cypress Springs um seinen Besitz herum aufgebaut worden war. Rückblickend musste man sagen, dass seine Weigerung einer der Gründe war, weshalb der Ort klein und ländlich geblieben war.

Drei Meilen bis dort und dann zurück.

Nicht gut.

Hunter warf ihr einen amüsierten Blick zu. „Möchtest du einen Rückzieher machen?"

„Keineswegs", log sie. „Ich habe mir nur gerade Gedanken wegen seiner Schrotflinte gemacht." Sam Tiller war nicht gerade erbaut gewesen, als er entdecken musste, dass der schattige Quellteich auf seinem Grundstück zur Liebesoase für die Teenager von Cypress Springs geworden war.

Buddy hatte ihn einige Male vorgeladen, weil er auf Kinder geschossen hatte. Da spielte es keine Rolle, dass er nur mit Schrot geschossen und die Kinder das Grundstück unbefugt betreten hatten. Auf Teenager zu schießen, verstieß gegen das Gesetz.

„Keine Sorge, Kleines. Ich habe ein Rechtsproblem für ihn gelöst. Dafür habe ich mit Sarah jederzeit freien Zutritt. Wir dürften sogar nackt baden."

Sie ignorierte die Anspielung auf eine gnadenlos heiße Augustnacht, in der sie genau das getan hatten. Hunter hatte versprochen, nicht zu gucken. Sie hatte ihm geglaubt und ihn beim Wortbruch erwischt.

„Bereit?"

Natürlich nicht, aber was soll's. „Worauf du wetten kannst."

Sie begannen den Lauf entspannt, um sich aufzuwärmen. Zunächst hielt Avery locker mit. Bald jedoch bekam sie Mühe, obwohl Hunter sein Tempo ihren kürzeren Beinen anpasste.

Nach einer knappen Meile schwitzte sie und war außer Atem. Jeans und Baumwollbluse klebten ihr an der Haut und engten ihre Bewegungen ein. Ein Königreich für Shorts und einen Sport-BH, dachte sie, riss sich die Bluse aus dem Hosenbund, knöpfte die Manschetten auf und krempelte die Ärmel hoch.

Hunter warf ihr einen Blick zu. „Alles okay?"

„Alles bestens", erwiderte sie und schalt sich für ihren Dickkopf. Außerdem war es sträflich, so wenig Kondition zu haben. In den letzten Monaten hatte sie ihren täglichen Lauf auf einmal pro Woche reduziert. Mangelndes Training und die kürzeren Beine machten den Lauf jetzt anstrengend.

Als sie die halbe Strecke geschafft hatten, waren jedoch ausreichend Endorphine im Blut, und das Unbehagen schwand. Hunter lief voraus. Sie versuchte nicht, ihn einzuholen, sondern genoss das Gefühl, im Freien zu laufen, Puls und Muskelarbeit im Einklang.

„Wir treffen uns am Teich!" rief er über die Schulter.

Sie gab ihm ein Okay-Zeichen und sah zu, wie er davonzog.

Als sie den Teich erreichte, wartete Hunter bereits auf sie, Sarah hechelnd an seiner Seite. Wenn sie es richtig gestoppt hatte, war sie ungefähr sechs Minuten nach ihm angekommen.

Er reichte ihr eine Wasserflasche. „Das hatte ich ganz vergessen."

„Was denn?" Sie nahm die Flasche und trank einen großzügigen Schluck.

„Wie entschlossen du bist."

Sie trank noch einen Schluck und gab ihm die Flasche zurück. „Du meinst dickköpfig."

„Manchmal." Ein Lächeln zuckte um seinen Mund. „Ich halte Entschlossenheit allerdings für eine bewundernswerte Eigenschaft."

Sarah stand auf und ging zum Wasser hinunter. Avery sah sehnsüchtig zu, wie sie hineinwatete und trank. Das Wasser sah köstlich aus.

„Mach nur", sagte Hunter. „Spring hinein. Es ist Frühlingsfest."

„Davon träumst du, Stevens."

„Ich habe nicht gesagt, du sollst nackt hineinspringen. Du hast eine schmutzige Fantasie, Miss Chauvin."

„Ich wohl weniger." Sie ging ebenfalls zum Teich, kniete nieder und spritzte sich Wasser ins Gesicht, wobei sie sich die Bluse nass machte. Als sie an sich hinabschaute, sah sie, dass der Stoff durchsichtig geworden war, und knöpfte die Bluse auf. „Nicht hinsehen!" rief sie und warf ihm einen kurzen Blick zu.

Hunter lag zurückgelehnt auf die Ellbogen gestützt da. „Kommt darauf an, was ich verpasse."

„Hunter!" warnte sie angesichts seines kecken Lächelns.

„Also gut. Ich sehe nicht hin. Pfadfinderehrenwort." Sie wartete, bis er den Kopf zur Seite gedreht hatte, und zog die Bluse aus.

„Sehr hübsch."

Avery fuhr herum, die feuchte Bluse an die Brust gepresst. „Du hast doch geguckt."

„Natürlich", erwiderte er lachend. „Eine Katze lässt das Mausen nicht." Er legte sich zurück, schob die Hände unter den Kopf und sah hinauf zum Himmel. „Sei unbesorgt, Kleines. Die meisten Badeanzüge entblößen mehr als dein BH, so hübsch er auch ist."

Damit hatte er Recht. Sie zog die Bluse rasch durch das Wasser und schlang sie sich um die verschwitzten Schultern. Das abtropfende Wasser bildete kleine Rinnsale auf der Haut, die eine Gänsehaut hinterließen.

Sie ging zu Hunter zurück, der nicht in ihre Richtung blickte.

„Über was wolltest du mit mir reden?"

Sie zögerte, weil sie die angenehm kameradschaftliche Atmosphäre nicht mit einem Gespräch über Mord zerstören wollte. „Ich habe mich gefragt, ob du mir irgendetwas über den Mord an Elaine St. Claire erzählen kannst?"

Das Ansinnen schien ihn nicht zu überraschen. „Was willst du wissen?"

„In der Gazette stand nicht, wie sie umgekommen ist."

„Ziemlich grausam."

„Ich glaube, ich kann damit umgehen."

Er drehte ihr das Gesicht zu. „Ein scharfer Gegenstand wurde ihr in die Vagina gestoßen. Sie ist verblutet."

Fröstelnd schlang Avery die Arme um sich. „Wer war sie?"

„Dad kannte sie. Ein Partymädchen. Hat getrunken. War schon mal kurz im Gefängnis."

Jeder, dessen Verhalten nicht mit dem übereinstimmt, was man als richtig, moralisch und nachbarschaftlich empfand, wurde ausgegrenzt.

Eine Elaine St. Claire passte in diese Beschreibung. Andererseits gehörte sie auch zu den Menschen, die sich selbst in riskante Situationen brachten.

„Gibt es Verdächtige?“

„Nur mich.“

„Witzig.“

„Ich lache nicht.“ Er legte sich wieder hin, einen Arm über den Augen. „Dad und Matt suchen in ihrer unendlichen Weisheit nicht weiter als bis zu dem, der als Erster am Fundort war.“

„Das kann ich kaum glauben.“

Er zuckte die Achseln. „Ich könnte es sein, und ich ärgere mich noch über Matts Befragung. Er wollte wissen, wo ich an dem Tag zwischen vier und acht Uhr abends war.“

„Und wo warst du?“

„Ich habe an meinem Roman gearbeitet, aber nur Sarah ist meine Zeugin.“

Sie wusste nicht, was sie dazu sagen sollte, und schwieg.

„Warum bist du so interessiert?“ fragte er.

Gute Frage. Avery entschied sich für Offenheit. „Hast du irgendwelche Zweifel am Selbstmord meines Vaters?“

Hunter setzte sich auf und sah sie an. „Wie kommst du denn darauf?“

Sie überhörte die Frage, reckte das Gesicht zum Himmel und wandte es schließlich Hunter zu. „Ihr seid Freunde geworden. Du hast einige Zeit mit ihm verbracht. Hast du Zweifel am Selbstmord?“

Er dachte darüber nach und sagte schließlich bedauernd: „Nein, Avery, tut mir Leid.“

Tränen traten ihr in die Augen, und sie fragte gepresst: „Warum nicht?“

„Darüber zu reden ändert nichts ...“

„Warum nicht, Hunter? Ich will es wissen.“

„Also gut. Ich war kaum eine Woche wieder in Cypress Springs, als dein Dad mich aufsuchte. Das fand ich sehr nett. Er stellte keine Fragen, ich musste meine Rückkehr nicht erklären oder mich rechtfertigen. Er besuchte mich um meiner selbst willen, aber ich glaube auch, weil er jemanden zum Reden brauchte. Wie auch immer, es tat uns beiden gut, und so trafen wir uns jeden Freitagmorgen zum Kaffee. Dann tauchte er eines Tages an einem Freitag nicht auf. Ich ging zu seinem Haus. Er war noch im Pyjama, alle Vorhänge waren zugezogen. Er sagte, er habe lediglich verschlafen, aber er benahm sich seltsam ... anders als sonst.“

„Anders? Wie meinst du das?“

„Nervös, glaube ich. Er sah mir nicht in die Augen. Danach trafen wir uns nur noch sporadisch. Unsere Unterhaltungen wurden ... weniger locker. Er redete viel von der Vergangenheit, als deine Mom noch lebte und du noch zu Hause warst. Von der Zukunft sprach er nie und selten von der Gegenwart.“

Hunter seufzte tief. „Da hätten bei mir die Alarmglocken schrillen sollen, haben sie aber nicht. Tut mir Leid.“

Avery schüttelte den Kopf, als wolle sie weder das Gesagte noch ihre Tränen akzeptieren. „Er hat in jener Nacht auf dem Weg in die Garage einen Hausschuh verloren. Das hat mir der Brandexperte erzählt.“

Da Hunter nicht reagierte, fügte sie hitzig hinzu: „Ich halte das für wichtig! Mit nur einem Schuh zu gehen, ist nicht normal. Der Weg zwischen Haus und Garage war kalt und rau. Normalerweise wäre Dad mit Sicherheit umgekehrt und hätte den Schuh wieder angezogen.“

„Avery“, erwiderte Hunter begütigend, „für mich ist es auch schlimm, dass er selbst Hand an sich gelegt hat. Das tut dir natürlich weh, ich weiß ...“

„Nein, du weißt nichts! Du kannst nicht wissen, was ich empfinde.“ Ihr versagte kurz die Stimme. „Er ist brennend zur Tür gekrochen. Er wollte es nicht tun, Hunter! Er wollte nicht ...“

„Avery ...“ Er machte keine Anstalten, sie in die Arme zu nehmen, und sie sprang auf. „Nein“, sagte sie mehr zu sich selbst, „ich werde nicht mehr weinen!“

Die Arme um sich geschlungen, blickte sie auf die glänzende Wasseroberfläche. Im Baum hinter ihr spielten ein paar Eichhörnchen Fangen. Sarah knurrte leise.

„Wer sollte deinem Dad den Tod wünschen, Avery?“ fragte Hunter. „Jeder mochte ihn.“

Ohne den Blick von der glitzernden Fläche zu nehmen, entgegnete sie: „Nicht jeder. Ich erhielt einen Anruf von einer Frau. Sie sagte, Dad habe bekommen, was er verdiente. Und ich käme auch noch dran.“

„Wer war das?“

„Ich weiß es nicht.“ Den Kopf leicht schräg geneigt, ging sie auf das Wasser zu. Die schillernde Oberfläche wurde von einem seltsamen langen Schatten gebrochen. „Sie hat sich nicht vorgestellt, und ich habe die Stimme nicht erkannt.“

„Hat sie sich wieder gemeldet?“

„Nein.“ Stirnrunzelnd blieb sie am Rande des Teichs stehen.

„Wahrscheinlich ein übler Scherz“, vermutete Hunter. „Jemand, der noch ein Hühnchen zu rupfen hatte oder verzweifelt Aufmerksamkeit erregen will. Sogar in Cypress Springs gibt es labile Menschen.“

„Was ist das?“ fragte sie mit einem Blick über die Schulter und entdeckte dabei, dass er unverhohlen ihr Hinterteil bewunderte.

Die Wangen wurden ihr warm, während sie Hunter herbeiwinkte. „Sieh mal."

Er stand auf und kam zu ihr, Sarah an seiner Seite. Avery deutete nach vorn. „Da ist etwas unter Wasser. Siehst du das? Die Ecken sind silbrig."

Er beugte sich leicht vor. „Könnte ein Auto sein."

„Ein Auto?" wiederholte sie verblüfft und sah genauer hin, bis sie die Konturen deutlicher ausmachen konnte. „Ich glaube, du hast Recht."

„Das wissen wir gleich." In seinen Joggingshorts watete er ins Wasser und tauchte unter. Einen Moment später kam er wieder an die Oberfläche. „Es ist ein Auto, und ein sehr Schönes noch dazu. Ein Mercedes Coupé."

Avery zog die Stirn in Falten. Ein Mercedes? Das erinnerte sie an etwas.

„Ich sehe mir das noch mal an."

Hunter tauchte wieder unter, und Sarah begann zu bellen. Als er diesmal wieder auftauchte, schwamm er zurück und kam an Land. „Ich denke, wir sollten besser Dad rufen."

21. KAPITEL

Da weder Avery noch Hunter ein Handy dabeihatten, entschieden sie sich für den schnellsten Weg zu einem Telefon, der durch die Wälder und über Sam Tillers Weiden zu dessen Haus führte.

Als Sam sie erblickte, brach er in ein breites Lächeln aus, und sein wettergegerbtes Gesicht legte sich in Falten.

Er drückte die Fliegendrahttür auf, und sein Lächeln schwand, als er sah, in welchem Zustand die beiden waren. „Ist noch ein bisschen früh zum Schwimmen. Das Wasser im Teich ist noch richtig kalt." Er richtete den Blick auf Avery. „Sie sind das Mädchen vom Doc."

„Ja, Sir. Schön, Sie zu sehen."

„Verdammt schade, das mit dem Doc. Er war ein guter Mensch." Er wandte sich an Hunter. „Was ist los?"

„Wir brauchen ein Telefon, Sam. Wir müssen Buddy anrufen." Er erzählte, dass sie zum Teich gejoggt waren und Avery den Schatten eines Autos im Wasser entdeckt hatte.

Sam kratzte sich am Kopf. „Ein Auto, sagst du? Ein Mercedes? Ich will verdammt sein, wenn ich weiß, wie der da reingekommen ist. Kommt herein, das Telefon ist dort."

Sie folgten ihm ins Haus. Sams Frau war gestorben, als Avery und Hunter noch zur High School gingen. Und soweit Avery wusste, hatte das Paar keine Kinder gehabt. Das Innere des alten Farmhauses verlangte dringend nach ein wenig liebevoller Fürsorge. Zerrissene Stoffe, schmutzige Gardinen und ein auffallender Mangel an einer weiblichen Hand.

Avery fühlte sich daran erinnert, wie das Haus ihres Dad auszusehen begonnen hatte.

Hunter wählte, und Avery entnahm der Art der Unterhaltung, dass Buddy erstaunt war, von seinem Sohn zu hören.

„Du willst, dass ich ... na gut. Wir treffen uns dort."

Hunter legte auf und wandte sich Avery und Sam zu. „Dad ruft Matt an. Die Farm liegt außerhalb der Stadtgrenze und somit außerhalb seiner Zuständigkeit. Das ist ein Fall für das Sheriff Department."

„Da das Ding in meinem Teich liegt, sollte ich es mir wohl besser ansehen", meinte Sam. „Ich fahre uns hin."

Alle drei zwängten sich auf die Sitzbank seines altersschwachen Pick-up, Sarah kam auf die Ladefläche. Der Himmel hatte sich inzwischen ein wenig verdunkelt. Im Süden zogen dichte schwarze Wolken auf.

Nach wenigen Minuten erreichten sie die Abzweigung zum Teich. Hunter sprang aus dem Wagen und hakte die Absperrkette auf. Sam lenkte den Truck vorsichtig durch. Offenbar hatten sie Matt und Buddy an Schnelligkeit geschlagen.

Sam hielt den Wagen an, und sie stiegen aus. Der alte Farmer blickte kurz ins Wasser und sah Hunter an. „Ich will verdammt sein, wenn das kein Auto ist."

In dem Moment rollte auch Matt an, gefolgt von Buddy. Matt wartete auf seinen Vater, und gemeinsam gingen sie zu den anderen.

„Was ist los?" fragte Matt.

Sam ergriff das Wort. „Ein Wagen, in meinem Teich. Und ich will verdammt sein, wenn ich weiß, wo der herkommt."

Matt ließ den Blick über Avery zu seinem Bruder schweifen. „Seit neuestem trifft man überall, wo was los ist, auf dich."

„Was soll ich dazu sagen? Die Probleme laufen mir eben nach."

„Wie wäre es, wenn du mir erzählst, was sich hier abgespielt hat?"

Hunter folgte der Aufforderung. Als er geendet hatte, sah Matt Avery an. „Möchtest du noch etwas hinzufügen?"

Dunkle Wolken schoben sich vor die Sonne. Avery fröstelte. „Mir fällt nichts mehr ein."

„Wie wollt ihr den da rauskriegen?" fragte Sam.

„Wir bestellen Bubba mit seinem Abschleppwagen, der zieht ihn raus", erklärte Matt.

„Bist du sicher, dass es ein Mercedes ist?" fragte Buddy.

„Absolut sicher. Silbern. A CLK 350."

Die beiden Polizisten tauschten Blicke. „Du sagst, er ist leer."

„Schien so zu sein", bestätigte Hunter.

„Aber du bist nicht sicher."

„Nein."

„Wenn wir noch was brauchen, melden wir uns." Matt sah Avery an. Etwas in seinem Blick veranlasste sie, die Arme vor der Brust zu verschränken. „Da zieht ein Gewitter auf", sagte er leise. „Ich schlage vor, du suchst Schutz."

22. KAPITEL

Im selben Moment brach das Unwetter los, und Avery wusste plötzlich, an was der Mercedes sie erinnerte: an den jungen Mann mit der Autopanne außerhalb von Cypress Springs. Seine Freundin hatte ihn als vermisst gemeldet und vermutete ein Verbrechen. Aber ohne Beweise hatten Buddy und Matt nur annehmen können, der Typ habe die Geschichte erfunden, weil er verschwinden wollte.

Jetzt haben sie ihren Beweis. Obwohl ein Auto unten im Teich noch keinen Mordfall ergibt.

Deshalb hatte Matt sich zweimal erkundigt, ob der Wagen leer sei. Er suchte die zum Wagen passende Leiche.

„Da wären wir“, unterbrach Sam ihre Gedanken. Sein Pick-up knatterte, als er in ihre Zufahrt bog und quietschend zum Stehen kam.

Avery wandte sich ihm zu. „Danke fürs Bringen, das war sehr nett.“

Sam blickte in den Regen, und ein Donnerschlag ließ den Wagen erzittern. „Es macht mir nichts, noch ein bisschen zu warten, bis das da draußen etwas nachlässt.“

„Danke für das Angebot, Sam, aber ich bin schon nass. Ein bisschen mehr macht nichts aus.“ Sie langte nach dem Türgriff. „Nochmals danke ...“

„Es stimmt nicht“, sagte er und schnitt ihr das Wort ab, „was alle über ihn sagen.“

Verwundert hielt sie inne. „Wie bitte?“

„Hunter ist ein guter Mann. Solide wie Fels. Ihr Vater mochte ihn.“

Avery war verblüfft, doch Sam deutete zur Tür. „Gehen Sie jetzt, bevor es noch schlimmer wird.“

Sie folgte seinen Worten, sprang hinaus in den wolkenbruchartigen Regen und war augenblicklich durchweicht. Sie rannte zur Veranda und sah, dort angekommen, den alten Truck davonrumpeln.

Was wer über Hunter sagte? Seine Familie? Die anderen Leute?

Ihr Vater mochte ihn.

Sie sank auf die Verandaschaukel und blickte in den Regen, den Mund zu einem leichten Lächeln verzogen. Der Kommentar des alten Farmers hätte ihr gleichgültig sein sollen, doch er tat ihr wohl. Ihr Vater war stets ein ausgezeichneter Menschenkenner gewesen. Oft genug hatte sie sich um Rat an ihn gewandt. Sie mochte Hunter auch, trotz ihrer letzten Konfrontationen. Eigentlich hatte sie ihn schon immer gemocht, vor allem seine Intelligenz, seinen Witz und den trockenen Humor. Sie erinnerte sich an die vielen Male, als er ihr in Mathe geholfen hatte, ein Fach, das ihr damals schwer zu schaffen machte. Hunter hatte sie zum Lachen bringen können, auch wenn ihr gar nicht danach gewesen war. Sie dachte daran, wie er sie nach einem besonders unerfreulichen Streit mit ihrer Mutter umarmt und beruhigend auf sie eingeredet hatte. Er hatte sie unterstützt, ihr aber zugleich die Augen für den Standpunkt ihrer Mutter geöffnet.

War Matt an jenem Tag beschäftigt gewesen, oder hatte sie sich instinktiv an Hunter gewandt, weil sie Trost von ihm erwartete?

Als erwachsener Mann fühlte er sich offenbar immer noch absoluter Ehrlichkeit verpflichtet – gegenüber sich selbst und seinen Fehlern und gegenüber anderen. Das machte den Umgang mit ihm vermutlich nicht leicht. Und zudem war er immer konfrontationsbereit.

Cypress Springs honorierte jedoch kein unangepasstes Verhalten. Leute wie du und ich, so etwas mochte man, die gaben Sicherheit. Avery jedoch war hier immer ein Außenseiter gewesen, genau wie Hunter.

Blitze zuckten auf, Donner rollte über den Himmel, und es goss in Strömen. Avery dachte daran, wie Matt und Buddy jetzt durchnässt und frierend an Tillers Teich standen und dafür sorgten, dass der Wagen aus dem Wasser gezogen wurde. Hatte Hunter es rechtzeitig nach Hause geschafft? Er hatte Sams Angebot, ihn zu fahren, abgelehnt, weil er seinen Lauf beenden wollte.

Sie dachte an Matts Bemerkung zu Hunter, er sei überall dort, wo etwas los sei. Damit hatte er wohl auf die Entdeckung von Elaine St. Claires Leiche angespielt. Sein Ton war feindselig gewesen, doch Hunter hatte den Köder nicht geschluckt.

Matt hatte sie kaum eines Blickes gewürdigt. Buddy ebenso wenig. Matt hatte sie auch kaum befragt und lediglich eine Bemerkung zu dem heraufziehenden Sturm gemacht.

Sie blickte an sich hinab. Die feuchte weiße Baumwollbluse war so gut wie durchsichtig, und ihr fliederfarbener BH darunter deutlich sichtbar.

Na toll, Chauvin. Das hast du gut hingekriegt.

Nach einem letzten Blick in den Regen ging sie ins Haus. Das Telefon klingelte, und sie schnappte sich den Hörer.

Augenblicklich wusste sie, wer am anderen Ende war, und deshalb ließ sie die Frau erst gar nicht zu Wort kommen. „Wer sind Sie? Was wollen Sie von mir?“

„Sie in die Hölle verdammen“, erwiderte die Frau mit belegter Stimme und lachte gemein auf. „Dein Vater ist schon da!“

„Mein Vater war ein guter Mensch. Er ...“

„Er war ein Lügner und ein Mörder. Er hat gekriegt, was er verdient hat.“

„Was fällt Ihnen denn ein!“ empörte sich Avery laut. „Mein Vater war ein Heiliger. Er ...“

Die Frau begann zu lachen wie eine böse Hexe.

Mit einem Aufschrei warf Avery den Hörer auf die Gabel. Sofort gab sie die Nummer der Stevens' ein. Cherry kam an den Apparat.

„Cherry, ist Buddy da?"

„Avery? Alles in Ordnung bei dir?"

„Ja ... ich ..." Sie atmete tief durch, das schreckliche Lachen noch in den Ohren. „Ist er da?"

„Nein. Er ist noch mit Matt an Tillers Teich. Soll ich ihn anpiepsen?"

„Nein, so dringend ist es nicht. Könntest du ihm sagen, er soll mich anrufen, wenn er zurückkommt? Es ist wichtig."

Stattdessen rief Cherry Matt an, wie Avery einige Stunden später feststellte, als er besorgt vor ihrer Tür stand. „Was ist los?"

„Cherry hat dir gesagt, dass ich angerufen habe."

„Sie sagte, du wärst aufgeregt gewesen."

Das war ihr jetzt peinlich. In den letzten Stunden hatte sie die Wichtigkeit des Anrufes zunehmend angezweifelt. „Ich habe überreagiert." Sie zog die Tür weiter auf. „Komm herein."

Matt trat ein. Er hatte seine Uniform gegen Jeans und ein weißes Golfhemd getauscht, das Nacken und Arme besonders gebräunt erscheinen ließ.

Er sah sie an und wiederholte: „Was ist los?"

„Hatte mein Vater Feinde?"

Die Frage überraschte ihn sichtlich. „Feinde? Nicht, dass ich wüsste. Warum?"

„Ich habe ein paar beunruhigende anonyme Anrufe erhalten. Einen heute Nachmittag, und der hat mich ziemlich aufgeregt. Da habe ich Buddy angerufen."

„Kamen die Anrufe von einem Mann oder einer Frau?"

„Einer Frau."

„Und was waren das für Anrufe?“

„Hässliche.“ Sie verschränkte kurz die Arme vor der Brust und ließ sie wieder sinken. „Als sie das erste Mal anrief, sagte sie, Dad habe bekommen, was er verdient hätte, und ich käme auch noch dran. Diesmal nannte sie ihn ...“ Avery musste sich zwingen, die Worte auszusprechen, „...einen Mörder und einen Lügner.“

„Und du hast keine Ahnung, wer diese Frau ist?“

„Nein, keine.“

„Hast du es mit der Wahlwiederholung versucht?“

„Funktioniert nicht an diesem Telefon.“

„Du solltest das vielleicht einrichten lassen, ebenso die Anruferidentifikation, falls sie sich noch mal meldet.“

Avery nickte. „Mache ich.“

Forschend betrachtete er ihr Gesicht. „Das ist nur ein übler Scherz, Avery. Das weißt du doch.“ Als sie zögerte, bekräftigte er: „Wir reden hier über den Doc. Niemand hatte höhere moralische Maßstäbe als dein Vater. Für ihn gab es nur Recht oder Unrecht, keine moralische Grauzone.“

„Ich weiß. Aber ...“ Sie faltete die Hände. „Ich muss immer wieder daran denken, was sie gesagt hat: dass er bekommen hat, was er verdiente. Das klingt, als hätte er sich nicht selbst umgebracht, sondern als hätte jemand nachgeholfen.“

Matt schwieg lange. „Du meinst, irgendjemand hat ihn ermordet?“

„Ja.“

„Wer sollte deinem Dad etwas antun?“

„Jemand, der ihn für einen Mörder und Lügner hält.“

Er nahm ihre Hände und rieb sie zwischen seinen. Erst jetzt merkte sie, wie kalt sie waren. „Die Polizei hat gründlich ermittelt. Dr. Harris ist ein erstklassiger Gerichtsmediziner, dem nichts entgeht. Und ich habe noch einmal alles durchgesehen.“ In sanftem Ton fügte er hinzu: „Ich wollte es auch nicht glauben.“

Avery konnte sich nicht überwinden, ihn anzusehen. Er drückte ihre Hände.

„Diese Anruferin ist offenbar gestört. Vielleicht hat jemand noch ein Hühnchen zu rupfen, möglicherweise mit Buddy. Oder jemand will durch dich Unruhe stiften. Warum siehst du dir nicht Dads Berichte an, dann bist du beruhigt.“

„Denkst du, Buddy hätte nichts dagegen?“

„Garantiert nicht.“ Er lächelte. „Wenn es um dich geht, macht Dad alles.“

Sie wechselte das Thema. „Wie ist es am Teich gelaufen?“

Matt schob die Hände in die Jeanstaschen. „Ich dachte mir schon, dass du danach fragst.“

„Der Wagen gehörte dem jungen Mann, der vermisst wird, stimmt’s? Der, über den du neulich mit Buddy gesprochen hast? Der von seiner Freundin als vermisst gemeldet wurde.“

„Ja, richtig. Er hieß Luke McDougal.“

„Hieß? Bedeutet das, er ist tot?“

„Ich weiß es nicht. Der Wagen wurde herausgezogen und ist leer. Das Handy lag im Wagen. Die Spurensicherung ist jetzt am Zug.“ Kurz sah er auf seine Uhr. „Grundstück und Teich werden abgesucht.“

Fröstelnd rieb Avery sich die Arme. „Und wann?“

„Der Regen hat die Arbeiten verzögert. Nicht vor morgen, denke ich.“ Und grimmig fügte er hinzu: „Ich muss dich etwas fragen? Was hast du mit Hunter an Tillers Teich gemacht? Kannst du mir das bitte erklären?“

„Ich bin zu Hunter gegangen, und der wollte gerade zu seiner Joggingtour aufbrechen. Da habe ich mich angeschlossen.“ Sie zuckte die Achseln. „So sind wir dort gelandet.“

Er wandte sich ab und fuhr sich leise fluchend mit einer Hand durchs Haar.

„Was ist los, Matt?“

Langsam wandte er sich ihr wieder zu. „Ich frage mich, warum du überhaupt zu ihm gegangen bist.“

„Ich war mit ihm befreundet, und vermutlich halte ich ihn immer noch für einen Freund. Ist das wichtig?“ Sie sah an seinem Mienenspiel, dass er es für wichtig hielt. „Ich wollte mehr über den Mord an Elaine St. Claire erfahren. Da er die Leiche entdeckt hat, dachte ich, dass er mir erzählen kann, was ich wissen möchte.“

„Du hättest zu mir kommen können. Ich hätte deine Fragen beantwortet.“

„Matt, ich bin Journalistin. Ich bin erfahren genug, um zu wissen, was die Polizei mir sagen kann und was nicht.“

Er warf den Kopf in den Nacken und wirkte frustriert. „Hilf mir, Avery, ich komme mir wie ein Blödmann vor.“

Sie lächelte. „Bist du eifersüchtig?“

„Lach nicht“, schimpfte er gutmütig. „Ja, natürlich bin ich eifersüchtig. Ich weiß, was an Tillers Teich so alles passiert.“

Avery fühlte sich geschmeichelt, ging zu ihm und reckte ihm schamlos flirtend das Gesicht entgegen. „Ja, aber all diese Dinge passierten mit dir.“

Sein Mienenspiel verriet heftige Gefühle, was ihren Puls schneller schlagen ließ. „Deine Bluse war nass, verdammt.“

„Ich war verschwitzt, und das Wasser war kühl. Ich habe mich nur ein wenig abgekühlt.“

Er nahm ihr Gesicht so fest zwischen beide Hände, dass es fast schmerzte. „Sei vorsichtig, okay? Hunter ... er ist nicht mehr der Junge, den du gekannt hast.“

Es stimmt nicht, was sie über ihn sagen. Hunter ist ein guter Mann.

„Ich bin erwachsen und kein Teenager mehr, Matt." Da er nicht lächelte, wurde sie auch ernst. „Verschweigst du mir etwas?"

Er neigte den Kopf und drückte ihr einen kurzen festen Kuss auf die Lippen. „Ich hole dich morgen um drei zum Frühlingsfest ab."

Ohne ein weiteres Wort ging er davon. Sie sah ihm nach, wie er in seine Limousine stieg und rückwärts die Zufahrt hinabrollte. Eine Hand am Mund, spürte sie noch den Druck seiner Lippen. Ihre Verabredung, das Frühlingsfest – sie hätte es fast vergessen.

Nach all den Jahren eine Verabredung mit Matt Stevens. Langsam schloss sie die Tür und verriegelte sie. Auf was ließ sie sich da ein? Was wollte er von ihr? Offenbar mehr als Freundschaft und ein Schwelgen in Erinnerungen. Aber was wollte sie?

Sie war gern mit ihm zusammen, um Erinnerungen aufzufrischen.

Unwillkürlich dachte sie an Hunter. Zu ihm bestand ebenfalls eine Beziehung, eine starke sogar. Allerdings konnte sie nicht entscheiden, ob ihre Gefühle freundschaftliche Sorge, Anziehung, sexueller Reiz oder mehr Argwohn waren.

Warum hatte Matt sie so deutlich vor Hunter gewarnt?

So verdrießlich und ärgerlich Hunter auch manchmal sein konnte, sie hatte sich in seiner Gegenwart nie unwohl oder gar bedroht gefühlt, nicht mal, wenn sie stritten. Das Einzige, was mit ihm in Gefahr geriet, war ihr Ruf.

Was also erklärte Matts tiefe Sorge?

23. KAPITEL

Das Frühlingsfest war genauso, wie Avery es in Erinnerung hatte: ausgelassene Stimmung, Kinderlachen vermengt mit den Düften der guten Louisiana-Küche und viel Sonne im Nacken.

Sie ließ mit Matt nichts aus, kein Karussell, keine Belustigungs- und keine Essensbude. Während sie am Kunstgewerbe vorbeischlenderten, war sie schon so satt, dass sie am liebsten den Knopf ihrer Shorts geöffnet hätte. Schließlich saßen sie unter einem der größten Eichenbäume des Platzes auf einer Decke und lauschten den unterschiedlichen Bands.

Es könnte ein idealer Tag werden, dachte sie, wir sollten alle entspannt und rundum zufrieden sein. Doch das fiel schwer, da der Autofund in Tillers Teich und der Mord an Elaine St. Claire die Hauptgesprächsthemen waren. Außerdem bedrückten sie die Zweifel am Selbstmord ihres Vaters, Gwens Erkenntnisse über Die Sieben und die ungewöhnlich hohe Zahl von Selbstmorden in Cypress Springs und ihre Vermutung, ihr Dad sei umgebracht worden, weil er zu viel über Die Sieben wusste.

Avery sah sich die Mienen der Menschen genauer an, um zu ergründen, ob sie aufrichtig wirkten. Und sie lauschte den Gesprächen in der Hoffnung, die Stimme der anonymen Anruferin zu hören.

Die eigene Nervosität und diese Atmosphäre von Argwohn und Misstrauen bis hin zur Paranoia missfielen ihr außerordentlich.

„Durstig?“

Sie drehte sich auf der Decke zu Matt um. Die Sonne war inzwischen fast hinter dem Horizont verschwunden, und die letzte Band des Tages hatte soeben ihren ersten Song beendet. „Was schwebt dir vor?“

„Bier?“

„Warum nicht?“

Er zog leicht die Stirn kraus. „Alles in Ordnung?“

„Ja. Ich bin nur ein bisschen müde.“

Er wollte anscheinend etwas erwidern, ließ es jedoch und stand auf. „Lauf mir nicht davon.“

„Natürlich nicht.“ Sobald er gegangen war, wurde ihre Miene ernst.

Luke McDougal war ebenso verschwunden, wie laut Gwen eine Reihe anderer Bürger, die mitten in der Nacht auf und davon waren.

„Wohin ist mein nichtsnutziger Sohn gegangen?“

Avery blickte zu Buddy auf. Die Uniform mit Dienstpistole und Taschenlampe ließ keinen Zweifel daran, dass er im Dienst war. „Bier holen.“

„Ein kühles Blondes wäre jetzt genau das Richtige.“

„Aber du lässt den Bösen keine Ruhe, wie ich sehe.“

„Ich liebe und hasse das Frühlingsfest. Wenn so viele Gäste in der Stadt sind und so viel getrunken wird, ist dauernd irgendwo was los.“ Er sah in die Richtung, in die Matt gegangen war.

Sie klopfte mit der Hand auf die Decke. „Setz dich.“

„Ich würde lieber tanzen. Hättest du Lust auf eine kesse Sohle mit einem alten Mann wie mir?“

Liebevoll lächelte sie ihn an und stand auf. „Aber mit Vergnügen.“

Er führte sie zur provisorischen Tanzfläche vor der Band und breitete die Arme aus. Sie nahm seine Hand, und sie bewegten sich zur Musik im Cajun Twostepp. „Ich habe auf eine Möglichkeit gewartet, allein mit dir zu reden. Matt ist dir ja nicht von der Seite gewichen.“

„Er ist ein toller Mann geworden, du musst stolz auf ihn sein.“ Avery merkte, wie er traurig den Blick abwandte, und sie spürte, dass er an seinen anderen Sohn dachte. „Hunter fängt sich schon wieder, da bin ich sicher“, versuchte sie ihn zu trösten.

„Danke, Avery. Das ist lieb von dir.“

Der Rhythmus änderte sich, und Buddy passte sich mühelos an. Für einen so großen Mann war er leichtfüßig und graziös, und das sagte sie ihm.

„Als ich mich um Lilah bemühte, stellte sie eine klare Bedingung. Wenn das etwas werden sollte mit uns, musste ich tanzen lernen. Also habe ich es gelernt. War nicht leicht, das kann ich dir sagen“, kicherte er. „Eigentlich habe ich nämlich zwei linke Füße.“

Sie lächelte. „Wo ist Lilah heute Abend? Ich habe weder sie noch Cherry gesehen.“

„Lilah ist zu Hause, sie leidet unter dem Wetter. Und Cherry ist freiwillig bei ihr geblieben.“

„Tut mir Leid, dass sie sich nicht wohl fühlt.“

„Zu dieser Jahreszeit leidet sie schrecklich unter ihren Allergien.“

„Kann ich etwas tun?“

„Besuch sie.“ Er lächelte sie an, ein Muster an väterlicher Zuneigung. „Ich freue mich so, dass du wieder zu Hause bist, Avery.“

Sie küsste ihn auf die Wange. „Ich freue mich auch, Buddy. Mir war nicht klar, wie sehr ich diesen Ort und seine Menschen vermisst habe.“

„Es ist ein guter Ort mit guten Menschen.“

Jeder, dessen Verhalten nicht mit dem übereinstimmte, was man als gut, moralisch und nachbarschaftlich ansah, wurde aufs Korn genommen.

„Was ist los?“ wollte er wissen, da ihr Lächeln schwand.

„Buddy, darf ich dich etwas fragen?“

„Aber sicher, kleines Mädchen.“

„Hast du je von einer Gruppe namens Die Sieben gehört?“

Er stolperte fast und zog die Stirn in Falten. „Als du dich nach ihr erkundigt hast, habe ich schon befürchtet, dass du irgendwann diese Frage stellst.“

„Nach wem?“

„Gwen Lancaster.“

„Du kennst sie?“

„Ich weiß nur von ihr“, korrigierte er sie. „Sie geht durch Cypress Springs und verbreitet Lügen und Gerüchte.“

„Dann hat es Die Sieben nie gegeben?“

„Es hat sie schon gegeben, aber nicht in der von ihr dargestellten Art. Wenn man ihr Glauben schenkt, war die Gruppe eine Bande hasserfüllter Mörder.“

Er atmete tief durch und fuhr fort: „Sie nannten sich: ‚Sieben Bürger in Sorge‘. Die Gruppe versuchte, die sozialen Probleme in den Griff zu bekommen, unter denen die Stadt plötzlich litt. Sie wollten Kriminalität verhindern. Dazu organisierten sie eine Aufklärungskampagne über Drogen und Alkohol an den Schulen und eine, die sich ‚geplante Elternschaft‘ nannte. Sie arrangierten Beratungen für Familien in Krisensituationen, und sie begannen eine Kampagne, um die Leute wieder in die Kirche zu bekommen.“

Avery erinnerte sich, dass sie in der zehnten Klasse plötzlich Sexualkundeunterricht bekommen und Aufklärungsfilme über Drogen und Alkoholmissbrauch gesehen hatten. Themen, die vorher in der Schule nicht behandelt worden waren.

„Das waren keine profilierungssüchtigen Leute, die Ruhm und Anerkennung suchten, sondern schlichte Bürger, die sich für das Gemeinwohl verantwortlich fühlten. Lilah gehörte dazu und ebenso Pastor Dastugue.“

„Ich komme mir idiotisch vor. Das wusste ich alles nicht.“

„Ich wünschte, sie hätten stärker in der Öffentlichkeit agiert, dann könnten Leute wie Gwen Lancaster nicht solchen Unsinn verbreiten.“

„Was geht denn hier vor, Dad? Willst du mir etwa mein Mädchen ausspannen?“

Buddys Miene hellte sich auf. „Ich denke, da hätte deine Mutter auch noch ein Wörtchen mitzureden, Sohn."

Ein kleiner Aufruhr am Podium der Band unterbrach ihr Wortgeplänkel. Buddy sah hinüber und fluchte leise. „Entschuldigt mich, Kinder. Die Pflicht ruft."

Sie sahen ihm nach, und die Band begann wieder zu spielen. „Tanzt du mit mir?"

Matt breitete die Arme aus, und sie schmiegte sich an ihn. Ihr Gespräch mit Buddy hatte alles verändert und ihr eine Riesenlast vom Herzen genommen. Wie hatte sie einer Fremden mehr glauben können als den Menschen, die sie kannte und liebte?

„Hattest du ein nettes Gespräch mit Dad?"

„Ein sehr nettes."

„Er liebt dich sehr, weißt du? Mindestens so wie mich und Cherry."

Aber nicht wie Hunter.

„Du denkst an meinen Bruder, stimmt's?"

Wieso konnte er problemlos ihre Gedanken lesen? Kannte er sie noch so gut nach all den Jahren? „Ja", bestätigte sie.

„Avery, er hat sich das selbst angetan. Er hat sich abgekapselt."

„Aber warum? Ich ... ich verstehe das einfach nicht. Wir haben uns alle so nahe gestanden."

„Ich wünschte wirklich, ich wüsste, was schief gelaufen ist. Du kannst dir nicht vorstellen ..." Kurz wandte er den Blick ab und sah sie dann bedrückt an. „Mir hat niemand näher gestanden als mein Bruder. Er ist meine zweite Hälfte. Als Kind hätte ich mir nicht träumen lassen, dass wir irgendwann nicht mehr die besten Freunde sind. Dass wir nicht mal mehr miteinander reden."

„Habt ihr versucht, euch zu versöhnen?"

Er lachte angespannt. „Wir haben es alle bei Hunter versucht und sind abgeblitzt. Immer wieder."

„Hunter sagte etwas über die Beziehung zwischen Dad und Buddy. Sie hätten nicht mehr miteinander gesprochen. Es sei so schlimm geworden, dass Dad die Straßenseite gewechselt habe, um ihm nicht zu begegnen. Stimmt das?“

„Verdammt!“ schimpfte er. „Dieser Mistkerl.“

„Dann stimmt es also nicht?“

„Nur teilweise. Das war nur in den letzten Monaten vor seinem Selbstmord so. Ich glaube, er ist Dad ausgewichen, damit der nicht merkt, wie schlimm es um ihn stand.“

„Oh“, machte sie nur und kam sich naiv und gutgläubig vor.

„Hat er sonst noch etwas über uns gesagt?“

Nichts, was ich wiederholen werde. Sie schüttelte den Kopf. „Er wirkt so ernsthaft jetzt, als ...“

„Ich möchte nicht über meinen Bruder reden, Avery. Nicht heute Abend.“ Matt zog sie fester an sich. „Hat der heutige Tag Erinnerungen in dir geweckt?“

Sie hielt ihm das Gesicht hin. „Ja, sehr schöne.“

„Erinnerst du dich an das Frühlingsfest, als wir davongeschlichen sind, um zu knutschen? Wir waren gerade dreizehn.“

„Dein Dad hat uns erwischt. Er war uns gefolgt, und du musstest dich bei mir entschuldigen.“

„Das war eine Lektion, wie man eine Lady behandelt.“

Sie lachte. „Woher sollte er wissen, dass es die Idee der Lady gewesen war?“

Und drei Jahre später war es ebenfalls meine Idee, zu Tillers Teich zu schleichen. Und dort, unter einem sternenklaren Himmel, haben wir unserer Leidenschaft nachgegeben.

„Wir waren so unartig“, sagte sie.

„Wir waren verliebt.“ Er sah sie an, dass es ihr durch und durch ging. „Ich konnte nicht genug von dir bekommen, Avery. Ich wollte dich dauernd berühren und immer nur bei dir sein.“

Hitze stieg ihr in die Wangen. Matt legte ihr in Taillenhöhe eine Hand in den Rücken und ließ die Finger in kleinen Bewegungen kreisen.

Avery schmiegte sich an ihn, und die Erinnerung an Augenblicke wie diesen, an gierige Hände und Münder und an die Schwindel erregenden Gefühle der ersten sexuellen Erfahrungen überschwemmte sie.

Den Mund an ihrem Ohr, raunte er: „Als ich dich gestern mit Hunter gesehen habe, bin ich fast verrückt geworden. Ich konnte dich kaum ansehen, weil ich fürchtete, dann auszurasten."

Wie würde es sein, mit Matt zu schlafen, ohne die Ungeduld der jungen Liebe, ohne den Rausch der soeben geweckten Sexualität? Sie waren keine Kinder mehr, sie hatten ihre Erfahrungen gesammelt, hatten verletzt und waren verletzt worden. Sie müssten keine Eile haben und keine Sorge, rechtzeitig heimzukommen. Und sie wussten einander Vergnügen zu bereiten.

Mit Matt konnte sie sich zurückholen, was sie verloren hatte. Sie konnte wieder das Mädchen sein, das sie einmal war.

Cherrys Warnung, die Finger von ihm zu lassen, wenn sie es nicht ernst meine, ging ihr durch den Kopf und ihre Behauptung, er habe immer nur sie geliebt. Nein, ehe sie selbst nicht wusste, was sie wollte, konnte sie sich auf nichts einlassen.

„Woran denkst du?"

„An früher, wie es so war mit uns."

„Das freut mich." Er neigte den Kopf, bis sein Gesicht nah an ihrem war. „Denn es war wunderbar, und es könnte wieder so sein."

„Ich bin mir da nicht so sicher, Matt. Es hat sich viel verändert. Wir haben uns ver..."

Er legte ihr einen Finger auf die Lippen. „Ich bin ein geduldiger Mensch. Ich habe so lange gewartet, und ich kann auch noch ein bisschen länger warten."

24. KAPITEL

Gwen Lancaster starrte auf die Titelseite der Mittwochsausgabe der Gazette. Ihre morgendliche Tasse Kaffee kühlte auf dem Nachttisch ab. Nicht der Aufmacher über Peggy Trumbles Gewinn des Backwettbewerbs beim Frühlingsfest erregte ihre Aufmerksamkeit, sondern eine kleine Mitteilung in der unteren Ecke: Auto aus Tillers Teich geborgen.

Sie überflog den Artikel ein drittes Mal. Er war kaum mehr als eine Randnotiz und besagte, dass Avery Chauvin und Hunter Stevens ein verlassenes Auto in Tillers Teich entdeckt hatten, was daraufhin herausgezogen wurde und sich als leer erwies.

Die letzte Zeile berührte sie besonders. Der Autobesitzer, Luke McDougal aus New Orleans, der sich auf dem Weg von Clinton nach St. Francisville befand, war vor drei Wochen von seiner Freundin als vermisst gemeldet worden. Jeder, der dazu eine Aussage machen könne, solle sich beim Sheriffbüro des Bezirks West Feliciana melden.

Keine Leiche. Genau wie bei meinem Bruder.

Bestürzt legte sie eine Hand vor den Mund und setzte sich auf die Bettkante. Ein Selbstmord, ein Mord und zwei Vermisste. Sie hatte keinen Zweifel, dass Die Sieben wenigstens für drei dieser Taten verantwortlich waren. Dr. Philip Chauvin war umgebracht worden, weil er zu viel wusste. Elaine St. Claire hatte man wegen ihrer Lebensweise ermordet. Und ihr Bruder Tom war der Gruppe durch seine Recherchen zu nahe gekommen.

Aber was war mit diesem Luke McDougal? Laut Zeitungsbericht war er nur auf der Durchreise gewesen, als er verschwand, ohne irgendwelche Spuren zu hinterlassen. Worin bestand seine Verbindung zu der Sieben, falls es eine gab?

Es musste eine geben. McDougals Verschwinden ähnelte zu

sehr dem ihres Bruders. Man fand das verlassene Auto, aber keinen Hinweis auf den Besitzer oder ein Verbrechen.

Avery Chauvin und Hunter Stevens hatten das Auto gefunden. Sie stutzte und zog die Stirn kraus. Den Namen des Mannes hatte sie in einem anderen Zusammenhang schon gehört. Richtig.

Er hat die Leiche von Elaine St. Claire entdeckt.

Gerade für eine so kleine Gemeinde wie Cypress Springs war es ungewöhnlich, dass sich offenbar die merkwürdigen Zufälle häuften. Und die Leichen – auch wenn niemand außer ihr das so sah.

Ich könnte die Nächste sein.

Avery Chauvin hatte ihr dasselbe gesagt, aber zu dem Zeitpunkt hatte es ihr keine Angst gemacht. Jetzt fragte sie sich, ob es eine verkappte Warnung oder gar Drohung gewesen war.

Gwen wehrte sich gegen den Drang zu fliehen und gegen das beklemmende Gefühl, in der Falle zu sitzen. Sie hatte Avery automatisch vertraut, da ihr Vater umgekommen und vor allem, weil sie erst kürzlich nach Cypress Springs zurückgekehrt war.

Vielleicht war das unklug gewesen. Avery Chauvin konnte sehr wohl Sympathie für Die Sieben und ihre Sache empfinden. Und ihr Vater hatte vielleicht wirklich Selbstmord begangen. Das Gegenteil konnte sie nicht beweisen.

Sie dachte an Averys Erstaunen und Skepsis, als sie ihr von der Gruppe erzählt hatte, und an ihre Reaktion, als sie ihre Zweifel am Selbstmord Dr. Chauvins äußerte. Sie hatte erleichtert gewirkt, eine Verbündete zu haben.

Nein, eigentlich glaubte sie nicht, dass Avery mit der Sieben unter einer Decke steckte. Aber ganz ausschließen konnte sie es auch nicht.

Gwen stand auf, ging zum Fenster, hob eine Jalousielamelle an und blickte in den strahlenden Morgen. Viele Leute waren schon auf den Beinen, man befand sich auf dem Weg zur Schule, Arbeit oder zum Einkauf. Stadtbedienstete entfernten die Dekorationen vom Frühlingsfest und kehrten den letzten Müll zusammen.

Obwohl niemand auch nur in ihre Richtung blickte, fühlte sie sich beobachtet, als würden ihr Kommen und Gehen und ihre Gespräche genau vermerkt.

Die planen etwas gegen mich.

Fröstelnd wich sie vom Fenster zurück und presste die Handballen auf die Augen. Vielleicht hatte sie zu viel über Die Sieben geredet und zu vielen Leuten zu viele Fragen gestellt. Sie war nicht vorsichtig genug gewesen.

In ihrem Eifer, das Schicksal ihres Bruders aufzuklären, hatte sie sich selbst in Gefahr gebracht. Genauso wie ihr Bruder durch seine Recherche. Würde sie einfach so verschwinden wie er? Wer würde nach ihr suchen? Oder würde sie als vermeintliche Selbstmörderin enden? Sie sah schon die Schlagzeile vor sich: Schwester nimmt sich aus Verzweiflung über das Verschwinden des Bruders das Leben.

Wer würde daran zweifeln? Ihre Mutter sicher nicht, die selbst so tief in die Depression gerutscht war, dass sie morgens kaum aus dem Bett kam. Und auch nicht der Psychiater, den sie aufgesucht hatte, der ihr Antidepressiva verschrieben und ihr eine Strafpredigt gehalten hatte, weil sie die Tabletten nicht nahm.

Werde nicht paranoid, sei nur vorsichtig.

Sie brauchte eine Verbündete, einen Menschen, dem sie trauen konnte. Jemand, der hierher gehörte, in diese Gemeinde, dem die Menschen trauten. Und der sich umhören konnte, ohne Verdacht zu erregen, der geübt war im Sammeln von Fakten und selbst einen triftigen Grund hatte, der Sache auf den Grund zu gehen, der ein Interesse an diesem Fall hatte.

Und da gab es nur eine – Avery Chauvin.

25. KAPITEL

Gwen duschte rasch, trocknete ihre Locken mit dem Handtuch, zog sich an und ging. Sie wusste, dass Avery morgens joggte und anschließend ihr Frühstück im Azalea Café zu sich nahm.

Es war schon ein wenig spät, aber wenn sie Glück hatte, erwischte sie Avery noch beim Verlassen des Cafés.

Sie hatte mehr als Glück und entdeckte Avery durch das Fenster. Offenbar hatte sie gerade erst ihre Pfannkuchen erhalten und war in eine angeregte Unterhaltung mit Peg, der Besitzerin, vertieft.

Gwen betrat das Lokal. Beim Klingeln der Türglocke blickten beide Frauen in ihre Richtung, und Averys Miene wurde ernst.

Freundlich lächelnd ging Gwen auf ihre Nische zu. „Morgen, Avery."

„Morgen." Sie widmete ihre Aufmerksamkeit unverhohlen abweisend wieder Peg.

Merkwürdig. Wir haben uns nach der letzten Unterhaltung wenn nicht in Freundschaft, so doch in gegenseitigem Respekt getrennt. Avery hat angefangen, an Die Sieben zu glauben. Was hat sich seither verändert?

„Setzen Sie sich irgendwohin", forderte Peg sie auf. „Ich komme gleich zu Ihnen."

Gwen nickte zögerlich und wählte den Tisch am Gang, Avery gegenüber. Als Peg die Unterhaltung beendete, drehte sie sich zu Gwen um und nahm ihre Bestellung auf.

Gwen bat um Kaffee und ein englisches Muffin und sah Peg nach, die zum Tresen ging. Von dort blickte sie skeptisch zurück. Als sie jedoch merkte, dass Gwen sie ansah, lächelte sie freundlich und verschwand in der Küche.

Sobald Peg durch die Schwingtüren gegangen war, sprach Gwen Avery an. „Ich hatte gehofft, Sie hier zu finden."

Ohne Gwen eines Blickes zu würdigen, nahm Avery ihre Pfannkuchen in Angriff.

„Ich muss dringend mit Ihnen reden. Es ist wichtig."

Avery sah sie kurz an. „Aber ich möchte nicht mit Ihnen reden. Bitte lassen Sie mich in Frieden."

„Konnten Sie inzwischen die Fakten überprüfen, die ich Ihnen genannt habe?"

„Sie haben mir keine Fakten genannt, sondern gegenstandslose Anschuldigungen und Halbwahrheiten."

„Wenn Sie überprüfen würden ..."

„Ich möchte darüber nicht diskutieren."

„Wurden Sie von denen angesprochen? Ist es das? Wurden Sie bedro..."

Avery schnitt ihr das Wort ab. „Ich weiß nicht, ob Sie nur verblendet oder bösartig sind, aber ich habe genug von Ihnen."

„Ich bin keins von beidem, das kann ich Ihnen versichern. Als Journalistin ..."

„Ich bin eine gute Journalistin, deshalb belege ich jede Annahme durch Fakten. Ich verdrehe keine Tatsachen, um Sensationen zu schaffen, und ich beuge sie auch nicht meinen Vorurteilen."

„Wenn Sie mir doch nur zuhören würden."

„Ich habe mir bereits zu viel von Ihnen angehört." Avery beugte sich herüber. „Was Sie mir über Die Sieben erzählt haben, ist Quatsch. Ja, es hat Die Sieben gegeben, aber nicht als die Gruppe, die Sie beschrieben haben. Es war eine Gruppierung rechtschaffener Bürger, die das Gemeinwohl im Sinn hatten. Es war kein geheimes Tribunal, das seine Mitbürger bespitzelte und Urteile über sie fällte. Sie nannten sich ‚Sieben Bürger in Sorge'. Sie starteten eine Aufklärungskampagne an Schulen über Drogen- und

Alkoholmissbrauch, und sie versuchten, Familien wieder zum Kirchgang zu bewegen. Mein Pastor war ein Mitglied, ebenso Lilah Stevens. Ich schätze, Sie sollten Ihre Fakten überprüfen, Miss Lancaster!"

„Das ist nicht wahr! Wer hat Ihnen das erzählt? Wer ..."

„Das spielt keine Rolle." Avery warf ihre Serviette auf den Tisch und schlüpfte aus der Nische. Die Pfannkuchen waren kaum angerührt. „Setz es auf meine Rechnung, Peg!" rief sie. „Ich brauche frische Luft."

Gwen unterdrückte ein resigniertes Aufstöhnen, erhob sich ebenfalls, um Avery zu folgen, und stieß fast mit Peg zusammen. Die wich zurück, und der Kaffee, den sie trug, schwappte über den Tassenrand. Mit einem kleinen Aufschrei ließ sie die Tasse fallen, die auf dem Boden zerbrach.

Gwen entschuldigte sich, blieb aber nicht stehen. Sie folgte Avery und war nur einen Moment nach ihr auf der Straße.

„Warten Sie!" rief sie ihr nach. „Ich habe Ihnen nicht alles erzählt."

Avery blieb stehen, drehte sich langsam um und sah Gwen resigniert an. „Begreifen Sie es endlich! Ich will nichts mehr von Ihnen hören. Ich liebe diese Stadt mit ihren Menschen."

„Auch wenn die Ihren Vater umgebracht haben? Würden Sie sie dann auch noch lieben?"

Avery war einen Moment wie erstarrt und schüttelte resigniert den Kopf. „Ich sehe, wie verzweifelt Sie sein müssen, dass Sie so tief sinken, etwas derart Grausames zu unterstellen. Sie tun mir Leid, Gwen Lancaster."

„Meine Frage war mehr als berechtigt", fuhr Gwen fort und wusste, wie begrenzt ihre Zeit war, da Avery jeden Moment loslaufen konnte, „denn sie haben meinen Bruder umgebracht."

„Netter Versuch, aber ..."

„Es war dasselbe Verfahren wie bei Luke McDougal. Sein leerer Wagen wurde gefunden. Kein Hinweis auf Gewaltanwendung, er war einfach ... weg."

Gwen fiel auf, wie laut sie gesprochen hatte und wie viele Leute ringsum aufmerkten. Sie wurden beobachtet und belauscht, und deshalb ging sie näher zu Avery.

„Tom Lancaster", fügte sie leiser hinzu. „Die Gazette brachte eine Notiz über sein Verschwinden. Etwa so groß wie die über McDougal. Mittwoch, 6. Februar. Ich habe eine Kopie, aber Sie würden vermutlich denken, ich hätte sie manipuliert."

Gwen blickte zum Café und sah, dass Peg sie durch die Frontscheibe beobachtete. Sie ließ den Blick schweifen. Ein Streifenpolizist schien ihnen mehr Beachtung zu schenken als dem Autofahrer, dem er ein Strafmandat schrieb. Sie blickte zum Stadtplatz. Der alte Mann auf der Bank beobachtete sie ungeniert über den Rand seiner Zeitung hinweg.

Sie senkte die Stimme noch mehr. „Ich habe durch Tom von der Gruppe Die Sieben erfahren. Die Informationen stammen also von ihm. Er war hier, um Nachforschungen über sie anzustellen. Dabei ist er ihnen wohl zu nahe gekommen."

„Ich glaube, Sie sind krank", erwiderte Avery mit bebender Stimme. „Sie brauchen Hilfe."

„Überprüfen Sie es. Und suchen Sie mich auf, wenn Sie überzeugt sind."

26. KAPITEL

Im Morgengrauen am nächsten Tag lag Avery immer noch wach da und starrte an die Decke. Sie war müde und hatte Kopfschmerzen vor Schlafmangel. Doch Gwen Lancasters Frage, ob sie diese Stadt und ihre Menschen noch lieben würde, wenn die ihren Vater umgebracht hätten, hatte sie nicht zur Ruhe kommen lassen.

Avery wälzte sich auf die Seite und rollte sich wie ein Fötus zusammen. Sie wünschte, Gwen nicht gesprochen zu haben. Dann hätte sie sich den inneren Frieden bewahren können, den sie nach dem Gespräch mit Buddy empfunden hatte. Warum sollte sie weder Matt noch Buddy trauen noch den verschiedenen Behörden, die den Tod ihres Vaters untersucht und als Selbstmord eingestuft hatten?

Meine Frage war mehr als berechtigt, weil die meinen Bruder umgebracht haben.

„Verdammt!“ Sie setzte sich und ballte die Hände zu Fäusten. Verzweifelte Menschen griffen zu verzweifelten Maßnahmen.

Gwen Lancaster war offenbar verzweifelt, aber warum sollte sie ihr glauben? Weshalb schrieb sie Gwen nicht einfach als durchgedreht ab?

Weil ihre Verzweiflung echt wirkte. Weil sie glaubte, was sie sagte, und weil sie Angst hatte. Sie konnte sich nicht vorstellen, dass diese Angst gespielt war.

Avery warf sich auf den Rücken und blickte wieder zur Decke. Vielleicht hatte diese Gwen eine psychische Störung. Schizophrene glaubten an die Stimmen, die sie hörten, und ihre Visionen waren für sie völlig real. Paranoide Schizophrene glaubten sogar, man verschwöre sich gegen sie. Dabei lebten viele von ihnen über Jahre, ohne aufzufallen.

Eine psychische Störung bei Gwen erklärte jedoch weder die

anonyme Anruferin noch Luke McDougals Verschwinden oder Elaine St. Claires Ermordung.

Und sie dämpfte nicht ihre Zweifel am Selbstmord ihres Vaters.

Avery schlug die Decke zurück, stieg aus dem Bett und ging zum Fenster. Sie lugte an der Gardine vorbei und sah, dass Cypress Springs noch nicht erwacht war. Nicht ein einziges Licht brannte.

Scheinwerfer erhellten die Straße, ihr Lichtkegel wurde im Halbdunkel von Bäumen und Morgendunst zurückgeworfen. Eine Polizeilimousine. Der Wagen verlangsamte das Tempo, als er zu ihrem Grundstück kam, und fuhr im Schneckentempo daran vorbei. Instinktiv wich sie vom Fenster zurück, um nicht entdeckt zu werden.

Zu albern. Da sie kein Licht gemacht hatte, würde man sie nicht sehen. Außerdem war diese Patrouille zweifellos Buddys Werk.

Er spielte wieder den Daddy und passte auf sie auf.

Erschöpft rieb sie sich das Gesicht. War es nicht kindisch, wegen dieser einen Bemerkung von Gwen eine Nacht nicht zu schlafen? Sie sollte den Menschen, die sie kannte, einfach vertrauen. Doch merkwürdigerweise ging das nicht. Als Reporterin war sie es gewöhnt, Fakten zu überprüfen. Wenn sie wieder inneren Frieden finden wollte, musste sie Gwen Lancaster widerlegen.

Avery wandte sich vom Fenster ab und ging nachdenklich auf und ab. Was also sollte sie tun? Eine Arbeitshypothese aufstellen und sie nach allen Seiten abklopfen. Wie damals, als sie die Fehler im Pflegeelternsystem aufgedeckt hatte.

Sie blieb stehen. Aber wie lautete hier ihre Hypothese? Eine Gruppe von Kleinstadtbürgern, besorgt über den moralischen Verfall der Gemeinde, nimmt das Recht in die eigenen Hände. Die Aktionen beginnen harmlos, entwickeln sich aber unkontrolliert ins Extremistische. Derjenige, dessen Verhalten vom akzeptierten Standard abweicht, wird ausgegrenzt. Im Namen von Recht und Gesetz verletzt man die Rechte der Mitmenschen. Ehe alles vorbei ist, sind die vermeintlich Gerechten schlimmer als die Gesetzesbrecher, die Richter schlimmer als die Gerichteten.

In diese Prämisse verbiss sie sich mit Vergnügen. Wenn an der Story etwas dran war, würde sie hoffentlich einigen die Augen öffnen. Sie mochte dieses Land vor allem wegen des Prinzips der individuellen Freiheit. Das durfte nicht aufgegeben werden, auch wenn sie den Verlust an Sicherheit, den andauernden Werteverfall und die Unfähigkeit der Justiz, der zunehmenden Kriminalität angemessen zu begegnen, bedauerte.

Aber das hier war keine anonyme Story, und sie war keine unbeteiligte Journalistin. Hier ging es um ihre Heimatstadt. Die Menschen, die es betraf, waren Freunde und Nachbarn, Leute, die sie zur Familie zählten. Und einer der Toten war ihr Vater.

Sie steckte bis zum Stehkragen emotional in dieser Sache drin.

Arbeitshypothese mit Fakten belegen, dachte sie entschlossen. Ihre Emotionen würden ihre Objektivität nicht beeinträchtigen. Sie würde wachsam bleiben und sich nicht durch persönliche Bindungen blenden lassen.

Und sie würde die Wahrheit herausfinden – wie immer.

27. KAPITEL

Averys erster Besuch am Morgen galt der Cypress Springs Gazette, deren Büro in einem renovierten Ladenlokal anderthalb Blocks vom Stadtplatz entfernt lag. 1963 gegründet, nur Monate vor der Ermordung von Präsident Kennedy, hing immer noch ein Bild des ehemaligen Präsidenten im vorderen Wartebereich.

Als Avery eintrat, verriet das Läuten der Türglocke ihre Anwesenheit. Der Empfangstresen war leer.

Ein großer blonder Mann erschien in der Tür zum Nachrichtenraum. Die Augen hinter seiner Harry-Potter-Brille weiteten sich. „Avery Chauvin? Ich hatte mich schon gefragt, ob du mal auf einen Sprung vorbeischaust."

„Rickey? Rickey Plaquamine? Wie schön, dich zu sehen."

Er kam um den Tresen herum, und sie umarmten sich. Sie waren in derselben Klasse gewesen und immer zusammen zur Schule gegangen. Gemeinsam hatten sie an der Schülerzeitung gearbeitet, hatten sich schließlich für Journalismus entschieden und die Louisiana State University besucht. Nach dem Abschluss hatte er es jedoch vorgezogen, nach Cypress Springs zurückzukehren, um für die lokale Zeitung zu berichten.

„Du hast dich überhaupt nicht verändert", sagte sie.

Er tätschelte sich den Bauch. „Wenn man die dreißig Pfund ignoriert, die ich seither angesetzt habe. Zehn bei jeder Schwangerschaft von Jeanette."

„Drei Kinder? Das Letzte, was ich hörte ..."

„Unser Drittes ist gerade geboren. Wieder ein Junge."

„Drei Söhne", erwiderte sie lachend. „Da hat Jeanette aber alle Hände voll zu tun."

„Kannst du laut sagen." Seine Miene wurde ernst. „Das mit deinem Dad tut mir entsetzlich Leid. Entschuldige, dass wir es nicht zur Andacht geschafft haben. Der Kleinste hatte eine Kolik, und der ganze Haushalt stand Kopf."

„Ist schon okay." Sie blickte an ihm vorbei zum Nachrichtenraum. „Wo ist Sal?"

Erstaunt sah er sie an. „Weißt du das denn nicht? Sal ist vor sechs Monaten gestorben."

„Gestorben?" wiederholte sie entgeistert. Sal hatte sie stets unterstützt und ermutigt, Journalistin zu werden. Nach jedem Schritt auf der Karriereleiter hatte er ihr eine Glückwunschkarte geschickt. Und jedes Mal war sein Stolz auf ihre Leistung durchgeschimmert. „Das wusste ich nicht."

„Jagdunfall", erklärte er und presste die Lippen zusammen.

Avery zuckte innerlich zusammen und bekam eine Gänsehaut. „Ein Jagdunfall?"

„Es passierte am ersten Tag der Saison. Sal wurde erschossen. Genauer gesagt riss ihm die Kugel den halben Kopf weg."

Ihr Magen wollte rebellieren. „Mein Gott. Wer war der Schütze?"

„Ich weiß nicht. Man hat es nie festgestellt."

„Das klingt, als hätte es auch Mord sein können."

„So hat Buddy das nicht gesehen. Außerdem, wer sollte Sal umbringen wollen?"

Dad und Sal Mandina, zwei Männer, die als Stützen der Gesellschaft galten, zu denen man aufsah. Beide im letzten halben Jahr ums Leben gekommen und keiner auf natürliche Art!

Rickey räusperte sich, und sie kam auf ihr Anliegen zu sprechen. „Ich recherchiere gerade in einer Sache und hätte mir gern die archivierten Ausgaben der Gazette angesehen."

„Klar. Wonach suchst du?"

„Nach dem Mord an Sallie Waguespack."

„Kein Witz? Wie kommt das denn?"

Avery entschied sich für Halbwahrheiten. „Dad hat einige Zeitungsausschnitte aufbewahrt. Ich konnte mir die Geschichte nicht mehr zusammenreimen und wollte mein Gedächtnis auffrischen." Sie lächelte. „Macht es dir was aus?"

„Nicht im Geringsten. Komm." Er führte sie in den Nachrichtenraum und von dort in die obere Etage. „Das war die größte Story, die wir hier je hatten. Es wundert mich nicht, dass dein Dad Ausschnitte aufbewahrt hat."

„Nein? Wieso?"

„Weil dieser Mord einen Aufruhr in der Gemeinde verursachte. Danach änderte sich vieles."

„Das hat Buddy auch gesagt."

„Du hast mit ihm darüber gesprochen?"

Klang da etwa Erleichterung durch oder bildete sie sich das nur ein? „Sicher. Schließlich waren er und Dad die besten Freunde."

Er öffnete die Tür zum Archiv, schaltete das Licht an und trat ein. Es roch nach alten Zeitungen. Der Raum war voller Regale mit gebundenen Ausgaben der Gazette. Mitten im Raum stand ein Klapptisch mit einem Stuhl auf jeder Seite. Die Kehle begann ihr zu kribbeln, zweifellos vom Staub.

„Ruf mich, wenn du was brauchst. Ich arbeite an der Samstagsausgabe. Die Fußballliga der Kleinen läuft auf Hochtouren." Er deutete auf die Schmalseite des Raumes. „Die Ausgaben der Achtziger stehen dort drüben, nach Datum geordnet."

Sobald sie allein war, holte sie sich die Ausgabe vom 6. Februar und fand den Artikel, wie Gwen gesagt hatte.

Junger Mann vermisst.

Tom Lancaster, Doktorand an der Tulane Universität, wird seit Sonntagnacht vermisst. Das Sheriff Department befürchtet ein Verbrechen. Deputy Sheriff Matt Stevens vermutet, dass Lancaster

Opfer eines zufälligen Gewaltaktes wurde. Die Untersuchungen dauern an.

Avery schöpfte zitternd Atem. Eine Wahrheit schuf noch keine Fakten. Die besten Lügen bestanden aus Halbwahrheiten. Auch wenn ein Element glaubhaft war, durfte man nicht blindlings dem Rest vertrauen.

Sie fand noch eine Reihe Artikel über Sals Tod. Da er Chefredakteur der Gazette gewesen war, hatte man ausführlich über den Fall berichtet. Wie Rickey erzählt hatte, war er am Eröffnungstag der Jagdsaison erschossen worden. Der Schuldige wurde nicht gefunden, obwohl man alle Bürger mit einer Jagdlizenz überprüfte.

Buddy hatte ermittelt, dass Sal aus der Ferne mit einer Browning, Kaliber 270, einem Bolzengewehr, erschossen worden war. Sowohl Gewehr wie Kugel, ‚Nosler Ballistic Tip', wurden von den örtlichen Jägern bevorzugt. Die Beisetzungsfeier hatte bei geschlossenem Sarg bei den Gallaghers stattgefunden.

In einem hatte Rickey sich allerdings geirrt. Buddy hatte den Tod als Mord eingestuft.

In den nächsten zwei Stunden arbeitete sie sich durchs Archiv und fand Erschreckendes.

Gwen Lancaster hat nicht fantasiert.

Avery nahm ihren Block auf und überflog die Notizen. Sie hatte jeden nicht natürlichen Tod aufgelistet. Kevin Gallagher, Danny Gallaghers Vater, war dieses Jahr gestorben. Ein Autounfall auf dem Highway 421, gleich außerhalb der Stadt. Sein Lexus war ins Schleudern geraten und gegen einen Baum geprallt. Er war nicht angeschnallt gewesen und durch die Windschutzscheibe geschossen.

Der stellvertretende Polizeichef Pat Greene war ertrunken. Eine Frau namens Dolly Farmer hatte sich erhängt. Es gab noch ein paar andere Autounfälle mit jüngeren Leuten, alle in der Gegend, in der Sal umgekommen war. Daraufhin hatte die Stadt den Staat aufgefordert, die Geschwindigkeitsbegrenzung in diesem Bereich herabzusetzen.

Sie runzelte die Stirn. Noch ein Todesfall durch Erhängen – der allerdings eher ein Unfall gewesen zu sein schien als Folge autoerotischer Praktiken. Ein anderer junger Mann, Peter Trimble, war vom Traktor gefallen und überrollt worden.

Entsetzt legte Avery den Block auf den Tisch. Zehn Tote in nur acht Monaten. Dreizehn, wenn sie Luke McDougal, Tom Lancaster und Elaine St. Claire dazu zählte.

Sie bemühte sich um Objektivität. Gwens Fakten waren nicht akkurat gewesen. Sie hatte behauptet, es habe in acht Monaten sechs Selbstmorde gegeben, ihr Vater eingeschlossen. Sie entdeckte nur zwei.

„Alles in Ordnung hier oben?"

Avery brauchte einen Moment, um sich zu sammeln, blickte über die Schulter zu Rickey und zwang sich zu lächeln. „Alles bestens." Sie sprang auf. „Ich bin gerade fertig geworden."

Nachdem sie ihren Block in die Tasche gestopft hatte, nahm sie den Band, den sie soeben gelesen hatte, trug ihn in die Sektion über die 80er und hoffte, Rickey merkte nicht, dass sie ihn falsch einordnete.

Doch sie hatte Pech.

„Das gehört nicht dorthin." Er kam durch den Raum auf sie zu. „Falscher Farbcode."

Er nahm den Band heraus und blickte stirnrunzelnd auf das Datum. „Ich dachte, du wolltest dir Sachen von 1988 ansehen."

„Erwischt." Sie schob sich den Taschenriemen über die Schulter. „Habe ich auch. Aber dann ..." Sie wandte kurz den Blick ab, um aufrichtiger zu wirken. „Es ist eigentlich reine Gefühlsduselei, aber Dad ... sein Tod ... ich ..."

Rickey sah noch einmal auf das Datum des Bandes. „Mein Gott, Avery, tut mir Leid."

„Ist schon okay." Sie setzte ein zittriges Lächeln auf. „Bringst du mich hinaus?"

Er tat es und blieb an der Eingangstür stehen. „Avery, kann ich dich etwas fragen?"

„Sicher."

„Gerüchte besagen, du bleibst für immer. Ist das so?"

Sie wollte schon verneinen, als ihr klar wurde, dass sie eigentlich nicht wusste, was sie vorhatte. „Ich habe mich noch nicht entschieden. Aber verrate das nicht meinem Redakteur."

Rickey lächelte darüber. „Falls du bleibst, wäre es mir ein großes Vergnügen, dich im Stab der Gazette zu begrüßen. Ein Riesenabstieg, ich weiß. Aber bei der Post musst du auch die Großstadt in Kauf nehmen."

„Damit hast du allerdings Recht." Sie lächelte erfreut über das Angebot. „Falls ich bleibe, gibt es niemanden, mit dem ich lieber arbeiten würde."

„Komm mal vorbei, besuch Jeanette und lern die Kinder kennen. Sie wäre begeistert."

„Ich auch." Sie wollte gehen, drehte sich aber noch einmal um. „Rickey, hast du mal von einer Gruppe namens Die Sieben gehört?"

Sein Ausdruck veränderte sich leicht. Die gerunzelte Stirn deutete an, dass er offenbar angestrengt nachdachte. „Was soll das für eine Gruppe sein? Religiös? Bürgerlich?"

„Bürgerlich."

„Nein, bedaure."

„Ist schon okay. Buddy hat sie mal erwähnt. Einen schönen Tag noch."

Avery trat auf den Bürgersteig hinaus. Da sie gegen die grelle

Sonne blinzeln musste, holte sie ihre Sonnenbrille heraus. Als sie zum Frontfenster der Gazette schaute, sah sie Rickey am Telefon, anscheinend in einer hitzigen Debatte. Er wirkte aufgebracht.

In diesem Augenblick sah er auf, und ihre Blicke begegneten sich. Obwohl sich ihr die Nackenhaare sträubten, hob sie unbefangen grüßend eine Hand, wandte sich ab und ging rasch davon.

28. KAPITEL

Avery war gleich nach Hause gegangen, um über ihre nächsten Schritte nachzudenken.

Nun saß sie schon seit Stunden am Küchentisch, ein unberührtes Thunfischsandwich auf einem Teller neben sich, und starrte auf den Block mit den Namen der Toten.

Das waren harte Fakten. Fiel denn niemandem in Cypress Springs diese Häufung von Todesfällen auf? Sagte niemand etwas zu Buddy oder Matt? Steckte die ganze Stadt in dieser Verschwörung?

Beruhige dich, Chauvin. Bewerte die Fakten, bleib objektiv.

Avery schob sich vom Tisch zurück, stand auf und ging zum Fenster. Versonnen blickte sie in den Garten hinaus, zu dem üppigen Grün, das unterbrochen wurde von roten und pinkfarbenen Flecken. Was hatte sie, objektiv betrachtet, aufzubieten? Gwen Lancaster, die behauptete, in Cypress Springs arbeite eine Selbstjustizgruppe. Eine Reihe von Unfällen, verdächtig wegen ihrer Häufung. Zwei vermisste Personen. Ein Mord. Ein Selbstmord, und einen Karton voller Zeitungsartikel über einen fünfzehn Jahre zurückliegenden Mord.

Unfälle kosteten Leben. Leute verschwanden. Morde geschahen, so tragisch das auch war. Ja, die Selbstmordrate war leicht höher als im Durchschnitt. Aber Statistiken basierten nun mal auf Durchschnittswerten und nicht auf absoluten Zahlen. Vielleicht nahm sich dafür hier in den nächsten Jahren keiner mehr das Leben.

Und die Zeitungsartikel? Ein Hinweis auf den Geisteszustand ihres Vaters oder schlicht gesammelte Andenken?

Wären sie Hinweis auf seinen Geisteszustand, hätte er vermutlich auch andere Dinge gesammelt. Doch wo könnte er die versteckt haben? Alle Schränke und Kommoden, in Schlafzimmer,

Küche und Flur waren leer. In seinem Arbeitszimmer oder auf dem Dachboden hatte sie allerdings noch nicht gesucht.

Jetzt war der Moment, es zu tun.

Zweieinhalb Stunden später kehrte sie in die Küche zurück, so schlau wie zuvor. Frustriert wusch sie sich die Hände am Spülbecken. Sie hatte Schreibtisch, Regale und Akten ihres Vaters durchgesehen und jeder Kiste auf dem Boden Stichproben entnommen. Dabei war nichts Ungewöhnliches zu Tage getreten.

Sie trocknete sich die Hände ab. Was sollte sie jetzt tun? In Washington hatte sie Kollegen und Redakteure zum Gedankenaustausch. Hier konnte sie nur ihrem Instinkt folgen.

Und der veranlasste sie, den Hörer aufzunehmen und ihren Redakteur bei der Post anzurufen. „Brandon? Hier ist Avery."

„Ist das die Möglichkeit", erwiderte er lachend. „Ich dachte schon, du versteckst dich vor mir."

Er bevorzugte Offenheit und Direktheit. Der stressige Job, eine Zeitung herauszubringen, ließ keine Zeit für unnützes Wortgeklingel.

„Ich bin an einer Story dran", erklärte sie.

„Schön zu hören, dass dein Hirn noch funktioniert. Obwohl ich ein bisschen erstaunt bin, angesichts der Umstände. Erzähl mir davon."

„Eine Kleinstadt beginnt, Bürger im Stil von Big Brother zu überwachen, um zu verhindern, dass sich die Auswüchse modernen Lebens in ihren Lebensstil einschleichen. Alles begann, als sich eine Gruppe bildete, um den rasanten Anstieg der Kriminalität einzudämmen. Zunächst war es nicht viel mehr als eine Nachbarschaftswache."

„Dann begannen sie Amok zu laufen", vermutete er.

„Ja. Laut meiner Quelle war die Kerngruppe klein, aber sie hatte ein weit verzweigtes Netz von Zuträgern. Sie lasen die Post der Leute und überwachten alles Mögliche, was sie aßen, tranken, welches Fernsehprogramm sie schauten, ob sie zur Kirche gingen. Wenn die Gruppe es für nötig hielt, wurden Mitbürger verwarnt, ihr Verhalten sei nicht tolerierbar."

„Adieu Bürgerrechte", sagte Brandon leise.

„Das ist noch nicht einmal die Hälfte. Blieb die Warnung unbeachtet, wurde die Gruppe aktiv. Geschäfte wurden boykottiert, Menschen ausgegrenzt, Besitz verwüstet. Graduell abgestuft war praktisch jeder daran beteiligt."

Er schwieg einen Moment und fragte schließlich: „Sprichst du von deiner Heimatstadt?"

„Ja."

„Hast du Beweise?"

„Nein." Sie atmete tief durch. „Da ist noch mehr. Es könnte sein, dass sie sogar vor Mord nicht zurückschrecken."

„Ich höre."

„Die Morde werden als Selbstmorde oder Unfälle getarnt. Jemand ertrinkt bei einem Angelausflug, ein Farmer fällt vom Traktor und wird überrollt, jemand erhängt sich ..."

„... ein Arzt verbrennt sich selbst."

„Ja", bestätigte sie ruhig. „Dinge in der Art."

„Avery, das ist nicht dein Ernst. Du kannst momentan nicht klar denken."

„Ich werde mit der Situation bestens fertig. Meine Objektivität habe ich nicht verloren."

„Das ist Mist, und das weißt du auch."

Damit hatte er Recht, doch das wollte sie nicht zugeben. „Ich möchte nur die Wahrheit herausfinden."

„Und was ist die Wahrheit?"

„Ich bin mir nicht ganz sicher. Die Geschichte könnte auch erfunden sein. Meine Quelle ist ..."

„Wenig glaubwürdig? Unzuverlässig? Die Motivation zweifelhaft?“

„Ja.“

„So ist das doch immer, und das weißt du auch. Und du weißt, was zu tun ist.“

Folge den Spuren. Finde eine zweite Quelle. Beweise die Echtheit der Information.

„Das ist nicht so leicht. Dies hier ist eine Kleinstadt, die Leute üben den Schulterschluss, und viele haben vermutlich Angst.“

„Ich finde, du solltest nach Washington zurückkehren.“

„Das kann ich nicht. Noch nicht. Ich muss dieser Sache nachgehen.“

„Warum musst du das?“

Wegen Dad. „Es ist eine gute Story“, wich sie aus. „Und falls sie stimmt, laufen hier ungestraft Mörder herum.“

„Es ist eine gute Story, aber das ist nicht der Grund, warum du der Sache nachgehen willst, und das wissen wir beide.“

Dass er einräumte, die Story habe Potential, kam einem grünen Licht gleich. „Das ist der Stoff, für den Pulitzerpreise vergeben werden“, neckte sie.

„Wenn das, was du mir erzählst, der Wahrheit entspricht, ist es vor allem der Stoff, der Leichenhallen füllt. Ich möchte dich wieder an deinem Schreibtisch sitzen und nicht auf irgendeinem Metalltisch liegen sehen.“

„Du machst dir zu viele Gedanken. Irgendwelche Vorschläge?“

„Sieh dir die Fakten ganz genau an. Überprüfe deine Motivation doppelt. Und dann geh zu Menschen, denen du vertraust. Sprich nur mit diesen Leuten.“ Nach einer Pause fügte er hinzu: „Sei vorsichtig, Avery. Das war kein Witz, dass ich dich lebend zurückhaben möchte.“

29. KAPITEL

Avery befolgte den Rat ihres Redakteurs, sich an Menschen zu wenden, denen sie vertraute, und begann mit Lilah, die sie ohnehin aufsuchen wollte.

Sie parkte ihren Geländewagen in der Zufahrt der Ranch und stieg aus. Das Garagentor stand offen und sie sah, dass sowohl Lilahs als auch Cherrys Wagen da waren.

Avery ging über die Veranda zur Haustür und läutete. Cherry öffnete.

„Hallo", grüßte Avery.

„Hallo", erwiderte Cherry abweisend.

„Ich bin nur vorbeigekommen, um zu sehen, wie es Lilah geht."

Cherry bewegte sich nicht von der Tür weg. „Es geht ihr besser, danke."

Avery fiel ein, dass sie sich für ihre Heftigkeit bei der Totenwache bisher nicht entschuldigt hatte. Bis zu diesem Moment war ihr nicht bewusst gewesen, wie gekränkt oder verärgert Cherry offenbar deswegen sein musste. Ihr schien diese Reaktion zwar übertrieben, doch manche Menschen waren eben sensibel.

„Cherry, können wir einen Moment reden?"

„Wenn du möchtest."

„Es tut mir Leid wegen neulich Abend bei der Totenwache. Ich war sehr angespannt, aber ich hätte dich nicht anfahren sollen. Entschuldige."

Cherrys Miene wurde weicher. Einen Moment fürchtete Avery sogar, sie könnte anfangen zu weinen, doch sie verzog den Mund zu einem Lächeln. „Entschuldigung angenommen", erwiderte sie und schob die Fliegendrahttür auf.

Avery trat ein und wandte sich ihr zu. Cherry deutete zum

hinteren Teil des Hauses. „Mutter ist im Wintergarten. Sie wird sich freuen, dich zu sehen."

„Avery!" rief Lilah erfreut aus und legte ihren Roman beiseite. „Schön, dich zu sehen."

Wie sie auf dem weißen Korbsofa saß, den Rücken zum Garten und vom hellen Sonnenlicht umgeben, bot sie das klassische Bild einer Südstaatenlady.

Avery ging zu ihr, gab ihr einen Kuss auf die Wange und setzte sich in den Korbsessel ihr gegenüber. „Ich habe mir Sorgen um dich gemacht."

Sie winkte ab. „Verflixte Allergien. Um diese Zeit ist es immer schlimm. Die Kopfschmerzen sind das Übelste."

„Jedenfalls siehst du gut aus."

„Danke, meine Liebe." Lilah sah zu ihrer Tochter. „Cherry, könntest du Avery einen Eistee bringen?"

Avery wollte aufstehen. „Ich kann ihn mir doch selbst holen."

„Unsinn", widersprach Lilah. „Cherry kann das machen. Würdest du es tun, Liebes? Und ein paar von den kleinen Ingwerkeksen vom Kirchenfest."

„Kein Problem", erwiderte Cherry. „Schließlich muss ich mir meinen Unterhalt verdienen."

Avery sah mit einem Blick, dass Cherry beleidigt war, und wandte ein: „Also wirklich, Lilah, ich kann mir meinen Tee ..."

Cherry fiel ihr ins Wort. „Keine Sorge, Avery. Ich bin daran gewöhnt."

Sobald sie den Raum verlassen hatte, seufzte Lilah frustriert. „An manchen Tagen ist das Mädchen so empfindlich, dass man kaum mit ihr auskommt."

„Wir haben alle mal schlechte Tage", beruhigte Avery sie.

„Vermutlich." Lilah schaute auf die im Schoß gefalteten Hände. Als sie den Blick hob, sah Avery Tränen in ihren Augen. „Es ist schwierig für Cherry. Sie sollte sich nicht um uns kümmern. Sie sollte für eine eigene Familie und Kinder sorgen."

„Das wird schon, Lilah. Sie ist noch sehr jung."

Die ältere Frau ignorierte ihre Bemerkung und sprach weiter. „Nachdem Karl gegangen war, hat sich alles verändert. Sie ist nicht glücklich. Keines meiner Kinder ist ..."

Lilah hatte sagen wollen, dass keines ihrer Kinder glücklich war. Bei Hunter konnte Avery es verstehen, zum Teil auch bei Cherry. Aber warum war Matt nicht glücklich?

Sie langte hinüber und drückte Lilah die Hand. „Das Glück kommt und geht wie die Gezeiten im Meer. Manchmal ist es einfach da und dann wieder ist es nicht zu entdecken."

Lilah erwiderte den Händedruck. „Du bist ein liebes Mädchen, Avery. Danke."

„Da wären wir", sagte Cherry und trug ein Tablett mit zwei Gläsern Tee, einer Zuckerdose und einem Teller mit Keksen herein. Jedes Glas war mit einer Zitronenscheibe und einem Minzezweig dekoriert.

Sie stellte das Tablett auf den Couchtisch. Avery sah, dass die Kekse auf einem herzförmigen Deckchen kunstvoll zum Fächer ausgelegt waren. „Wie hübsch. Cherry, du hast wirklich Talent."

Sie errötete vor Freude. „Das ist nichts Besonderes."

„Für dich vielleicht nicht. Ich würde mich dabei ziemlich dümmlich anstellen."

„Lieb, dass du das sagst."

„Ich bin nur ehrlich. Setz dich zu uns."

„Würde ich gerne, aber ich muss heute Nachmittag noch einiges erledigen. Und wenn ich jetzt nicht anfange, wird es zu spät." Sie wandte sich an ihre Mutter. „Wenn du sonst nichts brauchst, mache ich mich an die Arbeit."

Lilah entließ sie mit einer winkenden Geste, und danach unterhielt sie sich mit Avery über Unbedeutendes wie das Wetter. Als die Unterhaltung ein wenig stockte, brachte Avery das Thema zur Sprache, das ihr am Herzen lag. „Buddy erzählte mir, dass du in den Achtzigern zu einer Bürgerinitiative gehört hast, die sich ‚Sieben Bürger in Sorge' nannte."

Sie zog die Brauen zusammen. „Warum hat er das denn erzählt?"

„Wir sprachen über Cypress Springs und dass es eine lebenswerte Stadt ist." Sie nahm sich einen Keks und legte ihn auf ihre Serviette, ohne ihn zu kosten. „Er sagte, ihr hättet einen wirklichen Wandel in der Gemeinde bewirkt."

„Das waren schwierige Zeiten damals." Lilah strich sich die Serviette im Schoß glatt. „Aber das ist längst Geschichte."

Avery ignorierte ihren offenkundigen Wunsch, das Thema zu wechseln. „Er sagte, Pastor Dastugue hätte auch mitgemacht. Wer hat sonst noch zu der Gruppe Die Sieben gehört?"

„Was sagst du da?"

„Die Sieben, wer sonst...?"

„Wir nannten uns nicht Die Sieben", korrigierte sie scharf. „Sondern BIS, ‚Bürger in Sorge'."

Avery merkte, dass sie einen empfindlichen Nerv getroffen hatte. Trotz leichter Gewissensbisse fuhr sie fort: „Tut mir Leid, Lilah, ich wollte dich nicht aufregen."

„Hast du nicht." Sie strich immer wieder über die Serviette. „Natürlich nicht."

„Gab es noch eine Gruppe, die sich Die Sieben nannte?"

„Nein. Wie kommst du darauf?"

„Durch deine Reaktion. Es sah so aus, als wolltest du nicht mit denen in Verbindung gebracht werden."

Lilah machte sich wieder an der Serviette zu schaffen. „Das ist albern, Avery, wirklich sehr albern."

„Ich bin heute Morgen bei der Gazette gewesen. Rickey Plaquamine hat mir einen Job angeboten."

„Fantastisch!" Lilah beugte sich begeistert vor. „Und? Hast du ihn angenommen?"

„Ich habe ihm gesagt, dass ich drüber nachdenke."

Sie tat enttäuscht, doch Avery merkte, wie froh sie war, dass sie das Angebot nicht rundheraus abgelehnt hatte.

„Wir wären alle begeistert, wenn du dich entschließen könntest, wieder in Cypress Springs zu leben. Vor allem Matt." Sie führte ihren Tee zum Mund, trank und betupfte sich die Lippen mit der Serviette. „Buddy hat mir erzählt, wie gut du dich auf dem Frühlingsfest mit Matt amüsiert hast."

Avery dachte an ihren Tanz unter dem Sternenhimmel. Sie hatte sich wohl und entspannt gefühlt. Obwohl sie Matt seither nicht mehr begegnet war, rief er jeden Tag an, um sich nach ihr zu erkundigen.

„Ja, wir hatten viel Spaß."

Mehr sagte sie nicht, obwohl sie spürte, dass Lilah Einzelheiten hören wollte und vor allem Averys Zusicherung über eine gemeinsame Zukunft mit Matt, die sie jedoch unmöglich geben konnte.

„Rickey sah gut aus. Er sagte, er und Jeanette hätten gerade ihr drittes Kind bekommen."

„Einen hübschen, dicken Jungen. Alle ihre Babys waren dick." Lilah beugte sich augenzwinkernd vor. „Das liegt an der vielen Eiscreme, die Jeanette im letzten Drittel der Schwangerschaft gegessen hat. Belle von der ‚Dairy Barn' erzählte mir, Jeanette sei jeden Tag gekommen, manchmal sogar zweimal, und hat einen doppelten Karamellbecher verputzt."

Ein Lächeln zuckte um Averys Mund. Arme Jeanette. Kleinstadtleben war Leben in einem Fischglas.

Avery lenkte die Unterhaltung auf andere Themen. „Ich habe

heute erst erfahren, dass Sal tot ist. Ich war völlig schockiert. Dad wusste, wie ich zu Sal stand. Es wundert mich, dass er mir nichts gesagt hat."

Lilah wollte etwas erwidern, hielt dann aber inne und setzte neu an. „Dieses Jahr", begann sie mühsam, zu Tränen gerührt, „es war schwierig. So viele ... unserer Freunde sind nicht mehr da."

Avery ging zu ihr und nahm sie in die Arme. Zart und zerbrechlich fühlte Lilah sich an. „Es tut mir so Leid. Ich wünschte, ich könnte irgendwie helfen."

„Das hast du schon, mein Liebes, indem du gekommen bist."

Sie plauderten noch ein wenig, bis Lilah andeutete, sie müsse sich ausruhen. Sie standen beide auf, und Avery merkte besorgt, dass die ältere Frau nicht ganz sicher auf den Beinen war. Merkwürdig, denn vor zwei Wochen hatte sie noch völlig gesund und kräftig gewirkt.

Als sie das Foyer erreichten, küsste Lilah Avery auf die Wange. „Komm bald mal wieder vorbei."

„Mache ich. Und gute Besserung, Lilah."

Avery sah ihr nach, wie sie die Treppe hinaufstieg, sich am Geländer festhielt und es regelrecht als Stütze benutzte. Sie konnte sich kaum vorstellen, dass die Auswirkungen einer saisonalen Allergie so dramatisch waren. Allerdings fehlten ihr Vergleichsmöglichkeiten, da sie zu den Glücklichen zählte, die nicht unter Allergien litten.

Hunter hatte behauptet, seine Mutter sei von Schmerztabletten und Alkohol abhängig. Der Missbrauch beider Drogen hatte zweifellos gravierende Auswirkungen auf die physische und psychische Stabilität eines Menschen. War es das, worunter Lilah wirklich litt?

Zu ihrer Linken erschien Cherry in der Tür zum Arbeitszimmer. „Geht Mutter nach oben, um sich hinzulegen?"

„Mm.“ Avery blickte besorgt zu ihr hin. „Ist wirklich alles in Ordnung mit ihr?“

„Natürlich. Warum fragst du?“

„Ich mache mir Sorgen. Vor zwei Wochen wirkte sie noch kräftiger.“

„Ihre Allergieausbrüche sind halt so“, erklärte Cherry achselzuckend. „Mom erholt sich nicht mehr so gut wie früher.“

Avery ließ den Blick an Cherry hinabwandern und entdeckte einen Revolver in ihrer Hand. Sie hob den Blick wieder. „Ich möchte nicht neugierig sein, aber warum ...“

„Die Waffe? Ich bin auf dem Weg zum Schießstand.“

„Zum Schießstand?“ wiederholte sie erstaunt. Die Mädchen im ländlichen Louisiana wuchsen zwar mit der Jagd auf, aber trotzdem wussten die meisten nicht mit einer Waffe umzugehen. „Du machst Schießübungen?“

„Soll das ein Witz sein? Mit Matt und Dad als Vorbildern? Wie steht's mit dir?“

„Ich bin eine waschechte Pazifistin.“

„Möchtest du trotzdem mitkommen?“

Avery folgte ihr ins Arbeitszimmer ihres Vaters. Sein Waffenschrank stand offen und enthielt nicht weniger als ein Dutzend Handwaffen und Gewehre. Cherry nahm sich eine Kiste Munition und verschloss den Schrank. Sie ließ den Schlüssel in die Tasche gleiten, legte den Revolver in seinen Kasten und drückte ihn zu.

„Fertig?“

Sie nickte, und sie verließen zusammen das Haus. Avery folgte ihr im eigenen Wagen. Der Schießstand war nicht mehr als ein abgeerntetes Feld, zehn Meilen außerhalb der Stadt, nicht weit von der alten Konservenfabrik entfernt.

Am Rande des Feldes standen ein verfallener Hühnerstall und drei Strohballen, in einer Reihe mit jeweils sechs Metern Zwischenraum aufgestellt. Das Land wirkte vernachlässigt und überwuchert.

Sie stiegen aus. „Das ist ein Teil der alten Weiners-Farm, oder?“ fragte Avery.

„Ja. Sie haben alles an Old Dixie Food verkauft und sind nach Jackson gezogen.“

Avery zog die Nase kraus. „Was ist das für ein Gestank?“

„Die Konservenfabrik. Der Wind steht heute ungünstig.“ Cherry holte die Waffe aus dem Kasten und begann sie zu laden. „Warte eine Minute, man gewöhnt sich an den Gestank.“

Avery konnte es kaum glauben. „Was ist das für eine Waffe?“

„Eine Ruger, 357 mm Magnum mit einem 6 Inch Lauf.“

„Die Waffe von Dirty Harry, richtig? Aus dem Film, meine ich.“

„Fast richtig. Detective Harry Callahan hatte eine 44er Magnum.“ Sie lachte. „Nicht mal ich brauche so viel Feuerkraft.“

Avery sah, dass Cherry sechs Kugeln in die Kammern gab und sie dann zuklappte. „Auf was schießt du?“

„Auf irgendwas. Den Hühnerstall, auf Dosen oder Flaschen. Dad besitzt eine von Hand betriebene Wurfmaschine für Tontauben. Manchmal schießen wir auf Tontauben, aber mit Jagdgewehren oder Schrotflinten.“ Sie öffnete den Kofferraum ihres Autos und holte einen Karton mit Dosen heraus. Avery sah zu, wie sie die Dosen auf den Strohballen und auf Dach und Fenstersimsen des Hühnerstalls verteilte.

Dann lief sie zurück, prüfte ihre Waffe, zielte und feuerte los, sechsmal. Die Dosen flogen herunter. Die letzte verfehlte sie allerdings und fluchte.

Sie streifte Avery mit einem Blick. „Ich habe gehört, worüber du mit Mom gesprochen hast. Die alte BIS-Gruppe.“

„Du erinnerst dich daran?“

„Klar. Ich erinnere mich an alles aus der Zeit.“

„Eigenartig, ich weiß kaum noch etwas von damals.“

Cherry lud die Kammern wieder. „Das ist gar nicht eigenartig. Ich erinnere mich wegen meiner Familie so deutlich an alles.“

„Es war eine harte Zeit, hat dein Dad gesagt.“

„Das ist noch eine ziemliche Untertreibung.“ Sie schwieg einen Moment, als hänge sie ihren Gedanken nach.

„Darf ich dir eine Frage stellen?“

„Schieß los.“ Cherry grinste. „Die Pointe konnte ich mir nicht entgehen lassen.“

„Hast du Elaine St. Claire gekannt?“

„Wen?“

„Die Frau, die ermordet wurde.“

Cherry peilte ihr Ziel an, zog den Abzug, und die Kugel schoss mit Explosionsknall aus der Waffe. Sie wiederholte den Vorgang noch fünfmal, ehe sie Avery ansah. „Nur ihren Ruf.“

„Wie meinst du das?“

Cherry zog eine Braue hoch. „Komm schon, Avery. Die hat mehr Matratzen gesehen als der Verkäufer vom Bettengeschäft.“

Avery war schockiert. „Die Frau ist tot, Cherry. Es scheint mir unangemessen, so über sie zu reden.“

„Ich bin nur ehrlich. Soll ich lügen, bloß weil sie tot ist? Dann wäre ich eine Heuchlerin.“

„Kennst du den Spruch: leben und leben lassen?“

„Das ist Großstadtgequatsche, propagiert von Leuten, die nichts verändern und die Zufriedenheit der breiten Masse nicht stören wollen. Du musst mit dem Kroppzeug leben.“

„Und ihr nicht?“

Verblüfft sah sie Avery an. „Nein, wir nicht. Das hier ist Cypress Springs, nicht New Orleans. Wir leben in einer Kleinstadt, in der Moral noch etwas bedeutet.“

„Soll das heißen, Elaine St. Claire hat bekommen, was sie verdiente? Bist du froh, dass sie tot ist?“

„Natürlich nicht.“ Sie öffnete die Kammer, lud sie erneut und ließ sie zuschnappen. „Niemand verdient so etwas. Aber wenn du fragst, ob es mir Leid tut, dass sie die Beine nicht mehr für jeden breit machen kann, muss ich sagen: nein.“

Avery war sichtlich erschrocken, und Cherry lächelte zynisch. „Habe ich dich schockiert?“

„Ich hätte nicht gedacht, dass Matts kleine Schwester so daherredet.“

„Du weißt nicht viel von mir, Avery.“

„Klingt bedrohlich.“

Cherry lachte. „Kein bisschen. Du bist nur vor langer Zeit schon weggegangen. Das ist alles.“ Ohne auf eine Erwiderung zu warten, fixierte sie ihr Blechziel und feuerte. Sechs Schüsse, sechs Treffer.

Avery beobachtete sie erstaunt und anerkennend, zugleich aber voller Unbehagen, besonders nach dieser Unterhaltung. Ihr fiel auf, wie durchtrainiert ihre Arme waren. Der Bizeps wölbte sich, wenn sie die Waffe hielt, und der Rückstoß schien ihr kaum etwas auszumachen.

Cherrys kraftvoller, durchtrainierter Körperbau war ihr noch nie so aufgefallen. Zugegeben, im Vergleich zu ihrer eigenen Zartheit kam ihr fast jeder kraftvoll vor.

Eigentlich hatte sie Cherry immer als mädchenhaften Typ gesehen, als jüngere Variante der Südstaatenlady, wie Lilah sie verkörperte oder früher auch ihre Mutter. Der Wildfang, der nicht in dieses Bild gepasst hatte, war sie gewesen. Aber nun gebärdete Cherry sich wie ein Macho und nietete reihenweise Blechdosen um.

Erneut lud sie die Waffe, drehte sich um und hielt sie Avery hin, mit dem Griff voraus. „Möchtest du es versuchen?“

Avery zögerte. Sie verabscheute Waffen und gehörte zu denen, die alle Waffen der Welt am liebsten konfisziert hätten, damit die Menschen sich zusammensetzten, um ihre Streitigkeiten zu regeln – vielleicht bei einem Mokka oder Milchkaffee.

Cherrys provokantes Grinsen ließ sie jedoch nach der Waffe greifen. „Okay, zeig mir, was ich tun muss."

„Es hilft, wenn man sich breitbeinig hinstellt." Sie machte es vor. „Beide Hände um den Griff legen. So ist es gut", sagte sie, als Avery ihre Anweisung befolgte.

„Ich komme mir ziemlich blöd vor", erwiderte Avery. „Wie ein Möchtegern-Schwarzenegger."

„So habe ich mich auch gefühlt. Aber mit der Zeit wird es dir gefallen."

Wenn Schweine fliegen lernen. „Und jetzt?"

„Zielen und schießen. Aber Vorsicht, sie hat Rückschlag."

Avery zielte auf die am nächsten stehende Dose und betätigte den Abzug. Die Wucht des Rückschlags ließ sie taumeln. Sie spähte zu ihrem Ziel. „Habe ich getroffen?"

„Nein. Vielleicht versuchst du das nächste Mal, die Augen aufzulassen."

„Mist."

„Versuch's noch mal."

Avery tat es und schoss sauber daneben. Nach dem sechsten Versuch gab sie die Waffe zurück. „Meine Karriere als Schützin ist offiziell beendet."

„Du änderst deine Einstellung vielleicht, falls du in Cypress Springs bleibst."

„Rechne nicht damit." Sie sah, dass Cherry die Waffe mit einer Ehrfurcht behandelte, die ihr völlig fehlte. „Was ist so reizvoll an so einem Ding? Ich verstehe das nicht. Für mich ist es nur ein Gegenstand, allerdings ein gefährlicher."

Cherry dachte einen Moment nach. „Sie gibt mir ein Gefühl von Macht und Kontrolle."

„Das ist eine seltsame Antwort."

„Wirklich? Ist es nicht das, worum es bei Waffen eigentlich geht? Um Macht und Kontrolle? Um Gewinnen?"

„Und ich dachte immer, es ginge ums Töten."

„Es gibt immer ein paar böse Buben, die dir nehmen wollen, was dir lieb und teuer ist. Das sind Menschen ohne Moral und Gewissen. Waffen und die Fähigkeit – oder Bereitschaft – sie einzusetzen, sind eine notwendige Abschreckung."

Avery führte diese Diskussion nicht zum ersten Mal und wusste, dass sie nicht gewinnen konnte. Cherry hatte nicht unbedingt Unrecht, aber sie selbst war Idealistin genug, um zu glauben, dass es einen anderen Weg gab. „Du sagst, Gewalt kann man nur mit Gewalt bekämpfen? Und dass man auf Gewalt mit noch größerer Gewalt reagieren muss, bis wir den Planeten in die Luft jagen?"

„Der mit der größten Knarre gewinnt."

Kurz darauf fuhr Avery ab. Im Rückspiegel sah sie vor dem glutrot gefärbten Abendhimmel Cherry neben ihrem Wagen stehen und ihr nachsehen.

Ihr Ausflug mit Cherry hinterließ einen schalen Nachgeschmack, fast so, als hätte sie etwas Unrechtes getan. Als wäre sie Zeugin einer hässlichen Tat geworden, ohne einzugreifen.

Was hatte Gwen Lancaster über Die Sieben gesagt?

Jeder, dessen Verhalten außerhalb dessen lag, was man als gut, moralisch und nachbarschaftlich ansah, wurde aufs Korn genommen? Ehe alles vorbei war, hatten sie im Namen von Recht und Gesetz die Rechte ihrer Mitbürger verletzt.

Avery fragte sich unwillkürlich, ob die Frau, mit der sie die letzte Stunde verbracht hatte, an so etwas beteiligt sein könnte.

Ja, absolut. Sie hatte Schwierigkeiten, die Cherry Stevens, die sie heute kennen gelernt hatte, mit jener lieben, sensiblen Person in Einklang zu bringen, die ihr am ersten Tag Frühstück gebracht hatte.

An dieser Cherry heute hatte nichts gestimmt, weder ihre Bemerkungen über Elaine St. Claire noch der leicht abschätzige Ton, den sie ihr, Avery, gegenüber anschlug.

Aber warum verhielt sie sich so? Das ergab keinen Sinn. Weshalb zeigte sie offen Feindseligkeit oder verkündete gar ihre Überzeugungen, wenn sie tatsächlich zu der Sieben gehörte? Wenn sich jeder aus der Gruppe derart zu erkennen gab, konnten die Mitglieder ihre Anonymität nicht wahren.

Als sie an der Kreuzung halten musste, war sie verblüfft über die eigenen Gedanken. Offenbar nahm sie die Existenz der Sieben bereits als gegeben hin. Sie unterstellte einfach, dass es Die Sieben gegeben hatte und wieder gab und dass jeder ein mögliches Mitglied war.

Beklommen suchte sie Gwens Telefonnummer aus der Tasche, drückte die Ziffern in ihr Handy ein und hörte nach dem dritten Klingeln, wie sich Gwens Anrufbeantworter einschaltete.

„Hier spricht Avery Chauvin. Sie haben meine volle Aufmerksamkeit, Gwen. Rufen Sie mich an.“ Dann gab sie ihre Handynummer und die des Telefons im Haus ihrer Eltern an.

Durch das offene Fenster hörte sie einen Schuss und zuckte zusammen. Sofort schloss sie das Fenster, auch um den säuerlichen Gestank loszuwerden.

30. KAPITEL

Der Vollstrecker betrat den Kriegsraum. Es war schwierig gewesen, heute, am Freitagabend, wegzukommen – er hatte sich verspätet. Seine Generäle waren bereits alle um den Tisch versammelt. Zwei nahmen die Aufmerksamkeit der anderen gefangen, indem sie sich über die Führerschaft des Vollstreckers und die Art, wie er sich Elaine St. Claires entledigt hatte, beschwerten.

Einer nach dem anderen wurde sich jedoch der Gegenwart des Vollstreckers bewusst, bis sich nervöses, schuldbewusstes Schweigen über den Raum senkte.

Er ging an seinen Platz am Kopfende des Tisches und beherrschte seinen Zorn. Sein Blick wanderte von einem Abtrünnigen zum anderen, und deren Unbehagen wuchs spürbar. „Habt ihr ein Problem? Blau? Falke?"

Blau sah ihn kühn an. „Die Sache mit der Fremden wird schlimmer. Wir müssen handeln."

„Einverstanden." Er wandte sich dem anderen zu. „Falke?"

„Wie mit St. Claire verfahren wurde, war ein Fehler."

Die Gruppe war schockiert. Falke war Vollstreckers größter Unterstützer. Sein Verbündeter von Anfang an, sein Freund.

Der Vollstrecker atmete heftig vor Wut. Er fühlte sich verraten, verbarg es jedoch. „Was hätten wir tun sollen, Falke? Ihr weiter gestatten, den Charakter dieser Stadt zu verändern und deren moralisches Gerüst Stück für Stück einzureißen? Sollten wir ihr gestatten, die Behörden einzuschalten? Hast du vergessen, was wir uns und dieser Gemeinde geschworen haben? Dass wir unsere Ziele niemals aufgeben dürfen?"

Der andere wand sich unter seinem Blick. „Aber wären wir mit ihr verfahren wie sonst auch, hätte niemand was bemerkt. Sie so offen zu erledigen ..."

„Dient anderen als Warnung. Wir werden nicht entdeckt. Das verspreche ich."

Falke schien noch etwas sagen zu wollen, lehnte sich dann jedoch offenbar beruhigt zurück. Der Vollstrecker betrachtete ihn forschend. Er würde privat mit ihm reden müssen. Wenn Falke zum Risiko wurde, musste er aus dem hohen Rat entfernt werden.

„Was ist mit der Reporterin?" fragte Blau.

„Avery Chauvin? Was soll mit ihr sein?"

„Sie hat mit der anderen geredet. Mit der Auswärtigen."

„Und Fragen gestellt", fügte jemand hinzu. „Eine Menge Fragen."

Er zögerte erstaunt. „Sie ist eine von uns!"

„Sie war eine von uns", korrigierte Blau. „Sie war zu lange weg, als dass man ihr vertrauen könnte. Sie ist Teil der liberalen Medien."

„Das ist richtig", bestätigte Falke. „Sie begreift nicht, was uns wichtig ist, was wir zu bewahren versuchen. Andernfalls wäre sie nicht fortgegangen."

Zustimmendes, besorgtes Raunen erklang am Tisch. Stimmen wurden erhoben.

Der Vollstrecker hatte Mühe, seinen wachsenden Zorn zu beherrschen. Obwohl er es nicht sagte, hatte auch er angefangen, an Avery Chauvins Loyalität zu zweifeln. Ihm war nicht entgangen, wie sie herumschnüffelte und sich in Dinge einmischte, die sie nicht verstand.

Er war der Anführer dieser Gruppe, und seine Einschätzung würde man nicht in Frage stellen. Dieses Recht hatte er sich erworben. Wenn er Avery Chauvin zum minimalen Risiko erklärte, würden seine Generäle ihm zustimmen.

Er hob die Hand. Seine Generäle wandten ihm die Gesichter zu. „Muss ich euch erinnern, dass wir nur so stark sind wie der

Glaube an unsere Sache und die Bereitschaft, das Notwendige zu tun? Uneinigkeit ist unser Ende. So war das auch bei unseren Vorgängern."

Er machte eine Pause, um seinen Worten Nachdruck zu verleihen. „Wir sind die Elite, Gentlemen. Die Besten, die Hingebungsvollsten. Wir werden niemandem erlauben – ich werde niemandem erlauben –, uns herabzuwürdigen. Auch unserer Schwester nicht."

Die Generäle nickten. Der Vollstrecker fuhr fort: „Überlasst alles mir. Einschließlich der Reporterin."

31. KAPITEL

Avery hatte erwartet, dass Gwen sich spätestens Donnerstagabend auf ihre Nachricht melden würde. Stattdessen verging auch der nächste Tag ohne ein Wort von ihr, und Avery begann sich Sorgen zu machen. Sie versuchte es erneut und hinterließ noch eine Nachricht.

Als sie sich gerade entschlossen hatte, dem Gästehaus einen Besuch abzustatten, läutete es an der Tür. Überzeugt, es sei Gwen, öffnete sie schnell – und stand Buddy gegenüber.

Er lächelte sie an, doch sie konnte ihre Enttäuschung kaum verbergen. „Hallo, Buddy, was für eine schöne Überraschung."

„Hallo, kleines Mädchen." Er hielt einen Korb in der Hand, der mit einer Serviette abgedeckt war. „Lilah hat mich gebeten, dir das vorbeizubringen."

Schuldbewusst nahm sie den Korb an. „Was ist da drin?"

„Lilahs preisgekrönte Blaubeermuffins."

Als er das sagte, zog ihr bereits der verlockende Duft in die Nase, sodass ihr das Wasser im Mund zusammenlief. „Wie geht es ihr?"

„Besser. Sie tummelt sich wieder in der Küche." Er wischte sich mit einem Taschentuch über den Nacken. „Heiß ist es heute. Angeblich soll es einen Hitzerekord geben."

„Komm herein, Buddy, ich mache dir etwas zu trinken."

„Um ehrlich zu sein, ein eisgekühltes Wasser wäre nicht schlecht."

Er trat ein, und sie winkte ihm, ihr zu folgen. Die Klimaanlage war angesprungen. Auf dem Weg zur Küche sah Buddy sich um und bemerkte die halb leeren Regale und die gestapelten Kisten. „Sieht so aus, als kämst du voran."

„Ja, langsam." Sie holte Eiswürfel aus dem Schrank und gab sie in ein Glas, füllte es mit Wasser auf und reichte es ihm. „Ich verwende nicht so viel Zeit darauf, wie ich sollte. Die Maklerin drängt ein bisschen. Sie hat einen Klienten, der genau so ein Haus sucht."

Buddy trank gierig. „Es ist ein tolles Haus in einer fantastischen Lage. Ich sehe es nicht gern ..."

Er verstummte einen Moment und schob das Glas von einer Hand in die andere. „Hast du mal daran gedacht, das Haus zu behalten und in Cypress Springs zu bleiben? Ich gewöhne mich langsam daran, dich wieder hier zu haben. Wir alle tun das."

Sie war gerührt. Wie konnte sie einerseits so viel Zuneigung zu den Menschen dieser Gemeinde empfinden und sie andererseits so abscheulicher Taten wie Mord bezichtigen? Was war bloß los mit ihr?

„Ich habe viel darüber nachgedacht, aber ich bin noch zu keiner Entscheidung gelangt."

„Kann ich etwas tun, um dich zu beeinflussen?"

„Dass du bist, wie du bist, beeinflusst mich schon." Sie stellte sich auf die Zehenspitzen und gab ihm einen Kuss auf die Wange.

Er errötete vor Begeisterung. „Lilah hat mir gesagt, dass du sie besucht hast."

„Habe ich." Avery schenkte sich ebenfalls ein Glas Wasser ein. „Wir hatten einen netten Plausch."

„Und du hast auch ein bisschen Zeit mit Cherry verbracht."

Ihr Lächeln schwand.

Er sah es und furchte die Stirn. „Was ist los?"

„Nichts. Sie hat sich zu einer verdammt guten Schützin entwickelt. Ich war beeindruckt."

„Ja, das hat sie. Ich glaube, sie wäre eine gute Polizistin geworden."

Avery sah ihn überrascht an. „Hast du sie denn je ermutigt, in den Polizeidienst zu gehen?"

„Habe ich.“ Er seufzte. „Aber du weißt, wie das hier geht. Die Rollenverteilung bei den Geschlechtern ist sehr streng geregelt. Frauen haben zu heiraten und Kinder zu bekommen, und wenn sie einen Beruf ergreifen, dann doch bitte einen weiblichen.“

Wie Catering, aber auf keinen Fall Polizeidienst oder Journalismus. Ihre eigene Mutter hatte sich äußerste Mühe gegeben, ihr das zu vermitteln. „Ich weiß das nur zu gut, Buddy.“

Mitfühlend schaute er sie an. „Du siehst müde aus.“

Sie wandte den Blick ab. „Ich schlafe nicht gut.“ Das stimmte, war aber nicht ihr eigentliches Problem. Der Grund für ihre Schlaflosigkeit machte ihr zu schaffen.

„Das war zu erwarten. Gib dir etwas Zeit, dann wird es besser.“

Sie schwiegen eine Weile, und die Stille wurde nur durch das Klimpern der Eiswürfel im Glas unterbrochen, als Buddy noch einen Schluck trank. „Rickey hat mir erzählt, dass du bei der Gazette vorbeigeschaut hast.“ Als sie ihn ansah, senkte er kurz den Blick und fragte: „Hast du die Antworten bekommen, die du gesucht hast?“

Rickey hatte also Buddy angerufen. Er wusste, wonach sie suchte und dass sie sich nach der Gruppe Die Sieben erkundigt hatte.

Wahrscheinlich wusste er auch von ihren Gesprächen mit Ben Mitchell und Dr. Harris. In einer Kleinstadt blieb nichts geheim.

Das stimmt nicht ganz. Diese Stadt hat ein Geheimnis bewahrt, ein großes sogar.

„Rede mit mir, Avery. Was ist los? Ich kann dir nicht helfen, wenn ich nicht weiß, was vor sich geht.“

Sie dachte an den Rat ihres Redakteurs, sich an Menschen zu wenden, denen sie traute.

„Buddy, kann ich ... dir eine Frage stellen?"

„Du kannst mich alles fragen, Kleines, jederzeit."

„Ich habe mit Ben Mitchell gesprochen, dem Brandsachverständigen aus dem Büro des Feuermarshalls. Er hat etwas gesagt, das mich beunruhigt."

„Und?"

Sie atmete tief durch. „Er hat einen von Dads Hausschuhen auf dem Weg zwischen Haus und Garage gefunden. Er vermutete, dass er den anderen Schuh am Fuß trug und er verbrannt ist. Kannst du das bestätigen?"

Buddy zog nachdenklich die Stirn kraus. „Ich erinnere mich. Wenn du es genau wissen willst, können wir in meinem Bericht nachsehen."

„Ist das nicht ..." Sie dachte einen Moment nach und suchte nach den richtigen Worten. „Scheint dir daran etwas merkwürdig zu sein?" Da er sie verständnislos ansah, stieß sie einen leisen, resignierten Laut aus. „Offenbar nicht."

„Ich verstehe nicht. Woran denkst du?"

„Ich weiß nicht. Ich ..."

Das ist gelogen. Natürlich weiß ich es.

Sag es, Avery. Werde es endlich los.

„Ich glaube nicht, dass Dad sich selbst umgebracht hat."

Der Verdacht mit all seiner weitreichenden Bedeutung schien schwer auf Buddy zu lasten, und er schwieg eine Weile. Schließlich fragte er besorgt: „Wegen dieser Hausschuhsache?"

„Ja. Und weil ich Dad kannte. Er hätte sich nicht das Leben nehmen können."

„Avery ..."

Sie hörte den mitleidigen Unterton und wappnete sich dagegen. „Du hast ihn auch gekannt, Buddy. Er liebte das Leben und schätzte es hoch. Dad hätte das unmöglich tun können."

„Dir ist schon klar“, erwiderte er vorsichtig, „dass du damit andeutest, er sei ermordet worden?“

Die Wangen wurden ihr warm, und sie kam sich plötzlich töricht vor. Doch sie nickte stumm.

„Zweifelst du an der Gründlichkeit meiner Ermittlungen?“

„Nein. Aber dir hätte etwas entgehen können. Dr. Harris hätte etwas entgehen können.“

„Ich lasse dir meinen Bericht zukommen, falls dir das hilft.“

„Das wäre sehr nett, Buddy. Danke.“

Er schwieg noch eine Weile und seufzte dann tief, als sei er zu einem Entschluss gelangt. „Warum tust du das, kleines Mädchen?“

„Bitte?“

„Dein Dad ist tot. Er hat sich umgebracht. Nichts holt ihn wieder zurück.“

„Ich weiß, ich will nur ...“

„Wir lieben dich. Du gehörst hierher zu uns. Du bist eine von uns. Spürst du das denn nicht?“

Tränen stiegen ihr in die Augen. Die Menschen von Cypress Springs waren ihre Freunde. Ihr war hier nichts als Freundlichkeit widerfahren. Man hatte sie vorbehaltlos wieder aufgenommen. Die Stevens’ waren ihre zweite Familie – und jetzt sogar ihre einzige.

Wieder hier zu sein, war ein gutes Gefühl. Zum ersten Mal seit langer Zeit hatte sie den Eindruck, irgendwohin zu gehören. Sie wollte das nicht aufgeben.

Das sagte sie ihm, den Tränen nahe. „Wenn ich seinen Tod nur akzeptieren könnte. Wenn ich mich nur nicht so ...“ Sie brach ab, unsicher, wie sie sich ausdrücken sollte. Ja, wie fühlte sie sich eigentlich? Verwirrt, irritiert, schuldig?

Ich fühle mich von Schuldgefühlen zerfressen.

Buddy stellte sein Glas auf den Tresen, kam zu ihr und legte ihr beide Hände auf die Schultern. Sie sah ihn mit tränenfeuchten Augen an. „Du bist nicht verantwortlich für den Tod deines Vaters. Es war nicht deine Schuld."

„Aber warum ... wie hat er so etwas tun können?"

Er verstärkte den Druck seiner Hände. „Avery, du wirst vielleicht nie genau wissen, was passiert ist. Er ist von uns gegangen, und wir können nicht nachvollziehen, was in ihm vorgegangen ist. Nimm es hin und versuche, dein Leben weiterzuleben."

„Ich weiß nicht, ob ich das schaffe", erwiderte sie hilflos. „Ich möchte es so gern, aber ..."

„Lass dir Zeit, tu dir Gutes und halte dich fern von Leuten wie Gwen Lancaster. Sie hat nicht dein Wohl im Sinn. Sie ist labil."

Avery dachte an Gwen, an ihre Vorwürfe, ihre Verzweiflung und an die Diskussion vor dem Azalea Café.

„Matt macht sich auch Sorgen um dich", fuhr Buddy fort. „Er arbeitet rund um die Uhr an dem Fall des vermissten Luke McDougal. Der war übrigens nicht der Erste, vor ein paar Monaten ist schon ein Mann verschwunden."

„Tom Lancaster."

„Ja." Er ließ die Hände sinken und trat zurück. „Die Fälle gleichen sich zu sehr, um nicht miteinander in Verbindung zu stehen. Und dann nach nicht allzu langer Zeit der Mord an dieser St. Claire. Es ist vielleicht weit hergeholt, da eine Verbindung zu sehen, aber wir ermitteln in alle Richtungen. Schließlich passieren solche Sachen eigentlich nicht in Cypress Springs."

„Aber andere schon."

„Wie bitte?"

„Ist dir nicht die hohe Zahl von Todesfällen in den letzten acht Monaten aufgefallen? Unfälle und Selbstmorde?"

Er furchte nachdenklich die Stirn. „Jede Stadt hat ihr Maß an Unfällen. Jede Stadt hat ..."

„Was war mit Pete Trimble? Er war immer Farmer. Wie kann so jemand unter seinen Traktor fallen?"

„Wir haben eine fast leere Flasche Whiskey in der Traktorkabine gefunden. Sein Blutalkoholspiegel war enorm hoch."

„Und was war mit Dolly Farmer? In der Gazette stand, sie hat sich aufgehängt. Nach allem, was ich gelesen habe, hatte sie doch alles, wofür es sich zu leben lohnt."

„Ihr Mann war mit seiner jungen Sekretärin durchgebrannt. Das hat die Gazette nicht geschrieben."

„Und was war mit Sal?"

„Jemand, der nicht mit einem Gewehr umgehen konnte, hat ihn erschossen. Irgendein Sonntagsjäger verwechselte ihn mit einem Stück Wild. Als er seinen Irrtum erkannte, flüchtete er."

„So viele Tote, Buddy!" Sie hörte selbst ihren hysterischen Unterton. „Wie kann es plötzlich so viele Tote geben?"

„So ist das Leben, Kleines", tröstete er leise. „Menschen sterben nun mal."

„Aber so viele, so tragisch, in so kurzer Zeit!"

Er nahm ihre Hände und drückte sie. „Hättest du einen dieser Unfälle für sonderbar gehalten, wenn nicht die Sache mit deinem Vater passiert wäre? Wäre dir ohne die Fantasiegebilde einer trauernden Frau einer dieser Todesfälle verdächtig vorgekommen?"

Meinst du mit dieser Frau Gwen Lancaster oder mich?

Mein Gott, wie weit bin ich gegangen?

Sie bekämpfte ihre Tränen, doch eine rollte ihr über die Wange.

Buddy zog sie an sich und legte seine starken Arme um sie. „Gwen Lancaster trauert. Ihr Bruder ist verschwunden und sehr wahrscheinlich tot. Sie tut mir wirklich Leid. Ich weiß, wie schmerzlich es ist, den besten Freund zu verlieren. Wie muss sie sich da erst fühlen."

Er wich ein kleines Stück zurück und sah ihr in die Augen.

„Trauernde glauben manchmal an Dinge ... oder steigern sich in etwas hinein, was einfach nicht stimmt. Sie versuchen so, den Schmerz über den Verlust zu dämpfen, das eigene Handeln zu rechtfertigen oder die eigene Schuld abzumildern. Vertraue den Menschen, die du liebst und die dich lieben. Nicht irgendeiner Frau, die du kaum kennst."

Er wischte ihr mit dem Daumen die Träne von der Wange. „Das hier ist eine kleine Stadt, Avery. Die Menschen sind schnell aufgebracht. Hör auf, dich wie die knallharte Reporterin aus der Großstadt aufzuführen, oder sie vergessen, dass du eine von uns bist und behandeln dich wie eine Fremde. Das willst du doch nicht, oder?"

Verwirrt erkannte sie, dass seine sanft gesprochenen Worte deutlich nach einer Drohung klangen. Das war eine Warnung, aufzuhören und sich zu fügen. „Ich verstehe nicht. Soll das heißen ...?"

„Das war nur ein freundschaftlicher Rat, Kleines, mehr nicht. Ich wollte dich lediglich daran erinnern, wie die Leute hier draußen so sind." Er drückte ihr einen Kuss auf die Stirn und ließ sie los. „Du gehörst zur Familie, Avery. Und ich möchte nur, dass du glücklich bist."

32. KAPITEL

Nachdem Buddy fort war, stand Avery noch eine Weile an der Haustür. Wie betäubt starrte sie ins Leere und ließ sich durch den Kopf gehen, was Buddy gesagt hatte.

Sie musste sich ernsthaft fragen, ob sie Gwens Anschuldigungen überhaupt Gehör geschenkt hätte, wenn sie nicht durch den Tod des Vaters in einem seelischen Ausnahmezustand gewesen wäre. Sals Tod war einer dieser fürchterlichen Unfälle, die einen fragen ließen: warum nur? Dolly Farmer war das Opfer einer sich auflösenden Beziehung, und Pete Trimble gehörte in die Trunkenheitsstatistik.

Doch was glaubte sie selbst eigentlich? Sie rieb sich die schmerzenden Schläfen. Wie hatte sie sich so leicht beeinflussen lassen können? Sie unterstellte den Bürgern von Cypress Springs Konspiration und Mordgelüste und war vielleicht nur von einer psychisch labilen Frau aufgehetzt worden. So etwas sah ihr überhaupt nicht ähnlich, denn sie ging stets nüchtern an Fakten heran, traf ihre Entscheidungen und plante sorgsam die nächsten Schritte.

Avery ließ die Hände sinken. War das der Anfang eines Nervenzusammenbruchs? Eine leichte Verwirrung, ein Tränenausbruch, wachsende Unentschlossenheit und das Gefühl unterzugehen?

Da ihr bewusst wurde, dass sie die Arbeit der Klimaanlage torpedierte, schloss sie die Tür und ging in die Küche zurück. Ihr Blick fiel auf Buddys fast leeres Wasserglas.

Was wollte sie überhaupt?

Sie wollte den Menschen ihrer Umgebung trauen, und zugleich wollte sie nicht glauben, dass ihr Vater Selbstmord begangen hatte. Darin lag ihr Konflikt.

Das Telefon klingelte. Sie wandte sich ihm zu, ohne den Hörer abzunehmen. Es läutete neunmal, dann wurde aufgelegt, doch gleich darauf klingelte es wieder. Jemand wollte offenbar dringend mit ihr reden.

Sie hatte schon einmal einen Anruf nicht angenommen – und dann war es zu spät gewesen.

Sie hechtete zum Apparat und nahm den Hörer auf. „Hallo?"

„Avery? Hier ist Gwen."

Nein, nicht ausgerechnet jetzt! Sie bezwang den Drang, den Hörer auf die Gabel zu knallen.

„Ich habe gerade Ihre Nachricht erhalten. Ich war in New Orleans bei meiner Mutter." Sie machte eine Pause. „Avery? Sind Sie noch da?"

„Ja, ich bin hier."

„Wir sollten uns so schnell wie möglich treffen. Wann können Sie ..."

„Tut mir Leid, Gwen. Ich kann im Moment nicht."

„Alles in Ordnung mit Ihnen?"

Ja, falls es in Ordnung ist, kurz vor einem Zusammenbruch zu stehen. „Sicher. Es ... es ist nur kein günstiger Zeitpunkt."

„Sind Sie allein?"

Avery spürte Gwens Sorge um sie und konnte sich denken, was sie vermutete. „Ja."

„Sie klingen merkwürdig."

„Ich glaube, ich habe einen Fehler gemacht."

„Einen Fehler? Ich verstehe nicht."

„Ich kann da nicht mitmachen. Ich fühle mit Ihnen, Gwen. Ich weiß, wie schwer es ist, einen geliebten Menschen zu verlieren. Aber ich kann nicht auf Grund Ihrer weit hergeholten Anschuldigungen aktiv werden."

„Weit hergeholt? Aber ..."

„Es tut mir Leid."

„Ich bin ganz allein. Ich brauche Ihre Hilfe!“ beschwor sie Avery mit erhobener Stimme. „Bitte helfen Sie mir, den Mörder meines Bruders zu finden!“

Avery kniff die Augen zusammen. Die Verzweiflung und der Schmerz in Gwens Stimme gingen ihr unter die Haut.

Vertraue den Menschen, die du liebst und die dich lieben.

„Ich wünschte, ich könnte Ihnen helfen, Gwen. Mir bricht fast das Herz, wenn ich an Sie denke, aber ...“

„Bitte, ich habe sonst niemanden!“

Sie merkte, wie sie in ihrem Entschluss schwankte, und wappnete sich vor ihrem Mitgefühl. „Ich kann jetzt wirklich nicht darüber reden, tut mir Leid.“

Avery legte auf und atmete zitternd tief durch. Sie hatte das Richtige getan. Schmerz verzerrte die Realität, sowohl Gwens Schmerz wie auch ihrer. Gwen hatte ihre ganze Energie auf diese Verschwörungstheorie gerichtet, um ihr Leid zu lindern und nicht trauern zu müssen.

Und ihr ging es nicht viel anders.

Wieder läutete das Telefon. Gwen, um mich zu überreden. So gern sie dieser Frau auch ausgewichen wäre, sie musste sich ihr stellen. Das war die Bedingung, um wieder vernünftig zu werden.

Sie nahm den Hörer auf und begann ohne Einleitung: „Hören Sie, Gwen, ich weiß nicht, wie deutlich ...“

„Wie fühlt man sich als Tochter eines Lügners und Mörders?“

Ihr Atem entwich zischend. „Wer spricht da?“

„Jemand, der die Wahrheit kennt“, erwiderte die Frau und lachte unangenehm auf. „Und es gibt nicht mehr viele von uns. Wir sterben wie die Fliegen.“

„Sie sind eine Lügnerin!“ wetterte Avery. „Mein Vater war ein Ehrenmann. Der ehrlichste Mensch, der mir je begegnet ist. Er war kein Feigling, der Angst hatte, sein Gesicht zu zeigen.“

„Ich bin kein Feigling. Du …“

„Und ob Sie ein Feigling sind, wenn Sie sich hinter Lügen und anonymen Telefonanrufen verstecken und einen Mann beschuldigen, der sich nicht wehren kann.“

„Und was ist mit meinen Jungs?“ schrie sie. „Sie konnten sich auch nicht wehren, und es war allen egal!“

„Ich weiß nicht, wer Ihre Jungs sind, also kann ich dazu nichts sagen.“

„Waren!“ korrigierte sie böse. „Sie sind tot, alle beide. Und Ihr Vater ist einer der Schuldigen.“

Avery musste sich beherrschen, um ihn nicht automatisch zu verteidigen. Sie wollte kühl bleiben und die Frau provozieren, damit sie sich zu erkennen gab. „Wenn Sie einen Beweis hätten, dass mein Dad ein Mörder war, würden Sie sich nicht hinter anonymen Telefonaten verstecken. Wenn ich die Namen Ihrer Söhne kennen würde, wäre ich vielleicht eher geneigt zu glauben, dass Sie keine bemitleidenswerte Irre sind.“

„Donny und Dylan Pruitt!“ spie sie aus. „Sie haben Sallie Waguespack nicht umgebracht. Sie kannten sie nicht mal.“

Der Waguespack-Mord.

Mein Gott, der Karton mit den Zeitungsartikeln!

Averys Hand begann zu zittern, und sie umklammerte den Hörer fester. „Was hatte mein Vater damit zu tun? Was wollen Sie mit Ihren Anschuldigungen sagen?“

„Dein Dad hat geholfen, den wahren Täter zu decken“, stieß die Frau zornig aus. „So viel zum ehrlichsten Menschen, der dir je begegnet ist.“

„Das ist nicht wahr! Sie lügen!“

„Warum, glaubst du, kam die Sache nicht vor Gericht? Weil meine Jungs es nicht waren. Sie sind reingelegt worden. Vor Richter und Geschworenen wäre das alles nicht durchgekommen. Und die ganze Bande von heuchlerischen Ehrenmännern wäre in den Knast gewandert."

„Wenn Sie Beweise haben, zeigen Sie sie mir."

„Ich habe Beweise, viele sogar."

„Klar doch."

Averys Sarkasmus machte die Frau wütend. „Zur Hölle mit dir und deinem toten Daddy. Du bist wie die andern verlogenen Bastarde. Ich sag dir, was ich habe, und du schickst mir die Behörden auf den Hals."

Avery versuchte es auf eine andere Tour. „Warum, glauben Sie, habe ich Cypress Springs verlassen? Ich gehöre nicht zu denen. Ich habe nie dazugehört." Sie ließ ihre Worte einen Augenblick wirken. „Wenn Ihre Anschuldigungen stimmen, bringe ich die Sache in Ordnung."

„Was is' für dich dabei drin?"

„Ich wasche den Namen meines Vaters rein."

Als die Frau schwieg, fuhr Avery eindringlich fort: „Sie wollen Gerechtigkeit für Ihre Jungs?"

„In dieser Stadt? In dieser Stadt gibt es keine Gerechtigkeit für einen Pruitt. In Cypress Springs gibt es überhaupt keine Gerechtigkeit."

„Zeigen Sie mir, was Sie haben", wiederholte Avery. „Sollten Sie Beweise haben, setze ich mich für Ihre Söhne ein. Das verspreche ich."

Die Frau schwieg wieder einen Moment. „Nicht am Telefon", sagte sie schließlich. „Wir treffen uns heute Abend." Sie nannte rasch eine Adresse und legte auf.

33. KAPITEL

Der Wohnwagenpark ‚Magnolia Acres' lag an der Südseite von Cypress Springs, gleich außerhalb der Stadtgrenze. Avery bog in den Park ab und bemerkte, dass die Sicherheitsleuchte am Eingang nicht brannte.

Vielleicht von Jugendlichen zerschossen, dachte sie, als sie merkte, dass auch alle anderen aus waren.

Langsam rollte sie die Straße hinunter und hatte Mühe, die Hausnummern zu erkennen. Nicht mal die Dunkelheit dämpfte den öden Eindruck der Gegend. Das einzig Positive an diesem Park war vielleicht, dass jedem Wagen ein großes Grundstück zustand. Von Unkraut überwuchert, wirkten sie dennoch verlottert.

Sie fand Nummer 12, parkte davor und stieg aus. Von mehreren Seiten dröhnte Musik auf sie ein: Rap, Rock und Country. Im Nachbarwohnwagen stritt sich ein Paar. Ein Kind schrie.

Avery schlug die Autotür zu und ging auf den Wohnwagen zu. Dabei ließ sie den Blick über die Umgebung schweifen und nahm Details wahr. Abgestorbene Blumen in einem einzelnen Balkonkasten. Der klägliche Versuch einer Gartengestaltung: ein paar Büsche, die dringend geschnitten werden mussten, Unkraut, eine Steinbegrenzung, halb überwuchert. Drei Stufen führten zur Eingangstür. Auf der oberen saß ein Betonfrosch.

Als sie näher kam, bemerkte sie, dass die Tür leicht angelehnt war. Licht drang nach draußen und der Geruch nach Gebratenem.

Sie klopfte an, und die Tür schwang auf. „Mrs. Pruitt!" rief sie. „Ich bin es, Avery Chauvin!"

Keine Antwort. Sie klopfte erneut und rief noch einmal, diesmal lauter.

Wieder nur Stille.

Avery trat ein. Im Wagen herrschte Chaos. Umgeworfene Möbel, verstreute Zeitungen und Essensschälchen. Eine Lampe lag flackernd auf der Seite. Averys Blick fiel auf einen dunklen Fleck an der hinteren Wand.

Neugierig ging sie darauf zu. Im Nebenzimmer erklang aus dem Radio der Klassiker ‚Strangers in the Night'. Avery lachte nervös, da der Song auf eigenartige Weise angemessen war.

Sie erreichte die Rückwand, betrachtete den Fleck und berührte ihn. Er war feucht. Sie besah ihren Finger. Rot.

Mit wachsendem Entsetzen drehte sie sich langsam nach links. Durch die Küchentür sah sie eine Frau, die ausgestreckt am Boden lag, den Rücken ihr zugewandt.

„Mrs. Pruitt?"

Voller Angst ging sie langsam zu ihr und hockte sich neben sie. Vorsichtig streckte sie eine Hand aus und berührte sie an der Schulter.

Die Frau rollte auf den Rücken. Ihre Augen waren geöffnet, doch vor allem ihr Mund erregte Averys Aufmerksamkeit – er war blutverschmiert und grotesk verzerrt.

Mit einem Aufschrei wich Avery zurück, glitt auf dem feuchten Boden aus, verlor das Gleichgewicht und landete auf dem Hinterteil. Blut, überall Blut. Sie war darin ausgerutscht, hatte sich damit beschmiert und es über den Boden verteilt.

Ein Laut machte sie wieder auf die Frau aufmerksam, die Augenlider und Mund bewegte.

Sie lebte und versuchte zu sprechen!

Avery richtete sich auf und kroch näher heran. Mit Herzklopfen hockte sie sich neben die Frau und beugte den Kopf herunter. Ein unartikulierter Laut kam über die Lippen der Verletzten, kaum mehr als ein Gurgeln.

„Was?" fragte Avery eindringlich und sah sie forschend an. „Was wollen Sie mir sagen?"

Der blutige Mund bewegte sich wieder. Die Frau tastete nach Averys Hand und hielt sie fest.

In diesem Augenblick ertönten vom Eingang her Schritte. Avery erstarrte und blickte dann gehetzt zur Tür. Ihr Herz raste. Der Täter kann noch hier sein!

Wieder ein Geräusch. Entsetzt sprang sie auf und sah sich hektisch um.

Keine Hintertür. Nur ein kleines Fenster über dem Spülbecken. Kein Fluchtweg.

Ihr Blick fiel auf das Telefon, und sie hechtete hinüber.

„Polizei!“

Avery fuhr herum und starrte in den Lauf einer Waffe. Ein Aufschrei der Erleichterung blieb ihr im Halse stecken.

„Hände hoch!“ befahl der Deputy des Sheriffs mit eiserner Stimme. Sie gehorchte. Die Waffe auf Avery gerichtet, beugte er sich herab und tastete nach dem Puls der Frau am Boden.

„Sie lebt!“ sagte Avery, einer Hysterie nahe. „Sie wollte mir etwas sagen, als ich Sie hörte. Ich dachte, Sie wären der ... der das hier getan hat.“

Er nahm sein Funkgerät, meldete den Vorfall und beorderte eine Ambulanz herbei, ohne Avery aus den Augen zu lassen oder die Waffe zu senken.

„Umdrehen. Hände gegen die Wand!“

Sie tat wie befohlen und hörte bereits Sirenen in der Ferne. Die blutigen Hände hinterlassen Abdrücke an der Wand, dachte sie und hätte am liebsten laut geschrien.

Der Officer trat hinter sie. „Beine auseinander!“

„Sie haben einen völlig falschen Eindruck. Ich habe die Frau so gefunden.“ Als sie sich leicht drehte, um ihm das zu sagen, presste er sie mit einer Hand zwischen den Schulterblättern flach gegen die Wand, die Waffe an ihrem Kopf.

„Zurück, Jones! Sofort!“

Der Deputy befolgte Matts Aufforderung. Er ließ die Hände sinken und trat zurück.

„Matt!“ Avery lief verzweifelt zu ihm, und er schloss sie in die Arme.

„Alles in Ordnung, Liebes?“

Zitternd klammerte sie sich an ihn und nickte, die Augen voller Tränen. „Die Frau ... ist sie ... ich dachte, ich habe ein Geräusch gehört und ...“ Sie presste das Gesicht an seine Schulter. „Ich dachte, der Täter wäre noch hier.“

Er drückte sie an sich. „Deputy Jones?“

„Ich erhielt einen Anruf von Nachbarn. Sie hatten etwas gehört, das wie ein Schuss klang. Als ich ankam, stand die Tür offen, und der Wagen war durchwühlt. Ich telefonierte nach Unterstützung und bin hineingegangen. Da fand ich die Verdächtige neben dem Opfer knien.“

„Ich habe sie so gefunden!“ Avery blickte zu Matt auf. „Die Tür stand offen. Ich habe die Frau gerufen. Sie hat nicht geantwortet, also bin ich eingetreten. Ich ...“

Die Sanitäter kamen, unterbrachen sie, indem sie sich Anweisungen zuriefen, und drängten sie und Matt zur Tür. Hinter ihnen warteten einige Deputys, um den Tatort zu untersuchen, sobald die Sanitäter ihr Okay geben würden.

Matt führte sie, eng an sich gezogen, aus der Küche durch den Wohnraum. Als sie über die Schwelle nach draußen trat, stieß sie mit dem Fuß gegen den Betonfrosch, der in den Garten kullerte. Sie stiegen die Stufen hinab und gingen zu zwei altersschwachen Gartenstühlen neben einem Plastikplanschbecken. Der Bereich um den Wohnwagen war bereits großräumig mit gelbem Band abgesperrt. Ein Deputy stand Wache und behielt die Nachbarn im Auge, die herausgekommen waren, um zu gaffen.

„Setz dich“, sagte Matt. „Ich muss wieder hinein. Aber warte hier, wir müssen dich noch befragen.“ Forschend betrachtete er sie. „Alles okay?“

Sie nickte. „Ja, es geht schon wieder.“

Er drückte ihr die Hände und wandte sich an den Deputy. „Sorgen Sie dafür, dass sie nicht belästigt wird. Wenn es Probleme gibt, rufen Sie mich.“

Avery sah ihn davongehen und hatte das Gefühl, allein gelassen zu werden. Fast hätte sie ihn zurückgerufen, ließ sich jedoch in den Sessel sinken, und der geflochtene Sitz gab gefährlich nach.

„Alles in Ordnung mit Ihnen?“

Sie blickte zu dem Deputy mit dem Babygesicht auf. Er schien kaum alt genug, um nach zweiundzwanzig Uhr noch auf der Straße sein zu dürfen, geschweige denn, eine Waffe zu tragen.

Sie nickte. „Diese Frau ... ist das Trudy Pruitt?“

Ihre Frage schien den Jungen zu verblüffen, was angesichts der Umstände nicht überraschte. Er antwortete dennoch. „Ja, ja. Sie kellnert drüben im Hard Eight.“

In der Poolhalle.

Avery schlang die Arme um sich und wurde das Bild der Verletzten nicht los. Der leere Blick, der schlaffe Mund, die Finger, die nach ihr tasteten.

Sie presste die Augen fest zusammen, um die Erinnerung zu verdrängen, doch es half nicht. Erneut sah sie, wie sich der blutige Mund bewegte, und spürte den schwachen Atem an ihrer Wange. Blut überall.

Die Sanitäter kamen heraus. Avery hörte es und öffnete die Augen. Einer der Männer sah zu ihr hin, bedauernd, fast entschuldigend.

Einen Augenblick hielt sie den Atem an. Keine Trage. Man brauchte wohl keine Trage für Trudy Pruitt.

Die Männer gingen an ihr vorbei, kletterten in den Ambulanzwagen und schlugen die Türen zu. Endgültig.

„Avery?"

Sie drehte sich um. Matt stand in der Wohnwagentür. Sie erhob sich, und er kam auf sie zu.

„Sie hat es nicht geschafft", sagte sie, als er bei ihr war.

„Nein."

Er nahm ihre Hände. „Avery, was tust du hier?"

Verwirrt blinzelte sie. „Wie bitte?"

„Warum bist du heute Abend hergekommen?"

„Wegen dieser Frau, Trudy Pruitt. Sie sagte, sie hätte Beweise ... wegen meines Vaters und Sallie Waguespack."

Matt runzelte die Stirn. „Avery, Liebes, du redest konfus. Erzähl von Anfang an."

Sie atmete tief durch, um Panik und Verwirrung zu beherrschen. „Ich muss mich setzen."

Er nickte, und sie nahm wieder Platz. Matt zog sich den zweiten Sessel heran, setzte sich ihr gegenüber hin und holte seinen Notizblock heraus. „Fertig?"

Avery nickte. „An demTag, als Dad beerdigt worden ist, erhielt ich einen anonymen Anruf von einer Frau. Sie sagte, Dad habe bekommen, was er verdiente. Und ich käme auch noch dran. Dann legte sie auf."

Matt schaute sie eindringlich an. „War das die Anruferin, von der du mir neulich erzählt hast, als McDougals Wagen in Tillers Teich entdeckt wurde?" Sie nickte. „Weiter."

„Sie rief heute Nachmittag wieder an und sagte, Dad habe geholfen, einen Mord zu vertuschen."

„Den Mord an Sallie Waguespack."

„Ja. Sie nannte Dad einen Lügner und Mörder."

„Und diese Frau war Trudy Pruitt."

„Ja. Sie hatte angeblich Beweise für ihre Behauptung. Die wollte sie mir heute Abend zeigen.“

„Hat sie dir gesagt, dass ihre Söhne ...“

„Sie war überzeugt, sie hätten es nicht getan. Ihrer Ansicht nach waren sie hereingelegt worden.“

Er fuhr sich mit einer Hand über das Gesicht. „Verdammt, Avery. Warum hast du mich nicht informiert? Trudy Pruitt proklamiert seit fünfzehn Jahren die Unschuld ihrer Söhne. Zweimal hat sie Detektive beauftragt, die Beweise unter die Lupe zu nehmen, aber keiner konnte andere Täter als Donny und Dylan ausmachen. Trudy Pruitt war vor und nach dem Tod ihrer Söhne alkohol- und drogenabhängig. Sie hat ihr Leben entweder im Gefängnis oder der Rehabilitation verbracht. Sie war eine verzweifelte, verbitterte und unglückliche Frau.“

Avery faltete die Hände. „Warum richtete sich ihr Zorn gegen meinen Dad und gegen mich? Weshalb hatte sie es auf uns abgesehen, Matt?“

„Warum tut jemand wie Trudy Pruitt etwas? Ich vermute, dass die Totenwache und die Beerdigung deines Dad bei ihr Erinnerungen geweckt haben. Die überwältigende Zuneigung und Unterstützung, die dir von Seiten der Gemeinde zuteil wurde, hat wahrscheinlich ihre Verbitterung verstärkt. Leider werden wir nie mehr erfahren, welches Motiv sie hatte.“

Weil sie ermordet wurde!

Das ganze Ausmaß dieser Behauptung traf sie plötzlich wie ein Schlag. Elaine St. Claire, Luke McDougal, Tom Lancaster und jetzt Trudy Pruitt.

„Wer tut so etwas, Matt?“

„Ich weiß es nicht“, erwiderte er finster. „Noch nicht. Ich brauche deine Hilfe, Avery.“

„Wie? Was kann ich tun?“

„Du musst mir ganz genau erzählen, was heute Nacht passiert ist. Was du gehört und gesehen hast. Jedes Detail, gleichgültig, wie unwichtig es dir erscheint."

„Also gut." Sie überlegte einen Moment und begann mit ihrer Ankunft am Wohnwagenpark gegen 22 Uhr. „Mir ist aufgefallen, wie dunkel es im Park war. Nirgendwo brannte eine Sicherheitsleuchte."

Er notierte es. „Ist dir auf dem Weg hinein ein anderes Fahrzeug begegnet?"

Sie schüttelte den Kopf. „Ich fand Mrs. Pruitts Wagen und bin ausgestiegen. Ich hörte Musik aus mehreren Richtungen."

„Woher kam sie?"

„Ich weiß nicht genau, vermutlich aus anderen Wohnwagen. Nebenan stritt sich ein Paar, und ein Kind weinte."

„Bist du sicher, dass es von nebenan kam?"

Avery blickte zum nächsten Wohnwagen. In der Tür standen ein Mann, eine Frau und ein Kind. „Ziemlich sicher."

Wieder notierte er sich etwas. „Was geschah in Trudy Pruitts Wagen?"

„Die Tür stand halb offen. Ich klopfte an und rief nach Mrs. Pruitt. Als sie nicht antwortete, steckte ich den Kopf zur Tür herein und rief noch einmal." Sie schloss die Augen. „Im Wohnraum war ein heilloses Durcheinander. Zuerst dachte ich, sie wäre nur schlampig, dann entdeckte ich das Blut an der hinteren Wand. Bis dahin habe ich nicht gedacht, dass etwas nicht in Ordnung sein könnte." Sie atmete zitternd durch. „Und dann sah ich sie da liegen."

„Hast du etwas angefasst?"

Einen Augenblick dachte sie nach. „Das Blut an der Wand, ehe ich erkannte, was es war."

„Mach weiter."

„Ich bin zu der Frau gegangen, habe sie an der Schulter berührt, und da rollte sie auf den Rücken."

„Sie lag auf der Seite?"

„Ja. Sie versuchte, mit mir zu reden."

Er merkte auf. „Was hat sie gesagt?"

Averys Augen schwammen in Tränen. „Sie konnte nicht ... ich konnte sie nicht verstehen. Ich habe ein Geräusch gehört ... und bekam Angst. Ich dachte, der Täter wäre noch im Wohnwagen, und dann ..." Sie hatte Mühe, die Fassung zu bewahren. „Ihre Hand ... sie ..."

Avery blickte auf ihre Hände hinab. Die Finger ihrer Rechten waren blutig. „Sie hat meine Hand berührt. Sie wollte meine Aufmerksamkeit und mir etwas Wichtiges mitteilen."

„Vielleicht war es auch nur die Suche nach menschlichem Kontakt", erwiderte er tröstend. „Sie lag im Sterben, Avery."

„Das werden wir nie erfahren."

„Hast du noch etwas anderes gehört außer Deputy Jones?"

„Das Radio lief."

„Sonst noch was?"

Sie konnte den Blick nicht von ihren blutbefleckten Fingern reißen. „Nein, das war alles."

„Falls dir noch etwas einfällt, ruf mich an. Auch wenn es dir unwichtig erscheint." Er klappte sein Notizbuch zu. „Versprochen?"

„Versprochen."

„Avery?" Sie sah auf. „Ruf mich, wenn du etwas brauchst. Und wenn es nur jemand zum Reden ist. Ich bin für dich da. Daran solltest du immer denken."

Sie war gerührt. „Danke, Matt."

„Einer meiner Deputys soll dir bis nach Haus folgen. Fühlst du dich gut genug, um selbst zu fahren?"

Sie bejahte. Er rief einen seiner Deputys heran und gab ihm Anweisungen, ehe er sie zu ihrem Wagen begleitete.

„Ich war vorhin bei dir zu Hause und habe dir etwas vor die Tür gelegt."

„Für mich?"

„Nach diesem Ereignis wünschte ich allerdings ... Mein Timing ist nicht das beste." Er öffnete ihr die Autotür. „Ich rufe dich morgen an."

Sie fand Matts Geschenk auf der Türschwelle – ein wunderschönes Frühlingsbouquet. Auf der Karte stand:

Denke an uns, wie wir unter den Sternen tanzen. Matt.

Avery lachte leise, fast hysterisch auf.

34. KAPITEL

Avery schlief wenig in dieser Nacht. Sobald sie die Augen schloss, sah sie Trudy Pruitt in einer roten Lache liegen, die Augen flehentlich aufgerissen, der blutverschmierte Mund in Bewegung.

Schließlich gab sie es auf, stieg aus dem Bett und machte sich eine Kanne Kaffee. Sie holte den Karton mit den Zeitungsartikeln und versuchte etwas zu finden, das auf die Vertuschung eines Mordes hinwies.

Doch die Artikel blieben unergiebig.

Was hatte Trudy ihr sagen wollen? Besaß sie wirklich Beweise für die Verstrickung ihres Vaters in irgendwelche Vertuschungsversuche, oder stimmte Matts Theorie, dass sie tatsächlich nur dem Gerede einer labilen Trunksüchtigen aufgesessen war, die lediglich ihre Verbitterung an ihr auslassen wollte?

Avery schaute auf den Karton. Verdammt, wenn es diese Sammlung nicht gäbe, könnte sie Matts Worten Glauben schenken.

Warum, Dad? Warum hast du das alles gesammelt?

Es gab nur einen Menschen, der ihr vielleicht doch weiterhelfen konnte, und das war Buddy.

Fünfundzwanzig Minuten später stand sie vor seinem Haus und läutete. Hoffentlich war er noch nicht zur Kirche gegangen. Wenn sie sich recht entsann, besuchten die Stevens' immer den späten Gottesdienst. Heute auch, wie sie feststellte, als Lilah die Tür öffnete.

„Avery! Ich habe gehört, was passiert ist. Alles in Ordnung mit dir?“

Sie nickte. „Ich bin nur ein bisschen durcheinander. Ist Buddy da?“

„Ja, und Matt auch. Wir frühstücken gerade.“

„Entschuldige, ich hätte vorher anrufen sollen."

„Unsinn." Lilah zog sie an den Händen ins Haus. Drinnen roch es nach gebratenem Schinken und Brötchen. „Komm nur. Ich lege ein Gedeck für dich auf."

Ehe Avery erwidern konnte, sie solle sich keine Mühe machen, wies Lilah Cherry an, noch ein Gedeck aufzulegen.

Die Männer erhoben sich, als sie die Küche betrat. Matt kam auf sie zu und nahm ihre Hände. „Alles okay?"

Sie zwang sich zu einem schwachen Lächeln. „Einigermaßen."

Er führte sie zu dem Stuhl neben seinem. Cherry stellte vor Avery Geschirr auf ein blau-weißes Platzdeckchen und legte Serviette und Besteck dazu. „Kaffee?"

„Danke."

Cherry füllte einen Becher mit Kaffee und gab ihn Avery. „Matt hat uns erzählt, was gestern Abend los war. Wie schrecklich für dich."

Lilah reichte ihr das Tablett mit den Brötchen. „Ich kann mir so etwas gar nicht vorstellen. Ich wäre glatt in Ohnmacht gefallen."

Avery nahm ein Brötchen, obwohl ihr schon der Gedanke an Essen Übelkeit verursachte. Sie schluckte trocken und fragte Matt: „Wie kommst du mit den Ermittlungen voran?"

„Wir haben im gesamten Wohnwagenpark nach Zeugen gesucht. Das Mädchen von nebenan sagte, sie habe ein Auto ohne Licht vorfahren sehen. Dann fingen ihre Eltern an zu streiten."

„Also hat sie nicht erkannt, wer vorgefahren ist", stellte Avery enttäuscht fest.

„Sie weiß auch nicht, wann der Wagen abgefahren ist. Die Leute vom kriminaltechnischen Labor haben ihre Arbeit gemacht, aber es ist noch zu früh für einen Bericht. Sobald ich hier fertig bin, muss ich sofort zurück."

„Falls du Hilfe von unserer Abteilung brauchst, Sohn, wir sind bereit."

„Danke, Dad. Das ist sehr nett."

Cherry verteilte Erdmeermarmelade auf ihrem Brötchen. „Was wolltest du im Haus dieser schrecklichen Frau, Avery? Warum warst du dort?"

Am Tisch wurde es still, alle Augen waren auf sie gerichtet. Voller Unbehagen wollte Avery etwas erwidern, unterließ es jedoch, da Matt unter dem Tisch ihr Knie presste.

„Ich habe Avery gebeten, nicht darüber zu reden", sagte er ruhig. „So schwer ihr das auch fällt, sie hat zugestimmt."

Avery dankte ihm im Stillen.

Cherry schmollte und zog betont desinteressiert eine Schulter hoch. „Ich habe aus keinem besonderen Anlass gefragt. Ich fand es eben nur merkwürdig."

Avery wurde sich der verstreichenden Zeit bewusst und fragte Buddy: „Können wir privat reden? Ich brauche in einer Angelegenheit deine Hilfe."

„Sicher, Kleines. Ich bin sowieso fertig. Gehen wir in mein Büro."

Leicht befangen, da sie Lilahs und Cherrys Neugier spürte, wandte sie sich an Matt. „Wenn du auch dazukommen möchtest ..."

„Geht nur. Ich komme kurz vorbei, ehe ich abfahre."

Sie warf ihm einen dankbaren Blick zu, zum zweiten Mal gerührt von seinem Verständnis. Er schien zu wissen, was sie brauchte, ohne dass sie es sagte, was ihr ein Gefühl von Sicherheit und Geborgenheit vermittelte.

Sie folgte Buddy in sein Büro. Er schloss die Tür hinter ihnen und deutete auf das Zweiersofa. Sie nahmen Platz, und Avery sah ihn an. „Hat Matt dir erzählt, warum ich gestern bei Trudy Pruitt war? Hat er dir von den Anrufen erzählt?"

„Ja." Er zog die Stirn in Falten. „Warum hast du mir nichts davon gesagt?"

„Was hättest du schon tun können, wenn mich jemand mit Anrufen belästigt? Du hättest mir vermutlich geraten, es zu ignorieren oder mir eine Geheimnummer geben zu lassen."

„Du hättest mich sofort informieren müssen, als du wusstest, wer die Anruferin war." Er beugte sich mit ernster Miene zu ihr vor. „Avery, wenn du fünfzehn Minuten früher dort angekommen wärst, lägst du jetzt vielleicht neben Trudy Pruitt in der Leichenhalle."

Avery zuckte zusammen. Darüber hatte sie noch nicht nachgedacht.

„Trudy Pruitt hat sich immer in schlechter Gesellschaft getummelt. Wir wissen noch nicht, wer sie umgebracht hat, aber ich wette, es war jemand aus ihrem Umfeld."

In diesem Augenblick klopfte Matt an und steckte den Kopf zur Tür herein. „Ich bin dann weg."

Buddy winkte ihn heran. „Komm noch kurz herein, Sohn."

Matt folgte der Aufforderung, schloss die Tür hinter sich und setzte sich zu ihnen.

„Sie hat gesagt, ihre Jungs hätten Sallie Waguespack nicht umgebracht", fuhr Avery fort. „Und sie behauptete, Dad sei in eine Vertuschung des Falles verwickelt gewesen."

„Und du hast ihr geglaubt?" fragte Buddy.

„Ehrlich gesagt wollte ich das nicht. Aber ich halte es für sehr eigenartig, dass sie an dem Abend getötet wird, als sie mir Beweise für die Unschuld ihrer Söhne zeigen will."

Matt presste kurz die Lippen zusammen. „Trudy Pruitt hat sich mit sehr gefährlichen Leuten abgegeben. Dieser Umgang hat sie vermutlich umgebracht."

„Aber ..."

Matt stand auf. „Avery, es gibt da einige Dinge, von denen du nichts weißt. Dinge, die wir entdeckt haben, über die wir aber noch nicht sprechen dürfen. Tut mir Leid, dass dir die Sache so nahe geht, aber im Moment kann ich dir nicht mehr sagen."

Er beugte sich herab und gab ihr einen flüchtigen Kuss auf den Mund. „Ich muss los."

Avery sah ihm nach, verblüfft über die intime Geste, aber durchaus nicht verärgert.

Buddy sagte ruhig: „Wenn Trudy Pruitt diese Beweise hatte, warum hat sie bis jetzt gewartet, damit herauszurücken?"

Avery wandte sich ihm zu und wusste darauf keine Antwort. „Sie ... sie ist nie zu dir gekommen mit ..."

„Natürlich ist sie zu mir gekommen. Und zum Bezirksstaatsanwalt, zum Sheriff und zu jedem, der ihr zugehört hat. Sie hatte nichts, nicht den Hauch eines Beweises für die Unschuld ihrer Söhne."

„Ich muss dich um einen Gefallen bitten, Buddy. Dürfte ich mir um meines Seelenfriedens willen deine Ermittlungsakten zum Mordfall Waguespack ansehen?"

„Avery ..."

„Sie hat Dad einen Lügner und Mörder geschimpft, Buddy. Warum sollte sie das tun?"

„Dein Daddy war der ehrlichste und rechtschaffenste Mann, den ich gekannt habe. Ich war stolz, dass er mein Freund war."

„Dann musst du mich verstehen. Ich habe das Gefühl, seine Ehre verteidigen zu müssen, indem ich seine Unschuld beweise."

Buddy beugte sich vor. „Wessen soll er nicht schuldig sein, Avery?"

Da ihr die Antwort darauf nicht gefiel, ballte sie die Hände zu Fäusten. „Warum hat er den Karton mit den Zeitungsartikeln behalten, Buddy? Warum hat er sich umgebracht?"

Buddy stand schwer seufzend auf und legte ihr eine Hand auf die Schulter. „Wenn es dir hilft, Kleines, darfst du dir natürlich die Ermittlungsakten ansehen. Ich sage nur gerade Lilah Bescheid, sie soll ohne mich zum Gottesdienst gehen."

35. KAPITEL

Drei Stunden später dankte Avery Buddy für seine Hilfe. „Entschuldige, dass ich dir den Sonntag verdorben habe."

„Das kannst du gar nicht, Kleines." Er küsste ihr die Wange. „Fühlst du dich jetzt besser?"

Das tat sie nicht, also log sie.

Die Informationen aus der Akte hätten sie beruhigen sollen. Alles schien in Ordnung zu sein. Am 18. Juni 1988, um 22. 30 Uhr, meldete sich Pat Greene, einer von Buddys Deputys, und forderte Hilfe an. Auf seiner Runde hatte er ein paar junge Männer aus Sallie Waguespacks Haus fliehen sehen. Er hatte nachgeschaut und die Frau tot aufgefunden.

Laut der Beschreibung seines Deputys hatte Buddy die Flüchtigen als die Pruitt-Brüder identifiziert. Donny und Dylan hatten Schwierigkeiten mit dem Gesetz, seit sie alt genug waren, ihren ersten Schokoriegel zu klauen. Gerade vor einer Woche waren sie wegen des Verdachts auf Drogenhandel festgenommen worden. Die Beweise hatten nicht ausgereicht, doch es war nur eine Frage der Zeit, wann man sie belangte.

Als Buddy und Pat die zwei Jungen aufstöberten, standen beide unter Drogen. Mit den Vorwürfen konfrontiert, hatten die zwei eine Schießerei angezettelt und waren dabei umgekommen. Danach hatte man die Mordwaffe im Abflussgraben hinter ihrem Wohnwagen entdeckt, mit Donnys Fingerabdrücken darauf.

Die Stadtpolizei hatte eine umfangreiche Ermittlung durchgeführt, in deren Verlauf sich herausstellte, dass Donny und Dylan häufig die Bar aufsuchten, in der Sallie als Cocktail-Kellnerin tätig war. In Sallies Haus und in der Wohnung der Pruitts fand man Drogen.

Man schloss daraus, dass die Jungen gedealt hatten und Sallie ihre Kundin gewesen war. Als Mordmotiv nahm man einen schief gelaufenen Drogenhandel an. Die Frau hatte ihnen entweder Geld geschuldet oder ihnen mit der Polizei gedroht. Ein Zeuge hatte behauptet, die drei hätten miteinander geschlafen, was das Szenario zusätzlich komplizierte. Eifersucht kam ebenfalls als Motiv in Frage. Dafür sprach auch die Todesart – man hatte mit einem Küchenmesser auf sie eingestochen –, eine Tat aus Leidenschaft.

Avery wandte sich zum Gehen, sah Buddy aber noch einmal an. „Hast du jemals Zweifel an der Schuld von Donny und Dylan Pruitt gehabt? Auch nur einen Moment?"

„Niemals." Er fuhr sich mit einer Hand über das Gesicht, und man sah ihm seine sechsundsechzig Jahre plötzlich an. „Die Mordwaffe mit Donnys Fingerabdrücken wurde hinter dem Wohnwagen gefunden. Sallie Waguespacks Blut war an Dylans Schuhsohlen. Es waren Drogen im Spiel. Und da war die Aussage von Pat Greene, der die beiden am Tatort gesehen hat. Indizien und harte Beweise, einen eindeutigeren Fall kann man kaum haben."

Damit hatte er Recht. Sie wusste genügend über Polizeiarbeit, um das Verfahren von der Verhaftung bis zur Anklage zu kennen.

Auf dem Weg zur Tür blieb sie noch einmal stehen und drehte sich um. „Ich habe keinen Autopsiebericht gesehen."

Buddy sah sie stirnrunzelnd an. „Er sollte aber dabei sein."

„War er nicht."

Er blätterte die Akte durch und sah Avery an. „Er ist bestimmt falsch abgeheftet. Ich suche ihn und rufe dich an, wenn ich ihn finde."

„Danke, Buddy." Sie zwang sich zu einem Lächeln. „Genieße den Rest des Tages."

Avery verließ das Haus und fand sich Minuten später vor Hunters Tür wieder, ohne sich über die Beweggründe für ihr Kommen im Klaren zu sein. Sie klopfte an.

Sarah begann zu bellen, die Welpen winselten. Hunter erschien an der Tür, müde, aufgelöst und offenbar verärgert über die Störung.

„Du hast gearbeitet", stellte sie fest. „Entschuldige."

„Was willst du, Avery?"

Sie zögerte, leicht verprellt durch seine Schroffheit. „Darf ich hereinkommen?"

Er drückte die Drahttür auf und trat beiseite. In der Küche wurde sie von den wuselnden Welpen begrüßt. Sarah stand neben ihrem Herrn, den Blick auf Avery gerichtet.

„Sie werden größer", stellte sie fest und ging in die Hocke. Die Welpen fielen geradezu über sie her, leckten ihr die Hände und schubsten sich dabei gegenseitig aus dem Weg. „Die sind ja süß."

„Wenn es einen Grund für deinen Besuch gibt, würde ich den gerne erfahren."

Sie richtete sich auf, leicht verlegen. „Hast du gehört, was passiert ist?"

„Du meinst den Mord an Trudy Pruitt?"

„Ja. Und dass ich dort war."

„Habe ich gehört." Er presste kurz die Lippen zusammen. „Selbst die von uns, die nicht zum Kreis der Eingeweihten zählen, kommen in den Genuss der Ausdünstungen unserer Gerüchteküche."

„Vergiss es! Du bist ein solcher Mistkerl!" Sie fuhr herum und wollte gehen. „Entschuldige die Störung."

Er hielt sie am Arm fest. „Warum bist du hier, Avery? Warum kommst du immer wieder her?"

„Lass mich los!"

Er hielt sie umso fester. „Du bist wegen etwas Bestimmtem hier. Was willst du von mir?"

Das weiß ich selbst nicht. Sie reckte das Kinn vor, wütend auf sich und auf ihn. „Ich will überhaupt nichts von dir, Hunter. Vielleicht bin ich gekommen, weil ich dich im Gegensatz zu allen anderen noch nicht aufgegeben habe. Vielleicht sehe ich immer noch etwas in dir, das alle anderen nicht mehr entdecken können."

„Bockmist."

„Glaub, was du willst." Sie entriss ihm den Arm und machte einen Schritt auf die Tür zu.

Er stellte sich ihr in den Weg. „Ich hätte dir mehr Ehrlichkeit zugetraut. Du willst etwas Bestimmtes von mir. Spuck's aus."

„Hör auf damit, Hunter! Lass mich gehen."

Er trat näher, bedrängte sie fast. „Warum läufst du nicht zu Matt? Ist er nicht dein Freund?"

Er betonte das letzte Wort so hässlich, dass sie ihn am liebsten geohrfeigt hätte. „Halt den Mund!"

Erneut trat er einen Schritt vor, und sie wich zurück gegen die Wand. „Was würdest du darum geben, deinen Vater wiederzuhaben?" fragte er unvermittelt.

Die überraschende Frage entwaffnete sie. „Alles, Hunter. Absolut alles."

„Was willst du von mir hören?" Er nahm ihr Gesicht zwischen beide Hände. „Soll ich dir bestätigen, dass er dich geliebt hat? Willst du hören, dass sein Tod nicht deine Schuld war? Hoffst du auf Linderung deiner Schuldgefühle? Bist du deshalb ..."

„Ja!" begehrte sie auf. „Ich möchte aufwachen und entdecken, dass alles nur ein Albtraum war. Ich wünsche mir, ich hätte seinen letzten Anruf angenommen. Ich ... ich möchte aufhören, mich selbst zu hassen ... weil ich ..." Sie verstummte, legte die Hände gegen seine Brust und krallte die Finger in sein weiches T-Shirt. „Ich will das Unmögliche. Ich will meinen Vater zurück!"

Mit ernster Miene schaute er sie an. „Er hat dich geliebt, Avery. Mehr als alles auf der Welt. Immer, wenn wir zusammen waren, hat er über dich gesprochen. Er war stolz auf dich, weil du es geschafft hast, deine Träume zu verwirklichen. Er war stolz auf deinen Erfolg, auf deinen Mut und auf deine Willenskraft."

Tränen der Erleichterung rollten ihr über die Wangen.

„Sein Selbstmord hatte nichts mit dir zu tun. Mit dir und deinem Leben hatte er seinen Frieden gemacht."

Er ließ die Hände sinken und wich zurück. „Geh jetzt. Hau ab. Du hast, was du wolltest, mehr kann ich dir nicht geben."

Sie zögerte und legte ihm eine Hand auf den Unterarm. „Hunter?" Als er sie ansah, fügte sie hinzu: „Danke."

Da er nicht antwortete, ließ sie die Hand hinabgleiten und verschränkte ihre Finger mit seinen. Langsam führte sie seine Hand an den Mund und presste die Lippen in seine Handfläche.

Sie spürte Hunter erschauern und erkannte, was er fühlte.

Er wollte sie.

Und ich will ihn, wurde ihr in dem Moment klar. Ohne einen Gedanken an die Folgen, zog sie ihn an sich. In seinem Blick lagen Verlangen und Verletzbarkeit, was sie tief berührte.

Er legte eine Hand auf ihr Herz. „Avery, ich will nicht ..."

„Doch, du willst. Und ich will es auch." Sie küsste ihn innig. Er wollte sie, sie wollte ihn – so einfach war das.

Und so, wie er den Kuss erwiderte, bestand kein Zweifel daran, wer die Initiative übernehmen würde. Ohne den Kuss zu unterbrechen, hob er Avery hoch. Sie schlang ihm die Beine um die Taille und die Arme um den Hals. Er trug sie zum Bett, legte sie sanft hin und blieb noch einen Moment neben ihr stehen.

Ein kleines, zufriedenes Lächeln auf den Lippen, griff sie nach seiner Hand und zog ihn herunter.

Ihre Leidenschaft explodierte geradezu. Sie zerrten einander die Kleider vom Leib, voller Ungeduld, endlich den nackten Körper des anderen zu spüren.

Sie liebten sich, sie auf ihm, und auf dem Höhepunkt stieß sie einen Schrei aus, dass sie fürchtete, es würde nebenan bei Piggly Wiggly gehört.

Danach sank sie auf seine Brust und hörte seinen hämmernden Herzschlag unter ihrem Ohr. All die Jahre hatte sie sich gefragt, wie es sein würde, mit Hunter zu schlafen. Jetzt wusste sie es und konnte sich nur wundern, dass sie so lange gewartet hatte, um es herauszufinden.

„Das war furchtbar."

Sie hob den Kopf und sah ihm in die Augen. „Fand ich auch."

In seinen Augenwinkeln bildeten sich tiefe Lachfältchen. „Habe ich gemerkt."

Sie rieb die Stirn an seinem Stoppelkinn. „Hast du was zu essen im Haus?"

„Eine schwierige Frage."

„Sehr witzig. Selbst gebackenen Schokoladenkuchen vielleicht?"

„Klar. Heute Morgen frisch zubereitet."

Sie grinste und fühlte sich jung, ausgelassen und völlig verantwortungslos. „Wie wär's mit einem Erdnussbutter-und-Gelee-Sandwich?"

„Ich weiß was Besseres."

Er rollte sich mit ihr aus dem Bett und gab ihr eines von seinen T-Shirts. Avery versank geradezu in dem weichen weißen Stoff und sah auf den Druck vorne. „Party auf der Bourbon Street?"

„Aus der guten alten Zeit."

Sie folgte ihm in die Küche, Sarah auf den Fersen, die Welpen hinterher. Avery lehnte sich gegen den Tresen, während er ihnen Sandwichs mit Erdnussbutter und Marshmallow-Creme bestrich. Dazu gab es zwei Gläser kalte Milch.

Vollfett, wie sie sah. Nun ja, da ich schon mal verantwortungslos bin.

Sie setzten sich an den kleinen Tisch und langten zu. „Meine Güte, ist das gut“, schwärmte sie und spülte den ersten Bissen mit der cremigen Milch hinunter.

„Ehrfurcht gebietend und würdig, es hinauszuposaunen“, bestätigte Hunter.

Er meinte weder die Milch noch die Sandwichs. Errötend senkte sie den Blick. Leise lachend stand er auf und ging zum Tresen, um sich noch ein Sandwich machen.

„Möchtest du auch noch eins?“ fragte er.

„Nein, weil ich morgen noch meine Hose zukriegen will, aber danke.“

Er kam mit seinem Sandwich zurück und setzte sich wieder. „Du hast vorhin erwähnt, dass du bedauerst, den letzten Anruf deines Vaters nicht angenommen zu haben. Was hast du damit gemeint?“

Sie legte den Rest ihres Sandwichs auf den Teller. „An dem Tag, bevor Dad starb, hat er mich angerufen. Ich war gerade im Aufbruch und wollte mich mit einem Informanten treffen, jemand, der endlich plaudern wollte.“ Ihr versagte die Stimme, und sie musste sich räuspern. „Ich hörte Dad auf dem Rekorder und dachte ... ich dachte, ich rufe ihn später an. Meine Quelle konnte nicht warten, aber mein Vater ... er stand ja immer zur Verfügung.“

Hunter langte über den Tisch und berührte ihre Hand. „Es tut mir Leid, Avery.“

„Wenn ich doch nur die Zeit zurückdrehen und den Anruf annehmen könnte.“

„Du weißt doch, Avery, das geht nicht.“ Sie schwiegen eine Weile. Schließlich fragte Hunter: „Warum warst du gestern Abend bei Trudy Pruitt?“

„Erinnerst du dich an die Anruferin, von der ich dir erzählt habe? Die Frau, die sagte, Dad habe bekommen, was er verdiente?“ Er nickte. „Sie hat sich wieder gemeldet. Mehrmals. Sie behauptete, Dad sei ein Lügner und Mörder.“

„Dein Dad? Avery, du kannst doch nicht ernsthaft glauben ...“

Sie unterbrach ihn. „Die Anruferin war Trudy Pruitt, die Mutter von Donny und Dylan Pruitt.“

„Das sind doch die Brüder, die diese Frau damals ermordet haben.“

„Sallie Waguespack.“ Sarah winselte und legte Avery den Kopf in den Schoß. Avery kraulte ihr die Ohren. „Trudy behauptete, die Jungs hätten es nicht getan, sie wären hereingelegt worden.“

„Natürlich hat sie das behauptet, sie war ihre Mutter.“

„Sie behauptete weiter, Dad sei an der Vertuschung des wahren Mörders beteiligt gewesen, und sie habe Beweise dafür.“

„Und?“

„Sie wurde ermordet, ehe sie mir die Beweise zeigen konnte.“

„Und du glaubst, sie wurde wegen dieser Beweise umgebracht?“

„Es kam mir in den Sinn. Es ist ein schrecklich großer Zufall. Sie lebt all die Jahre unbehelligt, dann nimmt sie Kontakt zu mir auf und wird umgebracht.“

Hunter schwieg einen Moment. „Und du glaubst, wer immer mit deinem Dad zusammen an dieser Vertuschung beteiligt war, hat Trudy Pruitt auf dem Gewissen?“

Sie beugte sich vor. „Hast du jemals von einer Gruppe namens Die Sieben gehört?“

Er furchte die Stirn. „Meine Mutter war mal in einer Bürgerinitiative, die sich Sieben Bürger ... und noch was nannten. Ich glaube zumindest, dass sie so hießen.“

„Wie steht es mit einer Frau namens Gwen Lancaster? Hast du

von ihr gehört?" Er schüttelte den Kopf. „Von ihrem Bruder, Tom Lancaster?"

Seine Miene veränderte sich leicht. „Der Name klingt vertraut, aber ich weiß nicht, in welchem Zusammenhang."

„Er ist in diesem Februar verschwunden. Eine ähnliche Situation wie bei McDougal. Ein Fremder in Cypress Springs. Kein Anzeichen von Gewalt, doch die Polizei vermutet ein Verbrechen. Die Gazette brachte am 6. Februar einen Bericht darüber."

„Das stimmt." Er schien sich zu erinnern. „Der große Unterschied in beiden Fällen war natürlich der Wagen. Lancasters wurde irgendwo abgestellt gefunden, McDougals wurde versteckt. Was für mich bedeutet, dass beide Taten nicht miteinander in Verbindung stehen."

„Nicht in Verbindung stehen? Zwei junge Männer verschwinden in dieser kleinen Stadt im Abstand von acht Wochen, und du glaubst, die Fälle hätten keine Verbindung?"

„Ich spreche vom Modus Operandi, Avery. Kriminelle neigen dazu, immer nach derselben Methode vorzugehen. Wenn ein Mörder die Leiche beim ersten Mal offen liegen lässt, tut er das bei weiteren Verbrechen in der Regel auch. Grundwissen der Ermittlungstechnik."

Avery schüttelte den Kopf. „Trudy Pruitt, Elaine St. Claire, Tom Lancaster, Luke McDougal. Wenn ich deine Definition akzeptiere, haben wir es hier mit vier unterschiedlichen Mördern zu tun."

„McDougal hat vielleicht beschlossen zu verschwinden. So etwas passiert dauernd. Dass es so kurz nach dem Verschwinden von Lancaster geschah, ist vielleicht reiner Zufall. Oder clever von jemandem geplant, der vorhatte zu verschwinden."

„Von mir aus. Dann sind es eben nur drei Killer. Aber das in einer kleinen Stadt, die sonst nur in Jahrzehnten überhaupt ein paar Morde zu verzeichnen hat?"

Er schob seinen Teller zur Seite und lehnte sich zurück. „Okay, offenbar steckst du bis zur Halskrause in dieser Geschichte drin. Erzähl."

Sie begann mit Gwen Lancaster. Wie sie sich kennen gelernt hatten, was Gwen ihr über Die Sieben erzählt hatte und über ihren Bruder, der Recherchen über die Gruppe angestellt hatte.

„Zuerst habe ich ihr nicht geglaubt. Die Vorstellung, dass in Cypress Springs eine Selbstjustizgruppe existiert, erschien mir lächerlich. Laut Gwen hat die ursprüngliche Gruppierung nur einige Jahre existiert, ehe sie sich auflöste. Sie operiert jedoch wieder und ist offenbar bereit, ihre Ziele notfalls mit Mord durchzusetzen."

„Du verzeihst mir, wenn ich kichere."

„So habe ich auch reagiert." Sie beugte sich vor. „Gwen forderte mich auf, die Fakten zu überprüfen. Das habe ich getan, Hunter. Und was ich entdeckt habe, ist erschütternd. In den letzten acht Monaten gab es zehn unerwartete Todesfälle. Elaine St. Claire, Trudy Pruitt, McDougal und Lancaster nicht mitgezählt. Das sind eine Menge Tote für einen Ort von neunhundert Einwohnern."

„Unfälle passieren nun mal."

„Nicht in dieser Häufung. Gwen behauptet, Die Sieben seien für den Tod ihres Bruders verantwortlich, weil er der Gruppe durch seine Recherchen auf die Spur gekommen ist."

„Und dann hat sie dich geködert, indem sie andeutete, die hätten auch deinen Vater auf dem Gewissen."

Sie wich seinem Blick nicht aus, obwohl sie Mitleid darin las. „Ja."

„Avery, diese Frau hat versucht, sich als Tochter deines Vaters auszugeben. Sagt dir das nicht etwas?"

„Ich weiß, ich habe zuerst auch so gedacht, aber ..."

„Aber du willst ihr glauben."

„Nein, das ist nicht der Punkt."

„Hast du mit Dad darüber gesprochen?“

„Ich habe ihn nach der Sieben gefragt. Er bestreitet, dass es eine solche Gruppe gegeben hat oder gibt, die solche Verbrechen begehen könnte.“

„Aber du glaubst ihm nicht?“

Auch nur über diese Frage nachzudenken, kam einem Verrat gleich. „Das ist es nicht. Ich denke nur ... ich könnte mir denken, dass er darüber nicht informiert ist.“

„Dad? Über irgendetwas nicht informiert, was hier abläuft?“

„Hunter, als ich nach Cypress Springs zurückkam, war mein erster Gedanke, dass sich die Stadt nicht verändert hat. Als wäre hier die Zeit stehen geblieben.“ Nach einer kurzen Pause fuhr sie fort: „Seither ist mir immer wieder aufgefallen, dass alles gleich geblieben ist. Sieh mal ins Telefonbuch. Wie viele Namen erkennst du noch? Alle. Hier leben dieselben Leute wie zu unserer Kinderzeit.“

„Auf was willst du hinaus?“

„Was ist notwendig, um sich dem Lauf der Zeit zu widersetzen? Was muss man dafür tun?“

Hunter schwieg lange, wobei sein Mienenspiel nicht verriet, was er dachte. Schließlich sagte er vorsichtig: „Avery, ich möchte, dass du über eines gründlich nachdenkst. Was bringt es dir, wenn du deinen Verdacht beweist?“

„Ich verstehe nicht.“

„Falls dein Dad von dieser ... dieser Sieben umgebracht wurde, was bringt es dir, das zu wissen?“

Sie wollte schon erwidern, dass es ihr gar nichts brachte, unterließ es jedoch.

Falls er nicht Selbstmord begangen hat, nimmt mir das mein Schuldgefühl.

Zornig erwiderte sie: „Du denkst, es wäre mir lieber, wenn

Dad ermordet worden wäre? Du denkst, ich möchte, dass Cypress Springs eine Mörder- und Extremistengrube ist?“

Seine Miene sagte alles.

„Das wünsche ich mir ganz und gar nicht. Wie schrecklich, wie …“ Sie musste nach den richtigen Worten suchen und war nicht sicher, ob sie ihn überzeugen wollte oder sich selbst. „Ich war hier immer eine Außenseiterin, Hunter. Ich habe nicht nach Cypress Springs gepasst und hatte auch nie das Gefühl, hierher zu gehören. Aber jetzt habe ich dieses Gefühl. Heute kommt mir Cypress Springs wie eine Heimat vor.“

Hunter stand auf, kam zu ihr und nahm ihr Gesicht zwischen beide Hände. „Trauer lässt uns die Realität manchmal verzerrt sehen.“

„Ich weiß, aber …“

„Tu dir das nicht an, Avery.“

„Ich muss es herausfinden. Weil ich Gewissheit brauche. Ich wünschte, ich könnte blind vertrauen, aber das geht nicht.“

„Wenn das so ist, hol dir die Beweise, von Schuld oder Unschuld.“

36. KAPITEL

Gwen blickte auf die Uhr am Armaturenbrett. Die gelben Ziffern zeigten 22:45. Angst zog ihr den Magen zusammen. Sie umfasste das Steuer fester, die Handflächen feucht auf dem glatten Vinyl.

Die Frau hat mich gewarnt, nur ja allein zu kommen. Sie hat Informationen über Die Sieben von früher und heute versprochen. Und über Tom.

Gwen gestand sich ein, dass sie eine Heidenangst hatte. Zitternd presste sie die Lippen zusammen. Tom war auch nach so einem Treffen verschwunden. Jemand hatte ihm Informationen versprochen. Genau wie bei ihr war der Treffpunkt zu später Stunde festgelegt worden an einem einsamen Ort, auf einer nicht namentlich benannten Landstraße.

Wenn es nicht um Tom ginge, wäre ich nicht hier. Ich würde einfach weiterfahren und erst in New Orleans wieder anhalten.

Allmählich hasste sie Cypress Springs mit seinen malerischen Gebäuden, dem Stadtplatz und den Menschen mit ihrem freundlichen Lächeln, das Vorurteile und Argwohn verbarg. Sie verabscheute den sauren Geruch, der die Stadt einhüllte, wenn der Wind aus Süden wehte, und die Art, wie die Menschen ihren Geschäften nachgingen, als gäbe es ihn nicht.

Gwen hielt den Atem an und stieß ihn langsam wieder aus. Noch einmal atmete sie tief durch, um sich zu beruhigen. Sie war allein, ohne Verbündete, mit denen sie ihre Ängste teilen konnte. Avery Chauvin war ihre letzte Hoffnung gewesen, doch die war nun auch dahin.

Noch eine Tote. Trudy Pruitt.

Man hatte ihr die Zunge herausgeschnitten.

Sie hatte das heute Morgen voller Entsetzen während des Frühstücks im Azalea Café gehört.

Die Frau war nur wenige Stunden nach ihrem Treffen umgebracht worden. Nachdem sie ihr die frühere und gegenwärtige Existenz der Sieben und alle anderen Verdächtigungen bestätigt hatte. Es hatte eine Gruppe von Bürgern gegeben, die sich im Geheimen traf und Urteile über andere fällte. Die Mitglieder gaben eine Warnung an die Betreffenden aus und wurde die nicht befolgt, schritten sie zur Tat. Die Gruppe hatte sich nie wirklich aufgelöst, sondern war nur abgetaucht. In den letzten Monaten war sie wieder aktiver geworden und, wie es schien, auch gefährlicher.

Schuldgefühle bedrückten sie, weil sie fürchtete, für den letzten Mord mitverantwortlich zu sein. Wäre sie nicht hergekommen und hätte sie Trudy Pruitt nicht befragt, wäre die Frau vielleicht noch am Leben.

Hau ab, Gwen! Fahr, so schnell du kannst!

Sie streckte die Finger am Lenkrad. Was erreichte sie schon, außer dass sie ihr Leben und das von anderen gefährdete? Ihrem Bruder konnte sie nicht mehr helfen. Und jeder, der vielleicht bereit gewesen wäre, mit ihr zu reden, hatte nach Trudys Ermordung garantiert Angst.

Doch wenn sie jetzt davonlief, würde sie nie erfahren, was mit Tom geschehen war. Und ehe sie das nicht geklärt hatte, könnte sie zu keinem normalen Leben zurückfinden.

Sie konzentrierte sich auf das bevorstehende Treffen. Der Anruf der Frau war heute Nachmittag gekommen. Sie hatte sich nicht zu erkennen gegeben, aber ihre Stimme hatte belegt und brüchig geklungen, als hätte sie geweint.

Oder sie wollte ihre Identität verbergen. Vergeblich hatte sie versucht, der Frau mehr zu entlocken als die Ankündigung von Informationen.

Vielleicht war dieses Treffen eine Ablenkung.

Oder ein Hinterhalt.

Gwen straffte die Schultern. Kampflos würde sie sich nicht geschlagen geben. Sie blickte zu der Windjacke auf dem Nebensitz. In der rechten Tasche steckte ein 38er Smith & Wesson Revolver. Bolzenlos mit einem 2 Inch Lauf. Der Verkäufer hatte ihn ‚die Waffe der Wahl für eine Lady' genannt und ihr versichert, sie sei eine wirkungsvolle Verteidigung, besonders, wenn sie das Überraschungsmoment auf ihrer Seite habe.

Aber sie hatte weitere Vorsichtsmaßnahmen getroffen. Das Sheriff Department, ihr Familienanwalt und ihre Mutter hatten E-Mails von ihr erhalten. In jeder standen ihre bisherigen Ermittlungsergebnisse, was sie heute vorhatte und warum. Wenn ein Bruder und seine Schwester innerhalb weniger Wochen in derselben kleinen Gemeinde verschwanden, blieb das sicher nicht unbeachtet.

Selbst wenn man sie umbrächte, hätte sie die Ermittler auf eine Spur gesetzt.

Der Treffpunkt Highway 421 und No Name Road tauchte vor ihr auf. Die Frau hatte sie angewiesen, in die No Name Road einzubiegen und nach einer Viertelmeile in einen unbenannten Feldweg. Sie würde ihn an einem verrosteten Traktorgestell auf der Ecke erkennen. Dort sollte sie nach rechts abbiegen und eine weitere Viertelmeile zu einer Jagdhütte fahren.

Gwen bog auf die No Name Road ein. Der Lichtkegel ihrer Scheinwerfer glitt über die Straße, die zu beiden Seiten dicht bewaldet war, und fiel auf Zypressen, Pinien und Eichen.

Ein kleines Tier sprang vor ihren Wagen. Sie trat auf die Bremse, sodass die Reifen quietschten und der Sicherheitsgurt sich spannte, damit sie nicht gegen das Lenkrad prallte. Das Tier, ein Waschbär, wie sie jetzt erkannte, schaffte es auf die andere Straßenseite und verschwand im Unterholz.

Erschrocken fuhr sie langsam weiter, und die Dunkelheit

schien sie zu verschlucken. Sie strengte die Augen an, um über den Lichtkegel hinaus etwas zu erkennen. Die Frau hatte sie gewarnt, nicht zu spät zu kommen. Es war schon fast elf.

Die Zufahrt kam in Sicht, sie bog ein und Kies knirschte unter ihren Reifen.

Vor ihr im Licht ihrer Scheinwerfer lag die Jagdhütte. Eine kanadische Blockhütte mit tief herabgezogenem Dach und überdachter Frontveranda, rustikal und scheinbar ein Teil der Landschaft, als hätte sie schon immer hier gestanden. Offenbar war sie aus einem besonders dauerhaften Holz gebaut, wahrscheinlich Zypresse.

Sie hielt den Wagen an und blickte sich suchend nach Anzeichen von Leben um. Nichts zu sehen. Kein Licht, kein Auto, keine Bewegung. Sie öffnete das Fenster einen Spalt, schaltete den Motor aus und lauschte. Insekten summten herum, eine Eule rief, und Frösche quakten. Ein Tier huschte durchs Unterholz.

Doch nichts wies auf die Anwesenheit eines Menschen hin.

Show time. Zeit, sich zu zeigen.

Gwen atmete tief durch. Ihr Herz hämmerte gegen den Brustkasten, und sie bemühte sich, ruhiger zu werden. Sie musste einen kühlen Kopf bewahren, damit sie geistesgegenwärtig blieb. Wie sollte sie einen Killer überlisten, wenn sie nicht mehr klar denken konnte? Wie sollte sie notfalls zielen, wenn ihr die Hände zitterten?

Gwen zog die Jacke über und griff in die rechte Tasche, um sich zu vergewissern, dass die Waffe da war. Das Metall lag glatt und kühl an den Fingern.

Als sie die Wagentür öffnete, ließ sie die Schlüssel im Zündschloss stecken, falls sie schnell flüchten musste. Sie wusste, dass sie sehr vorsichtig sein musste.

Sie stieg aus. Der Wind bewegte die noch kahlen Äste der Eichen und Gummibäume, ein Geräusch, das auf sie wirkte wie das Kratzen von Nägeln auf einer Schiefertafel.

Fröstelnd rieb sie sich die Arme, um die Gänsehaut loszuwerden. „Hallo!“ rief sie. Eine Eule erwiderte ihren Gruß. Gwen wartete. Die Minuten verstrichen, und sie richtete den Blick auf die Jagdhütte.

Meine Anruferin ist vielleicht da drin und wartet.

Sie ist vielleicht tot wie Trudy Pruitt.

Gwen wusste nicht, warum ihr dieser Gedanke kam, aber nun setzte er sich fest und ließ sich nicht mehr verdrängen.

Die Zeit verging. Es wurde viertel nach elf und schließlich halb zwölf.

Dann Mitternacht.

Tu es. Überprüfe die Jagdhütte.

Oder hau ab und bleibe im Ungewissen.

Sie wandte sich dem Gebäude zu, die Knie weich vor Angst. Trotzdem brachte sie es nicht fertig, einfach wieder zu fahren. Vielleicht lag die Frau verletzt in der Hütte und brauchte Hilfe.

Ängstlich schob sie eine Hand in die Tasche, schloss die Finger um die Waffe und ging auf die Hütte zu. Das Vaterunser ging ihr durch den Kopf, und die vertrauten Worte waren seltsam tröstlich.

Vater unser, der du bist im Himmel, geheiligt werde dein Name ...

Sie erreichte die Stufen zur Veranda und sah, dass sie morsch waren. Eine Hand am Geländer, trat sie vorsichtig auf. Die Stufen hielten, und sie stieg hinauf.

Oben angekommen machte sie einen Schritt auf den Verandaboden. Das Holz knarrte unter ihrem Gewicht. Rasch ging sie zur Tür und griff mit zitternder Hand nach dem Knauf.

Dein Reich komme, dein Wille geschehe, wie im Himmel, so auf Erden, betete sie lautlos.

Die Tür schwang auf. Vorsichtig spähte Gwen in die Hütte und machte sich bemerkbar, die Stimme kaum lauter als ein Flüstern. Sie lauschte und wartete, bis ihre Augen sich an die Dunkelheit gewöhnten.

Allmählich nahmen mehrere dunkle Umrisse Gestalt an. Möbel. Sie machte einen behutsamen Schritt in die Hütte. Ein paar klapperige Stühle, eine Schiffskiste, die als Couchtisch diente. Dinge, die vermutlich von früheren Bewohnern zurückgelassen worden waren.

Sie tastete sich weiter in den nächsten Raum vor und schimpfte sich eine komplette Idiotin. Was wollte sie eigentlich? Hier war kein Mensch. Irgendjemand hatte sie hereingelegt und sich einen Scherz erlaubt. Einen üblen.

Gwen drehte sich um. Ein sackförmiges weißes Gebilde über der Tür erregte ihre Aufmerksamkeit. Das war kein Sack, wie sie jetzt erkannte, sondern ein weißes Laken, das zusammengeknotet und hochgezogen eine Art Beutel formte.

Mit wachsendem Unbehagen sah sie zu dem Beutel hinauf. Derjenige, der sie angerufen und herbestellt hatte, hatte ihr Verhalten offenbar genau berechnet. Sie hielt den Termin ein, wartete, ging in die Hütte und entdeckte den Beutel.

Und ich öffne ihn.

Zitternd nahm sie den Beutel herunter und knotete ihn auf.

Eine Katze – oder was von ihr übrig war. Ein Balg, aufgeschlitzt und ausgeweidet. Zitternd schlug sie eine Hand vor den Mund, da ihr Magen rebellieren wollte. Das sandfarbene Fell des Tieres war blutverkrustet, das Laken blutgetränkt.

Sie betastete es vorsichtig, auch wenn sie innerlich davor zurückschreckte. Das Blut war noch nicht getrocknet.

Demnach war das hier erst vor kurzer Zeit geschehen, bevor sie zu diesem Termin bestellt worden war.

Die Sieben geben eine Warnung ab. Wird sie nicht befolgt, schreiten die Mitglieder zur Tat.

Ich habe meine Warnung erhalten.

Hinter ihr bewegte sich etwas. Jemand! Sie wich zurück und fuhr herum. Die Tür zur Hütte stand offen, doch nichts und niemand blockierte ihren Weg. In Panik lief sie durch den Hauptraum zurück auf die Veranda und krachte mit einem Fuß durch eine morsche Planke. Sie schrie auf vor Schmerz, taumelte und landete auf den Knien.

Schnell rappelte sie sich auf, lief zum Wagen und sprang hinter das Steuer. Vor Erleichterung schluchzend ließ sie den Motor an, rammte den Rückwärtsgang hinein, wendete und trat aufs Gas. Als sie die Straße erreichte, wagte sie einen Blick in den Rückspiegel, beklommen, was sie entdecken würde.

Doch wie zum Hohn sah sie nichts als eine verlassen daliegende Straße.

37. KAPITEL

Avery parkte ihren Wagen um die Ecke vom Gästehaus, schaltete Scheinwerfer und Motor aus und sah sich rasch um. Der Stadtplatz war wie ausgestorben, die umgebenden Geschäfte dunkel. Cypress Springs ging früh zu Bett und schlief fest.

Das war ihr nur recht.

Sie wollte Gwen abholen und sich mit ihr in Trudy Pruitts Wohnwagen umsehen. Falls Gwen ablehnte, was nach der letzten Abfuhr durchaus möglich war, würde sie eben allein fahren.

Sie hatte sich diese Vorgehensweise nach ihrem Abschied von Hunter überlegt. Er hatte sie aufgefordert, Beweise zu sammeln, und das würde sie tun. Sie hatte es genau durchdacht und alles mitgebracht, was sie und Gwen benötigen würden: Latexhandschuhe, Stablampe und Plastiktüten. Und natürlich ihren Mut.

Um Gwen zu überzeugen, dass sie nun auf derselben Seite standen, hatte sie mehrfach versucht, sie über ihr Handy zu erreichen, doch jedes Mal teilte ihr eine Stimme mit, der Teilnehmer sei nicht zu erreichen. Über das normale Telefonnetz wollte sie nicht anrufen, weil das Gespräch über die Zentrale des Gästehauses weitergeleitet worden wäre.

Avery wollte vermeiden, dass sie mit Gwen in Verbindung gebracht wurde. Man sollte sie auch nicht zusammen sehen. Das ließ ihnen nur zwei Möglichkeiten. Sie mussten entweder eine zufällige Begegnung vortäuschen oder sich heimlich treffen.

Auf der Herfahrt hatte sie sorgfältig den Rückspiegel im Auge behalten, um zu sehen, ob sie verfolgt wurde. Es sollten nicht die falschen Augen mitbekommen, dass sie auf dem Weg zu Gwen war.

Die falschen Augen? Heimliche Treffen?

Was war nur los mit ihr? Steigerte sie sich in eine Paranoia? Offenbar ja, wenn sie annahm, dass sie beobachtet und ihr Telefon abgehört wurde und jeder mit einem lächelnden Gesicht einen gegen sie gerichteten Geheimplan verfolgte.

Unsinn. Sie wollte und musste die Wahrheit erfahren und würde tun, was dazu nötig war.

Sie dachte an Hunter und den Nachmittag in seinem Bett. Es kam ihr jetzt fast surreal vor, als hätte sie das alles nur geträumt. Was hatte sie getan? Einer alten Leidenschaft nachgegeben, von der sie selbst nichts wusste? Wie konnte sie sich mit Hunter einlassen, wo Matt doch derjenige war, den sie immer gewollt hatte? Was war nur in sie gefahren? Offenbar ein heftiges Verlangen.

Wenn sie an ihre Jugend mit Matt und Hunter dachte, fragte sie sich, ob sie Matt damals den Vorzug gegeben hatte, weil Hunter sie emotional und intellektuell stärker herausgefordert hatte.

Mit dem offenherzigen Matt hatte sie sich immer wohl gefühlt und stets gewusst, wo sie bei ihm dran war. Es war behaglich gewesen mit ihm, und sie hatte nie das Gefühl gehabt, außer Kontrolle zu geraten. Dagegen war nichts zu sagen, oder? Schließlich waren es damals gute Gründe gewesen.

Sie ließ es dabei bewenden und konzentrierte sich auf ihr gegenwärtiges Anliegen.

Ganz in Schwarz gekleidet, glitt sie aus dem Wagen und hoffte, mit der Dunkelheit zu verschmelzen. Sie schob die Tür zu und eilte zur Straßenecke, wobei sie sich im Schatten von Büschen und Bäumen hielt.

Bis sich nach der High School ihre Wege getrennt hatten, war Laurie Landry eine ihrer besten Freundinnen gewesen. Laurie hatte ihr verraten, dass ihre Eltern rechts neben der Tür in der abgedeckten Außensteckdose einen Ersatzschlüssel aufbewahrten. Lange hatten sie beide Gebrauch davon gemacht, um jederzeit ins Haus schlüpfen zu können.

Falls er nicht mehr dort war, musste sie sich überlegen, was sie tun sollte.

Doch sie hatte sich umsonst Sorgen gemacht. Die Landrys bewahrten den Schlüssel noch am selben Platz auf. Ein Beweis, dass sich hier kaum etwas veränderte und Cypress Springs ein sicherer Ort zum Leben war.

Es sei denn, man wurde von der Gruppe Die Sieben ins Visier genommen, um sein Leben zu ändern.

Dauerhaft.

Avery öffnete die Tür mit dem Schlüssel und betrat die große Eingangshalle. Sie schloss die Tür von innen wieder zu, ließ den Schlüssel in die Tasche gleiten und stieg die Treppe hinauf. Da der Empfang ab acht Uhr abends nicht mehr besetzt war, hatte jeder Gast einen Schlüssel, damit er kommen und gehen konnte, wann er wollte.

Weder die Landrys noch die übrigen Gäste würden sich also etwas dabei denken, wenn jemand durchs Haus ging.

In der ersten Etage angelangt, wandte Avery sich nach links. Gwen bewohnte das Zimmer am Ende des Flures. An der Tür hatte sie ein Schwindel erregendes Déjà-vu-Erlebnis.

Gwens Tür stand offen.

Nicht schon wieder! Bitte, Gott, nicht schon wieder!

Mit den Fingerspitzen schob sie die Tür weiter auf und rief in eindringlichem Flüsterton nach Gwen.

Gwen antwortete nicht.

Das hatte sie fast erwartet und befürchtete das Schlimmste.

Avery holte ihre Stablampe aus der Tasche, schaltete sie an und trat ein. Der schmale Lichtkegel wies ihr den Weg. Gwens Zimmer war durchwühlt worden, Schubladen und Schränke aufgerissen und entleert, Spiegel demoliert, Lampen umgeworfen.

Sie ging weiter und ließ das Licht in einem zittrigen Bogen hin und her wandern. Keine blutigen Abdrücke. Keine Leiche. Beklommen ging sie zu dem gemachten Bett, hob den Überwurf an und leuchtete darunter.

Nichts. Nicht mal Staubflocken.

Sie ließ die Decke fallen, richtete sich auf und wandte sich dem Schrank zu. Die Türen waren aufgerissen, der Inhalt lag davor auf dem Boden. Ihr Blick schweifte zur geschlossenen Badezimmertür und zurück in den Flur. Sie sollte das hier nicht allein erledigen, sondern mit Buddy und der Polizei. Die sollten herkommen und nach Gwen suchen.

Keine gute Idee. Wie sollte sie erklären, dass sie hier war, mit Latexhandschuhen und Stablampe in der Tasche? Gestern Nacht bei Trudy Pruitt und heute Nacht bei Gwen Lancaster.

Mach, dass du hier rauskommst! Ruf die Polizei aus dem Auto an oder besser noch aus einer Telefonzelle vom anderen Ende der Stadt.

Stattdessen ging sie langsam auf das Bad zu. Sie hörte Wasser laufen, drehte den Knauf und schob behutsam die Tür auf. Vorsichtig trat sie ein und leuchtete mit der Stablampe den Raum ab.

Das Bad war klein, mit Säulenwaschbecken, Medizinschränkchen, Wanne mit Löwenfüßen, umgeben von einem Duschvorhang mit Blumendruck. Auf dem Boden lag nichts.

Das Rauschen, das sie gehört hatte, kam von der Toilettenspülung. Sie ging hin, ruckte am Griff, und das Wasser lief nicht mehr nach.

So weit, so gut.

Ihr Blick blieb auf Wanne und Duschvorhang haften. Ich muss nachsehen. Für alle Fälle.

Vorsichtig schob sie sich seitlich darauf zu, als könnte sie, wenn sie direkt hinginge, das negativ beeinflussen, was sie entdecken würde. Eine Armlänge vom Vorhang entfernt blieb sie mit Herzklopfen, trockenem Mund und feuchten Händen stehen.

Mach schon, Chauvin!

Sie zwang sich, ein Stück von dem Vinylvorhang zu ergreifen, und wollte ihn gerade zur Seite reißen.

„Keine Bewegung, oder ich schieße!"

Avery erstarrte, hatte jedoch Gwens Stimme erkannt. Sie lebte!

„Hände hoch!" fauchte Gwen. „Und langsam umdrehen."

Avery folgte ihrer Aufforderung. Gwen stand in der Tür, das Gesicht kalkweiß, und zielte mit einer Waffe auf sie.

„Ich bin es, Gwen, Avery."

„Ich habe Augen im Kopf."

„Es ist nicht so, wie es aussieht. Die Tür stand offen, und ich habe das Zimmer so vorgefunden."

„Na klar."

„Doch, bestimmt. Ich wollte Sie unbedingt erreichen. Ihr Handy war offenbar nicht eingeschaltet. Und ich wollte hier nicht anrufen, damit niemand merkt, dass wir in Kontakt stehen."

Die Waffe schwankte, während Gwen Avery forschend betrachtete. „Warum wollten Sie mich unbedingt erreichen? Ich meine mich zu erinnern, dass Sie nichts mit mir zu tun haben wollten."

„Das war, bevor Trudy Pruitt ermordet wurde."

Gwens ohnehin blasses Gesicht wurde noch fahler. „Was wissen Sie über Trudy ..."

„Ich war gestern Abend bei ihr. Sie rief mich an, wir wollten uns treffen. Als ich dort ankam, stand ihre Tür offen, und ihr Wohnwagen war durchwühlt. Ich fand sie in der Küche ... auf dem Boden. Als ich auch Ihre Tür offen vorfand ... dachte ich, die hätten Sie auch schon erwischt."

Gwen sah sie eine Weile nur an und schien einzuschätzen, ob

sie die Wahrheit sagte. Mit kaum merklichem Nicken senkte sie schließlich die Waffe.

„Danke.“ Avery atmete zittrig aus. „Das war das zweite Mal in zwei Tagen, dass ich in den Lauf einer Waffe gestarrt habe.“

Auf dem Flur ertönten Schritte. Jemand kam offenbar die Treppe hinauf. Beide Frauen blickten in die Richtung. Gwen kam schnell herein, schloss die Tür und schob den Sicherheitsriegel vor. Sie sah Avery an, legte einen Finger an die Lippen und deutete auf das Bad.

Avery gab ihr zu verstehen, dass sie begriff. Kurz darauf schloss Gwen die Badezimmertür hinter ihnen und drehte die Dusche auf. Die Hintergrundgeräusche würden ihre Stimmen überlagern, falls sie belauscht wurden. Dann setzte Gwen sich auf den Toilettendeckel und stützte den Kopf in die Hände.

Nach einer Weile sah sie Avery an. „Ich dachte, ich wäre jetzt dran.“

Ihre Stimme bebte, und wie Avery jetzt sah, ihre Hände auch. Gwen faltete sie rasch.

„Eine Frau rief mich an“, erklärte sie. „Sie wollte mir Informationen über Die Sieben und über Tom geben. Wir wollten uns heute Nacht treffen.“

„Und sie ist nicht gekommen.“

„Nein, es war ein Ablenkungsmanöver.“

„Ablenkungsmanöver? Sie meinen, um Sie hier wegzulocken?“

„Um mich zu verwarnen.“

„Das verstehe ich nicht.“

„Ich habe gestern Trudy Pruitt befragt. Sie hat mir bestätigt, dass Die Sieben existiert – früher und heute. Sie meinte, die Mitglieder hätten Elaine St. Claire umgebracht. Und sie hat mir erzählt, dass die Gruppe immer eine Warnung herausgibt, ehe sie aktiv wird. Eine schreckliche Drohung.“

„Elaine St. Claire wurde gewarnt?"

„Ja. Sie war mit Trudy befreundet. Beide servierten Drinks unten im Hard Eight. Eines Tages packte Elaine ihre Sachen und verschwand."

„Sie hat die Warnung ernst genommen und Cypress Springs verlassen?"

„Ja. Einige Monate darauf erhielt Trudy einen Brief von ihr. Ein Abgesandter der Gruppe hatte Elaine offenbar spätnachts einen Besuch abgestattet. Er hatte sich eine Waffe zusammengebastelt, einen Phallus mit scharfen Dornen und einem Messer. Der Mann sagte ihr, sie sei der Unmoral angeklagt und für schuldig befunden worden, weil sie mit vielen Männern schlafe. Er sagte, er würde ihr geben, was sie so sehr mochte, bis sie tot sei."

Entsetzt presste Avery die Lippen zusammen und erinnerte sich, was Hunter ihr über Elaines Tod erzählt hatte. Die Geschichten stimmten überein.

Voller Unruhe stand Gwen wieder auf. „Heute Nacht haben sie mich verwarnt. Mit einer Katze, die sie ausgeweidet am Treffpunkt für mich zurückgelassen haben. Die wollen mir Angst machen."

„Und das ist ihnen gelungen."

„Ja, natürlich."

„Sie müssen Cypress Springs verlassen, sofort, heute Nacht noch. Ich halte Sie über meine Recherchen auf dem Laufenden."

„Wieso bilden Sie sich ein, geschützt zu sein?"

„Ich verstehe nicht."

„Sie gehören nicht mehr zu denen, Avery. Wenn die herausfinden, dass Sie ihnen auf die Spur kommen, sind Sie auch dran."

„Ich sorge schon dafür, dass sie nichts herausfinden."

Gwen lachte freudlos. „Dafür ist es längst zu spät. Die haben uns miteinander reden sehen. Sie haben sich in der Stadt umgehört. Die sehen alles, Avery, absolut alles."

„Ich werde nicht abreisen, ehe ich nicht die Wahrheit über den Tod meines Vaters kenne."

Gwen sah sie viel sagend an, und Avery verstand. Auch Gwen würde nicht abreisen, ehe sie wusste, was mit ihrem Bruder passiert war.

„Dann machen wir es zusammen", entschied Avery.

„So sehe ich das auch."

Fröstelnd rieb Avery sich die Arme. „Hat Trudy Pruitt noch irgendwas über mich oder meinen Vater gesagt? Hat sie Sallie Waguespack erwähnt?"

Gwen schüttelte den Kopf. „Sie hat ausschließlich über Die Sieben gesprochen. Ich habe alles in meinen ... oh nein!"

„Was?"

„Meine Notizen!"

Rasch öffnete Gwen die Badezimmertür und lief ins Schlafzimmer. Avery folgte ihr und sah zu, wie sie die am Boden verstreuten Sachen durchsah, dann unter das Bett und in alle Kommoden und Schränke schaute.

„Weg. Alles weg. Meine Notizen und die Bänder mit den Gesprächen." Sie sank auf die Knie. „Die werden tatsächlich mit Mord davonkommen."

„Nein, das lassen wir nicht zu." Avery ging zu ihr. „Ich glaube Ihnen, Gwen. Zusammen können wir sie schlagen. Ich bin mir sicher, dass wir es zu zweit schaffen können."

Resigniert schüttelte Gwen den Kopf. „Nein, können wir nicht. Das schafft niemand."

„Das möchten die uns glauben machen. Deshalb sind sie so lange unbehelligt geblieben." Sie hielt ihr eine Hand hin, um ihr beim Aufstehen zu helfen. „Erzählen Sie mir genau, was heute Nacht passiert ist und was Sie bisher herausgefunden haben. Und ich sage Ihnen, was ich weiß. Zusammen bringen wir Licht in das

Dunkel. Wir gehen zur Staatspolizei oder zum FBI. Wir zwei schaffen das, Gwen."

„Wir zwei", wiederholte Gwen, nahm Averys Hand und stand auf. Gemeinsam kehrten sie ins Bad zurück. Dort erzählte sie detailliert von den Ereignissen des Abends bis zu ihrer Rückkehr.

Avery dachte einen Moment nach. „Und Sie haben keine Ahnung, wer diese Frau war?"

„Nein."

„Hat sie vom Münztelefon in der Halle angerufen?" Gwen schüttelte den Kopf. „Dann musste sie sich über die Zentrale am Empfang verbinden lassen. Haben Sie gefragt ..."

„Ja. Die sagten, sie hätten keine Ahnung, wer die Anruferin war. Sie hatten angenommen, es wäre eine Freundin von mir von außerhalb."

„Aber Sie glauben das nicht."

„Ich glaube überhaupt nichts mehr." Sie verschränkte die Finger ineinander. „Was ist Ihnen widerfahren?"

Avery erzählte von den anonymen Anrufen. „Sie sagte, Dad habe bekommen, was er verdiente, und ich käme auch noch dran. Ich hatte immer Mühe zu glauben, dass Dad sich selbst umgebracht hat, aber nach diesen Anrufen ..."

„Danach haben Sie es gar nicht mehr geglaubt."

„Stimmt. Die Frau rief noch einige Male an und beschuldigte Dad, ein Lügner und ein Mörder zu sein. Er habe geholfen, ihren Jungs den Mord an Sallie Waguespack anzuhängen, und sie habe Beweise."

„Warum haben Sie ihr geglaubt? Nach allem, was Sie mir über Ihren Dad erzählt haben ..."

„Ich fand einen Karton mit Zeitungsausschnitten in seinem Schrank. Sie stammten alle aus dem Sommer 1988 und betrafen den Mord an Sallie Waguespack."

„Das könnte Trudy Pruitts Behauptung stützen."

„Nicht unbedingt. Der Mord war die größte Sensation, die es in dieser Stadt je gegeben hat. Es war ein Schock und ein Weckruf. Dad sorgte sich um das Gemeinwohl. Wahrscheinlich hat er die Geschichte verfolgt, weil ..."

„Avery", fiel Gwen ihr ins Wort, „er hat diese Zeitungsartikel gesammelt und fünfzehn Jahre aufbewahrt. Dafür muss es einen Grund geben, einen persönlichen."

Avery wusste, dass sie Recht hatte. Ihre Gedanken gingen in dieselbe Richtung. Doch ihr Vater war keinesfalls ein Mordkomplize, und das sagte sie Gwen auch.

Gwen widersprach nicht. „Wann haben Sie erfahren, dass die Anruferin Trudy Pruitt war?"

„An dem Nachmittag, als sie umgebracht wurde. Ich habe sie provoziert, bis sie mir ihren Namen sagte. Dann habe ich ihr versprochen, dass ich die Sache in Ordnung bringen und einen Weg finden würde, Donny und Dylan zu rehabilitieren, falls sie Beweise für ihre Behauptung hätte. Wir verabredeten ein Treffen für den Abend." Avery atmete tief durch und fügte hinzu: „Sie lebte noch, als ich kam, und sie versuchte, mir etwas zu sagen, aber dann starb sie."

Erstaunt sah Gwen sie an. „Wussten Sie denn nicht, dass die ihr die Zunge herausgeschnitten haben?"

„Was? Sind Sie ... das kann nicht ...!" Es stimmt, wurde Avery klar, als sie an das Gesicht der Frau mit dem blutigen Mund dachte.

Beide schwiegen eine Weile. Schließlich sagte Gwen: „Demnach können wir wohl mit Sicherheit davon ausgehen, dass es sich nicht um einen zufälligen Gewaltakt handelt."

Ihr Sarkasmus ließ Avery zusammenzucken, und sie wechselte das Thema. „Buddy hat mich Einblick in die Ermittlungsakten im Fall Sallie Waguespack nehmen lassen. Es schien alles in Ordnung zu sein. Doch ich grübele immer wieder über den Karton voller Zeitungsausschnitte nach. Außerdem bin ich überzeugt, dass Dad sich nicht selbst das Leben genommen hat. Und nun diese anderen Todesfälle. Wer sind diese Leute, Gwen? Wer sind Die Sieben?"

„Setzen Sie die Informationen zusammen, Avery." Gwen beugte sich vor. „Sie sind Journalistin ... wer passt ins Profil?"

Da Avery schwieg, fuhr Gwen fort: „Vermutlich sind es alles Männer. Andererseits, da mich heute eine Frau weggelockt hat, gehören vielleicht auch Frauen zu der Gruppe. Zweifellos sind alle langjährige Bürger von Cypress Springs, Stützen der Gesellschaft. Menschen, zu denen man aufschaut, in wichtigen Positionen oder Leute mit Einfluss." Nach einer Pause fügte sie hinzu: „Wie Ihr Dad."

„Er hätte sich nie an so etwas beteiligt. Niemals!"

Gwen hob beschwichtigend die Hand. „Aber nur so funktioniert es. Vermutlich sind es alle Erwachsene, vierzig und darüber. Vielleicht sogar viel älter, falls Die Sieben von früher dieselben sind wie heute. Und wenn die heutige Gruppe der aus den Achtzigern gleicht, haben sie eine Menge Komplizen in der Gemeinde. Bürger mit gleicher Geisteshaltung, die bereit sind, für sie zu spionieren und die Gesetze zu brechen."

Avery runzelte die Stirn. „Vergangenheit und Gegenwart sind offenbar miteinander verbunden – die Gruppierung aus den Achtzigern und Sallie Waguespacks Tod. Ich weiß nur nicht, wie das alles zusammenhängt."

„Was glauben Sie, wie Trudy Pruitts Beweise aussahen?"

„Keine Ahnung. Aber wenn es sie wirklich gab, besteht die Chance, dass sie sich noch im Wohnwagen befinden."

Gwen ließ den Blick über Averys dunkle Kleidung wandern und verstand plötzlich. „Und Sie meinen, wir sollten jetzt hinfahren und nachsehen."

„Wenn Sie sich trauen?“

„Was habe ich denn noch zu verlieren?“

Sie wussten es beide – ihr Leben.

„Außerdem“, fuhr Gwen keck lächelnd fort, „habe ich neue schwarze Jeans, die ich schon immer mal anziehen wollte.“

38. KAPITEL

Avery stellte ihren Geländewagen vor dem Wohnwagenpark ab, und sie gingen schweigend hinein. Sie hielten sich, so gut es ging, im tiefen Schatten. Im Gegensatz zu gestern war Avery heute froh über die ausgeschaltete Sicherheitsbeleuchtung.

Als sie Trudy Pruitts Wohnwagen erreichten, sahen sie, dass das gespannte gelbe Absperrband in der Mitte durchhing, was wie ein obszönes Lächeln wirkte. Avery fröstelte unwillkürlich, trotz der warmen Nacht.

„Wie sollen wir hineinkommen?"

„Sie werden schon sehen." Rasch ging Avery auf den Wohnwagen zu, stieg jedoch nicht die Eingangstreppe hinauf, sondern blieb im Garten. Die Froschfigur lag noch dort, wo sie hingefallen war. Avery nahm sie auf, drehte sie um und entnahm dem Geheimfach an der Unterseite einen Schlüssel. „Ich wette, der ist für die Haustür."

„Woher wussten Sie, dass er dort ist?"

„Mir war die Figur aufgefallen. Ich dachte, sie sei aus Beton, doch dann stieß ich zufällig dagegen und merkte, wie leicht sie ist. Solche Schlüsseltresore sind keine Seltenheit. Warum sollte sich jemand einen falschen Betonfrosch auf die Veranda stellen, wenn er keine Funktion hat?"

„Gute Detektivarbeit."

Avery zuckte eine Achsel. „Journalistisches Gespür."

Sie stiegen die Treppe hinauf und ließen sich mit dem Schlüssel ein. Avery schaltete ihre Stableuchte ein, und Gwen folgte ihrem Beispiel. Hier war nichts gesäubert oder aufgeräumt worden. Und auch wenn die Polizei den Tatort freigeben würde, wäre vermutlich niemand da, der diese Aufgabe übernahm.

Sie vermied es, auf den Blutfleck an der Rückwand zu schauen, und holte zwei Paar Handschuhe aus der Gesäßtasche, die sie am Nachmittag im Malergeschäft erstanden hatte. Ein Paar reichte sie Gwen. „Das hier ist immer noch ein Tatort, und ich möchte keine Fingerabdrücke hinterlassen."

Gwen zog die Handschuhe an. „Wenn man uns schnappt, stecken wir tief in der Tinte."

„Das tun wir jetzt schon. Fangen wir mit dem Schlafzimmer an."

Sie gingen hinüber und fanden es in demselben chaotischen Zustand vor wie den Vorderraum. Das Bett war ungemacht, Kommodenschubladen waren herausgerissen, Kleidung lag verstreut herum. Bierdosen, überquellende Aschenbecher, Zeitungen und Modemagazine verunzierten Kommoden und Fußboden.

Die beiden tauschten Blicke. „Trudy war wohl nicht gerade eine Ordnungsfanatikerin, was?" bemerkte Gwen.

Stirnrunzelnd ließ Avery den Blick durch den Raum wandern. „Sie haben Recht. Dieses Chaos war nicht das Werk eines Killers. Trudy Pruitt war schlichtweg eine Schlampe."

„Okay. Also?"

„Gestern Abend habe ich geglaubt, der Wohnwagen sei durchwühlt worden. Aber das stimmt offenbar nicht. Warum sollte jemand den Vorraum durchsuchen, aber nicht das Schlafzimmer?"

„Und was heißt das Ihrer Meinung nach?"

„Vielleicht gar nichts. Es ist nur eine Beobachtung. Fangen wir an."

„Wonach suchen wir?"

„Das weiß ich, wenn ich es sehe. Hoffentlich."

Sie begannen mit ihrer Suche, prüften die Inhalte von Schubladen und Schränken und sahen sich schließlich an, was auf der Kommode lag und stand. Avery blickte zu Boden.

Eine Ausgabe der Gazette lag dort, die Blätter über den Boden verteilt. Sie ging daneben in die Hocke. Es war keine neue Ausgabe, sondern die, in der über den Tod ihres Vaters berichtet wurde. Trudy hatte das Gesicht ihres Dad mit Teufelshörnern und einem Ziegenbart versehen.

„Was ist?“

Avery deutete auf die Zeitung. Gwen las die Schlagzeile laut vor. „Beliebter Arzt begeht Selbstmord. Gemeinde trauert.“ Sie sah Avery an. „Das tut mir ...“ Sie brach stirnrunzelnd ab. „Schauen Sie, hier. Trudy hat am Rand etwas notiert.“

Die Frau hatte mit einer Strichliste offenbar etwas gezählt. Daneben stand: Alle, bis auf zwei.

„Fünf“, sagte Gwen leise. „Was, glauben Sie, hat sie da gezählt?“

„Ich weiß nicht, aber ...“ Sie riss die Augen auf. „Mein Gott, fünf plus zwei ...“

„Macht sieben.“

„Sie hat die Toten gezählt. Dad war Nummer fünf. Da sind oder waren noch zwei übrig.“

„Aber wer waren die?“

„Sie sagte am Telefon, es wären nicht mehr viele übrig, und sie würden sterben wie die Fliegen.“

„Leute, die die Wahrheit kannten?“

„Offenbar.“

Sorgfältig blätterte Avery die restlichen Seiten durch, doch ihr sprang nichts Ungewöhnliches mehr ins Auge. Sie faltete vorsichtig die Seite mit dem Foto ihres Vaters und Trudy Pruitts Notiz zusammen und steckte sie in eine Plastiktüte.

Als Nächstes durchsuchten sie den Wohnraum, sahen an den Unterseiten und in den Falten von Sessel und Sofa, hinter gerahmten Fotos und in Magazinen nach und fanden nichts.

„Jetzt die Küche“, sagte Avery mit belegter Stimme.

„Dort ist sie ... das wird schlimm." Gwen wurde blass. „Ich habe noch nie ..."

Sie tauschten einen Blick, und in stummer Übereinkunft ging Avery voran.

Mit Klebeband hatte die Polizei die Stelle gekennzeichnet, an der Trudy gestorben war. Eine getrocknete Blutlache umgab den Umriss. Auf dem schmutzigen Linoleum waren deutlich mehrere blutige Handabdrücke zu erkennen.

Avery schauderte, atmete tief durch und riss den Blick von den Spuren des Verbrechens. „Bringen wir es hinter uns."

Sie sah im Gefrierschrank nach. Er war leer, bis auf ein paar tiefgefrorene Diätmahlzeiten und ein halbes Dutzend leere Dosen. Schränke und Speisekammer waren ebenfalls so gut wie leer. Weder an der Unterseite der Regale noch an Tisch oder Abfalleimer fanden sie etwas festgeklebt.

„Entweder hatte sie keinen Beweis oder der Killer hat ihn schon mitgenommen", stellte Avery frustriert fest.

„Vielleicht existierte dieser Beweis nur in ihrem Kopf", gab Gwen zu bedenken. „In Form eines Argumentes."

„Kann sein."

Gwen runzelte die Stirn. „Kein Anrufbeantworter?"

Avery warf ihr einen Blick zu. „Was?"

„Jeder hat heutzutage einen Anrufbeantworter." Sie deutete auf das Telefon an der Wand neben dem Kühlschrank. „Im Schlafzimmer habe ich auch keinen gesehen. Sie etwa?"

Avery schüttelte den Kopf, ging zu dem Apparat und nahm den Hörer auf. Anstelle eines Wähltons hörte sie eine Reihe von Piepstönen. Verwundert reichte sie Gwen den Hörer.

„Memory Call", erklärte Gwen ihr ruhig. „Das ist ein Antwortservice, der von der Telefongesellschaft angeboten wird. Ich habe ihn auch."

„Und wie ruft man die Nachrichten ab?"

„Man wählt den Service an und gibt eine fünfstellige Passzahl ein. Die Piepser bedeuten, dass Trudy eine Nachricht hat."

„Wie lautet die Nummer?"

„Das ist wohl örtlich verschieden. Bei mir ist es anders als hier. Tut mir Leid."

Avery sah sich um. „Ich vermute, Trudy hat sich die entsprechende Nummer irgendwo neben dem Telefon notiert, um sie nicht auswendig lernen zu müssen." Sie öffnete eine Schublade in der Nähe des Telefons und sah zwischen Papieren, Prospekten und ungeöffneter Post nach.

„Sehen Sie auf dem Apparat nach", schlug Gwen vor. „Bis ich meine Nummer auswendig kannte, habe ich sie dort hingeklebt."

Avery sah auf Apparat und Hörer nach, doch da war nichts. Frustriert sah sie Gwen an. „Fehlanzeige."

„Tom hatte den Dienst auch", erwiderte sie leise, „er hat die Nummer einpro..."

„Einprogrammiert unter Schnellwahl", fiel Avery ihr ins Wort und sah auf den Apparat. Die Einrichtung, bis zu sechs Nummern als Schnellwahl zu speichern, gab es sicher auch an diesem Gerät. Sie versuchte die erste Nummer und wurde mit dem Hard Eight verbunden.

Sie machte Gwen das Siegeszeichen mit dem Daumen nach oben und probierte die zweite Nummer. Da sie jemanden aus tiefem Schlaf weckte, legte sie wieder auf und versuchte es erneut.

Die dritte Nummer war ein Treffer. Eine automatische Ansage begrüßte sie beim Memory Call Service.

„Ich hab's", sagte Avery aufgeregt. „Geben Sie mir einen Tipp zur Passzahl."

„Die Zahlen von eins bis fünf."

Avery gab sie ein und wurde höflich informiert, dass die Zahl falsch sei. Sie versuchte dieselbe Reihe rückwärts und verschiedene andere Kombinationen. Alle ohne Erfolg. Schließlich hängte sie ein und sah Gwen an. „Und jetzt?"

„Die meisten Leute wählen Kombinationen, die sie sich leicht einprägen können. Jahrestage, Kindergeburtstage. Aber die kennen wir in diesem Fall nicht."

„Kennen wir doch", widersprach Avery leise. „Das Datum, das Trudy Pruitt nie vergessen und vielleicht als schmerzliche Erinnerung verwandt hat. Der 18. Juni 1988. Die Nacht, in der Sallie Waguespack ermordet wurde und ihre Söhne bei einer Schießerei mit der Polizei umgekommen sind."

Avery wählte wieder den Anrufservice und gab die 61988 ein. Die automatische Ansage informierte sie, dass sie fünf neue Mitteilungen habe und eine alte.

Erneut hob Avery den Daumen und drückte dann die entsprechenden Tasten, um sich die Nachrichten anzuhören. Sie hörte Datum und Uhrzeit der Mitteilung, dann wurde sie abgespielt. Der Erste war Trudys Boss aus der Bar. Er war sauer, dass sie nicht zur Arbeit erschienen war. Mehrfach wurde gleich wieder aufgelegt. Eine Frau weinte leise schluchzend, verzweifelt und hoffnungslos. Dann Hunter. Er sagte seinen Namen, gab seine Telefonnummer an und legte auf.

Averys Knie zitterten, und sie stützte sich mit einer Hand am Tresen ab. Hunter hat Trudy Pruitt am letzten Nachmittag ihres Lebens angerufen! Warum?

„Was ist los?"

Sie entnahm Gwens Mienenspiel, dass sie selbst wohl ziemlich schockiert wirken musste, und versuchte es zu überspielen. „Nichts. Eine Frau, die weint. Einfach nur weint. Das ist unheimlich."

„Spielen Sie zurück."

Avery tat es und hielt den Hörer so, dass Gwen mithören konnte. Sobald der Anruf beendet war, unterbrach sie die Leitung.

„Die Frau, die mich angerufen hat, klang auch, als hätte sie geweint“, bemerkte Gwen. „Vielleicht war es dieselbe.“

„Um welche Zeit wurden Sie angerufen?“

Gwen dachte kurz nach. „Gegen fünf am Nachmittag.“

Avery wählte wieder und rief noch einmal die Mitteilungen auf. Die Frau hatte Trudy Pruitt um viertel vor fünf angerufen. Sie sah Gwen an. „Ist das ein Zufall?“

„Ein komischer jedenfalls. Was hat das wohl zu bedeuten?“

„Ich weiß nicht. Aber ich frage mich, ob sich die Polizei diese Mitteilungen schon angehört hat.“

„Die können sie direkt vom Service abfragen. Schließlich könnten diese Anrufe Beweismittel sein.“

„Oder der Polizei ist der Service noch gar nicht aufgefallen. Wir hätten ihn ja auch fast übersehen. Und jetzt raus hier.“

Sie gingen auf demselben Weg hinaus, wie sie gekommen waren, und erreichten den Geländewagen ohne Zwischenfall. Avery ließ den Motor an und fuhr langsam los. Die Scheinwerfer schaltete sie erst nach einigen hundert Metern ein.

Der Gedanke, dass Hunter Trudy Pruitt angerufen hatte, ließ sie nicht mehr los. Warum? Was hatte er mit dieser Frau zu schaffen, und das am letzten Tag ihres Lebens? Und vor allem, warum hatte er das nicht erwähnt, als sie über Trudys Ermordung gesprochen hatten?

Die Antworten auf diese Fragen gefielen ihr gar nicht.

„Etwas bedrückt Sie doch.“

Avery streifte Gwen mit einem Blick. Sie sollte es ihr sagen, schließlich waren sie Partner in dieser Sache. Wäre sie eine Kollegin von der Post, würde sie beichten.

So aber konnte sie es nicht. Zuerst musste sie die Sache durchdenken.

„Ich frage mich, warum Leute wie Trudy Pruitt in Cypress Springs geblieben sind? Warum ist sie nicht einfach weggezogen?"

„Das habe ich sie auch gefragt. Sie sagte, einige wären fortgegangen, aber für die anderen, für die meisten, ist dies hier ihre Heimat. Ihre Freunde und ihre Familien leben hier, also bleiben sie."

„Aber hier in Angst zu leben, zu wissen, dass man beobachtet und beurteilt wird, das ist so falsch, so gar nicht amerikanisch."

Während sie das sagte, wurde ihr bewusst, wie selbstverständlich ihre persönliche Freiheit für sie war. Was wäre, wenn es diese Freiheit eines Tages nicht mehr gab? Wenn sie ihre Meinung nicht mehr äußern oder nicht mehr die Filme sehen und die Bücher lesen durfte, die sie wollte. Wenn das Fehlen beim Gottesdienst oder eine zu viel getrunkene Margarita sie auf die Verbrecherliste brachte?

„Die Situation hat sich erst seit kurzem so zugespitzt", fügte Gwen hinzu. „Eine lange Zeit war es ruhig."

„Seit kurzem? Was soll das heißen?"

„In den letzten acht bis zwölf Monaten. Zu der Zeit begann das mit den Selbstmorden und Unfällen. Trudy sagte, sie habe erst darüber nachgedacht zu gehen, nachdem das mit Elaine passiert sei. Aber sie konnte es sich nicht leisten."

Daran hatte Avery nicht gedacht. Natürlich kostete ein Umzug Geld. Einen Wohnwagen konnte man sich nicht einfach auf den Rücken schnallen. Neue Wohnungen kosteten Kaution und Miete, und dann war da noch die Notwendigkeit, einen neuen Job zu finden.

Bei ihr selbst war das etwas anderes gewesen. Wenn sie aus beruflichen Gründen umziehen musste, dann hatte sie bereits einen neuen Job, und gewöhnlich übernahm der neue Arbeitgeber die

Umzugskosten. Außerdem hatte sie immer Geld auf der Bank gehabt und einen Vater, auf den sie zurückgreifen konnte.

In gewisser Weise waren Menschen wie Trudy Pruitt gefangen.

„Nach allem, was mir Trudy erzählt hat, machten die meisten Bürger wie willige Schafe mit. Aus Angst, dass sich ihr Leben verändern könnte, gingen sie nur zu gern wieder in die Kirche, zügelten ihr Benehmen oder spionierten ihre Nachbarn aus, wenn sie dafür nachts nicht mehr ihre Türen abschließen mussten."

„Und was war mit ihr? Sie hat sich nicht dem allgemeinen Trend angeschlossen."

Gwen schaute sie ernst an. „Ich glaube kaum, dass sie sich hätte ändern können. Und sie sah wohl auch keinen Grund dazu. Sie verabscheute diese Stadt und ihre Bürger. Wegen ihrer Jungs."

„Und trotzdem hat sie nichts über deren Tod oder Sallie Waguespack erzählt?"

„Nur, dass sie es nicht getan haben und hereingelegt wurden."

„Was ist mit Tom? Hat sie über ihn gesprochen?"

„Ich habe sie gefragt, aber sie wusste über ihn nur, was in der Zeitung stand. Allerdings hatte sie keinen Zweifel daran, dass die Mitglieder der Sieben ihn umgebracht haben."

„Hatte er mit ihr Kontakt?"

„Nein. Sie hat sich an mich gewandt."

Avery hielt an einer roten Ampel und sah Gwen an. „Hat sie gesagt, wer Die Sieben sind?"

„Nein. Sie sagte, wenn sie das preisgeben würde, wäre sie bald tot."

Tot ist sie auch so. Die Ampel sprang um, und Avery fuhr wieder an. Der Stadtplatz kam in Sicht.

„Setzen Sie mich an der Ecke ab", bat Gwen.

„Wirklich? Ich könnte den Wagen um die Ecke parken und Ihnen noch beim Aufräumen helfen."

„Nein, so ist es besser. Je weniger Möglichkeiten es gibt, dass man uns zusammen sieht, desto besser.“

Avery stimmte zu und hielt an der nächsten Ecke. „Rufen Sie mich morgen an.“

Gwen nickte und langte nach dem Türgriff. „Und wie geht es jetzt weiter?“

„Ich bin mir nicht sicher. Ich muss darüber nachdenken, die Fakten sortieren und entscheiden, in welche Richtung wir weitersuchen.“

Gwen öffnete die Tür und stieg aus. Avery beugte sich über den Sitz. „Gwen?“

Sie beugte sich herunter und sah ins Wageninnere.

„Seien Sie vorsichtig.“

Gwen versprach es, schlug die Tür zu und ging rasch davon. Beklommen sah Avery ihr nach, blickte über die Schulter und hatte das unangenehme Gefühl, beobachtet zu werden. Doch da war nichts außer der dunklen, verlassenen Straße.

Doch irgendwo waren sie hier. Die Mitglieder der Sieben. Und ihre Spione und Killer auch.

Wenn sie ihr Leben retten wollten, reichte es vielleicht nicht aus, nur vorsichtig zu sein.

39. KAPITEL

Der Vollstrecker stand allein in seinem abgedunkelten Bad, nackt und zitternd. Er starrte sich im Spiegel über dem Waschbecken an. Der Mann, der ihm entgegenschaute, war ihm fremd.

Er schob sich das verschwitzte Haar aus der Stirn und beugte sich näher zum Spiegel vor. Waren das Tränen in seinen Augen?

Wütend straffte er sich. Er war kein Kind mehr und nicht zimperlich. Und er brach nicht jedes Mal zusammen, wenn das Leben rauer wurde. Er war der Starke, dessen Willenskraft und Entschlossenheit sie alle trug.

Ohne ihn wäre Cypress Springs verloren gewesen.

Er beugte sich vor, bespritzte das Gesicht mit kaltem Wasser und richtete sich wieder auf. Kleine Rinnsale liefen ihm über Schultern und Bauch. Er atmete tief durch die Nase ein. Sein Brustkorb blähte sich, und er spürte förmlich, wie das Blut sich mit Sauerstoff anreicherte und die Muskulatur sich stärkte. Augenblicklich fühlte er sich größer, stärker.

Er lächelte und lachte schließlich. Die anderen verstanden das nicht. Er hatte seine Augen überall. Während seine Generäle noch herumtuschelten, wusste er bereits alles. Glaubten die wirklich, er merke nicht, wie sie flüsternd verstohlene, wissende Blicke tauschten und Pläne schmiedeten?

Offenbar nahm die Zahl seiner Gegner zu.

Wut kochte in ihm hoch. Seine engsten Vertrauten wandten sich gegen ihn. Diejenigen, die ihn unterstützen, ja lieben sollten, planten seinen Sturz. Er hatte sein Leben für sie gegeben. Seine Taten, die Risiken, die er einging, das alles tat er nur, um ihnen ein besseres Leben zu ermöglichen. Er hatte alles nur für sie getan.

War es zu viel verlangt, wenn er als Gegenleistung absolute Loyalität erwartete?

Er verengte die Augen. Offenbar ja, und das würde sie teuer zu stehen kommen.

Das hier war seine Stadt. Er war ihr Anführer. Nichts und niemand würde das ändern. Keine Gwen Lancaster und keine Avery Chauvin.

Heute Abend hatte er aus der Deckung heraus beobachtet, dass beide Frauen eine unheilige Allianz gebildet hatten. Eine der Lieblingstöchter von Cypress Springs entpuppte sich als Verräterin.

Trauer durchdrang seinen Panzer wie ein scharfer Speer. Doch er verdrängte den Wunsch, die Arme wieder zu öffnen und zu verzeihen. Solche Gefühle waren etwas für Schwache, und schwach war er nicht.

Sein Instinkt riet ihm, Gwen Lancaster rasch zum Schweigen zu bringen, ehe sie noch mehr Schaden anrichten konnte. Doch es gab Regeln, die befolgt werden mussten, ein bewährtes System, das er nicht aufgeben durfte. Es bewusst zu ignorieren, bedeutete Anarchie.

Eine schlechte Frucht genügte, um die Ernte zu verderben, ein fehlgeleiteter Mensch, und das Gemeinwesen würde untergehen.

Woran lag es, dass nur er solche Entschlossenheit zeigte? Warum war er mit dieser absolut klaren Vision ausgestattet, dem absoluten Wissen? Weil er der geborene Führer war und anderen den Weg zeigen musste.

Es war ein einsamer Weg. Er hätte diese Gabe, diese Berufung gern abgelegt. Aber wie könnte er? Jeden Tag, wenn er die Augen öffnete, sah er die Wahrheit.

Töten machte ihm keinen Spaß. Er hatte gehofft und gebetet, dass jede Warnung ernst genommen wurde. Voller Verachtung verzog er den Mund. Aber diese Leute waren nichts als ignorante Kleingeister.

Stimmt nicht. Die letzte Tötung war ein Segen gewesen, ein

Vergnügen. Die Frau hatte ihm keine Wahl gelassen. Sich mit Fremden zu treffen, Eingeweihte anzurufen, das ging nicht. Sie hatte ihn zum Handeln gezwungen. Schon vor Jahren hätte sie zum Schweigen gebracht werden müssen, aber er hatte sich von anderen umstimmen lassen.

Ein Fehler. Einer von mehreren der letzten Zeit, die seine Generäle so gern diskutierten und gegen ihn benutzten. Aber durch wen wollten die ihn ersetzen? Durch Blau etwa? Durch Falke?

Lachhaft. Er würde es ihnen zeigen, und sie würden ihn wieder anerkennen – alle.

40. KAPITEL

Hunter saß aufrecht im Bett, das Schreien von Kindern im Kopf. Eine Weile konnte er nicht klar denken und sich nicht von dem Albtraum lösen.

Vor seinem geistigen Auge sah er seinen Wagen außer Kontrolle geraten. Der Zaun brach herunter. Entsetzte Kinder. Nur eines stand wie erstarrt im Weg dieser zweitausend Pfund aus Stahl und Glas.

Dann war da die Frau, die sich auf das Kind warf und es rettete.

Er bemerkte, dass Licht durch die Jalousien fiel, und hörte das Brummen der LKWs in der Gasse, die die Waren für den Montagmorgen anlieferten. Sarahs Welpen wimmerten hungrig.

Hunter lehnte sich über die Bettkante und sah auf die Hündin hinab. Offenbar gab sie sich alle Mühe, das Wimmern ihrer Sprösslinge zu überhören. „He, du wirst angepiepst", sagte er zu ihr.

Sie hob den Kopf und sah ihn an.

„Ich stehe auf, wenn du willst."

Sarah betrachtete ihn noch einen Moment und schlug einmal mit dem Schwanz auf. „Ich verstehe das als Ja", erwiderte er und stand auf.

Rasch zog er eine Shorts über. Nachdem er sich im Bad fertig gemacht hatte, begab er sich schnurstracks in die Küche. Sarah war schon dort. Eifrig, aber geduldig wartete sie an der Tür. Er nahm die Leine vom Haken, befestigte sie an ihrem Halsband, und sie traten gemeinsam in den warmen Morgen hinaus.

Das war ihre morgendliche Routine: ein rascher Gang zum nächsten Rasenstück, damit sie alles Nötige erledigte, dann zurück, damit sie ihre Welpen säugen und er seinen Kaffee schlürfen konnte. Später würden sie dann einen längeren Spaziergang machen oder miteinander laufen.

Sobald Sarah ihr Geschäft erledigt hatte, kehrten sie um. Sie bogen um ihre Hausecke, und Hunter verlangsamte seinen Schritt. Sarah winselte leise.

Avery stand vor seiner Tür.

Als sie sich ihm zuwandte, begegneten sich ihre Blicke. Hunter schenkte ihr ein noch schläfriges, aber erfreutes Lächeln. „Heute kein Einbruch?"

Sie blieb ernst. „Wir müssen reden."

„Wer hätte das gedacht?" Er ging zur Tür und drückte sie auf. Aus den Augenwinkeln sah er, dass Avery sich herabbeugte und Sarah hinter den Ohren kraulte. „Komm herein, ich brauche Kaffee."

Er ging zur Maschine, doch noch ehe er sie erreichte, brachte Avery ihr Anliegen vor. „Du hast Trudy Pruitt am Tag, als sie umgebracht wurde, angerufen. Warum?"

Verdammt, das ist nicht gut.

„Sind wir nicht ein wenig heftig für diese frühe Morgenstunde? Es ist noch nicht mal acht."

„Ich habe dich etwas gefragt."

Er füllte die Glaskanne der Maschine mit Wasser und gab es in den Behälter. „Ja, aber du hast es nicht sehr nett gefragt."

„Ich bin nicht zu Spielchen aufgelegt."

Hunter drehte sich zu ihr um. „Sie hat mich angerufen. Ich weiß nicht, warum, denn sie erreichte nur den Anrufbeantworter. Ich habe den Anruf erwidert. Das war's."

Er gab Kaffeepulver in den Filter, schob ihn in die richtige Position und schaltete die Maschine ein. Nachdem das erledigt war, stellte er sich vor sie hin. „Und woher hast du diese Information? Von Matt? Hat er versucht, dich gegen mich einzunehmen?"

„In dieser Hinsicht brauchst du keinerlei Hilfe."

„Und ich habe mir eingebildet, du würdest mich auch am Morgen danach noch respektieren."

Zornesröte überzog ihre Wangen. „Wir haben über Trudy gesprochen, Hunter. Ich habe dir von ihren Anrufen erzählt und dass ich an dem Abend dort war. Du hast nichts dazu gesagt. Kannst du dir vorstellen, wie verdächtig das jetzt aussieht?"

„Mir ist es eigentlich egal, wie das aussieht. Avery."

„Es ist dir wirklich egal, was?" fuhr sie ihn an. „Du trägst deine Gleichgültigkeit vor dir her wie eine Standarte!"

Die Kaffeemaschine gurgelte, und Kaffeeduft durchzog die Küche. „Was soll ich darauf sagen?"

„Ich will, dass du mir die Wahrheit sagst!"

„Ich habe geschrieben. Sie rief an und hinterließ eine Nachricht auf dem Anrufbeantworter. Ehrlich gesagt habe ich mich nicht erinnert, dass sie die Mutter von Donny und Dylan war. Das fiel mir erst später ein. Ich nahm an, sie hätte angerufen, weil sie einen Rechtsbeistand braucht. Weswegen sonst? Außer dass ich mich vage an den Namen erinnerte, hatte ich keine Ahnung, wer sie ist. Das ist die Wahrheit. Glaube es, wenn du kannst, oder lass es bleiben."

„Warum hast du Trudy nicht erwähnt, als wir über sie gesprochen haben? Die Frau wurde ermordet, Hunter!"

Er legte ihr beide Hände auf die Schultern. „Was hätte das genützt? Ich habe nicht mal mit der Frau geredet."

Sie schüttelte seine Hände ab und wich zurück. „Du hast mir gesagt, ich soll Beweise sammeln. Das habe ich getan. Ich bin zu ihrem Wohnwagen gefahren und habe danach gesucht."

„Wann?" fragte er entsetzt.

„Gestern Abend. Spät."

Ungläubig sah er sie an. „Hast du eine Ahnung, wie dumm das war, Avery? Da draußen wurde eine Frau ermordet. Und wenn der

Killer nun zurückgekommen wäre und nach denselben Beweisen gesucht hätte wie du? Oder um seine Tat noch einmal zu durchleben?"

Er sah, dass sein Einwand den erwünschten Effekt hatte und ihr Angst machte. „Der Prozentsatz an Tätern, die genau das tun, ist so hoch, dass Polizeihandbücher die Bewachung eines Tatortes als effektive Ermittlungsstrategie empfehlen."

Avery war erschüttert, gab jedoch nicht klein bei. „Ich habe deine Nachricht gehört, sie ist auf ihrem Anrufbeantworter. Trudy hat sie gespeichert."

Hunter dachte an Matt. Der war bereits heiß darauf, ihm den Mord an Elaine St. Claire anzuhängen. Warum also nicht auch diesen? Er schaute zur Decke. „Verdammte Scheiße!"

„Könnte es sein, dass es dir jetzt nicht mehr so egal ist, wie das aussieht, Hunter?"

Er holte sich einen Becher aus dem Schrank und füllte ihn mit Kaffee. Nach dem ersten Schluck sah er sich zu Avery um. „Gibt es sonst noch was, das du heute Morgen aus mir rausquetschen wolltest?"

Sie wollte anscheinend etwas erwidern, unterließ es jedoch und wandte sich zum Gehen.

Er folgte ihr. „Ich darf daraus entnehmen, dass du nicht zum Kaffee bleibst?"

„Fahr zur Hölle!"

Der Wagen gerät außer Kontrolle. Kinder schreien.

„Da bin ich längst angekommen. Du weißt es nur nicht, Avery, niemand tut das."

Sie verlangsamte ihre Schritte und blieb stehen, ohne sich umzudrehen.

Er stand so nah hinter ihr, dass er ihren Atem hörte und das fruchtige Shampoo roch, das sie benutzte. Er sehnte sich danach, sie zu berühren, sie wieder in die Arme zu nehmen. Alles hätte er gesagt und getan, um sie zum Bleiben zu bewegen.

„Und welche Gefühle soll das bei mir auslösen?“ fragte sie bewegt. „Mitleid? Glaubst du, es gibt auch nur einen Menschen, der keinen Schmerz und keine Tragödien erlebt?“

„Ich habe nicht um Mitleid gebeten, ich war nur ehrlich.“

„Dann geht der Punkt an dich.“

Sie drückte die Drahttür auf, trat in die Gasse hinaus und stieß prompt mit Matt zusammen.

„Avery!“ Er fing sie auf und hielt sie fest. „Was tust du denn hier?“

„Frag deinen Bruder.“ Sie streifte Hunter, der an der Tür stand, mit einem flüchtigen Blick. „Vielleicht gibt er dir eine klare Antwort.“

„Ich verstehe nicht.“

Sie schüttelte den Kopf, stellte sich auf die Zehenspitzen und gab Matt einen Kuss auf die Wange. „Ruf mich später an, Matt. Ich muss jetzt gehen.“

41. KAPITEL

Hunter sah Avery nach. Sie hatte Matt gebeten, sie später anzurufen. Warum? Wollte sie ihm von seinem Anruf bei Trudy Pruitt berichten, oder waren die beiden so vertraut, weil sie miteinander schliefen?

„Was hat Avery hier gewollt?"

Hunter wandte sich seinem Bruder zu. „Nichts Schlüpfriges. Leider."

Im Kiefer seines Bruders zuckte ein Muskel. „Scheißkerl."

„So nennt man mich gelegentlich." Er zog einen Mundwinkel hoch. „Dies scheint mein Morgen für Besuche zu sein, ich Glücklicher."

Matt ließ den Blick über ihn gleiten und sah, dass er lediglich Shorts trug. Offenbar war er noch nicht lange aus dem Bett. „Was meinte sie damit, du sollst mir eine klare Antwort geben?"

Hunter lehnte sich gegen den Türrahmen, den Kaffeebecher mit beiden Händen haltend. „Ich habe keine Ahnung."

„Bockmist."

Er hob den Becher an den Mund und trank. „Glaub, was du willst, das hier ist ein freies Land."

„Wie frei?"

„Ich kann dir nicht folgen."

„Vielleicht gehörst du zu den Leuten, die sich einbilden, ihre persönliche Freiheit berechtige sie, die der anderen zu verletzen? Bis zu dem Punkt, wo man das Gesetz in die eigenen Hände nimmt oder sogar ein Leben auslöscht."

Hunter lachte. „Ich bin Anwalt. Ich verteidige das Gesetz."

„Lustig. Genau das tue ich auch."

„Was kann ich für dich tun, Matt?"

„Ich bin aus offiziellem Anlass hier."

„Und ich dachte, du hättest Lust auf einen brüderlichen Schwatz. Ich bin erschüttert."

Matt ignorierte seinen Sarkasmus. „Darf ich reinkommen?"

Hunter trat wortlos zur Seite. Matt sah sich kurz in der Küche um und richtete den Blick wieder auf seinen Bruder. „Wo warst du vorgestern Nacht zwischen neun und halb elf?"

Die Nacht, in der Trudy Pruitt ermordet wurde.

Hunter verschränkte die Arme vor der Brust. „Hier. Ich habe gearbeitet."

„Allein?"

„Mit Sarah."

„Sarah?"

Hunter deutete mit dem Kopf in die Richtung der Hunde. „Und mit ihren Welpen."

Sein Bruder wirkte leicht verärgert. „Du scheinst schrecklich viel Zeit hier allein zu verbringen."

„Mir gefällt das so."

„Hast du das von Trudy Pruitt gehört?"

„Ja."

„Kennst du die Frau?"

„Nein. Nicht persönlich."

„Nicht persönlich. Was bedeutet das?"

„Ich habe von ihr gehört. Ich weiß, wer sie war und wer ihre Söhne waren."

Hunter wartete. Matt würde ihn jetzt einen Lügner nennen, seine Geschichte anzweifeln und die Nachricht auf dem Anrufbeantworter ins Spiel bringen. Falls er davon wusste.

Und wenn das so wäre, würde er dichtmachen und den Anwalt herauskehren.

„Hast du was dagegen, wenn ich mich mal umsehe?"

Hunter lachte freudlos. Matt und seine Bande von Kleinstadtsheriffs hatten soeben die x-te Tatortermittlung versaubeutelt. „Ja, ich habe was dagegen. Wenn du dich umsehen willst, besorg dir einen Durchsuchungsbeschluss."

„Rechne damit."

„Erzählst du mir, warum du so an mir interessiert bist?"

„Das erfährst du noch früh genug."

„Richtig. Du hast keine Beweise, also geh woanders fischen."

Matt schüttelte den Kopf. „Für einen Anwalt bist du nicht besonders clever."

„Und für einen Polizisten bist du nicht sehr aufmerksam."

„Ich habe keine Zeit für so einen Mist." Angewidert wandte Matt sich der Tür zu. „Wir sehen uns, wenn ich den Durchsuchungsbeschluss habe."

„Du willst mir das mit Vergnügen anhängen, was, Matt? Aus einer Menge von Gründen, die alle nichts mit meiner möglichen Schuld zu tun haben."

Sein Bruder blieb stehen, ohne sich umzudrehen. „Nenne mir einen."

„Avery."

Das hatte gesessen, wie Hunter feststellte. Matt fuhr herum. „Lass die Finger von ihr. Sie ist zu gut für dich."

„Da sind wir ausnahmsweise einer Meinung. Welch ein Wunder."

„Du bist ein solches Arschloch, ich kann nicht glauben, dass wir Brüder sind."

„Zwillinge", korrigierte Hunter ihn. „Du bist die andere Hälfte."

Matt lachte angespannt. „Wir haben nichts gemeinsam, rein gar nichts. Du bist ein abgehalfterter Alkoholiker, der ..."

„Ex-Alkoholiker, das ist ein Unterschied, Bruderherz." Er machte einen Schritt auf ihn zu. „Begreifst du denn nicht? Sie und ich, wir sind uns gleich. Wir haben nie hierher gepasst, und daran wird sich nichts ändern."

Matt bebte vor Zorn und machte seinerseits einen Schritt auf ihn zu. „Ging es all die Jahre nur darum, Hunter? Um Avery? Um Eifersucht auf das, was ich bin und was ich habe?"

„Was du hast, Matt? Genau das ist es ja. Du hast sie nicht, weil du Cypress Springs ihr vorgezogen hast."

„Halt die Klappe. Halt verdammt noch mal die Klappe!"

Hunter war mit wenigen Schritten bei ihm. Sie standen so dicht voreinander, dass sie sich fast an den Nasen berührten. Jeder spürte die Wut des anderen und die Lust, ihr nachzugeben.

„Lass es raus", forderte Hunter ihn auf.

„Das könnte dir so passen. Du schreist Polizeibrutalität und kassierst meine Marke ein."

„So bin ich nicht. Schlag zu, die Runde geht auf mich."

Sein Bruder regte sich nicht. Hunter wusste genau, wie er ihn reizen konnte. Sie waren zusammen aufgewachsen und kannten ihre Stärken und ihre Schwächen. Schließlich schnalzte er leise mit der Zunge.

„Angst?" forderte er ihn heraus. „Feigling. Erinnerst du dich an unsere Kindheit? Du hast nie gekämpft, wenn du nicht von vornherein sicher warst, dass du gewinnst. Vermutlich ist der große harte Sheriff gar nicht so ..."

Matts Faust traf Hunter seitlich an der Nase. Blut spritzte, und ein höllischer Schmerz schoss ihm durch den Kopf, sodass er einen Moment wie blind war.

Mit einem wütenden Aufschrei warf Hunter sich auf seinen Bruder und traf ihn an der Brust. Matt fiel rückwärts, Hunter mit ihm. Matt landete am Kühlschrank, in dem man einiges umstürzen hörte.

„Du Hurensohn!" Matt schob ihn zurück. „Du kannst ihr

nichts bieten. Weil du alles weggeworfen hast: deine Familie, deine Heimatstadt, deine Karriere, deinen Ruf. Du bist jämmerlich."

„Ich? Das ist der Unterschied zwischen uns, Bruderherz. So wie ich das nämlich sehe, hast du das Einzige weggeworfen, auf das es wirklich ankam."

Hunter drehte sich heftig zur Seite und brachte Matt aus dem Gleichgewicht. Im Fallen nahmen sie Teller und Gläser mit, die zum Trocknen auf dem Gestell neben dem Spülbecken standen. Als sie zu Boden stürzten, regnete es Geschirr auf sie herab.

Hunter wich zurück und schlug seinem Bruder ins Gesicht. Sarah bellte mit hoher, aufgeregter Stimme. Matt stöhnte vor Schmerz und erwischte Hunter seitlich am Kopf.

Sarahs Bellen änderte sich, wurde tief und wütend. Als sie tief in der Kehle knurrte, wurde Hunter klar, was das bedeutete, und blickte auf die Hündin, die sie umrundete. „Sarah, Fuß!" befahl er.

Matt nutzte die Ablenkung und warf Hunter auf den Rücken. Glas knirschte unter dessen nackter Schulter. Ein zischender Schmerzlaut kam ihm über die Lippen, als die Splitter in seine Haut eindrangen.

Zähnefletschend stürzte Sarah sich auf Matt. Mit einer raschen Bewegung rollte er sich auf die Seite, zog seine Waffe und zielte auf den Hund.

„Nein!" Hunter warf sich seitlich gegen Sarah und schob sie aus der Gefahrenzone. Sie landeten in einem Knäuel auf dem Boden. Sarah stieß einen kurzen Schmerzlaut aus, rappelte sich aber sofort hoch.

Wutschnaubend sprang Hunter auf. „Du bist ein Wahnsinniger!"

Matt stand auf und steckte die Waffe ein. „Das war Selbstverteidigung. Die Hündin hätte mich zerreißen können."

„Mach, dass du hier rauskommst!" Hunter wischte sich mit

der Hand die blutige Nase und spürte, wie ihm Blut in kleinen Rinnsalen den Rücken hinablief. „Du bist es nicht wert. Nicht mehr."

Gleichmütig stopfte Matt sich das Hemd in die Hose und strich sich das Haar glatt. „Zwei waren immer zu viel, was, Hunter? Zwei von uns, die sich so ähneln."

„Das ist Scheißdreck!" Er ging zum Spülbecken, riss sich ein Blatt vom Küchenkrepp ab, tauchte es in kaltes Wasser und sah seinen Bruder an. „Du bist blind, Matt. Du hast nicht den Schimmer einer Ahnung."

„Nein, du bist blind, Hunter. Blind vor Eifersucht wegen meiner Beziehung zu Mom und Dad und wegen Avery."

Dass darin ein Körnchen Wahrheit steckte, machte Hunter die Sache nicht leichter. Matt war immer der Anführer gewesen, der charismatischere von ihnen. Zu ihm fühlten sich alle hingezogen: Mädchen, die anderen Kinder, die Lehrer. Sogar ihre Eltern und Cherry.

„Ich habe dich immer geliebt", sagte Hunter ruhig. „Gleichgültig, was war. Ich war immer stolz, dass du mein Bruder bist."

„Und wer redet jetzt Scheißdreck?"

„Du musst endlich die Augen öffnen, Matt. Wenn es um Dad geht, unsere Familie oder diese Stadt, verschließt du die Augen vor der Realität."

„Lieber bin ich blind als tot."

„Soll das eine Drohung sein, Sheriff Stevens?"

Matt lachte. „Ich muss dich nicht umbringen, Hunter. Du bist schon tot."

42. KAPITEL

Avery beschloss, den Morgen über den Speicher ihrer Eltern aufzuräumen, um endlich die Dinge, die sie aufbewahren wollte, von denen zu trennen, die sie wohltätigen Einrichtungen spenden konnte oder wegwerfen musste. Die Zeit drängte. Außerdem brauchte sie Beschäftigung, während sie in Gedanken noch einmal die Ereignisse der letzten Tage durchging.

Die Teile des Puzzles passten zusammen, sie wusste nur noch nicht genau, wie. Diese Sache war nicht anders zu handhaben als Recherchen zu irgendeiner Story. Wenn sie die Informationen zusammenfügte und wichtig von unwichtig trennte, gab es immer den Moment des Erkennens, das Ahaerlebnis, an dem sich die Teile zum Gesamtbild fügten. Aber oft wusste sie schon vorher, wohin die Reise ging, auch wenn sie es noch nicht eindeutig belegen konnte.

Sie stieg die Treppe hinauf und kam oben am Schlafzimmer ihrer Eltern vorbei. Ihr Blick fiel auf das ungemachte Bett. Sie verharrte einen Moment, wandte sich dann jedoch ab und ging rasch weiter zur Bodentreppe und stieg hinauf.

Obwohl es erst März war, war es oben auf dem Speicher warm und stickig. In den Sommermonaten konnte man es hier nicht aushalten. Sie ging die gleichmäßigen Reihen ordentlich gestapelter Kisten und Ständer voll eingehüllter Kleidung entlang. Weihnachtsdekoration hing von Haken herab.

Sorgfältig begann sie die Kisten durchzusehen und machte den Anfang mit den Büchern. Währenddessen dachte sie an die Zeitung in Trudy Pruitts Schlafzimmer mit der merkwürdigen Aufzählung und den Worten: Alle bis auf zwei. Trudy Pruitt hatte die Toten gezählt, da war sie jetzt sicher.

Alle bis auf zwei, die über den Mord an Sallie Waguespack Bescheid wussten? Das passte zu Trudys Bemerkung am Telefon, dass die, die Bescheid wussten, starben wie die Fliegen. Vielleicht hatte sie aber auch nur den Tod ihr verhasster Menschen gezählt oder von solchen Leuten, die sie fürchtete oder die sie für den Tod ihrer Söhne verantwortlich machte.

Das Letzte schien ihr am wahrscheinlichsten zu sein. Trudy war besessen von dem Vorfall. Avery überlegte, dass Trudy für sie sogar eine Verdächtige am Tod ihres Vaters gewesen wäre, wenn sie die Zeitung mit der Notiz früher gefunden hätte.

So aber ergab dies jedoch keinen Sinn mehr. Trudy war weder klug noch gerissen genug gewesen, Mordkomplotte zu schmieden – jedenfalls nicht allein.

Avery hielt kurz in ihrer Tätigkeit inne. Ein Komplize, das könnte es sein! Vielleicht war der Komplize zu dem Schluss gelangt, dass Trudy ihm nicht mehr nützte oder eine Gefahr darstellte.

Hunter? Er hatte ihr eine Nachricht hinterlassen. Ob er wirklich nur auf ihren Anruf reagiert hatte, war fraglich.

Seine Erklärung hatte allerdings glaubwürdig geklungen. Und sie wollte ihm glauben, weil sie, was ihn betraf, alles andere als unbefangen und emotionslos war. Sie schloss die Augen und rief sich in Erinnerung, wie seine Nachricht gelautet hatte. Er hatte lediglich Namen und Telefonnummer genannt, ohne hinzuzufügen, dass er sich auf ihren Anruf hin meldete.

Wäre er allerdings ihr Komplize gewesen, hätte er nicht seinen Namen nennen müssen, weil Trudy zweifellos seine Stimme gekannt hätte. Und er hätte sich auch nicht mit vollem Namen, als Hunter Stevens, gemeldet und ihr nicht seine Telefonnummer gesagt.

Nachdenklich ging sie die Bücherkiste durch. Meist handelte es sich um Western. Ihr Vater hatte eine Vorliebe für dieses Genre gehabt. Er hatte die Geschichten so schnell verschlungen, dass die Verlage nicht mit dem Drucken nachgekommen waren.

Ihre Mutter hatte auch gelesen, allerdings nicht mit solchem Eifer. Das Buch, das sie am häufigsten zur Hand genommen hatte, war ihr Tagebuch gewesen. Ständig hatte sie es mit sich herumgeschleppt und alle Ereignisse eingetragen.

Ihre Mutter hatte davon geträumt, Schriftstellerin zu werden. Das hatte sie ihr anvertraut, ehe sie zum College abgereist war. Sie hatten sich damals gestritten, weil sie Cypress Springs und Matt verlassen wollte.

Seinerzeit hatte sie ihrer Mutter nicht geglaubt, aber inzwischen war sie nicht mehr so sicher.

Sie erinnerte sich genau an die Szene. Ihre Mutter hatte ihren Berufswunsch in dem Zusammenhang erwähnt, dass man die richtigen Entscheidungen im Leben treffen müsse. Automatisch hatte sie von ihrer Tochter erwartet, dass sie genau wie sie das traditionelle Leben der Südstaatenfrau führen würde, als Ehefrau und Mutter, die freiwillige Gemeindearbeit leistete. Sie hatte erwartet, dass sie sich dieselben Prioritäten setzte.

Einen Traum zu verfolgen gehörte ebenso wenig dazu wie eine berufliche Karriere anzustreben.

Ihre Mutter hatte sie gedrängt, Matt zu heiraten und eine Familie zu gründen, und darauf hingewiesen, dass es sie ja auch nicht geben würde, wenn sie selbst, anstatt ihren Vater zu heiraten und Mutter zu werden, Karriere gemacht hätte.

Ihr Nacken schmerzte, und sie rieb sich mit der Hand die verspannte Stelle. Die damalige Unterhaltung war in einem hässlichen Streit geendet.

Du bist den Weg des geringsten Widerstandes gegangen, Mom. Du hast dich eingerichtet und gefügt. Das werde ich nicht tun.

Und dann später: Du hast mich nie geliebt, Mom. Nicht um

meiner selbst willen. Du hast immer versucht, mich zu ändern, damit ich werde wie du. Nun ja, das hat nicht geklappt.

Zerknirscht dachte sie jetzt an diese Vorwürfe und das Entsetzen ihrer Mutter. Sie hatte die Worte nie zurückgenommen, sich nie entschuldigt.

Und dann war es zu spät gewesen.

Heute bedauerte sie das schmerzlich. Sie dachte an Hunters Bemerkung, ihr Vater habe geglaubt, der schwelende Streit mit der Mutter sei der Grund gewesen, weshalb sie so selten heimgekommen war. Vielleicht stimmte das sogar. Möglicherweise hatte sie ihre Eltern so selten besucht, weil sie wusste, wie sehr sie ihre Mutter gekränkt hatte, und ihr daher nicht in die Augen sehen wollte?

Sie hat ständig ihr Tagebuch dabeigehabt und alle Ereignisse aufgeschrieben.

Natürlich! Die Tagebücher ihrer Mutter mussten hier irgendwo sein. Zweifellos hatte sie auch über den Tod von Sallie Waguespack geschrieben und über die Auswirkungen des Mordes auf die Gemeinde und ihren Mann, falls er damit in Verbindung stand.

Wo konnten die Bücher sein? Avery hatte bereits alle Schränke und Kommoden im Haus geleert und kein Tagebuch gefunden. Was hatte ihr Vater damit gemacht?

Sie konnten eigentlich nur hier oben sein. Nun begann sie ernsthaft zu suchen. Sie überprüfte nicht nur die Aufschriften der Kisten, sondern öffnete sie auch, um zu sehen, ob Etikett und Inhalt übereinstimmten.

Als sie den letzten Karton in Angriff nahm, war sie erhitzt, schmutzig und enttäuscht. Sollte ihr Vater alles weggeworfen haben? Oder die Mutter vielleicht noch selbst vor ihrem Tod?

Vielleicht wusste Lilah etwas darüber. Avery sah auf die Uhr und lief hinunter zum Telefon. Sobald sie die Nummer der Stevens' gewählt hatte, meldete Lilah sich bereits.

„Hallo, Lilah, ich bin es, Avery."

„Avery, was für eine nette Überraschung. Was machst du heute Morgen?"

„Ich packe im Haus einige Sachen zusammen. Dabei ist mir aufgefallen, dass Moms Tagebücher fehlen."

„Ihre Tagebücher? Meine Güte, stimmt ja. Ich hatte ganz vergessen, dass sie immer Tagebuch geschrieben hat."

„Mir war es auch entfallen. Bis heute Morgen."

„Eine Zeit lang war sie ganz besessen davon. Erinnerst du dich an den Sonntag, als sie das Tagebuch während Pastor Dastugues Predigt hervorgeholt hat? Wir saßen alle in der ersten Reihe, und er war hocherfreut." Lilah lachte leise. „Er dachte, sie notiert sich seine Predigt."

„Was soll das heißen, sie war davon besessen? Hat sie es aufgegeben?"

„Ja, das hat sie. Lass mich nachdenken." Lilah machte eine Pause. „Etwa zu der Zeit, als du zur Universität gegangen bist."

Das bedrückte Avery. Nachdem sie weggegangen war, also nach ihrem Streit. Nachdem Mom sich ihr anvertraut hatte und dafür Skepsis und Verachtung geerntet hatte.

„Sie hat nie darüber gesprochen, weißt du", fuhr Lilah fort. „Mir ist nur irgendwann aufgefallen, dass sie kein Tagebuch mehr mit sich herumtrug. Als ich sie darauf ansprach, sagte sie, sie habe das Schreiben aufgegeben."

„Lilah, hast du eine Idee, wo sie oder Dad die Tagebücher aufbewahrt haben könnten?"

„Aufbewahrt?" wiederholte Lilah hörbar verwirrt. „Wenn sie nicht im Haus sind, haben sie die Bücher vermutlich weggeworfen. Oder dein Dad hat es nach ihrem Tod getan."

Avery war unbehaglich bei dem Gedanken. „Ich kann mir einfach nicht vorstellen, dass einer von beiden ..."

„Wir haben alle gestaunt, wie stark er war, als er ihre Sachen ausgeräumt hat. Die ständigen Erinnerungen waren wohl zu schmerzlich für ihn."

Als die Türglocke läutete, beendete Avery das Gespräch und öffnete.

Hunter stand auf der Schwelle. Sie sah durch die Drahttür sein zerschundenes Gesicht. „Mein Gott, was ist denn mit dir passiert?"

„Das ist eine lange Geschichte. Darf ich hereinkommen?"

„Ich halte das für keine gute Idee."

Er wandte kurz den Blick ab und sah sie wieder an. „Ich habe ein Problem, Avery. Und das hat mit dir zu tun."

Sie verschränkte die Arme vor der Brust. „Mit mir?"

„Matt hat mir heute Morgen zu verstehen gegeben, dass ich eigentlich schon tot sei. Ich muss ihm in gewisser Weise Recht geben." Nach einer Pause fügte er hinzu: „Ich fühle mich wie tot, außer wenn ich mit dir zusammen bin."

Das Geständnis traf sie so unvorbereitet, dass sie sich wie benommen am Türrahmen abstützte. Sekundenlang schwiegen sie sich nur an.

„Avery", sagte er schließlich leise. „Bitte!"

Wortlos schwang sie die Tür auf. Da sie nicht wusste, ob sie einen Freund oder einen Feind einließ, folgte sie ihrem Instinkt. Oder besser gesagt, einer leisen Sehnsucht. Sie trat zur Seite, als Hunter hereinkam, schloss mit zittriger Hand die Tür und nutzte den Moment, da sie keinen Blickkontakt hatten, um das innere Gleichgewicht wieder zu finden. Nachdem sie den Riegel vorgeschoben hatte, wandte sie sich Hunter zu. „Ich mache uns einen Eistee."

Ohne auf seine Antwort zu warten, ging sie in die Küche.

Avery war sich bewusst, dass Hunter ihr folgte und sie beobachtete, als sie Eistee in zwei Gläser gab und eine Zitronenscheibe hinzufügte. Sie räusperte sich, drehte sich um und reichte ihm sein Glas.

Als er es annahm, berührten sich ihre Finger. Hunter trank, und die Eiswürfel schlugen klimpernd gegen das Glas.

Avery wandte den Blick ab. „Du hast dich heute Morgen mit Matt gestritten."

Obwohl es keine Frage war, antwortete er. „Ja, wegen dir."

„Verstehe."

„Wirklich?"

Sie befeuchtete sich die Lippen, den Blick abgewandt.

„Er wollte wissen, wo ich vorgestern Nacht war."

„Und, hast du es ihm gesagt?"

„Natürlich. Ich war zu Hause und habe gearbeitet. Allein." Er stellte sein Glas auf den Tresen. „Ich habe dir heute Morgen die Wahrheit gesagt. Trudy Pruitt hat mich angerufen, aber ich weiß nicht, warum. Vermutlich wollte sie Rechtsbeistand. Ich habe den Anruf erwidert, aber ich habe die Frau nie persönlich kennen gelernt, geschweige denn umgebracht."

„Denkt Matt, dass du sie getötet hast?"

„Jedenfalls möchte er das denken."

Instinktiv verteidigte sie Matt. „Das bezweifle ich, Hunter. Er ist dein Bruder. Er macht nur seine Arbeit."

„Bewahre dir deine Illusion, wenn du dich dabei besser fühlst. Er hat den Anrufbeantworter offenbar noch nicht abgehört. Wie auch immer, wirst du ihm von der Nachricht erzählen?"

Keinesfalls, wie sie sich plötzlich eingestand. Und das nicht nur, weil sie damit zugab, einen abgesperrten Tatort betreten zu haben. Sie schüttelte den Kopf. „Nein."

„Ich muss dich etwas fragen."

„Bitte."

„Schläfst du mit ihm?"

„Das ist eine ziemlich dämliche Frage, angesichts der Situation."

„Er benimmt sich, als gehörtest du ihm."

„Du auch."

Hunter machte einen Schritt auf sie zu. „Aber wir schlafen miteinander."

„Wir haben miteinander geschlafen", korrigierte sie ihn. „Einmal. Außerdem – würde es dir was ausmachen, wenn ich mit Matt schliefe?"

„Auch das ist eine ziemlich dämliche Frage."

„Nein, ich schlafe nicht mit ihm."

Er legte ihr eine Hand in den Nacken und zog sie zu sich heran. „Ja", sagte er leise, „es würde mir etwas ausmachen."

Mit Herzklopfen ließ sie einen Finger über sein blutunterlaufenes Kinn gleiten. „Wer hat den ersten Schlag gemacht?"

„Er. Aber ich habe ihn provoziert."

Sie lachte leise. Nicht weil es lustig war, sondern weil es so typisch war für die beiden Jungs, die sie von früher kannte. „Ehrlich gesagt siehst du aus, als hätte er dich ganz schön vermöbelt."

„Ja, aber du solltest ihn erst sehen."

Erneut lachte Avery. „Übrigens, ich glaube dir, was den Anruf bei Trudy Pruitt betrifft."

„Danke." Ein Lächeln spielte um seinen Mund. „Heißt das, wir können, das ‚haben miteinander geschlafen' wieder durch das ‚wir schlafen miteinander' ersetzen?"

„Du bist schrecklich."

Hunter wurde ernst. „Matt hat mir vorgeworfen, ich sei eifersüchtig auf ihn, wegen seiner Beziehung zu unseren Eltern und zu dir. Er deutete an, dass Neid die Wurzel aller Probleme zwischen uns sei und ich mich ausschließlich deinetwegen von der Familie zurückgezogen hätte."

Sie legte die Hände gegen seine Brust, die Rechte auf seinem Herzen. „Und was hast du erwidert?"

„Das sei Scheißdreck." Er nahm ihr Gesicht zwischen beide Hände. „Ich habe dich immer gewollt, aber du hattest dich für Matt entschieden, und das habe ich respektiert. Er ist mein Bruder."

Seine Aufrichtigkeit rührte Avery. Sie sagte etwas über ihn als Menschen aus und über seine Beziehung zu Matt.

Angesichts ihrer Gefühle für Hunter fragte sie sich, was damals geschehen wäre, wenn er sich ernsthaft um sie bemüht hätte. Wo wären sie dann heute?

„Was ist mit euch, Avery? Ich muss wissen, ob du noch zu meinem Bruder gehörst."

Sie antwortete, indem sie sich auf die Zehenspitzen stellte und ihn innig auf den Mund küsste. Als sie die Hände um seine Schultern legte, zuckte er zusammen.

Avery wich zurück. „Du hast Schmerzen."

„Es ist nichts. Nur ein paar Schnitte."

„Dreh dich um." Da er widersprechen wollte, unterbrach sie ihn. „Sofort bitte."

Als er sich umdrehte, zog sie sein Hemd hoch und stöhnte auf. Die Schnitte waren über Rücken und Schultern verteilt, einige gezackt und ziemlich tief. „Wie ist das passiert?"

„Das ist keine große Sache."

„Ist es doch. Eine ziemlich große sogar." Vorsichtig berührte sie mit dem Zeigefinger einen besonders hässlichen Schnitt. „Ein paar sehen ganz schön tief aus. Die müssten genäht werden."

„Nur Memmen werden genäht." Er warf ihr über die Schulter einen finsteren Blick zu. „Die Splitter habe ich schon herausgezogen. So gut es ging jedenfalls."

„Komm mit." Sie führte ihn ins Bad und wies ihn an, sich zu setzen. „Zieh dein Hemd aus."

Sie holte Bandagen, Pflaster, Desinfektionsmittel und eine Pinzette aus dem Medizinschrank.

Er beäugte die Pinzette. „Was hast du vor?"

Sie ignorierte die Frage. „Es könnte wehtun."

Hunter sprang fast vom Hocker, als sie mit der Pinzette zu bohren anfing. „Könnte wehtun? Ein bisschen vorsichtiger, wenn ich bitten darf!"

Sie hielt bereits den herausgefischten Glassplitter hoch. „Wie, sagtest du, ist das passiert?"

„Matt und ich sind aufeinander losgegangen, dabei ist Glas zerbrochen ... He! Autsch!"

„Großes Baby." Sie warf einen zweiten Splitter in den Abfall. „Ihr zwei habt also Glas zerbrochen und euch darin gewälzt."

„So in etwa."

„Sehr intelligent."

„Du hättest dabei sein müssen."

„Nein, danke." Sie sah sich die restlichen Verletzungen an, fand kein Glas mehr und reinigte die Wunden. Bei jeder Berührung mit dem Wattebausch, den sie mit Desinfektionsmittel getränkt hatte, zuckte Hunter zusammen.

„Ich begreife das nicht", sagte sie leise und war so vorsichtig wie nur möglich. „Du kannst dich in Glas herumwälzen, aber bei ein bisschen Desinfektionsmittel möchtest du stiften gehen."

„Stiften gehen? Ausgeschlossen. Das wäre nicht männlich."

„Da kann ich nur sagen, dem Himmel sei Dank für das weibliche Geschlecht." Sie gab das letzte Pflaster auf einen Schnitt. „So, fertig."

Hunter zog sie an der Hand herum auf seinen Schoß. „Da stimme ich dir vollkommen zu", bestätigte er leise. „Dem Himmel sei Dank."

Sie liebten sich gleich hier, im Badezimmer, und seltsamerweise war es der romantischste und aufregendste Sex, den Avery je gehabt hatte. Auf dem Höhepunkt schrie sie auf, und Hunter fing den Schrei mit einem Kuss ab.

Schließlich trug er sie zum Bett und sie blieben, einander zugewandt, darauf liegen. Er nahm ihre Hand und legte sie auf seine Brust über das wild schlagende Herz. „Es kommt gar nicht zur Ruhe."

Zufrieden lächelnd streckte sie sich. „Mm ... gut."

Eine Weile sahen sie sich schweigend an, während der Herzschlag langsamer wurde und die Körper abkühlten.

Alles an Hunter war ihr vertraut, das energische Kinn, die strahlend blauen Augen, die Art, wie ihm das dunkle Haar in die Stirn fiel.

Zugleich war ihr alles fremd. Der Junge, den sie gekannt und gemocht hatte, war zu einem Mann geworden, den sie begehrte, aber eigentlich nicht kannte.

„Tut mir Leid wegen heute Morgen, Avery. Ich habe mich blöd benommen. Noch so ein Problem von mir."

Sie fuhr ihm mit einem Finger über die Unterlippe. „Was ist in New Orleans passiert, Hunter? Warum bist du in die Heimat zurückgekommen?"

„In die Heimat?" wiederholte er. „Nach all den Jahren nennst du Cypress Springs noch Heimat?"

„Du nicht?"

Er dachte einen Moment nach. „Seit dem Tag meiner Abreise war es nicht mehr meine Heimat."

„Aber du bist zurückgekommen."

„Um ein Buch zu schreiben. Das war der einzige Grund, warum ich hergekommen bin."

„Aber warum hier?" Da er nicht antwortete, tat sie es nach einem Moment für ihn. „Vielleicht weil du dich hier sicher fühlst?

Oder weil du das Gefühl hattest, sonst nirgendwohin gehen zu können? Beides könnten Definitionen von Heimat sein."

Er lachte zornig. „Es ist wohl eher so, dass ich an den Tatort zurückgekehrt bin. An den Ort, an dem mein Leben aus der Bahn geriet."

Avery stützte sich auf einem Ellbogen ab und sah ihn forschend an. „Rede mit mir. Ich möchte es verstehen."

Einen Moment sah es so aus, als wolle er ihr ausweichen, doch dann begann er zu erzählen. „Meine Zeit in New Orleans bei Jackson, Thompson und Witherspoon verging wie im Rausch. Ich war gut in meinem Job, zu gut vielleicht. Mein Aufstieg war rasant, und ich verdiente zu viel Geld. Ich musste nicht hart genug dafür kämpfen."

Klingt, als respektiere er weder seine Arbeit noch sich selbst.

„Ich wurde der Anwalt der Wahl für die jungen Wilden von New Orleans. Nicht für die alte Garde der Macher, sondern für deren Sprösslinge. Das Leben war eine einzige Party: Drogen, Sex und Rock 'n' Roll."

Bei der Vorstellung zuckte sie zusammen. Sie war nicht naiv. Ihre Zeit im Journalismus war ... erhellend gewesen. Aber sie hatte Glück gehabt – oder war stark genug gewesen –, nicht in diese spezielle Grube zu fallen.

„Drogen waren allgegenwärtig. Wenn du mit den Reichen und Berühmten zu tun hast, ist alles verfügbar. Alles. Meine bevorzugte Droge war Alkohol, allerdings habe ich auch anderes nicht abgelehnt."

Er rollte sich auf den Rücken und starrte an die Decke. Sie merkte, wie er sich von ihr entfernte und in die Vergangenheit eintauchte. „Zuerst sahen die anderen in der Kanzlei nicht hin. Ich war ein heißer neuer Anwalt und gewann meine Fälle und neue Klienten, trotz meiner Exzesse nach Dienstschluss. Drogenmissbrauch ist unter Anwälten keine Seltenheit. Es ist sozusagen ein Nebenprodukt des Stresses im Job und der Möglichkeiten, die man hat."

Nach einer kurzen Pause fuhr er fort: „Dann überschritt ich eine Grenze und begann auch tagsüber zu trinken. Meine Arbeit litt darunter. Ich versäumte Gerichts- und andere Termine. Die Kanzlei übernahm die Schuld. Falls bekannt geworden wäre, dass einer ihrer Juniorpartner ein Alkoholiker war, wäre der Schaden immens gewesen. Als ich betrunken zu einem Termin mit einem wichtigen Klienten erschien, hatten sie genug und feuerten mich. Natürlich sah ich das alles nicht ein. Es war deren Problem und nicht meines. Ich hatte Alkohol und Drogen im Griff. Ich war ja Gott."

Es tat Avery weh, das zu hören. Und es fiel ihr schwer, den Mann, den er beschrieb, mit dem Jungen in Einklang zu bringen, den sie gekannt hatte, oder mit dem Mann, der jetzt neben ihr lag.

„Ich betrank mich nur noch. Meine Freunde kehrten mir den Rücken zu, die Frau, mit der ich zusammenlebte, verließ mich. Ich hatte keinen Halt mehr, nichts und niemanden, der mich zur Umkehr bewogen hätte."

Er schwieg lange, und Avery merkte, dass er sich mit bedrückenden Erinnerungen quälte.

Als er schließlich weitererzählte, bebte seine Stimme leicht. „Eines Morgens verlor ich an einer Grundschule die Kontrolle über mein Auto. Die Kinder waren in der Pause. Mein Fenster war geöffnet. Ich hörte ihr Gelächter und die Freudenschreie und dann ihr entsetztes Schreien. Ich fuhr mit überhöhter Geschwindigkeit und krachte durch den Zaun des Spielplatzes. Ich konnte nichts tun, außer zusehen. Die Kinder stoben auseinander, aber ein Junge stand wie angewurzelt da ... und ich konnte nicht reagieren."

Er bedeckte die Augen mit einer Hand, als könnte er sich so

vor der Erinnerung schützen. „Eine Lehrerin warf sich auf ihn und schob ihn aus der Gefahrenzone. Ich traf sie. Sie flog auf die Kühlerhaube und gegen die Windschutzscheibe.“ Er presste die Augen zusammen, das Gesicht von Schmerz verzerrt. „Es war ein Wunder, dass sie nicht getötet wurde. Nur ein paar gebrochene Rippen und Abschürfungen. Dafür danke ich meinem Schöpfer jeden Tag. Der Zaun und ein Baum, den ich streifte, bremsten mein Tempo ab. Trotzdem, wenn ich den Jungen getroffen hätte, wäre er umgekommen.“

Er sah sie an, mit Tränen in den Augen. „Sie kam zu mir. Zu mir, dem Mann, der ... sie hat mir verziehen und mich aufgefordert, das Wunder zu nutzen, das da passiert sei, um mein Leben zu ändern.“

Avery betrachtete ihn schweigend. Er hatte sein Leben geändert, das war offenkundig, ohne dass er es sagte. Das Buch zu schreiben war Teil dieses Veränderungsprozesses, genauso wie die Rückkehr nach Cypress Springs. Er war an den Ursprung zurückgekommen, um nach vorn gehen zu können.

„Ich frage mich immer wieder, ob dieser Junge noch unbefangen auf einen Spielplatz gehen kann. Oder ob die Kinder nachts schreiend aufwachen und das Entsetzen noch einmal durchleben. Mir geht es jedenfalls so. Es vergeht kein Tag, an dem ich mich nicht erinnere, ihre Gesichter sehe und ihre Schreie höre.“

„Das tut mir Leid, Hunter“, sagte sie leise.

„Du siehst, ich bin sowohl Klischee als auch Abschreckungsgeschichte. Der betrunkene Fahrer, der in einen Schulhof voller Kinder rast. Ich bin genau der Typ, von dem Anwälte wie ich behaupten, dass es ihn nicht gibt.“

Er sagte das voller Sarkasmus und fuhr dann fort: „Ich wurde wegen Fahrens unter Alkoholeinfluss und Gefährdung im Straßenverkehr angeklagt. Der Richter schickte mich zur Entziehung und zog meinen Führerschein für zwei Wochen ein. Er belegte mich mit einer lächerlich geringen Strafe und wies mich an, hundert Stunden gemeinnützige Arbeit zu leisten."

Falls jemand umgekommen wäre, hätte man ihn wegen fahrlässiger Tötung angeklagt, und er wäre ins Gefängnis gegangen.

Hunter steckt bereits in einem Gefängnis.

„Seither habe ich keinen Tropfen mehr angerührt", beendete er seine Beichte. „Und ich hoffe, es bleibt dabei."

Sie tastete nach seiner Hand und schlang die Finger darum.

„Matt liebt dich immer noch."

Avery wollte ihm widersprechen, doch er unterbrach sie. „Es stimmt. Er hat nie aufgehört, dich zu lieben."

„Warum erzählst du mir das?"

„Ich habe Matt heute Morgen herausgefordert, mich zu schlagen. Und das Kranke daran ist, es hat mir Vergnügen bereitet, dazu fähig zu sein. Ist das nicht pervers?"

„Du bist gar nicht so übel." Sie lächelte schwach. „Jedenfalls bist du nicht so schlimm, wie du denkst."

Er drehte ihr den Kopf zu und sah sie an. „Lauf weg, Avery. Ich bin nicht gut für dich."

„Vielleicht sollte ich das besser selbst entscheiden."

Hunter verzog den Mund zu einem Lächeln, das nicht seine Augen erreichte. „Das ist riskant. Wir wissen beide, dass du keine gute Menschenkennerin bist."

„Tatsächlich?" Sie setzte sich auf, gespielt beleidigt. „Tatsächlich bin ich eine ziemlich gute Menschen... Du blutest schon wieder."

„Wo?" Er setzte sich und versuchte, über die Schulter zu sehen.

„Hier." Sie streckte sich, nahm einige Papiertücher aus dem Kästchen auf dem Nachttisch und tupfte das Blut ab, das unter der

Bandage am linken Schulterblatt herauslief. Darunter war der hässlichste Schnitt.

Avery kletterte aus dem Bett, das Laken wie eine Toga um sich gewickelt. „Dad hat bestimmt noch ein paar Mullkompressen in seinem Bad.“ Sie drohte ihm mit dem Zeigefinger. „Bleib, wo du bist.“

„Ja, Schwester Chauvin.“

Barfuß ging sie den Flur entlang zum Schlafzimmer ihrer Eltern. Die Tür stand auf, und ihr Blick fiel auf das ungemachte Bett. Ich sollte es machen oder abziehen, dachte sie. Es jeden Tag so zu sehen, erinnerte sie nur an den letzten Abend ihres Vaters und damit auch an seinen Tod.

Der letzte Abend seines Lebens.

Das ungemachte Bett!

Sie legte eine Hand vor den Mund. Ihr Dad war im Pyjama gewesen und hatte seine Schlafmittel genommen. Offenbar war er entweder schon eingeschlafen gewesen oder gerade zu Bett gegangen. Warum zog er seinen Pyjama an, wenn er vorhatte, sich umzubringen? Warum ging er vorher noch zu Bett? Nur um dann wieder aufzustehen und in seinen Hausschuhen zur Garage zu gehen und Selbstmord zu begehen?

Das ergibt alles keinen Sinn, selbst wenn man in Rechnung stellt, dass Dad laut Freunden und Nachbarn in einem merkwürdigen Zustand war.

Sie schloss die Augen und stellte sich ein anderes Szenario vor. Ihr Vater lag im Bett, der Schlaf durch Medikamente unterstützt. Jemand war an der Tür, läutete oder pochte.

Der Gerichtsmediziner hatte nur Spuren von Halcion in seinem Blut entdeckt. Sie hatte das Mittel schon mal genommen, um auf Interkontinentalflügen schlafen zu können. Daher wusste sie, dass der Schlaf leicht war. Das Medikament entspannte lediglich und half einzuschlafen.

Ihr Dad war als Arzt ein Leben lang auf Abruf gewesen. Ein Pochen an der Tür hätte ihn geweckt, auch wenn er dieses Schlafmittel genommen hatte.

Er war aufgestanden, hatte seine Hausschuhe angezogen und war hinunter zur Tür gegangen. Oder zur Seitentür. Dort hatte ihn ein Feind in Gestalt eines Freundes erwartet. Jemand, den er kannte und dem er vertraute.

Also hatte er die Tür geöffnet.

Avery merkte, dass sie zitterte. Ihr Herz hämmerte. Obwohl es sie schmerzte, spann sie den Tathergang weiter und fügte die Stücke des Puzzles zusammen.

Er war noch benommen und deshalb leicht zu überwältigen. Besonders von einer vertrauten Person.

Wie haben die das gemacht? fragte sie sich. Weder Polizei noch Rechtsmedizin hatten Anzeichen von Gewalt festgestellt. Keine Blutergüsse, keine Brüche. Keine erkennbaren Zeichen eines Kampfes, weder am Tatort noch am Körper.

Sie erinnerte sich, was sie über Tod durch Feuer wusste. Das Fleisch verging in der Hitze, aber der Körper verbrannte nicht ganz. Eine Autopsie konnte durchgeführt werden. Ein Schlag auf den Kopf mit genügend Kraft, sodass jemand bewusstlos wurde, konnte von einem Pathologen nachgewiesen werden.

Könnte der Angreifer ihn überwältigt, gefesselt und zur Garage getragen haben? Nein, diese Möglichkeit musste sie ausschließen. Laut Ben Mitchell war ihr Dad einige Schritte zur Tür gekrochen. Gefesselt wäre das unmöglich gewesen.

Wie also überwältigte man jemanden, ohne Spuren an seinem Körper oder in seinem Blutkreislauf zu hinterlassen?

Plötzlich fiel es ihr ein. Eine Freundin in Washington hatte immer ein Elektroschockgerät bei sich getragen anstelle von Pfefferspray. Sie hatte ihr erzählt, dass der Stromstoß einen Angreifer bis zu fünfzehn Minuten bewegungslos machen konnte, ohne Dauerschäden oder Spuren am Körper zu hinterlassen. Ihr Vater wäre lange genug außer Gefecht gewesen, sodass ein Mörder ihn in die Garage tragen, mit Diesel übergießen und anzünden konnte.

Sein Hausschuh war auf dem Weg zwischen Haus und Garage abgefallen.

Deshalb war er nicht stehen geblieben, um ihn wieder anzuziehen. Er war nicht selbst gegangen. Man hatte ihn getragen. Sie stellte sich vor, wie der Mörder ihn in der Garage ablud. Der Diesel stand bereit. Diesel zündete langsam bei direktem Kontakt mit der Flamme. Der Mörder hatte ein Streichholz oder einen Anzünder geworfen und war gegangen.

Und ihr Vater verbrannte bei lebendigem Leibe. Als er endlich reagieren konnte, war es zu spät gewesen.

„Was ist los?“

Sie drehte sich um. Hunter stand hinter ihr. „Ich weiß, wie das mit Dad passiert ist. Ich weiß, wie die ihn umgebracht haben.“

43. KAPITEL

Hunter erwachte und merkte, dass er allein im Bett lag. Er sah auf Averys Wecker. Es war kurz nach 17 Uhr. Sie hatten fast den ganzen Nachmittag verschlafen. Er zumindest.

Er setzte sich auf. Im Kissen neben ihm war noch der Abdruck von Averys Kopf. Er legte die Hand hinein – das Kissen war kalt – und blickte zum Fenster. Das Licht hatte sich verändert. Die mittägliche Helle war dem Violett des frühen Abends gewichen.

Hunter rieb sich das stoppelige Kinn und dachte an Avery.

Sie hatte ihm ihre Theorie eröffnet, wonach ihr Vater von einem vertrauten Freund nachts geweckt und mit einem Elektroschockgerät außer Gefecht gesetzt worden war. Man hatte ihn in die Garage gebracht und angezündet. Brennend hatte er noch versucht, sich zur Tür zu schleppen, doch es war zu spät gewesen.

Lange hatte er Avery in den Armen gehalten, während sie sich ausweinte.

Ihr Weinen war ihm zu Herzen gegangen, und er hatte sie zu trösten versucht, indem er ihre Theorie zerpflückte. Warum sollte jemand ihren Vater umbringen, welches Motiv könnte er haben?

Doch das hatte alles nichts geholfen, und so hatte er sie nur umarmt, bis ihre Tränen versiegten. Dann hatte er sie zu Bett gebracht, und sie waren zusammen eingeschlummert.

Hunter schlug die Decke zurück und stand auf. Nachdem er seine Jeans angezogen hatte, machte er sich auf die Suche nach Avery.

Er fand sie in der Küche. Sie stand am Spülbecken und blickte durch das darüber liegende Fenster. Das schnurlose Telefon lag auf dem Küchentisch, daneben ein Stenoblock und eine gefaltete Zeitung.

Sie ist schon eine Weile auf.

Leise ging er zu ihr. Sie trug einen weißen, in der Taille gegürteten Bademantel, in dem sie fast versank, was ihre zierliche Statur noch betonte. Mit ihrem kurzen Jungenhaarschnitt und dem zarten Gesicht sah sie aus wie ein Kind, das sich die Sachen der Mutter ausgeborgt hat.

Wer sie wegen ihrer grazilen Gestalt unterschätzte, beging jedoch einen Riesenfehler. Sie hatte einen scharfen Verstand und eine Entschlossenheit, die an Starrköpfigkeit grenzte. Er hatte sie dafür immer bewundert, auch wenn sie sich auf etwas versteifte, was seiner Ansicht nach keinen Sinn ergab.

Schon in der Schule hatte er ihren Charakter geschätzt und ihren Sinn für Fairness. Sie hatte sich den Tyrannen entgegengestellt, sich um die Unbeliebten gekümmert und sich mit den Neuen in der Klasse und den Außenseitern angefreundet. Das hatte sie nicht sonderlich populär gemacht, was ihr jedoch meistens gleichgültig gewesen war.

Er musste zugeben, dass er ihre Stärke bewundert hatte.

Ein bisschen war er schon immer in sie verliebt gewesen.

Unwillkürlich fragte er sich, ob sie sich seiner auch nur annahm, weil er ein Außenseiter war.

Jetzt bemerkte sie seine Gegenwart und sah ihn an, ein kaum merkliches Lächeln auf den Lippen. „Es gibt ein Gewitter."

Er stellte sich neben sie. Der Wind hatte aufgefrischt, und dunkle Wolken jagten über den Abendhimmel. „Es ist Frühling, wir brauchen den Regen."

„Vermutlich."

Sanft strich er ihr über die Wange. „Alles in Ordnung?"

„So leidlich." Sie schmiegte die Wange in seine Hand. „Hungrig?"

„Und wie. Wir könnten uns was bestellen."

Sie schüttelte den Kopf. „Ich habe Eier und Käse."

„Klingt nach einem Omelette."

Sie teilten sich die Arbeit und stritten gut gelaunt über die Zutaten. Zwiebeln waren out, Peperoni in. Pilze waren ein Muss, dazu viel Käse und ein wenig Cayennepfeffer.

„Den Toast mache ich", bot er an.

„Ich habe englische Muffins im Kühlschrank."

„Noch besser." Er holte sie zusammen mit Orangensaft und Butter heraus. Nachdem er sie geteilt und in den Toaster gegeben hatte, nahm er Geschirr, Besteck, Gläser und Servietten aus den Schränken.

Er trug alles zu dem Eichentisch und schob Telefon und Zeitung beiseite. Dabei fiel ihm auf, dass es die Gazette war, in der über den Tod ihres Vaters berichtet wurde. Stirnrunzelnd blickte er auf den Stenoblock. Darauf stand eine Liste mit Namen und jeweils einem Datum daneben. Pat Greene, Sal Mandina, Pete Trimble, Kevin Gallagher, Dolly Farmer. Auch der Name ihres Vaters stand da, und ganz zum Schluss Trudy Pruitt.

„Was ist das?"

„Etwas, an dem ich arbeite."

„An dem du arbeitest? Das sieht nach einer Liste von Leuten aus, die gestorben sind in ..."

„In den letzten acht Monaten", beendete sie seinen Satz. „Hier in Cypress Springs."

Sie hätte die Liste zweifellos nicht hergelegt, wenn sie nicht gewollt hätte, dass er sie sah. „Es geht dir darum, was Trudy Pruitt gesagt hat, richtig? Dass dein Dad mit dem Fall Sallie Waguespack zu tun hatte."

Avery drehte das Omelett um. „Ja. Und um die Zeitungsausschnitte, die ich in seinem Schrank gefunden habe. Und um zwei Morde und zwei verschwundene Leute in den letzten sechs Wochen. Und um eine Gruppe, die sich Die Sieben nennt."

Er furchte die Stirn. „Ich kann dir das wohl nicht ausreden, oder?“

Sie warf ihm einen kurzen Blick zu. „Nein.“

Entschlossen bis zur Starrköpfigkeit. Sie bleibt dran, bis sie überzeugt ist, die Wahrheit zu kennen.

Kein Wunder, dass sie eine so gute Reporterin ist.

„Verdammt, Avery, du machst mich verrückt.“

Sie zuckte mit einer Schulter. „Dann vergiss die Sache doch einfach, wenn du dich dabei besser fühlst.“

„Das könnte dir so passen. Glaubst du, ich lasse dich allein einen Killer zur Strecke bringen? Zwei Frauen sind schon umgebracht worden. Ich möchte nicht, dass du die Dritte wirst.“

Avery lächelte und klimperte übertrieben kokett mit den Wimpern. „Das ist so süß von dir, Hunter.“

„Das ist überhaupt nicht lustig. Da draußen läuft ein Killer herum.“

„Sehr richtig. Und er hat vielleicht meinen Vater umgebracht.“

„Möchtest du meine Hilfe?“ fragte er resigniert.

Sie dachte einen Moment nach und nickte. „Ich glaube, ja. Das Essen ist fertig.“

Avery ließ die Omeletts auf Teller gleiten und stellte sie auf den Tisch. Hunter butterte die Muffins, bezwang während des Essens jedoch seine Ungeduld und fragte nicht weiter nach.

Sobald sie fertig waren, räumte sie das Geschirr ab, setzte sich wieder und sah Hunter an. „Wie du weißt, war ich gestern Abend in Trudy Pruitts Wohnwagen. Sie hatte behauptet, Beweise zu haben, dass mein Vater an der Vertuschung im Mordfall Sallie Waguespack beteiligt war.“

„Also bist du hingefahren, um die Beweise zu suchen. Gwen Lancaster war bei dir.“

„Woher weißt du das?“

„Gut geraten."

„Was du nicht weißt, ist, dass Gwen Trudy ein paar Stunden vor ihrem Tod über Die Sieben befragt hat."

Hunter straffte sich. „Sie hat mit Trudy Pruitt gesprochen?"

„Ja. Und die hat die Existenz der Sieben bestätigt und behauptet, die Gruppe hätte Elaine St. Claire umgebracht."

„Avery", wandte Hunter ernst ein, „wie man so hört, war die Frau eine labile Alkoholikerin. Wegen ihrer Jungs hatte sie einen Hass auf diese Stadt. Ich würde dem, was sie zu sagen hatte, kein allzu großes Gewicht beimessen."

„Du klingst schon wie Matt und Buddy."

„Sie haben Recht, du solltest auf sie hören."

Sie war sichtlich frustriert. „Was ist mit Gwen? Ihr Zimmer wurde durchwühlt, und alle ihre Aufzeichnungen wurden gestohlen. Jemand hat sie zu einer Jagdhütte in der Nähe von Highway 421 und No Name Road gelockt und ihr eine ausgeweidete Katze hinterlassen."

„Sag das noch mal."

„Gwen wurde von einer Frau angerufen, die ihr sagte, sie habe Informationen über das Verschwinden ihres Bruders. Sie verabredeten sich in dieser Jagdhütte."

„Aber die Frau ist nicht gekommen."

„Nein. Stattdessen fand Gwen diese Katze als Warnung vor. Sie soll mit ihren Nachforschungen aufhören und verschwinden. So arbeiten Die Sieben immer. Erst eine Warnung, und dann schreiten sie zur Tat."

Hunter lauschte mit wachsender Verunsicherung. „Woher weißt du, dass das alles stimmt, Avery? Sie könnte ihr eigenes Zimmer verwüstet und die Sache mit der Verabredung und der Katze doch einfach erfunden haben, um dich zu überzeugen und dein Vertrauen zu gewinnen."

Avery schüttelte den Kopf. „Ich war im Gästehaus, als sie zurückkam. Sie hatte Angst, entsetzliche Angst." Sie schob ihm ein Stück Zeitung über den Tisch zu. „Das hier haben Gwen und ich gestern Nacht gefunden. Es lag in Trudy Pruitts Schlafzimmer auf dem Boden."

Hunter sah sich den Zeitungsausschnitt an. Trudy hatte dem Bild von Averys Vater Teufelshörner und einen Ziegenbart angemalt. Avery nahm das offenbar sehr gelassen hin, als sei es alltäglich, etwas so Empörendes auf dem Schlafzimmerboden einer Ermordeten zu finden.

„Schau hier, in der Spalte", fügte sie hinzu. „Sie hat etwas abgezählt und Buch geführt."

„Alle bis auf zwei", sagte er leise. „Was, glaubst du, bedeutet das?"

„Ich glaube, sie hat aufgezählt, wer bisher umgekommen ist. Mein Dad war Nummer fünf."

„Plus zwei macht sieben."

„Ist mir nicht entgangen."

„Okay, du hast meine volle Aufmerksamkeit."

Sie tippte auf die Seite. „Wie ich das sehe, sind das entweder Menschen, die an der Vertuschung in dem Mordfall beteiligt waren, oder Leute, die die Wahrheit kannten."

„Immer vorausgesetzt, es gab eine Vertuschung."

„Ja." Sie stand auf und ging hin und her. „Du bist Anwalt. Wer könnte an so einem Fall beteiligt gewesen sein?"

„Ich bin kein Strafverteidiger, aber offensichtlich gibt es einen Mörder und ein Opfer. Dann die Person oder Personen, die die Leiche entdeckt haben. Zudem alle Polizeibeamten, Kriminalisten, der Gerichtsmediziner oder sein Vertreter."

„Zeugen, falls welche da waren."

„Richtig."

„Dein Dad hat mich die Akten einsehen lassen. Officer Pat Greene war auf Streife draußen. Er sah die Pruitts aus dem Haus von Sallie Waguespack rennen. Da sie schon mit dem Gesetz in Konflikt waren, hielt er es für besser, nachzusehen. Er fand die Leiche der Frau und informierte Buddy."

Avery hielt inne und schien sich auf den genauen Ablauf zu konzentrieren. „Nach Patts Beschreibung ging auch Buddy davon aus, dass es die Pruitt-Brüder waren, die er gesehen hatte. Er und Pat suchten die beiden und fanden sie. Die Begegnung endete in einer Schießerei, und die Brüder waren tot."

„Der Tatort wurde unbewacht gelassen?"

Sie dachte nach. „Vielleicht haben sie auf den Leichenbeschauer gewartet, aber ich glaube nicht. Laut Akten wurde kein weiterer Officer zum Tatort gerufen."

„Fahr fort."

„Die Mordwaffe wurde im Graben hinter dem Wohnwagen der Pruitts gefunden. Donnys Fingerabdrücke waren darauf. Einer der Jungs hatte Blut vom Opfer an den Schuhen. Als die Polizei kam, eröffneten sie das Feuer, zudem hatte Pat Greene sie bereits am Tatort gesehen. Fall abgeschlossen. Keine Notwendigkeit für weitere Ermittlungen. Alles klar."

„Zu klar, wie du denkst, oder?"

„Vielleicht."

„Was ist mit der Autopsie? Soweit ich weiß, wird bei einem Mord immer eine Autopsie gemacht."

„Der Bericht war nicht in den Akten. Buddy glaubt, er sei falsch abgeheftet worden, und will ihn suchen. Ich rufe ihn morgen mal an."

Sie schwiegen eine Weile, und Hunter spürte, dass sie genau wie er alle Möglichkeiten erwog und im Geiste Bilanz zog. Doch die Anzahl der Beteiligten passte nicht.

„Zählen wir auf, wer involviert sein könnte“, sagte er. „Da wären Dad und Patt Greene am Tatort. Dann ist da noch der Gerichtsmediziner. Das macht drei. Nehmen wir das Opfer und die Pruitts dazu, haben wir sechs. Dein Dad könnte Nummer sieben sein, aber wie er da hineinpasst, weiß ich nicht.“

Er trommelte mit den Fingern auf die Tischplatte. „Vielleicht hat sie gezählt, wer von den Sieben schon tot ist? Vielleicht war sie diejenige, die sie beseitigt hat? Und vielleicht ist einer der letzten beiden ihr zuvorgekommen?“

„Vielleicht, aber das glaube ich nicht. Es sei denn, sie hatte einen Komplizen. Diese Morde wurden als Unfälle getarnt. Das heißt, der Täter besaß ein Maß an Intelligenz, das ich Trudy Pruitt nicht zutraue.“

„Falls sie einen Komplizen hatte, wer könnte das sein? Vielleicht jemand, der mit Cypress Springs oder einigen seiner Bürger noch eine Rechnung offen hatte.“

Avery dachte kurz darüber nach und schüttelte den Kopf. „Wer hat dann Elaine St. Claire umgebracht? Nicht Trudy Pruitt. Die beiden waren befreundet. Sie hat Gwen erzählt, dass Die Sieben für Elaines Tod verantwortlich sind.“

„Vielleicht hat die Gruppe auch Sallie Waguespack umgebracht.“

„Das ergibt keinen Sinn, denn nach allem, was ich weiß, hat erst der Mord an Sallie Waguespack zur Formierung der Sieben geführt.“

„Aber du weißt es nicht genau.“

Sie seufzte frustriert. „Nein, verflixt. Ich kann mich nur auf Spekulationen stützen.“

„Und auf eine wachsende Anzahl von Toten.“ Hunter stand auf und trat zu ihr. „Gehen wir das noch einmal durch. Wer könnte die Wahrheit über Sallie Waguespacks Tod gewusst haben?“

„Die Pruitt-Jungen, Buddy, Pat Greene, mein Dad – jedenfalls hat Trudy das angedeutet.“

„Trudy selbst“, fügte er hinzu, „und vielleicht derjenige, der Sallie für die Beisetzung vorbereitet hat.“

„O mein Gott!“

„Was ist?“

Sie ging zum Tresen, nahm ihr Notizbuch und fuhr mit dem Finger die Namensliste entlang, wobei sie stumm die Lippen bewegte, während sie las.

Hunter beobachtete sie mit wachsender Sorge. „Was ist?“

Avery hob den Blick. „Alle, die wir aufgezählt haben, sind tot, Hunter. Außer deinem Dad.“

Die Feststellung wirkte wie ein Donnerschlag. Hunter starrte sie an, und seine Welt schien ein wenig aus den Angeln zu geraten. „Das kann nicht sein.“

„Ist aber so.“ Sie hielt ihm den Stenoblock hin, doch Hunter nahm ihn nicht zur Kenntnis.

„Ist dir klar, was du da sagst?“

Langsam nickte sie, das Gesicht aschfahl.

Entweder Buddy Stevens ist der Täter. Oder er ist der Nächste auf der Todesliste.

„Sieh dir die Liste an“, forderte sie ihn auf. „Pat Greene, Dad, Kevin Gallagher, Trudy Pru...“

„Deine Liste ist mir scheißegal!“ explodierte Hunter. „Damit bist du zu weit gegangen, Avery. Das ist bar jeder Vernunft!“

Gekränkt wich sie einen Schritt zurück. „Das heißt doch nicht, dass dein Dad der Täter ist. Er könnte in Gefahr sein. Und wenn das so ist, müssen wir ihn warnen! Das ist dann doch die einzige Möglichkeit, Hunter.“

Das ist blanker Mist. In dieser Stadt passiert nichts, ohne dass Dad davon weiß. Aber wer könnte besser eine Vertuschung organisieren als der Polizeichef? Wer könnte besser Morde als Unfälle tarnen als ein Mann des Gesetzes?

Hunter streckte das Gesicht zur Decke, und seine Gedanken rasten. Noch einmal ließ er Revue passieren, was sie in Bezug auf den Waguespack-Mord und die anschließende Ermittlung diskutiert hatten.

Aber warum nach all der Zeit? Hatte jemand gedroht, sie alle hochgehen zu lassen?

Nein, es ergab keinen Sinn, dass sein Vater fünfzehn Jahre nach dem Vorfall alte Freunde umbrachte, damit sie schwiegen.

Der Täter ist ein anderer. Dad ist in Gefahr.

Er sah Avery an. „Was ist mit dem Gerichtsmediziner? Steht er auch auf deiner Liste?"

„Dr. Harris? Nein, er steht nicht drauf." Sie vergewisserte sich kurz auf dem Stenoblock. „Dr. Harris ist seit achtundzwanzig Jahren, mit kurzen Unterbrechungen, der Gerichtsmediziner des Bezirks."

„War er 1988 im Dienst?"

„Ich weiß nicht. Wenn ja ..."

„Dann ist Dad nicht der Letzte."

44. KAPITEL

Gwen riss die Augen auf. Ihr Herz schlug heftig, als sie sich ruckartig aufsetzte. Sie hatte von ihrem Bruder geträumt. Er hatte versucht, sie zu warnen.

Während die Nachwirkungen des Traumes allmählich abklangen, liefen ihr kalte Schauer über den Rücken.

Hier stimmt etwas nicht.

Sie ließ den Blick durch den dunklen Raum bis zum Fenster schweifen. Draußen regnete es. Plötzlich ein blendender Blitz.

Gwen zuckte zusammen und musste dann über ihre Schreckhaftigkeit lachen. Sie blickte zum Nachttisch. Das Zifferblatt der Uhr, sonst ein ermutigendes Leuchten in der Nacht, war dunkel.

Der Strom war ausgefallen.

Sie stieg aus dem Bett, um ins Bad zu gehen.

Und blieb stehen, als sie mit dem Fuß in etwas Nasses tappte. Verwirrt blickte sie zu Boden. Wie ...

Ein Luftzug strich um ihre Knöchel. Sie sah zum Fenster. Es war geschlossen und verriegelt.

Das Badezimmerfenster. Es führt zum seitlichen Hof und zur großen Eiche.

Ein weiterer Blitz erhellte den Raum. Sie senkte den Blick. Wasser. Eine deutliche Spur führte vom Bad zu ihrem Bett. Sie spähte über die Schulter zur halb offenen Badezimmertür und ins Dunkel dahinter.

Da wartet jemand.

Mit einem leisen Aufschrei wollte sie wegrennen, doch in diesem Augenblick stürmte jemand ins Zimmer und packte sie von hinten. Einen Arm um ihre Taille geschlungen, eine behandschuhte Hand fest über ihrem Mund, zerrte er sie rückwärts.

Er hielt sie gegen seine Brust gepresst. Sie widersetzte sich, so gut es ging, trat aus und versuchte, sich seinem Griff zu entwinden. Doch der Angreifer war zu stark. Er drückte ihr so fest auf Mund und Nase, dass sie kaum atmen konnte. Allmählich wurde ihr schwindelig, und vor ihren Augen tanzten Sterne.

Er neigte den Kopf, und sein heißer Atem strich über ihr Ohr. Er trug eine Skimaske, die ihr die Wange kitzelte.

„Du wurdest angeklagt, Gwen Lancaster, angeklagt und für schuldig befunden."

Die Sieben. Sie sind gekommen, mich fertig zu machen. Genau wie Tom.

Panik raubte ihr die Denkfähigkeit und den Kampfwillen. Hatte Tom in den Augenblicken vor seinem Ende dasselbe empfunden? Hatte er an sie gedacht und an ihre Eltern, oder hatte ihn die Angst völlig betäubt?

Gib nicht auf, Gwen! Bewahre einen kühlen Kopf!

In diesem Moment war ihr, als hätte Tom mit ihr gesprochen. Der Klang seiner Stimme wirkte Wunder. Sie musste sich ihre Geistesgegenwart erhalten, so blieb ihr vielleicht eine Chance. Jeder machte Fehler, dieser Täter vielleicht auch. Dann musste sie handlungsfähig sein. Sie zwang sich zur Ruhe.

„Wir haben dich gewarnt!" zischte er. „Warum bist du nicht abgehauen? Warum musstest du noch andere mit hineinziehen? Jetzt ist es zu spät für dich."

Andere.

Avery.

Gwen glaubte, so etwas wie Bedauern in der Stimme gehört zu haben. Sie versuchte das zu nutzen, wollte sich entschuldigen und um eine letzte Chance bitten. Doch ihre Worte blieben ein klägliches Wimmern unter seiner Hand.

„Es tut mir wirklich Leid", raunte er und zerrte sie auf das Bad zu. „Ich bedaure den entsetzlichen Zustand der Welt, der so etwas nötig macht. Ich bedaure, dass du in etwas hineingezogen wurdest, das eigentlich nicht dein Kampf ist. Aber wir führen Krieg. Und im Krieg sind Kollateralschäden unvermeidbar."

Kollateralschäden? Der bedauerliche, aber unvermeidbare Tod von Menschen?

Hatte er das auch zu Tom und den anderen gesagt?

Sie erreichten die Badezimmertür. Er zerrte sie hindurch und schloss sie hinter ihnen. Wieder ein Blitz, und was der erhellte, steigerte ihre Angst erneut zur Panik. Ein schwarzer Duschvorhang war in der alten Wanne ausgelegt. Dazu Seilenden und ein Messer, dessen zackige Klinge sich deutlich vom schwarzen Plastik abhob.

Sie stemmte sich mit den Füßen gegen den Boden und wehrte sich verzweifelt. Er würde keinen Fehler machen, wie sie jetzt erkannte. Er hatte alles durchdacht, jedes Detail.

Was ist mit Avery, dachte sie benebelt. Hatte er sie schon umgebracht? War sie auch dem Messer zum Opfer gefallen?

Ich will nicht sterben!

Die Tränen in den Augen ließen ihren Blick verschwimmen. Ich will nicht auf diese Weise sterben!

Er stöhnte enttäuscht auf. „Es geht hier nicht um mich oder dich. Es geht um eine Sache, die viel größer ist als wir." Er zerrte sie näher zur Wanne. „Ich weiß, was du denkst. Dass Cypress Springs viel zu klein und unbedeutend ist, um den Lauf der Welt ändern zu können. Aber du irrst dich. Überleg mal, was passiert, wenn du einen kleinen Stein ins Wasser wirfst? Beim Eintauchen entstehen kreisförmige Wellen, die sich weit über den Teich ausbreiten. So ist es auch mit uns. Unser Einfluss breitet sich in andere Gemeinden aus. Wir finden auch dort Gleichgesinnte, die den Dreck, die Drogen und den moralischen Verfall, der jeden Winkel dieses Landes erreicht hat, leid sind. Wir finden überall

Menschen, die mit uns übereinstimmen, dass der Zweck jedes Mittel heiligt."

Gwen begann zu weinen, den Blick wie gebannt auf das Messer geheftet.

„Zeit für die Vollstreckung, Gwen Lancaster."

Er schleuderte sie herum, und ehe sie begriff, was geschah, schlug sie mit dem Kopf gegen den Türrahmen.

Schmerz explodierte hinter ihren Augen, und ihre Welt wurde schwarz.

45. KAPITEL

Avery blickte in den verregneten Morgen hinaus. Der Garten war von Blättern und Ästen übersät. Vom Baum des Nachbarn war ein Ast abgebrochen und blockierte ihre Zufahrt.

Hunter war schon vor Stunden gegangen, irgendwann, ehe das Gewitter richtig losgebrochen war. Er hatte Sarah als Ausrede benutzt, doch sie wusste, dass er allein sein wollte. Er musste durchdenken, worüber sie gesprochen hatten, und mit den Konsequenzen klarkommen.

Wie das ausgehen würde, konnte sie nicht einschätzen. Er war erschüttert gewesen, so viel stand fest. Aber auch distanziert, fast heimlichtuerisch.

Sie waren die Liste noch mehrfach durchgegangen. Tatsächlich waren alle, die an der damaligen Ermittlung beteiligt gewesen waren, kürzlich und unerwartet zu Tode gekommen, mit Ausnahme von Buddy Stevens und dem Gerichtsmediziner.

Avery schloss einen Augenblick die Augen und dachte an Trudy Pruitts Notizen auf der Zeitung – Alle bis auf zwei.

Ist Buddy Stevens einer von den zweien? Ist er in Gefahr, oder ist er der Täter?

Sie wandte sich vom Fenster ab. Buddy war ein guter Mann, ein Mann des Gesetzes, wie er im Buche stand. Zu unterstellen, dass er etwas Strafbares tat, grenzte an Lächerlichkeit.

Aber warum hatte sie dann dieses Unbehagen?

Nein. Buddy war kein Täter, und sie wollte ihn auch nicht an einen Killer verlieren.

Avery ging in die Küche. Sie hatte mit Hunter verabredet, dass sie heute Morgen Dr. Harris und Buddy anrufen sollte. Die Uhr an der Mikrowelle zeigte an, dass es noch nicht ganz acht war. Sie würde ein paar Minuten warten und es dann beim Ersten versuchen.

Und bei Gwen. Noch einmal.

Gwen hatte gestern nicht angerufen, deshalb hatte sie versucht, sie über Handy zu erreichen, während Hunter schlief. Doch Gwen hatte sich nicht gemeldet. Heute Morgen hatte sie es noch einmal versucht, mit demselben Ergebnis.

Sie setzte sich auf einen Küchenstuhl, stand nervös gleich wieder auf und begann, hin und her zu gehen. Bei beiden Anrufen hatte sie keine Nachricht hinterlassen, was sie jetzt bedauerte, denn so hätte Gwen wenigstens gewusst, dass sie noch auf derselben Seite standen und dass mit ihr alles okay war.

Wo steckte sie bloß, und warum rief sie nicht an?

Avery nahm den Telefonhörer auf und prüfte, ob die Leitung funktionierte. Sobald sie den vertrauten Wählton hörte, gab sie Gwens Handynummer ein. Der Anruf wurde gleich an den Nachrichtenservice weitergeleitet, was bedeutete, dass das Handy nicht eingeschaltet war.

„Hallo, Gwen, ich bin's, Avery. Ich habe Informationen. Rufen Sie mich an."

Sie legte den Hörer wieder auf. Und was nun? Das Gästehaus anrufen und den Anruf zu ihrem Zimmer durchstellen lassen? Es aus der Halle mit dem Münztelefon versuchen? Oder warten?

Sie entschied sich zu warten. Zwischenzeitlich konnte sie Dr. Harris anrufen.

Der Gerichtsmediziner meldete sich nach dem ersten Klingeln.

„Dr. Harris? Ich bin es, Avery Chauvin."

„Miss Chauvin", erwiderte er freundlich. „Wie geht es Ihnen?"

„Besser. Danke der Nachfrage."

„Es freut mich, von Ihnen zu hören. Was kann ich für Sie tun?"

„Ich arbeite an einer Story über den Mord an Sallie Waguespack."

„Sagten Sie Waguespack?"

„Sagte ich."

„Mein Gott, das ist aber eine alte Geschichte."

„Ja, von 1988. Waren Sie damals der Gerichtsmediziner?"

„Nein. Der Mord geschah während einer meiner Auszeiten. Ich glaube, Dr. Bill Badeaux war damals an meiner Stelle tätig."

„Wissen Sie zufälligerweise, wie ich ihn erreichen kann?"

„Ich fürchte, das ist nicht möglich. Er ist verstorben."

Damit bleibt nur Buddy. Er ist der Letzte.

„Wie bedauerlich", erwiderte sie und zwang sich, normal zu sprechen. „Ist er erst kürzlich verstorben?"

„Vor etwa einem Jahr, wie ich gerüchteweise hörte. Aber er war schon vor langer Zeit aus der Gegend weggezogen."

Vor etwa einem Jahr. Dann war er vielleicht der Erste.

Ihr wurden die Knie weich, und sie setzte sich auf den nächsten Stuhl.

„Miss Chauvin, alles okay mit Ihnen?"

„Ja, natürlich." Avery räusperte sich. Sie hätte ihn gern gefragt, woran der Doktor gestorben war, wollte jedoch nicht seinen Argwohn wecken, zumal sie ihm noch eine Frage stellen musste. „Hat Buddy Stevens Kontakt zu Ihnen aufgenommen?"

„Buddy? Nein. Sollte er?"

„Er konnte den Autopsiebericht im Waguespack-Fall nicht finden. Deshalb wollte er Sie anrufen. Vielleicht ist es ihm entfallen."

„Die Autopsie wurde vermutlich in Baton Rouge gemacht, aber ich müsste natürlich eine Kopie haben. Ich suche die Kopie heraus und melde mich wieder."

„Könnten Sie das sofort erledigen, Dr. Harris? Tut mir Leid, dass ich so eine Landplage bin, aber mein Redakteur hat mir eine unmöglich kurze Frist für den Artikel gesetzt."

„Sofort leider nicht." Er schien es aufrichtig zu bedauern. „Ich bin gerade auf dem Weg ins Krankenhaus, und es wird eine Weile dauern, die Akte zu suchen."

„Ach so." Sie konnte ihre Enttäuschung kaum verhehlen.

„Aber ich bin in ein paar Stunden zurück. Dann kümmere ich mich sofort darum. Welche Nummer soll ich wählen?"

Damit sie den Anruf garantiert erhielt, gab sie ihm ihre Handynummer. „Danke, Dr. Harris, Sie waren mir eine große Hilfe."

Sie legte auf und wählte Hunter an. Er meldete sich sofort.

„Ich bin es, Avery. 1988 war ein Dr. Bill Badeaux Gerichtsmediziner für den Bezirk West Feliciana. Er starb vor etwa einem Jahr."

„Mist! Woran ist er gestorben?"

„Das habe ich nicht gefragt. Ich wollte nicht zu neugierig erscheinen. Aber ich denke mir, das ist nicht zu schwer herauszufinden. Ein Besuch drüben bei der Gazette ..."

„Das übernehme ich."

„Aber ..."

„Keine Widerrede. Du hast schon genug herumgeschnüffelt. Ich möchte nicht, dass du noch mehr Aufmerksamkeit auf dich lenkst."

„Du glaubst, ich habe Recht mit der Sieben, oder?"

Sie hörte ein Rascheln am anderen Ende der Leitung, dann begann Sarah zu bellen. „Ich lasse es dich wissen", erwiderte er. „Wo kann ich dich erreichen?"

Sein Tonfall hatte sich verändert, war angespannt, ja fast zornig geworden. „Alles in Ordnung bei dir?"

„Alles bestens."

Sarah spielte im Hintergrund verrückt. „Bist du allein?" fragte sie besorgt.

„Nicht ganz."

„Ich verstehe nicht, ich ..."

„Bleib, wo du bist. Ich rufe zurück."
„Aber ..."
„Versprich es mir!"
Sie zögerte und versprach es.
Im nächsten Moment war die Leitung tot.

46. KAPITEL

Avery duschte und zog sich an. Danach machte sie ihr Bett, sortierte die Wäsche und warf eine Ladung Weißes in die Waschmaschine. Sie prüfte den Inhalt des Kühlschranks und rief am Laptop ihre E-Mails ab. Nachdem sie die Anfrage ihres Redakteurs über den Fortgang der Story ausweichend beantwortet hatte, beschloss sie, die restlichen E-Mails später zu erledigen.

Die Zeit verstrich quälend langsam. Alle paar Minuten sah Avery zur Uhr. Nach fast einer Stunde hielt sie es nicht länger aus.

Mit schnurlosem Telefon und Handy bewaffnet stieg sie die Treppe hinauf. In der ersten Etage fiel ihr Blick auf die gerahmten Fotos an den Wänden, die sie immer scherzhaft die Ruhmeswände ihrer Eltern genannt hatte.

Wie oft war sie daran vorbeigegangen, ohne sie wirklich anzuschauen. Sie hatte sich nie bewusst gemacht, dass sie auf fast jedem Foto zu sehen war, was den Stolz und die Liebe ihrer Eltern bewies. Beides hatte sie als selbstverständlich hingenommen.

Sie blieb stehen und sah rechts auf ein Foto mit ihr als Kleinkind. Die ersten Schritte, dachte sie und betrachtete ihre am Boden kniende Muter, die mit ausgebreiteten Armen auf sie wartete, lockend und ermutigend.

Ihr Blick schweifte weiter. Baby-, Schul- und Ferienfotos. Und auf vielen war ihre Mutter mit stolzem, auf sie gerichtetem Blick zu sehen.

Avery schaute noch einmal auf das Babybild mit ihrer knienden Mutter und betrachtete deren Gesicht. Eigentlich hatte sie ihre Mutter kaum richtig gekannt und nichts von ihren Hoffnungen, Träumen und Erwartungen gewusst. Ihre Mutter wäre gern Schriftstellerin gewesen, hatte sie gesagt, ihr jedoch nie einen Text von sich zu lesen gegeben.

Die Schuld für ihr distanziertes Verhältnis hatte sie immer bei der Mutter gesucht, aber vielleicht lag sie bei ihr. Sie hatte sich mehr dem Vater angeschlossen. Ihn zu lieben, war sehr leicht gewesen.

Genau genommen war sie selbst den Weg des geringsten Widerstandes gegangen. Sie hatte sich mit einem Elternteil begnügt, anstatt sich auch um den anderen zu bemühen. Wenn sie doch nur die Tagebücher finden könnte. Darin kämen Herz und Seele ihrer Mutter zum Ausdruck. Sie würde etwas über ihre Überzeugungen und Wünsche erfahren, über ihre Enttäuschungen und Ängste. Es wäre die Gelegenheit, die Mutter doch noch kennen zu lernen.

Sie konnte sich nicht vorstellen, dass ihr Vater die Tagebücher weggeworfen hatte. Und auch ihre Mutter hätte das wohl nicht getan, auch wenn sie nicht mehr weitergeschrieben hatte.

Die Bücher mussten hier irgendwo sein. Von neuem Eifer beflügelt, stieg sie zum Dachboden hinauf, immer mit dem Gefühl, dass ihr die Zeit davonlief. Noch einmal sah sie gründlich alles hier Gelagerte durch und entdeckte die Tagebücher schließlich in dem Karton, der ihre Puppensammlung enthielt. Ihre Mutter hatte die Puppen für sie gekauft und gesammelt und gegen ihren Willen auf dem Regal in ihrem Kinderzimmer aufgereiht.

Die Tagebücher waren ordentlich chronologisch geordnet und gebündelt. Das erste stammte aus dem Jahr 1965, da war ihre Mutter siebzehn gewesen. Das letzte aus dem Jahr 1990. Wie Lilah gesagt hatte, hatte ihre Mutter im August des Jahres, als sie, Avery, zur Universität gegangen war, mit dem Schreiben aufgehört.

Avery fuhr mit dem Zeigefinger über die ordentlich datierten Buchrücken und verharrte bei Januar bis Juni 1988.

Hier finde ich alles über Sallie Waguespacks Tod und Dads Verwicklungen in die Sache, dachte sie hoffnungsvoll, während ihr Herz schneller schlug.

Vielleicht entdeckte sie sogar Hinweise auf die Gründung der Sieben.

Doch es gab persönliche Fragen, die sie ein halbes Leben lang geplagt hatten, die sie zuerst klären wollte. Deshalb zog sie als Erstes das Buch mit Datum 1965 aus seiner Hülle. Sallie Waguespack musste warten.

Avery begann zu lesen und erfuhr von einem Mädchen aus streng traditionellem Elternhaus und seinem Traum, eine Schriftstellerkarriere zu machen. Sie las, dass ihre Mutter eine leidenschaftliche Frau gewesen war, die auf ihre Weise gegen die strenge Erziehung im Elternhaus rebelliert hatte.

Durch die Worte ihrer Mutter erlebte Avery, wie diese Philip Chauvin kennen und lieben gelernt hatte, wie sie sich verlobten und heirateten, erfuhr vom ersten Mal, als sie miteinander geschlafen hatten, und von ihrer, Averys, Geburt.

Sie atmete tief durch und merkte, dass ihr Tränen über die Wangen liefen.

Ihre Mutter hatte viel aufgegeben, um Ehefrau und Mutter zu sein.

Und im Gegenzug hatte sie Erfüllung in ihrer Mutterrolle gefunden. Mit Stolz schrieb sie über die Entschlossenheit und Eigenwilligkeit ihrer Tochter. Dass sie anders war als die anderen und nur nach der eigenen Pfeife tanzte, imponierte ihr.

Sie verblüfft mich. Ich stecke ihr eine Spange ins Haar, und wenn ich nicht hinsehe, reißt sie sie wieder heraus.

Heute hat Avery den ersten Preis im Aufsatzwettbewerb des Bezirks gewonnen. Sie hat ihren Aufsatz in der Klasse vorgelesen, und ich habe meine Tränen verborgen. Ihr Talent ist atemberaubend. Ich lächle in mich hinein und denke: Das hat sie von mir. Das ist mein Geschenk an meine wertvolle Tochter.

Avery wischte sich die Tränen von den Wangen und las weiter, diesmal aus dem Tagebuch von 1986.

Sie bricht mir täglich das Herz. Weiß sie denn nicht, dass ich ihr alles Beste der Welt wünsche? Weiß sie nicht, wie viel Angst ich habe, sie zu verlieren?

Und etwas später schüttete sie ihr Herz aus.

Ich habe sie verloren. Wir beide haben nichts gemeinsam. Sie wendet sich immer an ihren Dad. Sie lachen zusammen und teilen alles miteinander. Ich denke oft, ich habe einen Riesenfehler gemacht. Wenn ich meine schriftstellerischen Ambitionen weiter verfolgt hätte, hätten wir eine Gemeinsamkeit. Vielleicht würde sie mich dann nicht ansehen, als wäre mein Leben nutzlos und vergeudet gewesen.

Avery wählte den letzten Band, 1990, das Jahr, in dem sie die High School abschloss.

Wo habe ich Fehler gemacht? Wie ist es möglich, dass wir uns so fremd geworden sind? Sie verlässt Cypress Springs. Ich habe sie angefleht zu bleiben. Im Lichte meiner eigenen Entscheidungen, meiner Fehler und Irrtümer habe ich sie gebeten. Ich habe ihr meine Träume anvertraut, aber es ist zu spät.

Avery schloss das Buch mit zittrigen Händen und hatte Mühe, nicht in Tränen auszubrechen. Sie hatte ihrer Mutter vorgeworfen, sie nicht zu lieben, und das Gegenteil war richtig gewesen.

Sie hatte ihr vorgeworfen, sie verändern zu wollen, dabei hatte ihre Mutter sie für ihre Eigenständigkeit bewundert.

In Wahrheit hatte auch ihre Mutter sich nicht gefügt, weder den Eltern noch dieser Stadt oder ihrer Tochter.

Mutter und ich, wir waren uns sehr ähnlich.

Schmerzlich berührt presste sie die Lippen zusammen. Sie bedauerte zutiefst, die Tagebücher nicht früher gelesen zu haben. Warum war sie nicht über den eigenen Schatten gesprungen?

Sie hatte es tun wollen und die Kränkung ihrer Mutter bedauert. Doch anstatt ihrem Gefühl nachzugeben, hatte sie sich von ihrem Stolz leiten lassen, absolut überzeugt, im Recht zu sein. Sie hatte aus der Ferne ihr Selbstmitleid gepflegt und es versäumt, Zeit mit ihren Eltern zu verbringen. Jetzt war es zu spät.

Die Zeit mit ihnen konnte sie nicht nachholen. Aber es war nicht zu spät für Gerechtigkeit für Sallie Waguespack oder die Pruitt-Brüder.

Sie fand das entsprechende Tagebuch und blätterte die Seiten bis zur Eintragung vom 19. Juni durch, dem Tag nach Sallie Waguespacks Ermordung.

Die arme Frau, und auch noch schwanger. Es ist zu schrecklich.

Dann beschrieb ihre Mutter Alltäglichkeiten.

Avery runzelte die Stirn. Der Spürsinn der Reporterin war geweckt. Schwanger? In keinem Bericht über den Mord war das erwähnt worden. Avery blätterte vor, um einen weiteren Hinweis zu finden. Vergeblich.

Konnte sich ihre Mutter geirrt haben? Nein, unwahrscheinlich. Woher hatte sie die Information?

Vielleicht von ihrem Ehemann, dem örtlichen Arzt für Allgemeinmedizin. Vielleicht war er Sallie Waguespacks Arzt gewesen. Wahrscheinlich sogar. Vermutlich hatte Philip Chauvin es gewusst und es seiner Frau gesagt.

Aber warum hatte man der Öffentlichkeit diese Information vorenthalten?

Avery las weiter, und ihr Puls beschleunigte sich, als sie zu ahnen begann, dass alle Antworten, die sie suchte, in den Worten ihrer Mutter zu finden waren.

Philip war heute sehr schweigsam. Er hat große Sorgen, möchte aber nicht darüber reden.

Und dann später:

Philip und Buddy haben sich gestritten. Sie reden nicht mehr miteinander, und es schmerzt mich, dass so gute Freunde wegen so einer Geschichte auseinander gerissen werden.

Wegen so einer Geschichte? überlegte sie. Sallie Waguespacks Ermordung? Hatten sie in diesem Fall unterschiedliche Meinungen vertreten?

Sie fand keine weitere Erwähnung des Streites der beiden Männer oder der Mordermittlungen bis zu einer Passage, die ihr den Atem stocken ließ.

Buddy hat sich auf etwas eingelassen ... auf eine Gruppe. Es sind sieben. Ein Geheimbund. Ich habe gehört, wie er Philip überreden wollte, auch beizutreten.

Avery hielt inne und ordnete ihre Gedanken. Buddy ein Mitglied der ursprünglichen Sieben? Und er hatte ihren Vater zum Mitmachen überreden wollen? Wie konnte er glauben, dass ihr Vater in den Bund eintreten würde?

Sie las weiter.

Philip ist heute Abend ausgegangen. Er hat sich mit dieser Gruppe getroffen, der Sieben. Als er zurückkam, war er sehr bedrückt. Ich bin besorgt ... Alles ist jetzt anders. Alles hat sich ... verändert.

Avery sah auf ihre Uhr und bemerkte erschrocken, dass fast zwei Stunden vergangen waren. Es gab noch so viele Tagebücher zu lesen, dass sie ein zweites Paar Augen gebraucht hätte.

Nervös zog sie den Zettel mit Gwens Handynummer aus der Tasche, wählte und hinterließ noch eine Nachricht. Verunsichert stand sie auf. Wo steckte Gwen bloß?

Zur Hölle mit der Geheimniskrämerei. Sie lief zur Bodentreppe, blieb stehen, kehrte zum Karton mit den Tagebüchern zurück, entnahm die von 1988 und 1990 und eilte wieder zur Treppe.

Minuten später setzte sie, mit den Tagebüchern in der Tasche, aus ihrer Zufahrt zurück und fuhr los. Sie erreichte das Gästehaus in kürzester Zeit, parkte davor und eilte zum Eingang. Ehe sie die Tür aufdrücken konnte, wurde die von innen geöffnet.

Erschrocken wich Avery zurück.

Ihre alte Freundin Laurie kam heraus.

„Avery!“ sagte sie überrascht. „Das ist ja merkwürdig. Ich habe gerade an dich gedacht. Ich wollte dich schon anrufen oder kurz vorbeikommen, aber es war so viel los wegen dem Fest ...“

„Kein Problem. Schön, dich zu sehen.“

Laurie sah auf ihre Uhr. „Ich würde gern einen Schwatz halten, aber ich bin schon spät dran.“

„Ich wollte auch nur zu Gwen Lancaster. Ist sie da?“

Laurie runzelte die Stirn. „Gwen Lancaster? Die Frau in 2 C?“

„Ja. Ist sie da?“

„Ich weiß es nicht. Ich habe sie heute noch nicht gesehen.“

„Wann hast du sie das letzte Mal gesehen? Es ist wichtig.“

Laurie machte eine sorgenvolle Miene. „Das weiß ich wirklich nicht. Ich behalte unsere Gäste nicht im Auge."

Da Avery merkte, wie seltsam ihre Frage geklungen haben musste, zwang sie sich zu einem Lachen. „Natürlich nicht. Falls sie nicht da ist, könnte ich ihr eine Nachricht hinterlassen?"

„Aber sicher. Dagegen gibt es kein Gesetz." Sie schob sich den Taschenriemen weiter auf die Schulter, ging an ihr vorbei, blieb aber noch einmal stehen und drehte sich um. „Gwen Lancaster ist nicht von hier. Woher kennst du sie?"

Avery zuckte lässig mit einer Schulter. „Wir sind uns im Azalea Café begegnet und kamen gut miteinander klar."

„Ach so." Laurie furchte ein wenig die Stirn. „Ihr Bruder ist verschwunden. Tom. Er hat auch bei uns gewohnt."

„Habe ich gehört."

„Eine Frau kann heutzutage nicht vorsichtig genug sein, Avery."

Sie bekam Gänsehaut auf den Armen. War das eine Warnung, gar eine Drohung oder nur eine banale Bemerkung?

„Mir scheint, Männer können auch nicht vorsichtig genug sein", erwiderte sie.

Laurie zögerte und lachte, jedoch ohne Wärme. „Ich muss gehen. Wir sehen uns noch."

Avery schaute ihr nach, ehe sie sich abwandte und das Haus betrat. Da niemand am Empfang war, stieg sie die Treppe hinauf und ging zum Ende des Flures.

Sie erwartete fast, Gwens Tür halb offen und das Zimmer durchwühlt vorzufinden wie beim letzten Mal.

Doch die Tür war fest geschlossen. Avery klopfte und wartete einen Moment, dann klopfte sie noch einmal. „Gwen!" rief sie leise. „Ich bin es, Avery!"

Keine Antwort. Von unten kam das Geräusch der sich öffnenden und schließenden Eingangstür. Sie vergewisserte sich mit einem Blick über die Schulter, dass sie allein war, und versuchte die Tür zu öffnen. Abgeschlossen.

Avery holte Zettel und Stift aus der Tasche und kritzelte Gwen eine kurze Mitteilung – sie solle sie schnellstens anrufen, da sie etwas Wichtiges entdeckt habe. Sie schrieb ihre Nummer auf, beugte sich herunter und schob den Zettel unter der Tür hindurch.

Als sie sich umdrehte, stand Laurie einige Schritte hinter ihr. Avery lachte nervös auf. „Du überraschst mich, Laurie. Ich dachte, du wärst gegangen."

„Cypress Springs ist ein schöner Ort zum Leben, Avery", erwiderte sie. „Dir ist das vielleicht nicht klar, du bist schon lange fort."

„Wie bitte?"

„Die Leute hier mögen die Dinge, wie sie sind. Ich dachte, das solltest du wissen."

Verwundert und beunruhigt starrte Avery ihre alte Freundin an. „Du beziehst dich auf Die Sieben, nicht wahr?"

„Ich weiß nicht, wovon du redest."

„Doch, das weißt du. Von der Sieben, die dafür sorgt, dass Cypress Springs ein schöner Ort zum Leben bleibt. Gleichgültig mit welchen Mitteln."

„Gwen Lancaster macht nichts als Probleme. Sie ist eine Auswärtige." Laurie trat einen Schritt zurück. „Wir kümmern uns um unsere Stadt. Das solltest du wissen. Du warst auch mal eine von uns."

47. KAPITEL

„Hunter!“ rief Avery und pochte an seine Tür. „Ich bin es, Avery!“

Als er nicht antwortete, rief sie noch einmal eindringlicher seinen Namen. Die Zeit lief ihr davon. Sie hatte den Schlüssel zur Vergangenheit und zu Sallie Waguespacks Mord gefunden. Sie hatte Beweise, dass es Die Sieben gab. Und sie hatte herausgefunden, wie ihr Vater umgebracht worden war. Avery wusste aus Erfahrung, dass alles passieren konnte – und gewöhnlich auch passierte –, sobald sie sich der Lösung eines Falles näherte.

Sie musste die Identität des Killers und seine Motivation aufdecken.

Ehe es zu spät war und er wieder tötete.

Wenn er es nicht schon getan hat.

Sarah kratzte winselnd an der Tür. Avery spähte durch das Fenster in die offenbar leere Küche. Wo steckte Hunter? Es waren Stunden vergangen, seit sie miteinander gesprochen hatten, und er hatte sich wieder melden wollen. Warum hatte er es nicht getan?

Stirnrunzelnd sah sie auf ihre Uhr. Er könnte joggen sein oder einkaufen oder zum Essen. Vielleicht war er auch drüben in der Gazette, um zu überprüfen, wie Dr. Badeaux gestorben war.

Klar, beruhigte sie sich, so ist es. Es geht ihm gut.

Aber er hatte seltsam geklungen, als er mit ihr gesprochen hatte. Und Sarah hatte im Hintergrund bellend und knurrend verrückt gespielt.

Bist du allein?

Nicht ganz.

Voller Panik versuchte sie, die Tür zu öffnen. Sie war unverschlossen, und Avery stolperte zu ihrer Überraschung ins Haus. „Hunter!“ rief sie. „Hunter!“

Sie ließ den Blick durch die Küche schweifen, entdeckte nichts Ungewöhnliches und eilte weiter in den Wohnraum. Hunters Computer war eingeschaltet, und ein Dokument war aufgerufen. Ihr Blick schwang nach rechts. Die Welpen schliefen in der Wurfkiste, die Hunter ihnen gebaut hatte – ein Haufen weicher, goldener Felle.

Alles, wie es sein sollte.

Sie drehte sich um, ging in Hunters Schlafzimmer und fand es so unverdächtig vor wie den Rest der Wohnung. Mit dem Gefühl, leicht neurotisch zu sein, sah sie auch unter dem Bett und im Schrank nach.

Nichts. Gott sei Dank.

Sie lachte in sich hinein und wandte sich ab. Da fiel ihr Sarah auf, die vor der geschlossenen Badezimmertür saß, die Nase in den Spalt zwischen Rahmen und Tür gepresst. Winselnd kratzte sie immer wieder daran.

Offenbar war da etwas. Avery spürte, wie ihr die Knie weich wurden.

Sie nahm ihren ganzen Mut zusammen und ging langsam zu der Tür. Sobald sie den Hund erreicht hatte, ergriff sie den Türknauf und drehte ihn herum.

Die Tür schwang auf, Sarah machte einen Satz nach vorn, Avery stolperte hinterher und etwas wischte an ihrem Knöchel vorbei, sodass sie aufschrie.

Ein Welpe! Eines von Sarahs Jungen war im Bad eingesperrt gewesen.

Avery setzte sich auf den nächsten Hocker und ließ den Kopf in die Hände sinken. Offenbar war sie dabei, den Verstand zu verlieren.

Als spüre der Hund ihren Kummer, legte er ihr tröstend den Kopf in den Schoß. Avery streichelte Sarah über Kopf und Ohren und tätschelte ihr schließlich die Seite. „Ich wette, du findest mich ziemlich albern, was?“

Der Hund schlug einmal mit dem Schwanz auf den Boden.

„Wohin ist er gegangen, mein Mädchen?“

Sarah hob den Kopf, der Blick leicht vorwurfsvoll. Avery legte ihre Stirn gegen die des Hundes. „Richtig. Mich hat er auch nicht mitgenommen. Wie wäre es, wenn wir zusammen warten?“

Sarah wedelte mit dem Schwanz, packte ihren streunenden Welpen vorsichtig im Genick und trug ihn zu seinen Geschwistern.

Avery folgte ihr nachdenklich. Hunter hatte den Computer mit dem aufgerufenen Dokument angelassen. Sie ging zum Schreibtisch, schloss das Dokument und sah, dass er zuletzt um 7 Uhr 37 gesichert hatte. Da hatten sie telefoniert. Seither hatte er also nichts mehr geschrieben. Sie sah auf ihre Uhr. Das war fünf Stunden her.

Sie dachte nach: Computer an, Dokument aufgerufen, Tür unverschlossen. Wohin konnte er gegangen sein?

Ein Zettel lugte unter der Tastatur hervor. Sie holte ihn heraus und las.

Gwens Name und ihre Zimmernummer im Gästehaus!

Avery betrachtete die Notiz in Hunters großer Schrift. Ein Kribbeln breitete sich in ihrem Körper aus. Warum hatte er das geschrieben? Warum musste er ihre Zimmernummer wissen?

Hunter war gegangen, ehe das Gewitter losgebrochen war. Wegen Sarah, hatte er ihr gesagt. Woher sollte sie wissen, ob er überhaupt nach Hause gegangen war? Vielleicht war er von ihr gleich zu Gwen gegangen.

Sie hatte ihm alles über Gwen und ihren Bruder erzählt. Auch von der toten Katze hatte sie berichtet und dass Gwen mit Trudy Pruitt gesprochen hatte.

Er war irgendwie aufgewühlt gewesen und hatte ... erschüttert ausgesehen.

Hunters Stimme auf dem Anrufbeantworter.

Entsetzt legte Avery eine Hand vor den Mund, da ihre Überlegungen alle in dieselbe Richtung wiesen. Hunter war vor etwa zehn Monaten nach Cypress Springs zurückgekehrt.

Seit dem Zeitpunkt gab es eine auffallende Häufung an Todesfällen.

Nein. Sie schüttelte energisch den Kopf. Nicht Hunter.

Cherrys Worte klangen ihr in den Ohren. Er ist zurückgekommen, um uns wehzutun und zu strafen.

Er war jemand, dem ihr Vater vertraut hatte. Dem er mitten in der Nacht die Tür geöffnet hätte.

„Dein Vater und ich, wir waren Freunde geworden. Jedes Mal, wenn wir zusammen waren, redete er über dich."

Lauf, Avery. Lauf weg, so schnell du kannst!

Überzeugt, das Unvermeidliche zu erfahren, öffnete sie das Computerdokument und las:

Seine Gedanken kreisten um Rache, um die soeben ausgeführte Tat. Manche Menschen hielten Rache für hässlich und nutzlos. Er genoss sie. Er genoss den Gedanken an den Schmerz, den er zufügen konnte, an die Strafen, die sie verdienten ...

Avery sprang so abrupt auf, dass der Stuhl nach hinten kippte.

Nicht Hunter. Das kann nicht wahr sein!

Tief durchatmend versuchte sie, einen kühlen Kopf zu bewahren. Ihr Blick glitt über die Schreibtischschubladen. Sie wollte sie aufziehen – aber alle waren verschlossen. Sie sah sich im Zimmer um, ob der Schlüssel irgendwo lag.

Da sie den Zettel mit Gwens Namen gefunden hatte, war vielleicht noch mehr Verräterisches zu entdecken, obwohl sie inständig hoffte, dass es nicht so sein würde.

Sie drehte sich um und eilte ins Schlafzimmer zurück. Nachdem sie im Schrank gesucht hatte, wandte sie sich der Kommode zu. Und dort fand sie unter Pullovern einen Plastikbeutel. Mit zitternden Fingern holte sie ihn hervor und hielt ihn hoch.

Tom Lancasters Ausweis von der Tulane Universität. Ein billiges goldenes Kruzifix. Ein klassischer Männerring.

Mit leisem Aufschrei ließ sie den Beutel fallen und rannte blindlings zur Tür. An wen sollte sie sich wenden? An Buddy? An Matt?

Gwen! Lieber Gott, hoffentlich ist mit ihr alles in Ordnung!

Noch während sie das dachte, spürte sie ihre wachsende Panik und das drohende Unheil. Sie fürchtete, dass es zu spät war. Die Uhr war soeben abgelaufen.

Ich habe mit dem Täter geschlafen!

Irgendwie schaffte sie es zu ihrem Wagen. Die aufsteigende Hysterie bekämpfend, schloss sie die Tür auf und schob sich hinter das Steuer. Nach dem dritten Versuch hatte sie den Schlüssel im Zündschloss, und der Motor sprang an.

Ein Blick durch das Fenster zeigte ihr, dass mehrere Leute auf dem Gehsteig stehen geblieben waren und sie anstarrten.

Sie legte einen Kavaliersstart hin. Plötzlich tauchte ein Kind auf einem Fahrrad auf, und sie trat heftig auf die Bremse. Die Wucht, mit der sie nach vorn geschleudert wurde, spannte den Sicherheitsgurt, und der Druck nahm ihr die Luft.

Das Kind flitzte vorbei. Avery sammelte sich, fädelte sich in den Verkehr ein und umklammerte das Steuer so fest, dass ihr die Finger beinahe taub wurden. Das Heulen einer Sirene drang trotz ihrer Panik zu ihr durch. Sie sah in den Rückspiegel. Ein Polizeiwagen mit blitzenden Warnlichtern.

Matt! Sie fuhr an die Seite, sprang aus dem Wagen und lief auf ihn zu.

Er kam ihr auf halbem Weg entgegen und fing sie auf.

„Avery, Gott sei Dank, du bist in Sicherheit.“ Er presste sie an die Brust. „Als ich es hörte, hatte ich solche Angst ...“

Sie klammerte sich an ihn. „Seit wann weißt du das mit Hunter? Wann hast du es herausgefunden?“

„Hunter?“ Er betrachtete sie forschend und besorgt. „Wovon redest du?“

„Aber ich dachte ... so wie du mich an die Seite gewinkt hast ...“

Sie verstummte, und ihr wurde eiskalt vor Angst. „Was ist los, Matt? Was ist passiert?“

„Das Haus deiner Eltern steht in Flammen. Ich habe soeben den Anruf bekommen.“

48. KAPITEL

Avery ließ den Wagen stehen und fuhr mit Matt weiter. Sie roch das Feuer einen Block, bevor sie es sehen konnten. Rauch quoll in den klaren blauen Frühlingshimmel empor. Dann kamen die beiden Feuerwehrwagen in Sicht, ein Löschzug und ein Wasserwagen. Ein halbes Dutzend Feuerwehrleute in Anzügen und Helmen sprühte Wasser in die tanzenden Flammen.

Dann erst sah sie das Haus, nun völlig von Feuer eingeschlossen, und war entsetzt. Bis jetzt hatte sie gehofft, alles sei ein Irrtum. Nun war es Realität.

Matt hatte kaum den Wagen angehalten, als sie schon heraussprang. Hitze und beißender Qualm schlugen ihr entgegen. Sofort brannten ihr Augen und Kehle. Sie schlug eine Hand vor den Mund, um nicht in Tränen auszubrechen.

Ringsum hatten sich Nachbarn versammelt, und ihre Mienen drückten von Angst über ungläubiges Entsetzen bis zu Faszination alles aus. Flüchtig sahen sie zu ihr hinüber und wandten die Blicke gleich wieder ab. Als schämten sie sich, als würde diese Tragödie auch zu ihrer werden, sobald sie ihr in die Augen sahen. Und sie schämten sich ihrer Dankbarkeit, weil diese Katastrophe ihr widerfuhr und nicht ihnen.

Wenn sie wegsehen, können sie vielleicht so tun, als würde es nicht geschehen.

Trotz der Hitze schlang Avery fröstelnd die Arme um sich. Alles verloren, dachte sie. Die Sachen der Eltern, Erinnerungsstücke, die Fotos, die sie sich heute Morgen noch angesehen hatte, alles unwiederbringlich dahin.

Nun besaß sie nichts mehr, das sie an ihre Eltern erinnerte.

„Warte hier“, sagte Matt. „Ich schaue mal nach, ob ich helfen kann.“ Er zögerte und fragte besorgt: „Alles in Ordnung?“

Sie stieß ein leises, fast hysterisches Lachen aus. Oh sicher, dachte sie, mir geht es prima.

„Alles in Ordnung", presste sie hervor. „Geh nur."

Er drückte ihr die Hand und verschwand. Sie sah ihm nach und drehte sich um, als sie ihren Namen hörte. Buddy war gekommen und eilte auf sie zu.

Avery lief ihm entgegen, und er umarmte sie und drückte sie an sich. „Als der Anruf kam, hatte ich schreckliche Angst um dich. Keiner wusste, ob du im Haus bist. Gott sei Dank bist du in Ordnung. Gott sei Dank!"

Sie klammerte sich an ihn. „Was soll ich nur tun, Buddy? Ich habe alles verloren."

„Uns nicht, mein Mädchen", betonte er. „Uns hast du nicht verloren."

„Wohin soll ich gehen? Wo ist jetzt mein Zuhause?"

„Du kannst bei uns bleiben, solange du möchtest. Wir sind deine Familie, Avery. Das wird sich nie ändern."

„Miss Chauvin?"

Avery sah über die Schulter und entdeckte John Price, den Feuerwehrmann, den sie bei der Totenwache ihres Vaters kennen gelernt hatte. Er nahm seinen Helm ab. Sein dunkles Haar klebte ihm schweißnass am Kopf. Sein Gesicht war rußgeschwärzt. „Tut mir Leid, dass wir es nicht retten konnten. Tut mir echt Leid."

Sie nickte nur, den Tränen nahe. Als sie den Blick umherschweifen ließ, entdeckte sie Ben Mitchell, den Brandsachverständigen. Er war soeben angekommen und sprach mit Matt. Beide verschwanden um die Hausecke.

„Wissen Sie, wie es passiert ist?" fragte sie den Feuerwehrmann.

Er schüttelte nur langsam den Kopf. „Die Brandexperten übernehmen das jetzt."

„Ich verstehe nicht, wie es dazu kommen konnte. Ich war heute Morgen zu Hause. Ich habe an meinem Laptop gearbeitet und mir Kaffee gemacht. Alles war in Ordnung."

Beunruhigt schob der Mann den Helm von einer Hand in die andere. „Das ist schon sehr eigenartig, wenn man an den Tod Ihres Vaters denkt."

Erst verbrennt Dad und jetzt sein Haus.

Diese Verbindung herzustellen, war erschreckend.

Da ihn ein Kollege rief, sagte er: „Ich muss jetzt gehen. Ben ist gut, er wird es schon herausfinden."

Buddy legte ihr einen Arm um die Schultern. „Da kommen Matt und Mitchell."

Avery drehte sich um und wartete. Als die beiden Männer zu ihnen stießen, tauschte Matt einen ernsten Blick mit Buddy.

„Sieht nach Brandstiftung aus, Avery", sagte Matt. „Der Täter hinterließ einen Benzinkanister."

„Brandstiftung", wiederholte sie. „Aber warum ... wer ..."

„Können Sie uns sagen, wo Sie in den letzten Stunden waren?" fragte Ben Mitchell.

„Ja, ich ..."

Habe Tagebuch gelesen. Bin zum Gästehaus gegangen, habe Gwen gesucht und ihr eine Nachricht hinterlassen.

Hunter. Gwens Name und ihre Zimmernummer liegen auf einem Stück Papier neben dem Computer.

„Avery?" Matt legte ihr eine Hand auf die Schulter. „Du hast vorhin etwas über Hunter gesagt. Du wolltest wissen, wie ich es herausgefunden hätte. Was hast du gemeint? Was hätte ich deiner Meinung nach herausfinden sollen?"

Sie sah ihren Freund an und wirkte leicht geistesabwesend in ihrem Bemühen, nicht in Panik zu geraten.

Die Tagebücher meiner Mutter! Sie sind die Beweise für die

Existenz der Sieben und dass etwas mit den Mordermittlungen im Fall Waguespack nicht gestimmt hat!

Alles im Feuer zerstört. Alles, bis auf ...

Aber sie hatte doch niemandem von den Tagebüchern erzählt.

„Avery?" Er schüttelte sie ein wenig. „Avery, was ..."

„Du musst mir helfen, Matt." Sie nahm seine Hände. „Du musst sofort mit mir kommen."

„Avery", wandte Buddy leise ein. „Du stehst unter Schock und brauchst Ruhe. Komm mit mir nach Hause und ..."

„Nein! Eine Freundin, Gwen Lancaster, ist in Schwierigkeiten." Ihr Tonfall wurde schriller. „Du musst mir helfen!"

„Okay", erwiderte Buddy beschwichtigend. „Ich helfe dir. Wir gehen deine Freundin suchen, und du wirst sehen, dass alles in Ordnung ist."

„Ich übernehme das, Dad." Matt sah von Avery zu Buddy. „Du hast hier alle Hände voll zu tun."

Sein Vater schien widersprechen zu wollen, nickte dann aber. „Okay, aber halte mich auf dem Laufenden. Und bring sie mit zur Ranch. Lilah und Cherry werden ihr ein Quartier für die Nacht machen."

Matt stimmte zu und ging mit Avery zu seinem Wagen. Er hielt ihr die Beifahrertür auf, ehe er sich auf seiner Seite hinter das Steuer setzte. Dann wandte er sich ihr zu. „Wohin fahren wir?"

„Zum Gästehaus. Ich fürchte, da hat es einen weiteren Mord gegeben."

49. KAPITEL

Matt schaltete Warnlichter und Sirene ein und fuhr los. Er flog nur so durch die Straßen und handhabte den Wagen wie ein Profifahrer. Das einzige Zeichen seiner Anspannung war ein zuckender Muskel im Kiefer.

„Was, zum Teufel, geht hier vor, Avery?" Er nahm den Blick nicht von der Straße. „Woher kennst du Gwen Lancaster?"

„Das ist eine lange Geschichte." Sie schlang die Arme um sich. „Kennst du sie?"

„Ja, durch ihren Bruder. Ich habe wegen seines Verschwindens ermittelt." Er machte eine kurze Pause. „Sie hat mir wirklich Leid getan. Sie schien sehr nett zu sein."

„Und jetzt ist sie ebenfalls tot."

„Das wissen wir nicht."

„Wo steckt sie dann?" Mit zunehmender Hysterie wurde ihre Stimme schriller. „Wir wollten uns austauschen. Aber sie hat nicht angerufen. Sie wäre nicht abgereist, ohne ..."

„Hör auf!" sagte er scharf. „Wir wissen nicht, ob sie tot ist. Ehe wir nicht die Leiche gefunden haben, nehmen wir an, dass diese Gwen lebt. Okay?"

Sie erreichten das Gästehaus, und Matt hielt mit quietschenden Reifen an. Sie sprangen aus dem Wagen und eilten zur Haustür. Im Gegensatz zu heute Morgen saß Laurie nun am Empfang. Als sie eintraten, erhob sie sich. „Matt, Avery, was ..."

„Hast du Gwen Lancaster heute gesehen?"

Lauries Blick wanderte zwischen beiden hin und her. „Nein, ich ..."

„Hast du etwas dagegen, wenn wir nach oben gehen?" Sie schüttelte langsam den Kopf. „Wir brauchen dann vielleicht deine Hilfe, um die Tür zu öffnen."

Avery erlebte erst zum zweiten Mal, wie Matt in offizieller Funktion agierte, und konnte nicht umhin, beeindruckt zu sein. Aber auch ein wenig eingeschüchtert. Da war nichts mehr von dem lässigen Kleinstadtsheriff. Hier handelte ein entschlossener Mann des Gesetzes, dessen Tonfall keinen Zweifel ließ, dass er es ernst meinte.

Zu dritt eilten sie die Treppe hinauf. Matt klopfte an Gwens Tür. „Hier ist der Sheriff, Miss Lancaster!" Er wiederholte die Identifizierung, da keine Antwort kam, und sagte zu Laurie: „Öffne bitte."

Laurie nickte, das Gesicht totenbleich. Sie holte den Generalschlüssel heraus, schloss die Tür auf und trat zurück.

„Warte unten. Aber bleib im Haus, ich muss dich vielleicht noch befragen." Freundlicher fügte er hinzu: „Bitte, Laurie."

Laurie zögerte einen Moment und ging zur Treppe. Avery beobachtete sie und sah, dass sie ängstlich wirkte.

Weiß sie mehr, als sie sagt? Hat sie mit Gwens Verschwinden zu tun?

Matt zog seine Dienstwaffe. „Bleib hier, Avery." Er trat mit gezogenem 45er Colt über die Schwelle. „Hier ist der Sheriff!" rief er erneut.

Dann verschwand er in dem Apartment und kehrte nach wenigen Augenblicken mit angespannter Miene zurück.

„Ist sie ..."

„Nein."

Erleichtert legte Avery eine Hand an die Brust. „Gott sei Dank. Ich habe mir solche Sorgen gemacht."

„Ich möchte, dass du dich umsiehst. Vielleicht entdeckst du dabei etwas, das mir entgangen ist." Nach einer kurzen Pause fügte er hinzu: „Aber fass bitte nichts an. Und mach so wenig Schritte wie möglich."

„Ich verstehe nicht.“

„Je weniger Leute durch einen Tatort rennen, desto besser.“

„Aber du hast gesagt, sie ist nicht ... tot. Du hättest keinen Beweis ...“

Sie verstummte, als ihr bewusst wurde, dass er keines von beidem gesagt hatte.

Ehe wir keine Leiche finden, nehmen wir an, dass sie lebt.

Offenbar hatte er keine Leiche gefunden.

Aber er hatte etwas anderes entdeckt.

Avery betrat das Apartment und ließ den Blick durch den Raum gleiten. „Sie hat aufgeräumt. Bei meinem letzten Besuch war das Zimmer durchwühlt.“

„Durchwühlt?“ wiederholte er mit gefurchter Stirn. „Wie viel hast du mir eigentlich verschwiegen?“

Sie sah ihn an und kam sich töricht vor. „Eine Menge.“

Matt presste die Lippen zusammen, verkniff sich aber einen Kommentar. Stattdessen deutete er in das Zimmer. „Sonst noch was?“

Sorgfältig sah Avery sich um. Ein ungemachtes Bett, der Bademantel lag über dem Fußende. Die Jalousien waren geöffnet. Gwens Laufschuhe standen auf dem Boden neben dem Bett.

Ihr Blick blieb auf etwas haften, das wie eine Pfütze aussah. „Der Boden ist feucht.“

„Wie bitte?“

„Schau nur.“

Sie deutete auf die Stelle. Matt ging daneben in die Hocke, tauchte den Zeigefinger hinein und hielt ihn an die Nase. „Wasser.“ Er blickte zum Bad hinüber. „Da ist noch eine.“

Insgesamt fanden sie drei Pfützen in einer Linie vom Bad zum Bett.

„Was bedeutet das deiner Meinung nach?“ fragte sie.

„Das weiß ich noch nicht.“ Er berührte ihren Arm. „Ich möchte, dass du dir das hier ansiehst.“

Er führte sie ins Bad. An der weißen Holztür befand sich ein runder Blutfleck, von dem Spritzer ausgingen, vom unteren Rand sogar Tropfen.

Avery starrte auf den Fleck, und plötzlich tanzten Sterne vor ihren Augen.

„Das Blut ist trocken.“ Er beugte sich näher heran und prüfte den Fleck, ohne ihn zu berühren. „Da sind ein paar Haare“, stellte er leise fest. „Vielleicht auch etwas Gewebe.“

„Ich fühle mich nicht besonders“, sagte sie leicht schwankend.

Stützend hielt er sie am Arm fest. „Alles in Ordnung?“

„Nein.“

Matt führte sie in den Flur hinaus und wies sie an, sich zu setzen. Sie gehorchte, legte den Kopf auf die Knie und atmete tief durch die Nase ein und aus, bis sie sich stabil genug fühlte, den Kopf wieder zu heben.

„Meine Nachricht ist weg.“

„Du hast eine Nachricht hinterlassen?“

„Ich habe sie unter der Tür durchgeschoben. Gegen Mittag.“ Erleichtert legte sie eine Hand an die Brust. „Wenn sie die Nachricht aufgehoben hat, lebt sie.“

„Falls sie es war, die sie aufgehoben hat. Das kann auch jemand anders getan haben.“

„Aber wer? Die Tür war verschlossen.“ Sie schüttelte den Kopf, da sie sich weigerte, sein Argument anzuerkennen. „Nein, Gwen hat sie genommen. Es muss so gewesen sein. Wer sonst soll hereingekommen sein?“

„Avery ...“ Matt ging vor ihr in die Hocke und ergriff fest ihre Hände. „Das Blut ist vollkommen trocken. Es klebt schon eine Weile dort.“

„Ich verstehe nicht, was du ...“ Sie verstummte, als es ihr klar wurde.

„Tut mir Leid, Avery. Wirklich.“

Sie legte wieder den Kopf auf die Knie.

„Gwen könnte gestürzt sein“, tröstete er sie leise. „Hast du schon in den Krankenhäusern nachgefragt?“

Hoffnungsvoll blickte sie auf. „Nein.“

„Dann mache ich das. Ich muss ein paar Leute anrufen, einschließlich Dad. Ich muss die Spurensicherung herbestellen und mit Laurie und ihrer Familie reden. Und auch mit den anderen Gästen. Aber zuerst sollten wir uns unterhalten.“

„Unterhalten“, wiederholte sie schwach. „Jetzt?“

„Es ist wichtig.“ Er rieb ihre Hände zwischen seinen. „Du musst mir alles erzählen. Schaffst du das?“

Sie nickte. „Ich versuche es.“

„Braves Mädchen. Also: Wie kam der Kontakt mit Gwen Lancaster zu Stande?“

So rasch und präzise wie möglich erzählte sie von ihrer Bekanntschaft mit Gwen und deren Annahmen über die Existenz der Sieben. „Die Selbstmorde, die eigenartigen Unfalltode ... ich habe ihr nicht geglaubt, bis ich in der Gazette nachgeforscht habe und die Todesannoncen sah. Da konnte ich es nicht mehr ignorieren. Außerdem glaubte Gwen, dass mein Vater ermordet wurde.“

„Und das glaubst du auch?“

Sie verschränkte die Finger ineinander. „Ich konnte nicht akzeptieren, dass er sich selbst umgebracht hat.“

„Fahr fort.“

„Also beschlossen wir, der Sache gemeinsam auf die Spur zu kommen.“

Er schwieg eine Weile, als wäge er ab, was sie ihm erzählt hatte. „Warum glaubst du, dass sie ermordet wurde?“

„Weil wir verabredet hatten, uns anzurufen, und ich konnte sie nicht erreichen. Und weil Die Sieben wissen, dass Gwen hinter ihnen her ist. Die Mitglieder hatten sie bereits verwarnt."

Er zog die Stirn kraus. „Und wie sah diese Warnung aus?"

„Eine aufgeschlitzte Katze. Und die haben ihr Zimmer durchwühlt und ihre Notizen und Interviewbänder gestohlen." Als er sie nur ansah, straffte sie sich. „Du glaubst, ich erfinde das. Du denkst, ich verliere den Verstand."

„Ich wünschte, es wäre so. So unwahrscheinlich das alles auch klingt, ich kann nicht ausschließen, dass es stimmt." Er deutete zur Tür. „Der Blutfleck ist überzeugend. Ebenso die Tatsache, dass sie verschwunden ist. Und die Morde an zwei Frauen."

Nach einer Pause fragte er: „Was stand auf der Nachricht, die du ihr hinterlassen hast, Avery?"

„Sie solle mich anrufen. Ich hätte Beweise entdeckt." Der Morgen schien bereits eine Ewigkeit her zu sein, so viel war geschehen. „Sallie Waguespack war schwanger, Matt."

„Bist du sicher?" fragte er verblüfft.

„Es stand in den Tagebüchern meiner Mutter. Sie hatte Kästen voller ..."

Alles weg. Meine Eltern, mein Elternhaus. Jede Erinnerung an meine Jugend ist zu Asche geworden.

„Das Haus wurde wegen der Tagebücher niedergebrannt! Er hat irgendwie von ihnen erfahren. Und er hat Gwen und die anderen umgebracht. Ich habe Beweise gefunden, seine Trophäen."

Matt beugte sich vor. „Wer, Avery? Wer hat das gemacht?"

„Hunter", sagte sie, und der Name blieb ihr fast in der Kehle stecken. „Ich glaube, Hunter war es."

50. KAPITEL

Nachdem die Kriminalisten des Sheriff Department gekommen waren, fuhr Matt Avery zum Haus seiner Eltern. Auf dem Weg quer durch die Stadt erzählte sie ihm detailliert, was in den letzten Tagen geschehen war. Wie sie mit Gwen in Trudy Pruitts Wohnwagen nachgesehen, beim Anrufservice Hunters Nachricht abgehört und heute auf einem Zettel neben Hunters Computer Gwens Namen und Zimmernummer entdeckt hatte. Dabei sei ihr klar geworden, dass die ungewöhnlichen Todesfälle mit Hunters Rückkehr nach Cypress Springs begonnen hatten. Zudem hatte sie auch noch den Plastikbeutel mit den persönlichen Gegenständen der Opfer entdeckt.

„Es ist meine Schuld", sagte sie, als er den Wagen in der Zufahrt seines Elternhauses anhielt. „Ich habe ihm von Gwen und von unseren Entdeckungen erzählt. Und dass sie Trudy Pruitt interviewt hat." Ihre Stimme bebte. „Ich habe ihm vertraut, Matt."

Er wandte sich ihr zu, zog sie in die Arme und hielt sie fest. Als er sie losließ, sah sie, dass Tränen in seinen Augen glitzerten. Sie erkannte, wie schwer das alles für ihn war. Hunter war sein Bruder, sein Zwilling.

Seine andere Hälfte.

Avery legte ihm eine Hand an die Wange. „Matt, ich weiß nicht, was ich sagen soll. Ich wünschte ..."

„Pst." Er führte ihre Hand an seine Lippen. „Dafür haben wir später noch Zeit. Ich muss jetzt gehen. Kommst du allein zurecht?"

Sie zwang sich zu einer unbeschwerten Antwort. „Wenn Lilah und Cherry mich bemuttern wie die Glucken? Machst du Witze?"

Er sah zur Tür, wo seine Mutter und seine Schwester warteten. „Ich komme später noch vorbei, okay?"

Sie nickte, kletterte aus der Limousine und sah ihm nach, wie er rückwärts auf die Straße fuhr. Dann drehte sie sich um und ging auf die beiden Frauen zu.

Lilah umarmte sie. „Avery, Liebes, ich weiß nicht, was ich sagen soll. Ich bin fix und fertig."

Cherry berührte sie am Arm. „Mach dir um gar nichts Gedanken, Avery. Wenn du etwas brauchst, was wir nicht haben, kaufen wir es."

„Buddy hat angerufen. Er sagt, es war Brandstiftung." Lilah schauderte. „Wer macht denn so was?"

Avery mochte nicht darüber reden. Im Moment hatte sie weder die Energie noch den Mut dazu.

Der Moment würde kommen, wo geredet, die Beweise vorgetragen und Lilah informiert werden musste, was für einen Sohn sie hatte. Avery hoffte, dass sie dann nicht dabei sein würde.

„Macht es euch etwas aus, wenn wir jetzt nicht darüber sprechen? Ich bin einfach erledigt."

„Armes Mädchen. Das verstehen wir natürlich." Lilahs Wangen tönten sich rosa. „Vielleicht solltest du dich hinlegen und ein wenig schlafen. Ich weiß von mir, dass ich alles klarer sehe, wenn ich ausgeruht bin."

„Danke, Lilah, du bist so gut zu mir."

Lilah sah ihre Tochter an. „Begleite Avery hinauf ins Gästezimmer. Ich hole Handtücher und Seife für das Gästebad."

„Aber sicher." Cherry lächelte Avery mitfühlend an. „Und ich suche dir ein paar Sachen heraus, falls du dich umziehen möchtest."

„Danke", erwiderte Avery und merkte, dass sie nach Rauch roch.

Langsam stiegen sie die Treppe hinauf. Auf der Hälfte rief Lilah von unten: „Zum Abendessen gibt es überbackene Makkaroni mit Käse und Blaubeerkuchen zum Nachtisch. Wir essen gegen sechs."

Avery zwang sich zu einem Lächeln, obwohl essen das Letzte war, woran sie im Augenblick dachte.

Cherry ließ sie im Gästezimmer allein und kehrte Minuten später mit frischer Kleidung und einem Korb voller Toilettenartikel inklusive frischer Zahnbürste zurück. Sie hielt ihr den Korb hin. „Falls du sonst noch etwas brauchst, frag einfach."

Da Cherry aufrichtig besorgt zu sein schien, fühlte Avery sich ein wenig schuldig wegen ihres Misstrauens. „Danke ... ich bin dir wirklich sehr verbunden."

„Das ist das Mindeste, was ..." Sie wich einen Schritt zurück. „Das Bad gehört ganz dir."

„Danke." Avery drückte den Korb an die Brust. „Ich denke, ich ... eine Dusche wäre jetzt gerade richtig."

„Kommst du allein zurecht?"

„Ich versuch's. Aber danke für deine Fürsorge. Sie tut mir gut."

Avery sah Cherry nach, wie sie den Flur hinunterging und in ihrem eigenen Zimmer verschwand. Als sie endlich allein war, brachte der Brandgeruch, der ihrer Kleidung entströmte, Erinnerungen an das Feuer zurück. Sie sah ihr Elternhaus in Flammen stehen und durchlebte wieder die Gefühle von Verzweiflung und Verrat.

Hunter, wie konntest du nur?

Sie drehte sich um und trug Kleidung und Toilettenartikel ins Gästebad, das von ihrem Zimmer aus zugänglich war. Ein Bad mit Wanne, Toilette, zwei Waschbecken und einer Ankleide auf jeder Seite. Sie verschloss die Tür, die zur Ankleide des zweiten Schlafzimmers führte.

Als sie nach einer halben Stunde in leichter Trainingshose und

T-Shirt das Bad verließ, hatte sie den Rauchgeruch von Haut und Haaren gewaschen. Sie rieb das Haar mit dem Handtuch trocken und setzte sich auf die Bettkante.

Sie schloss die Augen und sah wieder ihr brennendes Elternhaus, den Zettel mit Gwens Namen und Zimmernummer neben Hunters Manuskript und den Blutfleck an der Wand von Trudy Pruitts Wohnwagen.

Ihr Handy klingelte.

Erschrocken fuhr sie zusammen, krabbelte über das Bett, um an ihre Tasche zu gelangen, riss das Gerät heraus und antwortete vor dem dritten Klingeln. „Gwen, sind Sie ..."

„Miss Chauvin?"

Ihre Hoffnung wurde enttäuscht. „Ja?"

„Dr. Harris. Ich entschuldige mich, dass es so lange gedauert hat, bis ich mich melden konnte. Ich hatte einige Schwierigkeiten, die Information zu erhalten, die Sie brauchen."

Verwirrt zog Avery die Stirn kraus. Dr. Harris? Warum ...?

Plötzlich erinnerte sie sich. Der Autopsiebericht. Ihr Anruf beim Gerichtsmediziner heute Morgen schien ihr schon Lichtjahre her zu sein.

„Miss Chauvin, sind Sie noch da?"

„Ja, Entschuldigung. Ich hatte einen schweren Tag."

„Und ich fürchte, meine Neuigkeiten werden ihn nicht einfacher machen. Bei Sallie Waguespack wurde keine Autopsie durchgeführt."

„Keine Autopsie?" wiederholte sie verblüfft. „Aber ist das bei Mordfällen nicht zwingend vorgeschrieben?"

„Ja. Mich erstaunt das auch. Allerdings kann der Gerichtsmediziner die Autopsie auf Grund der Umstände für überflüssig erklären."

„Hat er diese Befugnis?"

„Natürlich." Nach einer Pause fügte er hinzu: „Bei einem ungeklärten Mordfall verlangen jedoch die Anwälte, die Polizei oder die Familie des Opfers eine Autopsie."

„Und der Waguespack-Mord war nicht so ein Fall."

„Weit davon entfernt. Die Täter waren tot, es würde also kein Gerichtsverfahren geben. Die Anwälte brauchten keine Beweise für die Todesursache. Die Polizei hatte jede Menge Beweise, einschließlich der Mordwaffe, um ihre Schlussfolgerungen zu stützen."

„Ein eindeutiger und damit abgeschlossener Fall", sagte sie leise. Die perfekte Vertuschung. Alles ordentlich und sauber gelöst.

„Wären Sie so vorgegangen, Dr. Harris?"

„Ich? Nein. Aber so bin ich nun mal. Wenn es um das Lebensende eines Menschen geht, nehme ich nichts als gegeben hin." Er räusperte sich und fuhr fort: „Ich habe noch eine Information, die Sie überraschen wird, Miss Chauvin. Dr. Badeaux war bei diesem Fall nicht der Gerichtsmediziner."

Sie straffte sich. „War er nicht? Wer dann?"

„Ihr Vater, Avery. Dr. Philip Chauvin."

51. KAPITEL

Avery saß wie versteinert da, das Handy noch in der Hand, Herz und Gedanken rasten. Dr. Harris hatte ihr alles erklärt. Dr. Badeaux hatte seinerzeit zwei Stellvertreter ernannt, beides Ärzte des Bezirks West Feliciana. Der Gerichtsmediziner oder einer seiner Stellvertreter fanden sich bei jedem Todesfall ein, ob es ein natürlicher war oder das Ergebnis von Unfall, Selbstmord oder Mord.

In der Nacht des Mordes an Sallie Waguespack hatte sich Dr. Badeaux auf dem Flug nach Paris befunden, um dort seine zweiten Flitterwochen zu verleben. Ihr Dad war der dem Tatort am nächsten wohnende Gerichtsmediziner gewesen. Bei Dr. Badeauxs Rückkehr war Sallie Waguespack bereits beigesetzt worden. Er hatte die Vorgehensweise ihres Vaters akzeptiert, und sein Befund hatte fünfzehn Jahre lang Gültigkeit gehabt.

„Meine Jungs haben diese Sallie Waguespack nicht umgebracht. Sie wurden hereingelegt. Ihr Vater hat gekriegt, was er verdiente."

Trudy Pruitt hatte die Wahrheit gesagt. Ihre Söhne waren hereingelegt worden. Und ihr Vater war Teil der Verschwörung gewesen.

Die Erkenntnis hinterließ einen bitteren Nachgeschmack bei Avery. Sie sprang auf und begann hin und her zu gehen, unfähig zu glauben, dass ihr Vater so etwas getan hatte. Sie hatte ihn für den ehrenwertesten Mann der Welt gehalten, für den anständigsten und aufrechtesten.

Der Karton mit den Zeitungsartikeln. Deshalb hatte er sie all die Jahre aufbewahrt – als schmerzliche Erinnerung.

Was er getan hatte, musste innerlich an ihm gefressen haben, daran zweifelte sie nicht. Hatte er all die Jahre gefürchtet, dass es herauskam, oder hatte er es sogar gehofft?

Genau das war es. Das erklärte das Warum. Er hatte mit der Schuld nicht länger leben können. Aber er hatte sich nicht umgebracht, sondern sich entschlossen, reinen Tisch zu machen und die Pruitt-Brüder zu rehabilitieren.

Und dafür war er ermordet worden.

Aber warum hatte er es überhaupt getan? Für wen hatte er gelogen?

Für seinen besten Freund, Sheriff Buddy Stevens.

Avery schloss die Augen. Buddy hatte sie angelogen, als sie ihm von den Zeitungsausschnitten erzählt hatte. Er hatte behauptet, keine Ahnung zu haben, warum ihr Vater sie aufbewahrt hatte, denn er sei in keiner Weise mit den Ermittlungen befasst gewesen.

Dabei hatte er bis zur Halskrause in der Sache dringesteckt.

Sie erinnerte sich an die Eintragungen im Tagebuch ihrer Mutter, dass nach dem Mord alles anders geworden und die Freundschaft ihres Vaters mit Buddy belastet gewesen sei. Hunter hatte ihr sogar erzählt, dass die beiden Männer nicht mal mehr miteinander gesprochen hatten.

Was konnte eine lebenslange Freundschaft derart zerstören?

Die Antwort war klar. Für einen Freund hatte ihr Dad gegen seine Prinzipien verstoßen und hinterher sich selbst und den Freund dafür gehasst.

Die arme Frau, und auch noch schwanger.

Schwanger von wem? Der Gedanke, der ihr mit einem Mal durch den Kopf schoss, gefiel ihr nicht. Sie lauschte. Lilah bereitete in der Küche gerade das Essen vor. Sie würde es wissen, denn sie hatte diese Zeit genau wie ihre Mutter bewusst erlebt. Sie hatte beobachtet, wie sich die beiden Freunde voneinander entfernten und sich schließlich verabscheuten.

Avery schnappte sich ihre Handtasche mit den beiden Tagebüchern ihrer Mutter darin und zog ihre Schuhe an. Vorsichtig spähte sie aus der Schlafzimmertür in den Flur. Das Haus war still, bis auf die Geräusche aus der Küche.

Sie huschte den Flur entlang und die Treppe hinunter. Aus dem Arbeitszimmer hörte sie Cherry und Buddy leise miteinander reden. Auf Zehenspitzen schlich sie an der geschlossenen Tür vorbei zur Küche.

Lilah blickte kurz über die Schulter zu ihr hin, als sie eintrat. Avery sah, dass sie dabei war, Käse zu reiben. Sie trug eine geblümte Schürze mit Rüschen und hatte Mehlflecken auf Nase und rechter Wange. Ein Blaubeerkuchen, so appetitlich wie das Bild aus einem Gourmetmagazin, stand zum Abkühlen auf einem Gitter neben dem Herd.

„Du siehst erfrischt aus", stellte Lilah freudig fest.

„Jedenfalls rieche ich nicht mehr nach Feuer."

„Es ist etwas dran an der These, dass Essen beruhigt. Findest du nicht?" Sie widmete sich wieder der Zubereitung ihrer Mahlzeit. „Makkaroni und Käse, Hühnchenpastete, Thunfischkasserolle. Gute alte Dickmacherrezepte. Wenn ich nur daran denke, geht es mir schon besser."

Wenn das nur so leicht wäre, dachte Avery und sah ihr bei der Arbeit zu. Das Leben war nicht so unkompliziert wie eine Episode aus dem Life-Magazin der 50er Jahre oder aus einer alten Fernsehserie. Das Bild der heilen Welt, das Lilah hier präsentierte, hatte wenig mit der Wirklichkeit zu tun, das erkannte sie jetzt. Es war eine Täuschung, eine Illusion.

Eine perfekte Tarnung, um die Wahrheit zu verschleiern.

Avery öffnete ihre Handtasche und zog das Tagebuch von 1988 heraus. „Lilah", sagte sie leise, „ich muss dich etwas fragen. Es ist wichtig."

Lilah sah zu ihr hinüber, und ihr Blick wanderte zu Averys Händen. „Was ist das?"

„Ein Tagebuch meiner Mutter. Ich habe es auf dem Dachboden meines Elternhauses gefunden."

„Ich dachte, dein Vater hätte sie weggeworfen."

„Nein, Mutter hatte alle in Kartons verstaut. Die anderen sind wohl im Feuer verbrannt."

Lilahs Miene veränderte sich leicht. Ihr Blick wanderte wieder zu dem Tagebuch. „Aber das nicht."

„Nein. Und auch ein zweites nicht."

„Dem Himmel sei Dank."

„Ja." Vorsichtig schob Avery es wieder in die Tasche. „In diesem Tagebuch habe ich etwas Interessantes entdeckt. Und deshalb wollte ich dich etwas fragen."

„Sicher, Liebes." Lilah ging zum Kühlschrank, holte den Milchkrug heraus und füllte einen Messbecher ab. „Was möchtest du wissen?"

„Von wem war Sallie Waguespack schwanger?"

Der Messbecher entglitt ihrer Hand, fiel auf die Arbeitsplatte, und Milch ergoss sich über die blaue Oberfläche. Erschrocken wischte Lilah die Flüssigkeit auf.

„Lilah?"

„Ich weiß nicht, wovon du sprichst."

„Doch, das weißt du. Wessen Baby war das?"

Lilah hielt plötzlich inne. In der Küche war es still bis auf das gleichmäßige Tropfen der Milch auf den Boden.

„Sie sind inzwischen alle tot, Lilah. Alle, die mit der Ermittlung im Mordfall Waguespack zu tun hatten. Bis auf Buddy. Weißt du, wie belastend das aussieht?"

Lilah wimmerte leise, und Avery machte einen Schritt auf sie zu. „Was ist wirklich in jener Nacht passiert? Buddy, mein Dad, Pat Greene, sie haben alle unter einer Decke gesteckt und jemanden gedeckt. Wen, Lilah?" Avery packte sie am Arm. „Diese Jungs wurden hereingelegt, richtig? Sie haben Sallie Waguespack nicht umgebracht."

Lilah bewegte die Lippen, ohne einen Ton zu sagen. Avery schüttelte sie ein wenig. „Die beiden Jungen waren Opferlämmer. Es steht hier im Tagebuch, Lilah. Ich habe es heute Morgen entdeckt. Du warst die Einzige, der ich von den Tagebüchern erzählt habe. Mit wem hast du darüber gesprochen? Wegen dieser Bücher wurde mein Haus angezündet, um Beweise zu vernichten!"

Ein gequälter Laut kam über Lilahs Lippen. „Nein. Bitte, so ist das n..."

„Hör auf, ihn zu decken, Lilah. Du musst reinen Tisch machen. Und du musst die Geschichte richtig stellen." Avery senkte flehend die Stimme. „Nur du kannst das tun, Lilah. Nur du ..."

„Das Baby war von Buddy!" brach es aus ihr heraus. „Er hat mich, die Kinder und die ganze Stadt betrogen. Tagsüber war er die Moral in Person und belehrte die Leute, wie sie aktiv werden müssten, damit Cypress Springs wieder zu einem gottesfürchtigen, gesetzestreuen Ort werden könnte. Und des Nachts machte er mit dieser ... dieser billigen Hure rum!"

Dann kamen die Tränen und tiefe herzzerreißende Schluchzer. Lilah beugte sich vornüber, und ihr zarter Körper schüttelte sich vor Verzweiflung.

„Und sie wurde schwanger."

„Ja." Lilah blickte mit gequälter Miene auf. „Dann hat Buddy mir gestanden, was er schon die ganze Zeit trieb, und dass die Frau schwanger geworden war. Ich habe nichts ... ich hätte nie ..."

Sie führte die Sätze nicht zu Ende, doch ihre Bedeutung war klar: Sie hatte nichts geahnt und hätte es nie vermutet.

Avery fühlte mit ihr. Sie hatte die Ehe der Stevens' immer für perfekt gehalten und Lilah wohl auch.

„Diese Frau wollte ihm Schwierigkeiten machen und ihn ruinieren. Sie wollte mit der Sache an die Öffentlichkeit gehen und Schande über ihn bringen."

Lilah sah ihr in die Augen und wurde plötzlich ruhig. „Das konnte ich nicht zulassen. Ich wollte nicht, dass meine Familie seinetwegen durch den Dreck gezogen wird. Das durfte nicht sein."

„Was hast du getan?" fragte Avery leise, obwohl sie es bereits ahnte.

„Ich bin zu ihr gegangen. Ich wollte sie bitten, Schweigen zu bewahren und das Richtige zu tun." Sie schnaubte verächtlich. „Das Richtige. Ich war so naiv. Sallie Waguespack hätte das Richtige selbst dann nicht erkannt, wenn es ihr ins Gesicht gesprungen wäre. Sie hat mich ausgelacht und mich eine jämmerliche, dumme kleine Hausfrau genannt." Lilah ballte die Hände zu Fäusten. „Sie hat sich damit gebrüstet, wie sie ihn verführt hat und was für tollen ... Sex sie hatten. Sie brüstete sich mit ihrer Schwangerschaft. Und sie schwor mir, dass sie unsere ganze Familie durch den Schmutz ziehen würde, ehe sie Chief Raymond ‚Buddy' Stevens aufgäbe."
Nach kurzer Pause fuhr sie fort: „Wir saßen in der Küche. Ich weinte und bat sie aufzuhören. Dann sah ich das Messer auf dem Tresen." Lilahs Blick wurde gläsern. „Ich habe es nicht absichtlich gemacht. Das musst du mir glauben."

„Fahr fort, Lilah. Erzähl mir alles."

„Ich habe das Messer genommen und ... zugestochen. Immer wieder. Ich habe es nicht mal gemerkt ... bis ... das Blut ... es war überall."

Avery wich einen Schritt zurück und hielt sich an der Arbeitsplatte fest. „Und dann hat Buddy alles Nötige für dich erledigt", flüsterte sie.

„Ja. Ich habe ihn nicht darum gebeten. Er sagte mir, ich solle bleiben, wo ich bin, er würde sich um alles kümmern. Aber ich habe nicht verstanden, was er meinte ... ich wusste es nicht ... bis zum nächsten Tag."

Er hat die Pruitts hereingelegt, die Beweise gegen sie manipuliert und seine Frau gedeckt. Dann bat er seine besten Freunde um Hilfe. Pat Greene und Kevin Gallagher.

„Ich musste all die Jahre mit der Schuld und dem Selbsthass leben. Diese Jungen ... was ich getan habe ..."

Sie schlang die Arme um sich, als ob sie sich schützen wollte. „Wir standen uns früher alle so nahe und waren die besten Freunde. Buddy bat deinen Vater, die medizinischen Fakten den manipulierten Beweisen anzugleichen und keine Autopsie zu verlangen. Das war einfach, denn die Pruitt-Jungen waren tot."

„Und die so genannten Beweise würden den Nachforschungen eines Gerichtes nicht standhalten müssen."

„Ja. Aber Philip konnte mit der Schuld nicht leben. Darum hat er es getan. Deshalb hat er sich umgebracht. Ich wünschte, ich hätte auch den Mut dazu gehabt. Meine Kinder, meine Freunde ... ich habe alles zerstört."

In diesem Augenblick flog die Küchentür auf, und Buddy stürmte herein. Cherry war dicht hinter ihm, die Miene angespannt.

„Genug!" brüllte er, das Gesicht rotfleckig vor Zorn.

Lilah zuckte zusammen. Cherry eilte zu ihrer Mutter und nahm sie schützend in die Arme.

Avery wandte sich dem Mann zu, den sie mal für ihren zweiten Vater gehalten hatte. „Es ist zu spät, Buddy. Wie konntest du nur?"

„Ich wollte nicht, dass du es erfährst", sagte er bedauernd. „Dein Vater wollte das auch nicht."

Avery bebte vor Zorn über den Verrat. „Woher willst du wissen, was mein Vater wollte? Du hast eure Freundschaft benutzt, um ihn zu einer Lüge zu zwingen."

Er schüttelte den Kopf. „Ich wollte nur meine Familie schützen. Das verstehst du doch, oder? Was passiert ist, war nicht Lilahs Schuld. Es war eine Folge meiner Sünde. Dein Vater hat das verstanden. Sallies Tod war ein Verbrechen aus Leidenschaft, kein vorsätzlicher Mord."

„Pat Greene hat die Pruitt-Jungen nicht in jener Nacht aus Sallie Waguespacks Haus kommen sehen, oder?"

„Nein. Ich sagte ihm, ich hätte sie gesehen. Ich gestand ihm, dass ich eine Affäre mit ihr hatte, und bat ihn, mir zu helfen, um die Schande abzuwehren."

„Und er hat dir geglaubt?"

„Er war mein Freund und vertraute mir."

Avery schnaubte verächtlich. „Und die Mordwaffe im Graben hinter dem Wohnwagen ..."

„Habe ich dorthin gelegt. Für die Fingerabdrücke auf der Waffe und das Blut an Donnys Schuhen habe ich auch gesorgt. Pat wusste nichts davon."

Avery hatte immer zu Buddy aufgeblickt, ihn geliebt. Zu hören, was er getan hatte, schmerzte entsetzlich. Ihr Blick verschwamm vor Tränen. „Und Kevin Gallagher?"

„Er bereitete Sallie für die Beisetzung vor. Er wusste nur, dass sie schwanger war. Ich bat ihn, das für sich zu behalten. Warum die Situation verschärfen und den Namen der Frau weiter beschmutzen."

„Und mein Dad?"

Buddy atmete tief durch. „Dein Daddy war schwer zu überzeugen. Am Ende hat er es nicht nur für mich, sondern für Lilah und die Kinder getan."

„Diese beiden Jungs", flüsterte sie, „sie waren ..."

„Abfall. Delinquenten. Erst neunzehn und zwanzig und jeder schon ein halbes Dutzend Mal wegen Drogen, versuchter Vergewaltigung, Trunkenheit und ungebührlichem Verhalten verknackt. Die hätten sich nie zu was Anständigem entwickelt, nie einen positiven Beitrag zur Gesellschaft geleistet. Sie zu opfern, um meine Familie zu retten, war keine schwierige Entscheidung."

„Du hast nicht das Recht, Gott zu spielen, Buddy! Das ist nicht deine Aufgabe."

Er verzog den Mund. „Dein Dad hat dasselbe gesagt. Der alte Spruch, dass der Apfel nicht weit vom Stamm fällt, trifft wohl zu."

„Was war mit Sal, Buddy? Warum hast du ihn mit hineingezogen? Brauchtest du die Gazette, um die öffentliche Meinung zu manipulieren?"

„Sal hatte nichts mit dem Ganzen zu tun. Er glaubte, der Fall habe sich genauso zugetragen, wie er ihn berichtet hat. Allerdings nutzte ich Sal und die Gazette, um das öffentliche Interesse auf den sozialen Kontext des Verbrechens zu lenken. Ich wollte einen Aufschrei über die wachsende Kriminalität, die Unmoral der Jugend und die Drogenepidemie provozieren, um die Aufmerksamkeit vom eigentlichen Verbrechen abzulenken."

„Du hast dich in deinem eigenen Strudel verfangen!" Avery spie die Worte geradezu aus. „Und Die Sieben waren geboren. Du und deine Busenfreunde, ihr kamt zusammen und habt entschieden, was angemessenes Verhalten ist und was nicht. Ihr habt das Gesetz in die eigenen Hände genommen, Buddy. Du und deine Gruppe, ihr wart Ankläger und Richter zugleich, und damit lief alles aus dem Ruder."

„So war das nicht. Wir alle liebten diese Stadt. Und wir hatten – und haben nur ihr Bestes im Sinn. Wir wollen die Lebensumstände verbessern und die Dinge so bewahren, wie sie sind. Wir behalten Freunde und Mitbürger im Auge, berichten wichtige Dinge und machen notfalls einen freundlichen Besuch. Wenn es gar nicht anders geht, benutzen wir auch ein wenig Druck."

„Druck? Das ist eine totale Verniedlichung für was? Einen Stein durch das Fenster, die Androhung gebrochener Knochen oder finanzieller Ruin durch Boykottmaßnahmen? Oder geht es nur um die gute alte Kreuzverbrennung auf dem Zierrasen im Vorgarten? Wie lautet das Kriterium für die Todesstrafe in Cypress Springs?"

Er war schockiert. „Großer Gott, Avery, es geht um nichts dergleichen. Wir sind weder Terroristen noch Killer. Wir bieten Hilfe und Führung an. Und wenn alles nichts nützt, schlagen wir einen Ortswechsel vor." Er senkte die Stimme. „Wenn wir diesen Menschen nicht ein wenig Unbehagen bereiten, hätten sie keine Motivation, sich zu ändern."

Avery schnaubte angewidert. „Motivation, sich zu ändern. Du machst mich krank!"

„Du verstehst nicht. Das alles geschieht im Geiste gegenseitiger Fürsorge und Sorge um die Gemeinschaft. Niemand wird verletzt."

„Leider verstehe ich nur zu gut." Avery blickte kurz zu Cherry, die ihre weinende Mutter hielt. „Du bist ein solcher Heuchler, Buddy, spielst dich als Moralapostel auf, verfolgst die so genannten Sünder und bist doch selbst der größte von allen!"

Er hatte Tränen in den Augen. „Glaubst du nicht, ich hätte für meine Sünden gebüßt? Es vergeht kein Tag, an dem ich nicht bereue und alles rückgängig machen möchte. Ich hatte alles, eine wunderbare Familie, die Liebe einer wunderbaren Frau und den Respekt meiner Freunde und der ganzen Gemeinde. Wenn ich noch einmal die Wahl hätte, würde ich einen weiten Bogen um Sallie Waguespack machen. Dann wäre das alles nicht passiert."

Er streckte ihr eine Hand hin. „Sieh mich nicht an, als wäre ich ein Monster. Ich bin immer noch Buddy, und du bist immer noch mein kleines Mädchen."

„Nein." Sie wich zurück. „Nicht mehr. Nie mehr."

„Du musst verstehen, ich hatte Angst um meine Familie und habe gehandelt, um sie zu beschützen." Er machte einen weiteren Schritt auf sie zu. „Ich musste es tun, verstehst du das denn nicht? Ein Mann muss seine Familie schützen."

„Um jeden Preis, Buddy? Wie weit würdest du noch gehen? Von der Vertuschung eines Mordes bis hin zur Begehung eines Mordes?"

„Nein, niemals!"

„Alle, die mit der damaligen Untersuchung zu tun hatten, sind inzwischen tot, Buddy. Alle außer dir. Was soll ich denn davon halten?"

„Daddy?" flüsterte Cherry. „Wovon spricht sie?"

Buddy sah zu seiner Tochter. „Das ist nicht wahr, Liebes. Hör nicht auf sie. Sie hat einen Schock und ist verwirrt."

„Ich bin kein bisschen verwirrt. Du hast alle deine alten Freunde umgebracht. Warum? Hatten sie gedroht, reinen Tisch zu machen? Wollten sie zum FBI gehen, weil ihre Schuldgefühle zu groß geworden waren? Hast du deshalb deinen besten Freund umgebracht, Buddy? Hast du ihn deshalb bewegungsunfähig gemacht, mit Diesel übergossen und ..."

„Nein!" schrie Lilah auf. „Nein!"

Buddy ließ den Blick zwischen beiden Frauen hin- und herspringen. „Das ist nicht wahr! Ich habe nichts damit zu tun. Ich könnte niemals ..."

„Du bist mitten in der Nacht zu ihm gegangen. Er hat dir die Tür geöffnet, weil er dir vertraute. Du hast ihn mit einem Elektroschocker bewegungsunfähig gemacht und zur Garage geschleppt. Dort hast du ihn mit Brennstoff übergossen und angezündet!"

„Nein!" Buddys Gesicht war aschfahl.

„Hunter hatte mit alledem nicht das Geringste zu tun. Du hast deinen eigenen Sohn belastet!"

„Nein! Du musst mir glauben."

„Ich kann dir gar nichts mehr glauben – nie mehr."

Plötzlich ergab alles einen Sinn: Lilahs Depression und Abhängigkeit. Hunters Bruch mit der Familie. Cherrys Entschlossenheit, die Familie zusammenzuhalten, damit sie nach außen normal und glücklich wirkte.

„Niemand muss davon erfahren, Avery", beschwichtigte Buddy mit gesenkter Stimme. „Wir sind eine Familie, wir sind deine Familie. Wir lieben dich."

Die aufsteigenden Tränen hinderten sie einen Moment am Sprechen, deshalb schüttelte sie nur den Kopf. Auch sie hatte seine Familie als Verlängerung der eigenen betrachtet. „Das ist vorbei, Buddy."

„Wir sind alles, was dir geblieben ist, Avery." Er machte einen weiteren Schritt auf sie zu, doch sie wich zurück. „Cypress Springs ist deine Heimat."

Er machte noch einen Schritt und hatte sie jetzt in die Ecke gedrängt, wie sie erkannte. Hinter ihr war die Wand. Wenn sie entkommen wollte, musste sie ihn umrennen. Sie versuchte ruhig zu bleiben, damit sie reagieren konnte.

„Ich brauche die Tagebücher." Er streckte eine Hand aus. „Laurie hat mich angerufen. Sie sagte mir, du wärst dort gewesen und hättest dieser Lancaster eine Nachricht hinterlassen."

„Einer deiner vielen Spione?"

„Sie hat sich Sorgen um dich gemacht."

„Na klar, ausgerechnet um mich."

„Wir lieben dich, Avery", flüsterte Lilah. „Du gehörst zu uns."

„Ja", stimmte Cherry ein. „Gib Dad endlich die Tagebücher, und alles ist okay."

Avery ließ den Blick zwischen den dreien hin und her wandern und versuchte, ihre Chancen nüchtern einzuschätzen. Drei gegen eine, davon einer bewaffnet und mit der Statur eines Bären. Lilah schien jedoch kurz vor einem Zusammenbruch zu stehen. Cherry wirkte schockiert und ihre Reaktionen hölzern. Sie schien sich allein darauf zu konzentrieren, ihre Mutter zu stützen.

Nur Buddy behinderte ihre Flucht. Wenn sie ihn außer Gefecht setzte, könnte sie es schaffen. Aber wie?

Das Pfefferspray. Sie hatte es noch in der Tasche.

„Komm schon, kleines Mädchen." Er hielt die Hand hin. „Du weißt, wir wollen nur dein Bestes. Das andere ist doch alles längst Vergangenheit. Wir werden eine große, glückliche Familie sein."

„Eine Familie", wiederholte sie mit bebender Stimme. „Du hast Recht." Sie schob die Hand in ihre Tasche und schloss die Finger um den Zylinder der Spraydose. Als sie die Hand herauszog, machte sie einen Satz nach vorn und sprühte Buddy direkt in die Augen. Er war geblendet.

Mit einem Aufschrei taumelte er zurück und schlug beide Hände vor die Augen. Avery rannte an ihm vorbei aus der Küche in den Flur und hörte Lilah und Cherry nach ihr rufen.

Die Haustür war verschlossen. Sie fingerte an dem Riegel herum, und es schien eine Ewigkeit zu dauern, bis er nachgab und sie auf die Veranda laufen konnte. Erst da wurde ihr bewusst, dass sie keinen Wagen hatte.

Hinter sich hörte sie die Küchentür auffliegen. Donnernde Schritte folgten.

Sie rannte los, die Treppe hinunter in den Garten, und blickte zurück. Buddy holte auf und rief nach ihr.

Scheinwerfer huschten über die dunkle Straße. Avery änderte die Richtung und rannte wild gestikulierend auf den Wagen zu.

Die weiße Limousine hielt an. Sie riss die Beifahrertür auf.

„Dem Himmel sei Dank! Können Sie ...“

Erstaunt verstummte sie.

„Steig ein, Avery!“ befahl Matt. „Schnell, ehe es zu spät ist.“

Sie war wie erstarrt. Hinter ihr kam Buddy näher.

Avery sah, dass Matt seine Waffe gezogen hatte und ihr damit winkte. „Es war nicht Hunter, es war Dad. Steig ein, er hat dich fast!“

Sie blickte zurück. Buddy rief sie und griff nach seiner Waffe. Sie hechtete in den Wagen und riss die Tür zu.

Matt drückte auf die automatische Verriegelung und trat das Gaspedal durch. Der Wagen raste mit schleuderndem Heck und quietschenden Reifen los. Avery drehte sich im Sitz um und verrenkte sich fast den Hals, um Buddy zu entdecken. Er lief auf die Straße, folgte ihnen noch einige Schritte und blieb dann stehen.

Zitternd schlug Avery die Hände vors Gesicht und bekämpfte ihre Hysterie. Jetzt nur nicht zusammenbrechen.

„Alles okay?“

Sie ließ die Hände sinken. „Wann hast du ... wie hast du ...“

„Das mit Dad?“ Er schüttelte den Kopf. „Ich liebe meinen Dad. Er hat ein gutes Herz, aber er ist schwach. Ein totaler Versager.“

Sie verstand nicht. „Du willst ihn doch nicht entschuldigen, Matt? Er ist ein Mörder.“

Matt lächelte – ein seltsames Lächeln. Plötzlich spürte sie die Enge im Wagen. Matt hatte eine Hand auf der Waffe, die neben ihm lag.

Ihre Nackenhaare schienen sich zu sträuben. „Willst du die nicht wegstecken?“

Er ging nicht darauf ein. „Du hattest Recht, mir zu trauen, Avery. Dad ist viel zu emotional. Er will das Richtige, doch dann kommen ihm seine Skrupel in die Quere. Das macht ihn schwach.“

Matt steckt mit seinem Dad unter einer Decke. Er ist einer der Sieben. Er ist ein Mordkomplize.

Ich bin zu ihm in den Wagen gestiegen, und er hat eine Waffe.

Sie sah ein Stoppschild weiter vorne an der Straße und rückte sich leicht auf dem Sitz zurecht, damit er nicht merkte, was sie vorhatte. Während er das Tempo verlangsamte, griff sie vorsichtig nach dem Türgriff und zog.

Nichts bewegte sich. Matt lachte und fuhr ohne anzuhalten über die Kreuzung. „Kindersicherung, Avery. Für wie dumm hältst du mich?"

„Ich weiß nicht, wovon du redest, Matt. Ich wollte ..."

„Sag gute Nacht, Avery."

Ehe sie seine Absicht erkannte, schlug er ihr mit dem Kolben seiner Waffe gegen die Schläfe. Schmerz jagte durch ihren Schädel. Und dann spürte sie nichts mehr.

52. KAPITEL

Avery kam langsam wieder zu Bewusstsein. Ihr ganzer Körper schmerzte, und ihr Kopf pochte. Stöhnend öffnete sie die Augen.

Sie lag auf einem Bett, auf einer nackten Matratze und versuchte, sich aufzurichten, doch es ging nicht. Die Hände waren ihr über dem Kopf zusammengebunden und die Beine an jeweils einem Bettpfosten gefesselt worden.

Buddys Geständnis. Matt, der sie aufgelesen hatte. Die Waffe.

Entsetzliche Angst raubte ihr fast den Verstand. In Panik riss sie an ihrer Fesselung, zerrte und wand sich ohne den geringsten Erfolg.

Sie hielt inne. Hand- und Fußgelenke brannten bereits, und ihr Atem kam keuchend und zittrig. Tränen drohten sie zu ersticken. Sie kämpfte sie nieder. Sie würde nicht aufgeben, wollte nicht einfach hier liegen und sterben.

Die kommen nicht damit durch. Das lasse ich nicht zu!

Um ruhiger zu werden, atmete sie bei geschlossenen Augen tief ein und aus und wiederholte den Vorgang. Sie musste gelassen alle Fluchtmöglichkeiten durchdenken. Es musste einen Weg geben, wie sie entkommen konnte.

Erneut öffnete sie die Augen. Die einzige Lichtquelle im Raum kam durch die offene Tür rechts vom Bett. Die Luft war feucht und dumpf. Es stank. Der Geruch war ihr irgendwie vertraut, obwohl sie ihn im Moment nicht einordnen konnte. Das einzige Fenster stand offen. Von draußen kam das Gesumme von Insekten herein, lauter und intensiver, als sie es gewöhnt war.

Er hat mich aus der Stadt gebracht.

Sie ließ den Blick durch den Raum schweifen, so gut das aus ihrer misslichen Lage möglich war, und versuchte, so viel wie möglich zu erkennen. Es war ein kahler Raum aus grob behauenem

Holz. Eine Jagdhütte vielleicht. Am Rande der Wälder oder am Bayou.

Die Hütte, zu der Gwen gelockt worden war? Avery dachte nach. Gwen hatte die Kreuzung von Highway 421 und No Name Road erwähnt. Damit wäre sie südlich von Cypress Springs. Nicht weit von der alten Konservenfabrik.

Der säuerliche Gestank. Natürlich. Derselbe Gestank, der die Stadt einhüllte, wenn der Wind aus der entsprechenden Richtung kam.

Der Geruch der ausgebrannten Fabrik.

Matt erschien im Türrahmen, eine dunkle Gestalt vor dem Rechteck aus Licht. „Erhebe dich und strahle, meine Schöne."

„Löse meine Fesseln, und ich tue genau das!" Sie spie ihm die Worte geradezu entgegen.

Er lachte nur. „Ist da jemandem eine Laus über die Leber gelaufen?"

„Mistkerl!"

Matt schlenderte auf sie zu und summte das Kinderlied über die Itsy-Bitsy Spinne. Er kam ans Bett, beugte sich herunter und ließ im Takt des Liedes die Finger ihren Schenkel hinaufwandern. Sie sah, dass er seine Waffe in den Bund der Jeans gesteckt hatte.

Die Finger verharrten zwischen ihren Schenkeln, und Matt hörte auf zu summen. Den Kopf leicht zur Seite geneigt, sah er sie mit seltsam leerem Blick an. „Tut mir Leid, dass es so weit kommen musste, Avery. Wirklich."

„Dann lass mich gehen, du psychopathischer Mistkerl."

„Was für eine Ausdrucksweise, du enttäuschst mich."

Er stieg zu ihr auf das Bett und hockte sich auf sie, die Hände zu beiden Seiten ihres Kopfes aufgestützt. Die Haltung brachte sein Becken in Kontakt mit ihrem, sodass ihr der Kolben seiner Waffe in den Bauch drückte.

„Du hast mich verraten, Avery. Du hast uns verraten."

„Erzähl du mir nichts von Verrat! Du hast meinen Vater umgebracht!"

Leise lachend ließ er einen Finger über ihre Wange gleiten und hinab über ihr Schlüsselbein zur Brust. „Du warst schon immer zu klug und eigensinnig."

Er neigte sich herab und küsste sie, flüchtig zunächst, dann intensiver, indem er ihr die Zunge in den Mund zwängte.

Avery unterdrückte den Drang, sich heftig zu wehren, und lag wie versteinert da. Ihre mangelnde Reaktion frustrierte ihn offenbar, und er ließ von ihr ab.

Sofort spuckte sie ihm ins Gesicht. Er fuhr zurück, das Gesicht hochrot vor Zorn. Wutentbrannt schlug er sie, sodass ihr Kopf zur Seite flog. Sie schmeckte Blut und sah Sterne.

Doch sie schrie nicht auf. Diese Genugtuung gönnte sie ihm nicht.

„Weißt du was?" Er legte die Finger in den Halsausschnitt des T-Shirts, das Cherry ihr geliehen hatte. „Für ein so kluges Mädchen machst du ein paar richtig dumme Fehler."

Matt riss so heftig an dem Stoff, dass er vom Hals bis zum Bauchnabel nachgab und ihre nackten Brüste freilegte. Er bedeckte sie mit seinen Händen und knetete sie leicht. „Zum Beispiel, jemanden zu verärgern, der dein Leben in Händen hält. Und jetzt auch deine Brüste."

Er packte fester zu und kniff in die Brustspitzen. Sie unterdrückte einen Schmerzlaut. Er beugte sich so weit vor, dass sein Gesicht dicht vor ihrem war. Sein schaler Atem strich über ihre Wange.

Avery schauderte. Wenn Augen die Fenster zur Seele waren, dann hatte Matt keine Seele mehr.

„Du solltest mir gehören. Ich habe dich ausgewählt. Nicht nur einmal, sondern zweimal. Und du hast mir das Herz gebrochen. Das erste Mal, als du gegangen bist. Und das zweite Mal, als du dich mit meinem Bruder eingelassen hast." Er lachte auf. „Du siehst so überrascht aus. Für wie dumm hältst du mich eigentlich? Ich war schon damals an Tillers Teich argwöhnisch. Doch ich war ein Vollidiot und habe dir geglaubt. Aber als du mir an dem Morgen bei meinem Bruder über den Weg gelaufen bist, wusste ich es."

Leise wimmernd dachte sie an Hunter. In was hatte sie ihn da hineingezogen? Und vor allem, was hatte sie ihm unterstellt?

Matt presste die Lippen zu einer schmalen Linie zusammen. „Hast du an mich gedacht, während du mit ihm im Bett warst? Während du mich betrogen ..." Er verkniff sich den Rest des Satzes und bebte vor Zorn, sodass das Bett unter ihnen knarrte.

Er kann mich umbringen, in diesem Moment.

Er will es sogar.

Avery ließ sich gegen die Matratze sinken und verlor die Kontrolle über ihre Emotionen. Aus Angst wurde Entsetzen und drohte, ihr den Verstand zu rauben.

Zum ersten Mal wurde der eigene Tod für sie zur Realität. Sie stellte sich vor, wie Matt die Hände um ihren Hals legte und zudrückte. Und sie konnte sich nicht wehren, außer in rasenden Gedanken und stummen Hilfeschreien.

Ihre Angst machte ihn ruhiger. Er wirkte erfreut. „So gefällst du mir", sagte er leise und richtete sich auf. „Hilflos."

Er ließ die Hände über ihre Brüste gleiten, nicht mehr strafend, sondern streichelnd. Dann schob er die Finger zum Taillenbund ihrer Trainingshose, löste das Zugband und zog die Hose hinunter.

„Erinnerst du dich, wie es war?" Seine Finger glitten über Bauch, Slip und Schamhügel. Er beugte sich vor, presste das Gesicht darauf und atmete mit einem Laut des Wohlbehagens tief ein. „Wenn wir zusammen waren?"

Die Galle stieg ihr hoch, sodass sie gegen Übelkeit ankämpfen musste.

„Es war so schön. Bei keiner anderen habe ich mich gefühlt wie bei dir. Wir waren füreinander bestimmt."

Sei klug, Avery, spiel mit. Gib ihm, was er will. Es gibt immer eine Chance. Immer.

„Wie ist es so weit mit uns gekommen?" flüsterte er. „Du hast mich verlassen. Warum?"

„Ich war jung und dumm." Sie sah ihn mit einem Blick an, den er hoffentlich als anhimmelnd empfand. „Ich habe nicht gewusst, wie stark du bist und wie mächtig."

Sein Mund wurde schmal vor Zorn. „Komm mir nicht mit diesem Mist. Du hast mich verlassen. Du hast meinen Bruder gevögelt. Du ..."

„Habe ich nicht!" schrie sie ihn an und schnitt ihm das Wort ab. Sie versuchte es mit einer neuen Taktik und benutzte seine Argumente gegen ihn. „Ich sehe und verstehe jetzt, warum ich damals gegangen bin. Ich dachte, du wärst wie ... dass du wärst wie dein Vater. Ich liebe ihn, aber er ist nicht ... nicht so stark wie du."

Matt verharrte und sah sie forschend an. Sie machte weiter. „Du warst immer brillant. Die Schule war für dich ein Kinderspiel, deine Zensuren waren einmalig und trotzdem bist du in Cypress Springs geblieben, um in den Polizeidienst zu gehen, wie dein Vater. Verstehst du, warum ich gedacht habe, du wärst wie er, Matt?"

Er betrachtete sie noch einen Moment und nickte. „Ich musste führen. Ich hatte einen Auftrag."

„Das verstehe ich jetzt."

„Dad ist schwach, er war eine Enttäuschung."

„Unfähig, das Notwendige zu tun", mutmaßte sie.

„Genau." Er sah sie an wie ein stolzer Vater sein talentiertes Kind. „Er lässt sich zu oft von seinen Emotionen und seinem Herzen leiten." Traurig schüttelte er den Kopf. „Ein Führer darf sich nicht von Emotionen leiten lassen, er darf nie das große Ganze aus dem Auge verlieren."

„Die gute Sache. In diesem Fall das Wohl der Stadt."

„Ja. Dad war Anführer der ursprünglichen Sieben. Wusstest du das?"

Sie schüttelte den Kopf.

„Aber er war zu schwach, die Gruppe zu führen, und beugte sich dem Druck anderer. Vor allem dem deines Vaters."

„Meines Vaters?" Sie bemühte sich, das richtige Maß an Überraschung und Enttäuschung in ihren Tonfall zu legen.

„O ja, dein Dad. Der großartige Dr. Philip Chauvin." Er sagte das mit tiefem Abscheu. „Er drohte, das FBI einzuschalten, und meinte, sie hätten die Grenze des Erlaubten überschritten."

Matt beugte sich weiter vor. „Es gibt keine Grenze, wenn es um Krieg geht. Verstehst du das? Leben oder Tod, Schwarz oder Weiß. Gewinnen oder verlieren."

„Keine Kompromisse."

„Genau." Zärtlich fuhr er mit einem Finger über ihre Wange. „Einige müssen geopfert werden, damit es allen gut geht. Individuelle Freiheiten müssen aufgegeben werden, damit die Lebensqualität aller erhalten bleibt."

„Und mein Vater wollte da nicht mitmachen?"

„Ein weichlicher Gutmensch. Fast hätte er die ganze Operation gefährdet."

Nur mühsam konnte sie sich daran hindern, ihren Vater zu verteidigen, indem sie seine Haltung laut bejubelte.

„Hat dir Buddy heute Abend alles erzählt über die Mordnacht von Sallie Waguespack?" Er beantwortete sich die Frage selbst. „Natürlich. Er konnte wieder nicht anders."

Matt lachte und fuhr fort: „In der Nacht hatten Hunter und ich gestritten wegen diesem neuen Jungen, Mike Horn. Erinnerst du dich? Sein Vater war der Betriebsleiter der neuen Konservenfabrik."

Er wartete nicht auf eine Antwort, sondern fügte hinzu: „Mir gefiel nicht, dass Mike sich aufführte, als gehörte ihm hier alles. Als wollte er meinen Platz einnehmen. Ich dachte mir, wir sollten ihm eine kleine Lektion erteilen und ihn Demut lehren, Hunter, ich und ein paar andere. Hunter weigerte sich mitzumachen. Er sagte mir, er möge Mike, und was ich vorhätte, sei falsch."

Matt verzog das Gesicht. „Mit dem Mist ist er mir in dem Sommer damals häufiger gekommen. Er wollte einfach nicht mitmachen. Ich habe ihn damit gehänselt und auch mit seinen Gefühlen für dich. Er wollte mit dir schlafen, das habe ich gesehen. Alle haben das gesehen. Und ich habe ihm vorgeworfen, es zu tun. Wir haben uns geschlagen, und er hat das Haus verlassen und ist zu Karl gegangen."

„Zu Karl Wright?"

„Ja. Ich konnte nicht schlafen. Als ich die Eingangstür hörte, dachte ich, Hunter wäre zurückgekommen, um sich zu entschuldigen."

„Aber es war nicht Hunter."

„Nein. Es war Mutter. Sie schluchzte hysterisch und war voller Blut. Es war ihr auf Hände, Gesicht und Kleidung gespritzt. Ich geriet in Panik, weil ich dachte, sie sei verletzt. Dann wurde mir allmählich bewusst, was sie erzählte. Sie hatte jemanden umgebracht. Dads Freundin. Seine Geliebte. Es war ein Unfall gewesen, und sie wusste nicht, was sie tun sollte."

Avery stellte sich die Szene plastisch vor. Lilah blutbefleckt und hysterisch. Matt, erst sechzehn, voller Entsetzen und fassungslos, was seine Mutter erzählte.

„Ich wusste es auch nicht. Dad war nicht da. Ich wusste nicht genau, wo er war. Und das Department konnte ich nicht anrufen. Also bin ich hingegangen. Es war genauso, wie Mom gesagt hatte. Mit einer Ausnahme – die Frau war nicht tot. Sie muss für einen Augenblick bewusstlos geworden sein. An der Blutspur sah ich, dass sie danach, in der Zeit zwischen Moms Weggang und meiner Ankunft, versucht hatte, sich zur Tür zu ziehen. Sie hat es nicht geschafft. Denn sie konnte sich nicht hochziehen und die Tür öffnen."

Nach kurzem Überlegen fuhr er fort: „Zuerst wollte ich ihr helfen. Ich wollte sie überreden, die ganze Angelegenheit zu verschweigen und niemandem von Mom zu erzählen. Sie hat nur gelacht. Sie hat mich ausgelacht und gefragt, wie es mir gefallen würde, wenn Dads Bastard meinen Platz einnähme. Die Familie würde zum Gespött der Leute, sagte sie und nannte mich dumm, Avery. Mich. Und die ganze Zeit blutete sie sich die Seele aus dem Leib, am Rande der Bewusstlosigkeit." Er schnaubte verächtlich. „Als hätte sie etwas zu sagen gehabt."

„Sie wollte nicht die Klappe halten", fügte er nach kurzer Pause hinzu. „Ich bettelte und weinte, aber sie lachte mich nur aus und sagte hässliche Dinge. Also habe ich ihr den Mund gestopft. Ich habe ihr die Hände über Mund und Nase gelegt und so lange gepresst, bis sie nichts mehr gesagt hat."

Avery dachte fröstelnd an ihre Befürchtung von vorhin, Matt könnte sie erwürgen.

„Es war ein gutes Gefühl", sagte er leise, und ein Lächeln zuckte um seinen Mund. „Ich fühlte mich mächtig und unschlagbar."

Er beugte sich vor. „Macht, Avery, sie liegt in meinen Händen. Ich wusste immer, dass ich etwas Besonderes bin. Ich sah und verstand Dinge, die normale Leute nicht kapierten. Während ich ihr beim Sterben zusah, wusste ich, dass mir eine Führungsrolle zugedacht war, dass ich Macht über Leben und Tod hatte."

Entsetzt starrte Avery ihn an. Ihr Mund war trocken, das Herz schlug ihr bis zum Hals. In jenem Sommer waren sie zusammen gewesen – intim. Sie hatten sich jeden Tag gesehen. Sie hatte sogar erwogen, ihr Leben mit ihm zu verbringen.

Sie hätte geschworen, ihn wirklich zu kennen.

Ich hatte keine Ahnung, wer er ist.

Schließlich fand sie ihre Stimme wieder, doch sie klang brüchig. „Also wusste mein Dad, dass ..."

„Dass ich sie umgebracht habe? Nein." Er schüttelte den Kopf. „Buddy fand mich dort und versprach mir, mich zu schützen und sich um alles zu kümmern. Er sagte, ich solle sofort verschwinden und alles für mich behalten."

„Und er hat es nie erzählt, stimmt's? Nicht mal Lilah."

Er grinste. Wie er dabei die Zähne bleckte, wirkte entsetzlicher, als würde er sie anknurren. „Er wollte mich retten. Das ist doch lächerlich, was? Der wollte mich retten. Aber im Laufe der Jahre hat Dad seinen Zweck erfüllt. In gewisser Weise habe ich seine Visionen geteilt."

In einem blitzartigen Gefühlsumschwung füllten sich seine Augen mit Tränen. „Wir hätten eine Familie sein können, Avery. Wir hätten Kinder haben können und wären zusammen alt geworden."

Dass sie genau das vor nicht allzu langer Zeit noch erwogen hatte, machte sie krank. Sie verbarg ihre wahren Gefühle, so gut es ging. „Es ist noch nicht zu spät, Matt. Lass mich gehen. Ich mache keinen Ärger. Wir können zusammen sein."

Kurz wandte er den Blick ab und sah sie dann wieder an. „Tut mir wirklich Leid, Avery. Ich wollte nicht, dass es so weit kommt. Aber im Konfliktfall müssen die Wünsche des Einzelnen zum Wohl des Ganzen geopfert werden."

Einen Moment hielt sie entsetzt den Atem an. „Es ist noch

nicht zu spät. Ich kann mich ändern. Ich verstehe jetzt, wofür du kämpfst."

Er neigte sich herab und presste ihr einen harten, festen Kuss auf die Lippen. Ein Kuss, der etwas Endgültiges hatte. „Es geht nicht um mich, Avery. Es geht nicht um meine Gefühle oder Wünsche. Die Generäle verlangen, dass ich handele. Sie haben abgestimmt."

„Aber du bist ihr Anführer. Sie werden tun, was du ..."

„Ich darf unser Ziel nicht aus den Augen verlieren." Er nahm ihr Gesicht zwischen beide Hände. „Gleichgültig, wie gern ich das auch tun würde."

„Was wirst du mit mir machen? Mich umbringen wie Elaine St. Claire und Trudy Pruitt?" Und mit bebender Stimme fügte sie hinzu: „Oder wie Gwen?"

Er leugnete nichts. „Töten macht mir keinen Spaß. Ich tue es, weil es nötig ist. Weil ..."

Von der Tür erklang das Geräusch einer Waffe, die entsichert wurde. „Runter vom Bett, Sohn!"

Matt drehte sich um, und seine Hand fuhr zur Waffe.

„Versuch es, und du bist tot!" warnte Buddy.

„Und du auch." Matt hielt die Hand über seine Waffe. „Und die arme Avery wird auf diesem Bett liegen bleiben und verrotten."

Buddy schwankte nicht. „Lass die verdammte Waffe fallen! Auf den Boden. Sofort."

Zögernd löste Matt die Waffe aus seinem Hosenbund und warf sie zu Boden.

„Guter Junge. Und jetzt runter vom Bett. Hände hoch!" Buddy deutete mit seiner Waffe. „An die Wand."

Matt stieg mit erhobenen Händen vom Bett. „Überleg dir genau, was du tust, Dad. Mach keinen Fehler."

Buddy trat in den Raum, die Waffe auf seinen Sohn gerichtet.

„Hände an die Wand." Als Matt gehorchte, nahm Buddy dessen Waffe an sich, ohne seinen Sohn aus den Augen zu lassen, und schob sie sich in den Hosenbund.

„Alles in Ordnung, kleines Mädchen", sagte er und kam langsam zum Bett. „Alles wird wieder gut."

Er befreite Averys Hände und Füße. Sie sah, dass seine Wangen tränennass waren.

Schnell zog sie die Hose hoch und setzte sich. Nachdem sie die zerrissenen Teile des T-Shirts vor der Brust zusammengezogen hatte, stand sie auf und stellte sich hinter Buddy.

„Du musst aufhören, Matt." Buddy machte einen Schritt auf ihn zu. „Das Töten muss aufhören."

Matt drehte sich um und hielt ihm bittend eine Hand hin. „Wir stecken doch zusammen in dieser Sache. Alles, was ich tue, tue ich für uns, für die Familie und für die Stadt."

Tränen liefen seinem Vater über die Wangen. „Du bist krank, Sohn. Ich hätte es schon vor langer Zeit erkennen müssen, aber ich wollte es nicht sehen. In der Nacht damals, als Sallie Waguespack umkam ... ich dachte, ich täte das Richtige. Aber es war nicht richtig. All die Jahre habe ich vertuscht und Entschuldigungen erfunden. Sogar in den letzten Monaten habe ich so getan, als hätte ich nicht längst einen Verdacht."

„Ich bin nicht schuld, Dad. Sie ist es. Sie will nicht den Mund halten. Wir müssen sie zum Schweigen bringen, um die Familie zu schützen. Sie ist genau wie Sallie Waguespack."

„Ich wusste es nicht, kleines Mädchen", entschuldigte sich Buddy voller Schmerz. „Ich wusste weder über deinen Daddy noch über die anderen Morde Bescheid. Ich dachte ... ich wollte glauben, alle Todesfälle seien genau das, was sie zu sein schienen."

Matts Miene wurde weicher. „Was hättest du denn an meiner Stelle getan? Philip wollte zum Bezirksstaatsanwalt gehen. Die anderen wollten seine Aussage stützen. Die wollten alles über Sallie Waguespack und Die Sieben ausplaudern. Ich wollte uns nur schützen."

„Ich weiß, und das tut mir Leid." Er löste die Handschellen von seinem Gürtel. „Ich muss dich fesseln."

„Tu das nicht, Dad." In Matts Augen glitzerten Tränen. „Bitte leg mir keine Handschellen an."

Avery sah, wie unendlich schwer es Buddy fiel, und fühlte mit ihm – dem Vater, der sich der Konsequenzen der eigenen Fehler stellen und der schrecklichen Wahrheit über sein eigen Fleisch und Blut ins Auge sehen musste.

„Ich muss, mein Sohn. Es tut mir Leid."

Matt streckte die Arme aus. „Dann komme ich widerstandslos mit. Wenn du glaubst, dass es das Richtige ist, tue ich, was du sagst."

„Ich werde dich schützen, so gut ich kann, Matt. Im Rahmen des Gesetzes." Buddy senkte die Waffe und ging zu seinem Sohn.

Matt blickte zu Avery, und sie erkannte seinen Triumph.

„Buddy!" schrie sie und sah das Springmesser in Matts Handfläche. „Das ist ein Trick!"

Matt warf sich auf seinen überraschten Vater. Die Klinge sprang heraus, und er bohrte sie ihm seitlich in den Hals.

„Nein!" schrie Avery auf und sah die Überraschung in Buddys Gesicht, als er nach dem Messer griff. Matt drehte die Klinge und zog sie heraus. Das Blut spritzte.

Buddy sah seinen Sohn an und bewegte stumm die Lippen. Er machte einen Schritt, sackte zusammen und fiel zu Boden.

Avery drehte sich um und rannte blitzschnell los. Matt packte sie von hinten um die Mitte, riss sie an seine Brust und hielt ihr das Messer an die Kehle.

„Siehst du, Avery? Schwach und dumm." Er blickte auf die leicht zuckende Gestalt am Boden. „Und auch noch ein Verräter."

Sie sah keinerlei Bedauern in seiner Miene. „Du bist verrückt, du Psychopath, du mordender Hurensohn!"

Er beugte sich hinunter, nahm die Handschellen seines Vaters und fesselte ihr die Hände hinter dem Rücken.

Dann richtete er seinen kalten Blick auf sie. „Avery Chauvin, du wurdest angeklagt und für schuldig befunden der Verbrechen gegen die Gemeinschaft, des Versuchs, einen Lebensstil zu vernichten, der seit Jahrhunderten existiert. Die Sieben werden über dein Schicksal richten."

53. KAPITEL

Avery versuchte, sich nicht von Hysterie überwältigen zu lassen, während Matt sie immer tiefer ins Innere der verkohlten Konservenfabrik zwang. Der Gestank – von draußen nur unangenehm – wurde hier drinnen unerträglich. Wie Verwesungsgeruch in einem Grab.

Augen und Kehle begannen ihr zu brennen. Obwohl das Feuer die Fabrik größtenteils zerstört hatte, war einiges noch intakt. Hier und da standen eine unbeschädigte Wand oder ein unversehrtes Möbelstück neben einem Loch im Boden, als sei das Feuer wählerisch gewesen und habe das eine verschlungen und das andere verschont.

Matt schubste sie vorwärts, die Waffe zwischen ihren Schulterblättern. Offenbar hatte er schon einige Zeit hier verbracht. Obwohl es in der Fabrik schwarz war wie die Seele des Teufels, führte er sie zielstrebig, ohne Zögern durch die verkohlte Ruine.

Er presste den Mund an ihr Ohr. „Wir gehen nach oben. Aber pass auf, wohin du trittst. Du willst doch nicht das Rendezvous mit meinen Generälen versäumen?“

„Fahr zur Hölle!“

Erfreut lachte er auf. „Wir sind bereits dort, findest du nicht?“

Er sprach ihr aus der Seele, aber sie wollte ihm nicht die Genugtuung einer Bestätigung geben.

Während sie die vom Feuer beschädigten Treppen hinaufstiegen, raunte er ihr Anweisungen ins Ohr. „Nach links, nächste Stufe auslassen, rechts geradeaus.“

Sie strauchelte und richtete sich mühevoll wieder auf, was ohne die unterstützende Balance ihrer Arme nicht einfach war. Er reichte ihr keine helfende Hand. Sie spürte sogar, wie er sich an ihren Mühen weidete.

Endlich oben angelangt, sah sie, dass ein Teil des Daches fehlte. Das hereinfallende Mondlicht schien auf eine Ansammlung von Türen, Fluren und halben Wänden.

Sie blieben vor einer Tür mit Vorhängeschloss stehen. „Wir sind da", sagte Matt.

Er wandte den Blick von ihr ab, während er die Tür aufschloss. Avery sah kurz zur Treppe. Sie könnte ihre Chance nutzen und weglaufen. Aber wie weit würde sie kommen, ehe sie strauchelte, durch ein Loch im Boden fiel oder Matt ihr in den Rücken schoss? Zwei Schritte, ein halbes Dutzend, wenn es gut ging?

„Mach nur", sagte er leise, als hätte er ihre Gedanken gelesen. „Nutz deine Chance. Und während du dann langsam innerlich verblutest, wirst du mich bitten, dein Leben mit einer Kugel zu beenden."

„Bastard!"

„Findest du? Na ja, verständlich." Er löste das Vorhängeschloss und schwang die Tür auf. „Aber zukünftige Generationen werden in mir einen Helden sehen, einen Visionär."

„Zukünftige Generationen", entgegnete sie zornig. „Du wirst abgeurteilt und in einer Zelle verrotten oder dein Leben in der Anstalt von Feliciana für geisteskranke Täter beenden."

„Arme Avery", erwiderte er leise. „Blind wie die anderen. Hinein mit dir." Er packte sie am Arm und schleuderte sie durch die offene Tür. Ohne sich mit den Händen abstützen zu können, landete sie auf den Knien, fiel vornüber und knallte mit dem Kinn auf den Betonboden.

Kichernd schlug Matt die Tür hinter ihr zu und schloss ab. Sie rappelte sich auf, lief zur Tür und warf sich dagegen. „Bastard!" schrie sie und trat gegen das Türblatt. „Du kommst damit nicht durch!"

„Spar dir deine Energie. Hier gibt es keinen Ausweg."

Der geflüsterte Rat kam aus der hinteren Ecke. Avery fuhr herum. „Gwen?"

„Die und keine andere."

Avery ließ den Blick umherschweifen, doch ihre Augen waren noch nicht an das Dunkel gewöhnt. „Wo bist du?" Ganz selbstverständlich wählten beide die vertraute Anrede.

„Hier."

Sie entdeckte Gwen auf dem Boden, in die hinterste Ecke gequetscht. Avery eilte zu ihr und kniete sich neben sie. „Gott sei Dank. Ich dachte ... ich dachte ..."

„Dass ich tot bin? Das dachte ich auch."

Avery sah jetzt, dass sie verletzt war. Ihre rechte Kopfseite war blutverkrustet, das blonde Haar völlig verklebt.

Avery dachte an das Blut in Gwens Bad. Matt musste sie bewusstlos geschlagen haben. „Wann hat er das gemacht?"

„Während des Gewitters", flüsterte sie. „Als ich erwachte, war er in meinem Zimmer. Ich dachte, er wolle mich umbringen. Stattdessen hat er mich hergebracht." Gwen beugte sich vor und legte ihre Stirn gegen Averys. „Ich habe gebetet, dass du kommst, aber nicht auf diese Weise."

Sondern mit der Polizei.

Aber Matt ist die Polizei.

„Wir kommen hier raus", entschied Avery. „Er sagte, Die Sieben würden über mein Schicksal entscheiden. Ich denke, die Gruppe trifft sich heute Abend hier."

„Er wird uns umbringen, oder?"

Er oder einer seiner Generäle. „Daran sollten wir jetzt nicht denken." Avery betrachtete die Wände des Raumes. Nach der Größe und den Regalen zu urteilen, musste es eine Art Lagerraum gewesen sein. „Hast du schon nach einem Fluchtweg gesucht?"

„Es gibt keinen."

„Sicher nicht?“

„Bestimmt nicht“, bestätigte Gwen mit brüchiger Stimme. „Ich will nicht sterben, Avery. Nicht jetzt und nicht hier.“

„Wir sterben, wenn wir aufgeben, das ist mal sicher. Kannst du stehen?“

Sie nickte, nutzte die Wand als Stütze und schob sich daran hoch.

„Gut. Unsere einzige Chance ist vielleicht, dass wir versuchen, ihn zu überrumpeln, wenn er hereinkommt. Eine könnte ihn umrennen, während die andere sich seine Waffe schnappt oder wegrennt.“

Der Plan klang selbst für Averys Ohren wenig überzeugend. Matt überwältigen? Ihre Arme waren hinter dem Rücken gefesselt, und Gwen war fast zu schwach zum Stehen. Aber sie wollte nicht aufgeben. Sie würde nicht kampflos sterben.

„Also gut“, sagte Gwen mit bebender Stimme. „Du sagst mir, was ich tun soll, und ich tue es.“

Ein Pochen erregte ihre Aufmerksamkeit. Avery verharrte lauschend. Das Geräusch kam aus einem Bereich hinter den Regalen.

Avery erkannte, was es war. Matt rief die Versammlung der Sieben zur Ordnung und schlug wie ein Richter mit dem Hammer auf.

„Komm, Gwen. Wir müssen versuchen, diese Regale zu bewegen.“

Die Metallregale waren schwer, doch da sie nicht festgeschraubt waren, konnten sie einen Teil mit gemeinsamer Anstrengung von der Wand schieben. Gwen benutzte ihre Arme, und Avery hielt mit dem ganzen Körper dagegen. Mit vereinten Kräften schafften sie es schließlich.

Sie schufen einen Raum, der groß genug war, um dahinter zu verschwinden. Die enge kleine Kammer vermittelte Avery ein absurdes Gefühl der Sicherheit. Das perfekte Versteck eines Kindes, wo niemand es entdecken konnte.

Sie hatte als Kind mehrere solche Verstecke gehabt. Im Versteckenspielen war sie hervorragend gewesen. Sie hatte sich so lange still verhalten, bis der Suchende aufgegeben hatte.

Noch während sie überlegte, ob Matt wohl auch aufgab, wenn sie sich nur still genug verhielten, wurde ihr klar, wie dumm dieser Gedanke war.

Gwen folgte ihr ins Versteck, und beide legten ein Ohr an die Wand.

Matt sprach. Er nannte sie und Gwen als Beschuldigte und wertete ihre Verbrechen als Verrat. Er ermutigte seine Generäle zu Fragen und Kommentaren.

Wer waren diese Leute? Avery lauschte angestrengt. Alte Freunde, Nachbarn? Jemand, mit dem sie zusammen zur Schule gegangen war? Würden diese Leute noch Loyalität ihr gegenüber zeigen? Oder gar Reue?

Gwen sah Avery an und schüttelte den Kopf, um anzudeuten, dass sie nicht verstand, was gesagt wurde.

Avery ging es nicht besser, und sie presste das Ohr fester an die Wand. Matt antwortete etwas, das sie nicht verstehen konnte, und machte eine Pause, als lausche er einer weiteren Frage. Jetzt hörte sie ihn von seinem Vater reden, und ihm brach die Stimme.

Buddy hatte nicht zu diesem inneren Kreis gehört, das war ihr vorhin klar geworden. Er hatte auch nicht die extremistische Ideologie seines Sohnes geteilt. Aber sie fragte sich, ob diese Generäle sich zurücklehnen und stumm seinen Mord akzeptieren würden.

Falls das Schweigen ein Hinweis war, dann billigten sie das Handeln ihres Anführers. Was waren das bloß für Menschen? Wer hatte sie überzeugt, sich seinen kranken Zielen zu beugen?

Avery zuckte zusammen, als Matt die Versammlung wieder

zur Ordnung rief. „Die Abstimmung bitte“, sagte er laut. „Schuldig oder nicht?“

Schweigen. Die Sekunden verstrichen. Avery merkte, dass sie schwitzte. Gespannt hielt sie den Atem an, obwohl sie eigentlich nicht am Ausgang der Abstimmung zweifelte.

„Dann ist es einstimmig“, donnerte Matt. „Die Sieben befinden Gwen Lancaster und Avery Chauvin des Hochverrats für schuldig.“

54. KAPITEL

Hunter lief rastlos in dem fensterlosen Verhörraum hin und her. Zwei Uniformierte der Stadtpolizei hatten ihn heute Morgen aus seiner Wohnung geholt. Sein Vater hätte sie gebeten, ihn zur Befragung abzuholen, hatten sie ihm erzählt. Er hatte keine Wahl gehabt.

Mit der Bemerkung, Buddy käme gleich, hatten sie ihn hier hineingeworfen und waren verschwunden. Das war vor zwölf Stunden gewesen.

Er blieb stehen und ließ den Blick durch den Raum wandern. Ein einzelner Holztisch, drei Holzstühle. Sie hatten schon einige Jahre auf dem Buckel und trugen entsprechende Spuren in Form von Brandflecken, Kratzern und Kerben. Er setzte seine Inspektion fort. Kein Feueralarm, kein Telefon. Verstärkte Tür, von außen verschlossen.

Hier stimmt was nicht. Ich wusste es schon heute Morgen und habe die Falle gerochen.

Die Officer haben gesagt, es gehe um Avery, sie stecke in Schwierigkeiten. Das ließe Buddy mir ausrichten.

Also war er mitgekommen und hatte Avery da draußen allein gelassen.

Er lief zur Tür. „Was ist das für ein verdammter Mist?" schrie er. „Klagt mich an oder lasst mich frei!"

Hunter presste das Ohr an die Tür und fluchte über die Stille auf der anderen Seite. Er musste hier raus. Avery hatte Probleme.

Erneut schlug er gegen die Tür. „He, ich muss mal! Wenn ihr hier nicht eine Sauerei aufwischen wollt, bewegt besser eure Ärsche zur Tü..."

Die Tür schwang auf, und ein pickelgesichtiger Officer mit großen Ohren stand ihm gegenüber, Cherry direkt hinter ihm.

„Cherry?“ sagte er verblüfft. „Was tust du denn hier?“

„Dad braucht unsere Hilfe. Da rein“, befahl sie dem Officer und schubste ihn.

Mit einer Waffe, wie Hunter jetzt sah. Einer großen 357er Magnum mit großem Lauf. Er sah seine Schwester an. „Und du kannst wirklich damit umgehen?“

„Die Frage würdige ich keiner Antwort.“ Mit der freien Hand packte sie seinen Arm. „Komm, wir müssen hier raus.“

Sie zerrte ihn durch die Tür, schlug sie hinter ihnen zu und verriegelte sie. Den Schlüssel steckte sie ein. Der Officer begann gegen die Tür zu schlagen.

„Was, zum Teufel, geht hier vor?“

„Das erzähle ich dir im Auto.“ Sie lief los. „Sammy hat hier allein die Stellung gehalten, aber die Jungs von der Patrouille kommen bald zurück.“

„Wie spät ist es?“

„Halb neun.“

„Ich bin seit heute Morgen in dem Raum da eingesperrt gewesen. Ich muss mal.“

„Beeil dich.“

Als er kurz darauf zurückkehrte, wartete sie auf ihn. Schweigend gingen sie zum Wagen und stiegen ein. Seine Mutter saß auf der Rückbank. Sie hatte geweint, ihre Augen waren rot und verquollen, die Haut fleckig.

Sie schien kurz vor einem Zusammenbruch zu stehen, wie Hunter auf einen Blick bemerkte.

Er warf Cherry einen kurzen Blick zu. „Ich schlage vor, jemand erklärt mir sofort, was los ist.“

Cherry fuhr los. „Dad hat gesagt, wenn er bis acht nicht zurück ist, sollen wir dich holen.“

„Mich holen? Was sollte ich denn auf dem Revier?“

„Er wollte dich in Sicherheit wissen. Im Verhörraum der Stadtpolizei eingeschlossen zu sein, fand er wohl am sichersten.“

„Wovon, zum Teufel, sprichst du überhaupt?“

„Matt ist unser Mann“, sagte sie. „Und er hat Avery.“

55. KAPITEL

„Unser Mann?“ Hunter ließ den Blick zwischen den beiden Frauen hin- und herspringen. „Was meinst du damit?“

„Matt hat Elaine St. Claire und Trudy Pruitt umgebracht.“ Cherrys Stimme bebte. „Er hat auch Averys Vater umgebracht. Jedenfalls glauben wir das. Dad hat uns das alles erzählt, ehe er hinter Matt her ist.“

„Ich hatte keine Ahnung“, flüsterte Lilah. „All die Jahre habe ich gedacht, ich hätte Sallie Waguespack ... und jetzt ...“ Ihr versagte die Stimme. „Und jetzt wünschte ich, es wäre so gewesen.“

„Es ist nicht deine Schuld“, tröstete Cherry leise. „Du hast nicht gewusst, was aus ihm geworden ist. Und ich wusste es auch nicht.“

Hunter hatte Mühe zu begreifen, was sie sagten, und einen kühlen Kopf zu bewahren. „Was aus ihm geworden ist? Ich verstehe nicht. Was hast du mit dem Tod von Sallie Waguespack zu tun?“

Lilah sah ihm in die Augen. „Ich beginne besser am Anfang.“

Sie berichtete von der Affäre ihres Mannes und der Schwangerschaft seiner Freundin und wie sie hingegangen war, um mit der Frau zu reden.

Und alles, was danach geschah.

„Bis heute Abend habe ich geglaubt, ich hätte sie umgebracht. Buddy ... er hat die wahren Zusammenhänge vor allen verheimlicht.“

„Als so viele Menschen in unserer Umgebung starben, suchte er natürliche Erklärungen dafür“, fügte Cherry hinzu. „Er akzeptierte, dass es Unfälle oder Selbstmorde waren ... weil die Alternative undenkbar schien. Avery zwang ihn schließlich, die Dinge in einem anderen Licht zu betrachten. Vor allem durch ihren unerschütterlichen Glauben, dass ihr Vater sich nicht selbst umgebracht hat. Und als dann Trudy Pruitt ermordet wurde ..."

„Sah er sich gezwungen zuzugeben, was wirklich geschah", sagte Hunter. „Dass alle, die an der Vertuschung des damaligen Mordes beteiligt waren, starben. Bis auf ihn selbst."

„Und Matt." Sie streckte die Finger am Lenkrad. „Heute wurde es ihm dann endgültig klar, als er von den Tagebüchern von Averys Mutter erfuhr. Wegen dieser Bücher hat Matt das Haus angezündet."

„Langsam, langsam. Averys Mutter hat Tagebuch geschrieben ...?"

„An jedem Tag seit ihrer Teenagerzeit", erklärte Lilah. „Avery rief neulich an und fragte mich, ob ich eine Ahnung hätte, was aus den Tagebüchern ihrer Mutter geworden sei. Ich habe Matt von diesem Anruf erzählt."

„Avery fand die Tagebücher", fuhr Cherry fort. „Ihre Mutter hatte über Die Sieben geschrieben und dass Sallie Waguespack schwanger gewesen war. Matt hat das irgendwie herausgefunden und ihr Haus angezündet, um Beweise zu vernichten. Und jetzt wird auch noch Gwen Lancaster vermisst."

Lilah stöhnte auf. „Das arme Mädchen. Ich habe sie noch zu warnen versucht. Ich habe sie angerufen und wollte mich mit ihr treffen, um sie zu überreden, dass sie die Stadt verlässt. Aber Buddy hatte das Gespräch mitgehört und redete mir das Treffen aus ..."

Sie brach in Tränen aus. Hunter sah seine Schwester an, die fortfuhr: „Dad überprüfte Gwens Zimmer und fand Hinweise auf ein Verbrechen. Er schloss auf Matt ... wenn er Gwen hatte, hatte er auch ihr Handy und konnte Averys Nachrichten abhören."

Und jetzt hatte er Avery! Hunter wurde es eiskalt vor Angst.

Eine Weile sagte keiner ein Wort. „Da ist noch etwas, Hunter", fügte Cherry schließlich hinzu. „Matt wusste von dir und Avery.

Dass ihr ... eine Affäre habt. Er hat es Dad gesagt und raste vor Zorn, sodass Dad Angst um dich bekam."

„Deshalb ließ er mich einsperren."

„Ja, bis er wusste, was er mit Matt machen sollte. Wie er ihn schützen konnte."

„Matt schützen?" explodierte Hunter. „Er ist ein Mörder! Er gehört hinter ..."

„Er ist sein Sohn!" schnitt sie ihm das Wort ab. „Was hätte er denn sonst tun sollen?"

„Das Richtige, verdammt noch mal! Hier werden Menschen umgebracht!"

Cherry schwieg, und Lilah schluchzte leise. Hunter hatte Mühe, seine Fassung zu bewahren.

„Was ist mit Tom Lancaster und diesem McDougal? Wie passen die ins Bild?"

„Dad wusste es nicht genau." Sie bog auf den Highway 421 ein. „Matt war besessen von der Mission der Sieben. Das könnte das Verschwinden Lancasters erklären, weil er über Die Sieben recherchiert hat. Aber zu McDougal hat Dad keine Verbindung gesehen. Vielleicht gibt es auch keine."

„Was ist mit Avery?" wollte er wissen. „Wo ist sie?"

„Dad vermutet sie in der alten Jagdhütte, die Großvater immer benutzt hat."

„Ihr habt die Behörden informiert, oder?" Da beide schwiegen, schnaubte er ungläubig. „Den Sheriff? Die Staatspolizei?"

„Buddy sagte, wir sollten es für uns behalten und innerhalb der Familie regeln."

„Verdammter Mist! Handy?" Beide schüttelten den Kopf. „Wie viele Waffen haben wir?"

„Nur die eine."

„Elende Sauerei."

„Aber Buddy ist da", wandte Lilah ein. „Er wird ..."

„Er steckt selbst in Schwierigkeiten, sonst hätte er sich längst gemeldet!"

Dagegen konnten die beiden Frauen nichts vorbringen, und den Rest der Strecke legten sie schweigend zurück. Sie bogen auf die No Name Road ab und kurz danach auf den Zufahrtsweg zur Hütte.

Vor der Hütte parkten zwei Autos, eine zivile Limousine mit Blaulicht auf dem Dach und ein Dienstwagen der Stadtpolizei von Cypress Springs.

„Sie sind hier", sagte Cherry mit zittriger Stimme und sah Hunter an. „Und was jetzt?"

Er dachte einen Moment nach. „Einer von uns sollte hier bleiben und Wache halten. Er muss den Motor laufen lassen, falls wir schnell abhauen müssen, und hupen, wenn es Schwierigkeiten gibt."

Hunter und Cherry sahen ihre Mutter an, dann einander und stimmten schweigend überein, dass sie unfähig war, diese Verantwortung zu übernehmen.

„Ich bleibe hier", sagte Cherry. „Und Mom bleibt bei mir. Du nimmst die Waffe."

Lilah wollte etwas einwenden, doch Hunter ließ sie nicht zu Wort kommen. „Falls es eine Schießerei gibt, will ich mir um niemand anders Sorgen machen müssen als um meinen eigenen Hintern. Kapiert?"

„Da stimme ich dir absolut zu", erwiderte Cherry rasch.

Sie reichte ihm die Waffe mit dem Griff voran. „Du weißt, wie man damit umgeht?"

Er nahm sie ihr ab. Genau wie seinen Geschwistern war auch ihm der Umgang mit Waffen von Kindesbeinen an vertraut. Es war zwar lange her, dass er eine Waffe in der Hand gehabt hatte, aber manches verlernte man nie. Er überprüfte die Kammer, sah, dass sie voll geladen war, und ließ die Waffe zuschnappen. „Ja", erwiderte er. „Zielen und schießen."

Er kletterte aus dem Wagen. Mit gezogener Waffe ging er zu den abgestellten Fahrzeugen hinüber und schaute hinein. Beide waren leer.

Er sah zu Cherry und deutete auf die Hütte. Seine Schwester nickte.

Vorsichtig ging er auf das alte Gebäude zu. Es war eine traditionell gebaute Hütte, und er stieg die drei Stufen zur Veranda hinauf, die, halb verrottet, unter seinem Gewicht knarrten.

Die Tür war unverschlossen. Vorsichtig schob er sie auf, schlüpfte hindurch und verharrte lauschend.

Es war still – zu still. Er spürte, wie sich die Haare auf seinen Armen vor Unbehagen aufrichteten. Langsam schob er sich durch den Hauptraum zur Küche. Sie war leer. Das kleine Fenster über dem Spülbecken stand offen. Fliegen summten um einen überquellenden Abfalleimer. Und er entdeckte schmutziges Geschirr im Spülbecken.

Offensichtlich war die Hütte vor kurzem noch bewohnt worden. Er fuhr herum und ging zum Bad, das so leer war wie die anderen Räume.

Blieb noch das Schlafzimmer. Mit Herzklopfen ging er hinein. Sein Blick fiel auf das Bett, an dessen unteren Pfosten Nylonseile befestigt waren, deren Enden sich über die nackte Matratze schlängelten.

Jemand ist hier ans Bett gefesselt worden.

Er hatte das Gefühl, als wiche das Blut aus seinem Kopf, und hielt sich stützend am Türknauf fest.

Nicht irgendjemand, sondern Avery.

Er ließ den Blick schweifen und erstarrte. Hinter dem Bett lugte die Spitze eines Stiefels hervor. Eines Stiefels, den er kannte – Alligatorleder in grünlichem Schwarz.

Sein Vater trug solche Stiefel. Er hatte sie aus dem Leder eines Tieres machen lassen, das er vor zwanzig Jahren erlegt hatte.

Hunter wollte es nicht wahrhaben, als er weiter in den Raum und um das Bett herum ging. Sein Vater lag, mit dem Gesicht nach unten, in einer Blutlache, der Kopf in unnatürlichem Winkel verdreht.

Taumelnd wich Hunter zurück, wandte sich ab und lief durch die Hütte auf die Veranda hinaus. Seine Schwester saß bei offener Tür noch hinter dem Steuer. „Cherry!" rief er, „alarmiere die Ambulanz über Dads Funk. Sag ihnen, es hat einen Officer erwischt."

Besorgt sprang sie aus dem Wagen. „Einen Officer? Dad, oder ..."

„Tu es, Cherry! Sofort!"

Ohne auf eine Antwort zu warten, kehrte er zu seinem Vater zurück, kniete sich neben ihn und tastete vergeblich nach einem Puls.

Da er ein Geräusch hörte, drehte er sich um. Lilah stand in der Tür, den Blick auf ihren Mann geheftet, und ein hoher, schrecklicher Schrei entrang sich ihrer Kehle.

Jetzt tauchte auch Cherry hinter ihr auf und blieb wie angewurzelt stehen. „Dad?" Sie wurde leichenblass. „Nein." Ungläubig schüttelte sie den Kopf. „Nein!"

Lilah machte einen Schritt auf ihren Mann zu. Hunter sprang auf, nahm sie in die Arme und hielt sie zurück. Sie wehrte sich, trommelte ihm mit den Fäusten gegen die Brust und schimpfte.

Er hielt sie fest, bis ihre Kräfte nachließen. Dann sah er seine Schwester an. „Hilf mir, sie hinauszubringen."

Cherry blinzelte nur, und ihre Lippen bewegten sich stumm.

Er sah, dass sie zitterte. Sie stand selbst kurz vor einem Zusammenbruch.

„Cherry“, sagte er leise. „Dies ist ein Tatort. Die Polizei ...“

„Wir wissen, wer das getan hat.“ Ihre Stimme bebte. „Matt hat Dad umgebracht.“

Mein Bruder, mein Zwilling, ist fähig, den eigenen Vater zu töten!

Und er hat Avery.

„Wo sind sie?“ fragte er. „Wohin hat Matt Avery gebracht?“

Cherry sah ihn nur verwirrt an. „Ich weiß ... nicht. Ich ...“

„Denk nach, Cherry. Sie sind zu Fuß. Wohin kann er sie gebracht haben?“

Sie schüttelte den Kopf, den Blick auf den leblosen Körper ihres Vaters gerichtet. „Hier draußen gibt es nichts. Gar nichts. Nur die ...“

„Die alte Konservenfabrik“, beendete er ihren Satz. „Cherry, hilf mir, Mom zum Wagen zu bringen. Ruf das Sheriff Department und die Staatspolizei an. Ich suche die beiden.“

56. KAPITEL

Avery und Gwen warteten an der Tür. Fast eine Stunde war vergangen, seit sie von den Sieben schuldig gesprochen worden waren. Sie hatten einen Plan geschmiedet. So unzulänglich er auch war, es war ihre einzige Chance.

„Worauf wartet er?“ flüsterte Gwen. „Wohin ist er gegangen?“

Avery wusste es nicht. Sie hatte erwartet, dass er sie sofort holen würde. Aber vielleicht musste er noch einige Vorbereitungen treffen, ehe er sein Vorhaben in die Tat umsetzen konnte. Kopfschüttelnd machte Avery deutlich, dass sie es auch nicht wusste.

„Glaubst du wirklich, das funktioniert?“

Avery hörte die Panik in der Stimme der Freundin.

Sieben gegen zwei, was bleibt da schon für eine Chance?

„Was haben wir schon zu verlieren, wenn wir kämpfen?“ erwiderte Avery leise, mehr um sich selbst zu überzeugen als Gwen. „Die werden uns sowieso umbringen.“

Von der anderen Seite der Tür erklangen Schritte. Avery sah Gwen an, die totenbleich geworden war. Sie ging zur rechten Seite der Tür und nahm ihren Platz davor ein, aber weit genug entfernt, um nicht getroffen zu werden, wenn sie aufschwang.

Sie hörten ihn auf der anderen Seite aufschließen. Avery spannte sich an und machte sich bereit. Die Tür ging auf, Avery hielt den Atem an und wartete auf den richtigen Moment.

Dann machte sie einen Satz nach vorn und warf sich mit dem ganzen Körper wie eine Ramme gegen Matt und traf ihn in der Mitte. Wie erhofft, hatte sie das Überraschungsmoment auf ihrer Seite.

Matt taumelte, die Waffe fiel ihm aus der Hand und schlitterte über den Boden.

„Lauf, Gwen!“ schrie Avery. „Lauf!“

Ihre Freundin folgte der Aufforderung. Mit polternden Schritten eilte sie zur Treppe. Avery erwartete, dass die anderen ihm zu Hilfe eilen oder er sie rufen würde. Nichts geschah. Vielleicht hatten sie das Gebäude schon verlassen und überließen ihm die Drecksarbeit.

Avery fand das Gleichgewicht wieder und warf sich erneut gegen Matt. Diesmal warf sie ihn um und landete stöhnend mit ihm auf dem Boden.

„Luder!“ schrie er und schlug ihr die Faust ins Gesicht. Ihr Kopf flog zur Seite und schmerzte entsetzlich. Sie bekam keine Luft mehr und merkte, dass sie schluchzte. Sofort saß Matt rittlings auf ihr, legte ihr die Hände um den Hals und drückte zu. Sie wehrte sich, so gut es ging, trat und wand sich, doch ihre Lungen begannen zu brennen, und sie sah tanzende Lichter vor den Augen.

Lieber Gott, mach, dass Gwen es schafft!

Von unten ertönte ein Geräusch, als fiele etwas zu Boden. Matt lockerte den Griff, richtete sich auf und drehte sich ein wenig, um zu lauschen.

„Was ist da los?“ rief er. „Blau? Falke? Habt ihr sie?“

Schweigen. Er ließ Avery los, sprang auf und lauschte wieder.

Avery rang keuchend und hustend nach Luft.

„Falke!“ rief er, „rede mit mir.“

Avery rollte sich auf die Seite und entdeckte seine Waffe. Sie lag ein paar Schritte entfernt zur Rechten, gleich hinter Matt. Tränen traten ihr in die Augen. Wie sollte sie gefesselt eine Waffe halten?

Unwillkürlich wimmerte sie. Matt sah zu ihr hin, entdeckte die Waffe und lächelte. „Ist es das, was du möchtest?“ Er beugte sich herab und nahm die Waffe an sich. „Es ist einfach nicht fair, oder?“

Mühevoll stand sie auf, machte einen Schritt, stolperte und fiel wieder hin. Trotzdem gab sie nicht auf. Sie schob sich wie ein

Wurm über den Boden, um nicht einfach nur dazuliegen und auf den Tod zu warten.

Er folgte ihr und lästerte: „Mutige, kleine Avery. Ich bewundere dich. Was für ein Jammer, dass es nichts geworden ist mit uns. Mit meiner Intelligenz und deiner Entschlossenheit hätten wir Ehrfurcht gebietende Kinder gemacht."

Matt stieg über sie hinweg, stellte sich vor sie und versperrte ihr den Weg. Sie hob den Kopf und sah ihn trotzig an.

Seine Zähne glänzten weiß gegen den dunklen Schatten seines Gesichtes. Er hob die Waffe. „Ende der Fahnenstange, Süßes."

57. KAPITEL

Als Avery zu sich kam, war sie an einen Stuhl gefesselt. Ihr Kopf pochte. Etwas Feuchtes lief ihr über die Wange und tropfte auf ihr Schlüsselbein. Blut. In dem Moment erinnerte sie sich auch, was geschehen war. Matt ... der Knauf seiner Waffe.

Aber ich lebe noch. Warum?

Mit flackernden Lidern öffnete sie die Augen. Ihr Blick war verschwommen. Sie erkannte einen Tisch und Gestalten, die schweigend darum herum saßen.

Sieben Gestalten. Matt und seine Generäle.

Einer von ihnen drehte sich um und stand auf. Matt. Er nahm die Lampe zu seinen Füßen, eine Campinglaterne, die heruntergedreht worden war, und hielt sie ihr nah vor das Gesicht. Sie blinzelte in die Helligkeit. Blut triefte von ihrem rechten Auge. Er lächelte sie an. „Du hast schon besser ausgesehen, Avery."

Sie wollte ihm eine passende Erwiderung entgegenschleudern, doch es kam nur ein unartikuliertes Krächzen heraus.

Sein Lächeln wurde noch breiter. „Für den Fall, dass es dich interessiert. Gwen hat es nicht geschafft."

Unwillkürlich stöhnte sie auf, ein Laut der Trauer, Fassungs- und Hoffnungslosigkeit.

Er wandte sich von ihr ab und dem Tisch zu. „Gentlemen", sagte er und hielt die Laterne hoch. „Ich habe gute Neuigkeiten. Miss Chauvin ist in die Welt der Lebenden zurückgekehrt. Für wie lange, das liegt jedoch an ihr."

Der sanfte Schein der Lampe fiel auf die Männer, die ihr am nächsten waren. Avery sah hin und blinzelte, da ihr Blick immer wieder verschwamm. Das kann nicht wahr sein! Sie strengte sich an, die Gestalten an der Schmalseite des Tisches zu erkennen.

Leichen! In unterschiedlichen Stadien der Verwesung!

Avery hatte Mühe, nicht loszuschreien. Sie sah Matt an und wartete auf die Pointe, doch es kam keine.

„Avery, ich glaube, du hast Karl Wright gekannt." Er deutete auf den stark verwesten Leichnam, direkt ihm gegenüber. „General Falke für uns."

Karl Wright ist Matts ältester Freund gewesen. Der Mann, den Cherry geliebt hat und heiraten wollte.

Aber er war doch nach Kalifornien gezogen. Er hatte plötzlich seine Sachen gepackt und Cypress Springs ohne ein Wort verlassen. Nur mit Matt hatte er gesprochen.

Nur mit Matt?

Oh Gott! Matt hat seinen besten Freund umgebracht!

Avery ließ den Blick zu der Leiche rechts von Karl wandern. Sie war noch nicht ganz so stark verwest. Es war ein junger Mann im Sweatshirt mit dem blutverkrusteten Logo der Tulane University.

„Tom Lancaster", erklärte Matt, als er sah, in welche Richtung ihr Blick ging.

Sie haben seinen leeren Wagen gefunden, aber nie seine Leiche.

Avery ließ den Blick wieder wandern, diesmal zu dem zweiten, noch kaum verwesten Leichnam.

Luke McDougal wurde vermisst, sein Wagen wurde leer aufgefunden.

Sie erinnerte sich, am ersten Tag auf dem Polizeirevier die Aushänge über vermisste Personen am schwarzen Brett gesehen zu haben. Es waren etliche gewesen.

Zu viele für eine so kleine Gemeinde.

Unwillkürlich begann sie mit den Zähnen zu klappern. Sie fürchtete, kurz vor dem Durchdrehen zu sein. Matt hat seine Gruppe der Sieben durch Mord zusammengestellt!

Sie fand die Sprache wieder, redete jedoch mit bebender Stimme. „Erzähl mir, wie alles passiert ist, Matt. Bist du Luke McDougal zufällig über den Weg gelaufen, als er am Straßenrand eine Panne hatte? Hast du ihm angeboten, ihn mitzunehmen, und dich dann entschlossen, ihn für Die Sieben zu rekrutieren?“

Matt lächelte. „Nicht gleich, aber bald danach. Einer meiner Generäle hatte uns verlassen, und ich brauchte Ersatz. Ich bot McDougal an, ihn mitzunehmen, und merkte, dass wir einer Meinung waren, General Blau und ich.“

Ein General hatte ihn verlassen? Wie war das möglich? Avery fühlte sich am Rande eines hysterischen Anfalls. Verließen sie ihn, wenn sie zu verwest waren, um noch gerade auf dem Stuhl zu sitzen? Oder wenn sie ihm zu deutlich widersprachen?

Matt sah lächelnd die Leiche von Luke McDougal an. Er schien dem Mann zu lauschen und nickte kichernd. „Ich bin völlig deiner Meinung, General Blau.“

Avery beobachtete ihn und erkannte, dass Matt tatsächlich glaubte, diese Leute lebten noch. Er hörte sie reden, über Leben oder Tod abstimmen und Kommentare abgeben.

Er wandte sich wieder an sie. „General Lancaster war schwerer zu überzeugen. Zuerst verstand er unsere Zielsetzung nicht. Aber ich merkte, dass er sich Mühe gab und eine wunderbare Ergänzung unserer Gruppe sein konnte. Am Ende glaubte er voll und ganz an unsere Sache. Als ich ihm die Visionen unserer Gruppe erklärte, hatte er tatsächlich Tränen in den Augen. Er bat darum, aufgenommen zu werden, und schwor völlige Ergebenheit. Gwen wäre stolz auf ihn. Er ist eine wertvolle Stütze geworden.“

Avery stellte sich vor, wie Tom Lancaster bettelte und alles versprach, um sein Leben zu retten. Und keine Ahnung hatte, dass es letztendlich sein Todesurteil bedeutete, wenn er Mitglied der Sieben wurde.

„Und natürlich kennst du Sal.“ Matt drehte sich und nickte

lächelnd zu einer anderen Leiche. „Unser Mitglied der alten Garde."

„Sal?" wiederholte sie. „Aber er wurde doch ... erschossen. Er wurde aufgebahrt und ... beerdigt."

In einer Zeremonie am geschlossenen Sarg.

Matt hat die Leichen ausgetauscht. Aber mit wem?

„General Flügel", sagte Matt leise. „Er hat seinen Tod vorgetäuscht, Avery, und sich entschlossen, sein Leben unserer Sache zu widmen." Er drehte sich dem halb verwesten Leichnam zu und lächelte ihn an. „Ich bin ihm dankbar für seine Hingabe. Seine Weisheit ist für uns von unschätzbarem Wert."

Er zog die Brauen hoch und wandte sich wieder ihr zu. „Nur damit du es weißt, er hat sich die ganze Zeit für dich eingesetzt."

„Wer wurde in Sals Sarg beerdigt, Matt? Irgendein armer Penner, den du aufgelesen hast?"

„Ein wertloser Alkoholiker, ohne festen Wohnsitz. Ein Niemand, dessen Leben ich einen Sinn gegeben habe, Avery." Er deutete auf die beiden letzten Gestalten am Tisch. „Die Generäle Beauregarde und Starr, Außenstehende, die sich zu unserer Sache hingezogen fühlten."

„Das sind sie also", sagte sie mit zittriger Stimme. „Die berüchtigten Sieben." Sie machte eine kurze Pause, um Kraft zu schöpfen. „Eine Gruppe, die gebildet wurde, um die Kriminalitätsrate in Cypress Springs zu bekämpfen, tut das mit Mord. Mir scheint, die Therapie ist in diesem Fall schlimmer als die Krankheit."

„Du redest schon wie dein weichherziger Vater. Er hat die ursprünglichen Sieben ruiniert und sie zu einer Gruppe brabbelnder Jammerlappen gemacht. Ich konnte nicht zulassen, dass er dasselbe mit uns macht."

„Wie hast du es angestellt?" fragte sie voller Entsetzen. „Wie hast du ihn umgebracht?"

„Das war leicht. Philip wollte glauben, dass ich ein formbarer Weichling bin und mich seinen Wünschen füge – wie Buddy und die anderen vor Jahren. Also hat er mich unterschätzt."

„Er hat dir vertraut, das wusstest du. Du wusstest, dass er dir mitten in der Nacht die Tür öffnen würde, obwohl er benommen war von dem Schlafmittel, das er genommen hatte." Sie betrachtete ihn aus leicht verengten Augen und spürte, wie Hass auf Matt in ihr hochstieg. „Du wusstest, dass er dieses Mittel nimmt? Woher? Er hat nie die Türen abgeschlossen. Hast du seinen Medizinschrank durchwühlt?"

Matt lachte selbstgefällig. „So viel Mühe musste ich mir nicht machen. Ich habe es von Earl drüben bei ‚Friendly Drugs' gehört."

Einer der Zuträger aus dem Netzwerk der Sieben.

Matt sah kurz zu seinen Generälen und dann wieder zu ihr. „Ich weiß, was du denkst", sagte er angewidert. „Dass Earl kein Recht hatte, über die Privatangelegenheiten deines Dad zu reden. Leute wie du verstehen das nie. Privatangelegenheit ist eine höfliche Umschreibung für unmoralische Hemmungslosigkeit und menschliche Schwäche. So etwas korrumpiert und springt von Bürger zu Bürger wie eine Krankheit, bis die ganze Stadt angesteckt ist."

Nur mühsam konnte sie ihre Stimme beherrschen, die trotzdem durch ihr Schwanken ihren emotionalen Ausnahmezustand verriet. „Und da du nicht nur Sheriff, sondern auch Sohn des Polizeichefs von Cypress Springs bist, hast du alles erfahren. Es war einfach, und du hast es dir zur Aufgabe gemacht, alles zu wissen."

Ihm schwoll vor Stolz die Brust. „Ich kenne die Post der Leute, weiß, welche Medizin sie nehmen, wann sie die Polizei rufen, was sie essen und trinken und wann sie Sex haben."

„Und Elaine St. Claires Schwäche?"

„Promiskuität."

Sie ist innerlich verblutet, tödlich verletzt durch einen künstlichen Phallus.

„Was ist mit Pete Trimble?"

„Der arme alte Pete. Chronischer Alkoholiker. Er weigerte sich, von der Flasche abzulassen und eine Entziehungskur zu machen."

Betrunken wurde er vom eigenen Traktor überrollt.

Sie dachte an die Jugendlichen mit der Überdosis und an den Mann, der sich bei autoerotischen Praktiken aufgehängt hatte. Oder an Trudy Pruitt, der die Zunge herausgeschnitten worden war. Avery verstand. „Ihre Todesart spiegelte ihr eigenes Vergehen wider."

Matt neigte den Kopf. „Sie sterben, wie sie gelebt haben. Eine passende Bestrafung, wie wir glauben."

Ihr wurde übel. „Und mein Dad? Und die anderen, die mit der Vertuschung im Mordfall Waguespack zu tun hatten? Was war ihr Verbrechen? Dass sie zu viel wussten?"

„Hochverrat", sagte er leise und bedauernd. „Sie begannen, untereinander über den Fall zu reden. Sie spekulierten über Sallie Waguespacks Tod und die Version, die ihnen ihr guter Freund, Polizeichef Buddy Stevens, dazu gegeben hatte. Einige vermuteten, jemand habe Die Sieben wieder ins Leben gerufen. Ehe sie zum Schweigen gebracht werden konnten, gingen sie mit ihren Vermutungen zu Philip."

„Die Sieben wieder ins Leben gerufen?"

„Wir sind die Elite, Avery. Wir sind die Besten, wir operieren geheim und sind bereit, alles Notwendige zu tun, um zu schützen, was wir lieben. Genau das hätte die ursprüngliche Gruppe tun sollen."

„Cypress Springs' ureigenste Version der Delta Force?"

„Der Vergleich gefällt mir."

„Kann ich mir denken. Und die Gruppe der sieben Männer bei Dads Totenwache und Beerdigung, wer waren die?“

„Niemand. Dass sie zusammenstanden, war nur ein unglücklicher Zufall.“

Sie nahm das hin und fragte: „Mein Dad hat sich also gedacht, was wirklich los war?“

„In gewisser Weise. Aber er machte einen Fehler. Er glaubte, Buddy sei der Kopf, der hinter allem steckte. Und er war entschlossen, wegen des Mordfalls Sallie Waguespack zum Bezirksstaatsanwalt zu gehen. Aber zuerst suchte er Lilah auf, um sie vorzubereiten.“

„Und sie hat es dir gesagt.“

„Ja.“ Er lächelte. „Nach seinem Selbstmord nahm sie an, er hätte es nicht über sich gebracht und sich aus Schuldgefühl selbst getötet. Sie wusste, was Schuldgefühle sind und wie sie einen auffressen.“

Avery ballte die Hände, die hinter ihrem Rücken gefesselt waren, zu Fäusten. „Also hast du ihn mitten in der Nacht geweckt. Er öffnete dir die Tür, und du hast ihn mit Elektroschock außer Gefecht gesetzt.“

Sein Mienenspiel verriet Überraschung, dann Respekt.

„Und du hattest in der Garage alles vorbereitet“, fuhr sie fort. „Den Diesel und den Absaugschlauch.“

Er neigte den Kopf. „Es ist heutzutage nicht leicht, mit Mord davonzukommen, so ausgefeilt, wie die forensische Wissenschaft inzwischen ist. Der Schocker hinterlässt keine Spuren, gab mir aber die nötige Zeit, meinen Plan auszuführen. Dass Philip noch benommen war von seinem Schlafmittel, half natürlich.“

Sie bekämpfte ihre Tränen und versuchte nicht daran zu denken, was ihr Vater in den schrecklichen letzten Minuten gedacht und gelitten hatte.

„Wie bist du darauf gekommen?“ fragte er. „Was hat dich so sicher gemacht?“

„Der Hausschuh. Da stimmte etwas nicht.“

„Er fiel ab, als ich Philip zur Garage trug. Ein Detail, das ich nicht hätte übersehen dürfen.“

„Auch ohne die Sache mit dem Hausschuh hätte ich die Geschichte nicht geschluckt. Mein Vater schätzte das Leben zu sehr, um sich das eigene zu nehmen.“ Nach einer Pause fügte sie hinzu: „Im Gegensatz zu dir, Matt. Du schätzt niemandes Leben. Wenn jemand nicht mit deiner Überzeugung übereinstimmt, bringst du ihn um. Du bist nicht besser als ein Terrorist.“

Zornige Röte überzog sein Gesicht. Sie hatte ihn verärgert. Er sprach jetzt mit der Stimme eines Lehrers, der einen rebellischen Studenten zurechtweist. „Im Krieg, Avery, gibt es nur zwei Seiten. Die Guten und die Bösen. Man ist für eine Sache oder dagegen. Die waren gegen uns, also wurden sie eliminiert.“

„Und wer hat dich kontrolliert, Matt? Wer hat dich und deine Aktivitäten beobachtet und dafür gesorgt, dass du nicht den Pfad des Anstands verlässt?“

Damit hatte er nicht gerechnet, wie sie an seiner momentanen Verwirrung erkannte. „Meine Generäle natürlich. Ich bin nicht allmächtig und will es auch gar nicht sein. Absolute Macht korrumpiert auch absolut.“

„Sie sind tot, Matt. Deine Generäle sind verrottende Leichen. Niemand überwacht dich, und falls doch, bringst du ihn im Namen der Sache um.“

„Du hilfst dir nicht gerade, Avery. Wir haben alles noch einmal besprochen und wollten dir ein Angebot machen. Wir wollten dir die Gelegenheit geben, der Gruppe beizutreten. Du bist klug und mutig. Nutze die Fähigkeiten für eine bessere Welt.“

Unwillkürlich fiel ihr die Stelle aus Peter Pan ein, wo Kapitän

Hook Wendy und den verlorenen Jungen verspricht, sie zu verschonen, wenn sie sich ihm anschließen und Piraten würden. Sie hatte Wendy immer dafür bewundert, wie sie im Angesicht des Todes zu ihren Überzeugungen stand.

Wendy war nicht gestorben. Peter hatte sie gerettet.

Aber zu ihr würde kein Peter Pan kommen. Ihr blieben nur der Mut und die eigenen Überzeugungen.

„Du hast drei Minuten, um dich zu entscheiden, Avery." Er stellte seine Uhr. „Und die Zeit läuft."

58. KAPITEL

Hunter hockte hinter der teilweise eingestürzten Wand und lauschte schwitzend Avery und seinem Bruder. Drei Minuten. Mist!

Er schloss die Augen und versuchte, nicht daran zu denken, welches Bild sich im Nebenraum bot: Leichen. Mordopfer.

Von denen mein Bruder annimmt, dass sie leben!

Wenn er darüber nachdächte, würde er durchdrehen. Und wenn er sich bewusst machte, was aus seinem Bruder geworden war, würde er genauso durchdrehen. Doch sich vorzustellen, wie Avery an den Stuhl gefesselt war, brächte ihn völlig aus dem Gleichgewicht.

Er brauchte einen Plan. Matt zur Vernunft zu bringen, schied als Möglichkeit aus, das war offensichtlich. Was blieb da noch? Mit gezückter Waffe losstürmen?

Das fehlte ihm noch. Aber es war seine einzige Chance.

„Die Zeit ist abgelaufen, Avery. Bist du für uns oder gegen uns?“

Hunter straffte sich und wartete auf den richtigen Moment.

„Bitte, Matt“, erwiderte Avery. „Hör mir zu. Du lebst in einer paranoiden Wahnvorstellung. Es gibt keinen Krieg. Deine Generäle sind Leichen, Mordopfer. Du brauchst einen Doktor, Matt. Einen Psychia...“

„Dann ist es entschieden“, schnitt er ihr das Wort ab.

Hunter sprang durch die offen stehende Tür, die 357er Magnum auf die Brust seines Bruders gerichtet. „Lass die verdammte Waffe fallen, Matt! Sofort!“

Avery schrie seinen Namen, doch er schaute nicht zu ihr, sondern ließ seinen Bruder nicht aus den Augen.

„Da kommt die Kavallerie“, spottete Matt und lachte. Er nahm weder den Blick von Avery noch ließ er die Waffe fallen. „Hunter in einem letzten verzweifelten Versuch, das Leben seiner wahren Liebe zu retten."

„Lass die Waffe fallen!"

„Und warum sollte ich das tun?"

„Weil es vorbei ist, Matt. Weil ich dich umbringe, wenn du es nicht tust."

„Und ich bringe sie um. Was wohl bedeutet, dass es nur darauf ankommt, wer der bessere und schnellere Schütze ist."

„Ich gehe das Risiko ein."

„Das ist dein gutes Recht. Aber wie wirst du dich fühlen, wenn du sie sterben siehst und weißt, dass du sie vielleicht hättest retten können?"

Er hat Recht, verdammt. Jede Minute kann den Unterschied ausmachen zwischen Leben und Tod. Zwischen Averys Leben und ihrem Tod.

Hunters Blick sprang zu Avery und zurück. Matt sah es und lachte. „Du bist für mich wie ein offenes Buch, Bruderherz. Ich wusste immer, was in dir vorgeht."

„Cherry und Mom holen die Polizei."

„Scheißdreck."

„Sie wissen, dass du Dad umgebracht hast."

„Du greifst nach Strohhalmen." Seine Miene war angespannt. „Hören wir auf mit dem Mist. Leg die Waffe hin."

„Du kommst nicht damit durch", warnte Hunter. „Zu viele Menschen sind schon gestorben. Nach dieser Sache kannst du deine Spuren nicht mehr verwischen."

„Das habe ich schon getan. Du bist verrückt, Hunter, und in einem Mordrausch. Du hasst Cypress Springs und deine Familie. Das weiß jeder. Man wird Tom Lancasters Studentenausweis in deinem Apartment finden, den Ring von Luke McDougal und das

Kreuz von Elaine St. Claire. Du hast die Leiche von Elaine St. Claire entdeckt und den Wagen von McDougal. Deine Stimme ist auf Trudy Pruitts Anrufbeantworter … danke, Avery, dass du mich darauf aufmerksam gemacht hast. Und auf den Zettel mit Gwen Lancasters Namen und ihrer Zimmernummer."

Wut stieg in Hunter auf. „Alles schön sauber und ordentlich. Wie bei Sallie Waguespack."

„Genauso", bestätigte er.

Hunter versuchte eine andere Taktik. „Mir ist soeben klar geworden, warum du in den Polizeidienst gegangen bist, Matt. Damit du dich hinter deiner Waffe und dem Abzeichen verstecken kannst."

„Glaub das nur, wenn es dir hilft."

Hunter lachte. „Du hast dich nie auf einen Kampf eingelassen, wenn nicht von vornherein feststand, dass du gewinnst. Und ohne die Waffe kannst du nicht gewinnen."

„Mit dir konnte ich es immer aufnehmen. Und kann es auch heute."

„Beweise es. Du wirfst deine Waffe weg und ich meine. Nur wir zwei, ohne Hilfsmittel. Der Sieger bekommt alles."

Matt betrachtete ihn aus leicht verengten Augen. „Du glaubst, du schaffst mich, Bruderherz? Du hältst dich für so hart?"

Hunter beugte sich herunter und legte die Waffe auf den Boden. Mit erhobenen Händen machte er einen Schritt auf seinen Bruder zu. „Ich bin bereit, es zu versuchen. Wie steht's mit dir?" Da sein Bruder zögerte, schnalzte Hunter mit der Zunge. „Wenn es also wirklich darauf ankommt, kneifst du wie ein Küken. Das war ja schon immer so, seit unserer Kindheit."

Die Spannung zwischen den beiden war deutlich spürbar. Matt blickte zu seinen Generälen, als erwarte er ihr Okay, und nickte. „Also gut." Er ging zum Tisch, legte seine Waffe darauf und drehte sich zu seinem Bruder um, ein Lächeln um die Mundwinkel. „Komm schon, tanzen wir."

Sie gingen aufeinander zu und umrundeten sich lauernd, um jeweils den richtigen Schlag anbringen zu können.

„Mach jetzt keinen Rückzieher, Matt", provozierte Hunter. „Sonst sehen die Cops, wenn sie kommen, dass du nicht nur verrückt, sondern auch noch feige bist."

Matt stürzte sich auf ihn. Erst da erkannte Hunter das Messer. Avery sah es auch und schrie warnend auf. Hunter warf sich nach rechts, aber nicht weit genug, um der Klinge ganz ausweichen zu können. Matt bohrte sie ihm in die Schulter, verlor dabei jedoch das Gleichgewicht.

Ein Schuss peitschte auf. Beide gingen zu Boden.

Cherry stand in der Tür, das Gewehr an der Schulter. Sie zielte auf beide, doch Hunter sah selbst auf diese Entfernung, wie unsicher sie war, weil sie weinte.

Er fluchte leise. Sie hatte nicht die Polizei geholt. Die Heimlichtuerei hatte mal wieder gesiegt.

Matt sah sie voller Überraschung an. „Cherry?"

„Du hast Dad umgebracht." Die Stimme brach ihr. „Wie konntest du das tun? Das hättest du nicht tun dürfen."

„Dad hat sich gegen uns gewandt, Cherry. Er hat sich gegen die Familie gewandt und sich mit einem Außenstehenden gegen uns verbündet. Er musste eliminiert werden."

Sie schüttelte den Kopf. „Die Familie hält zusammen. Immer."

„Das stimmt", bestätigte Matt in lockendem Ton. „Das habe ich dir beigebracht." Er stand langsam auf. „Du bist meine kleine Schwester, aber du hast dich immer um alles gekümmert. Um uns alle."

Er machte einen Schritt auf sie zu, und sie wich einen Schritt zurück. „Komm nicht näher!"

„Er versucht dich hereinzulegen", sagte Hunter und stand ebenfalls auf. Er packte das Messer und zog es sich aus der Schulter. Der Schmerz und der plötzliche Blutverlust machten ihn schwindelig. „Er hat den Verstand verloren. Schau dich doch um ..."

„Hör nicht auf ihn!" bat Matt mit flehender Miene. „Er gehört nicht mehr zu uns. Er hat uns verlassen. Erinnerst du dich, er hat uns das Herz gebrochen."

„Ich erinnere mich", flüsterte sie. „Ihr zwei habt euch gestritten in der Nacht, es ging um die Schule und um Avery. Es hat mir immer Angst gemacht, wenn du so aggressiv wurdest, Matt."

Ihr Blick schweifte zu Hunter. „Dad hat gearbeitet. Mom war schon den ganzen Tag nervös gewesen und ist schließlich ausgegangen. Ich bin ins Bett und konnte nicht schlafen, weil ich irgendwie Angst hatte, dass meine Welt auseinander fällt." Sie schöpfte zittrig Atem. „Und dann hörte ich Mom. Sie weinte. Ich bin aus dem Bett gekrochen ... und habe das Blut gesehen. Ich habe alles gehört. Von Dad und seiner Freundin ... und dass Mom ihr was getan hatte. Matt sagte ihr, sie solle sich keine Sorgen machen, er würde das alles in Ordnung bringen. Ich sah, wie er seine Wagenschlüssel nahm. Ich bin hinter ihm hergeschlichen, auf die Ladefläche des Pick-up geklettert und habe mich unter der Plane versteckt. Ich habe gesehen, was er getan hat."

Da ist sie erst zehn gewesen, überlegte Hunter. Wie sehr musste sie das alles entsetzt und verwirrt haben. Er bedauerte, nicht zu Hause gewesen zu sein, denn sonst hätte sie zu ihm kommen können.

Plötzlich verstand er, warum sich alle von ihm zurückgezogen hatten. Außer ihm hatten alle in der Familie dasselbe Geheimnis gewahrt.

Jetzt ergibt alles einen Sinn.

„Ich habe den Mund gehalten.“ Ihr Blick wanderte kurz zu Matt. „Ich wollte es dir sagen, Hunter, aber ich hatte Angst, was dann passieren würde. Vielleicht hätte sich unsere Familie aufgelöst, und Matt und Mom wären weggesperrt worden.“

Hunter fühlte mit ihr, weil sie mit ihrem schrecklichen Geheimnis allein geblieben war, verängstigt und verwirrt. Kein Wunder, dass sie so distanziert und verletzlich geworden war.

„Es tut mir sehr Leid, Cherry“, sagte er. „Ich wusste nichts von alledem. Ich hatte keine Ahnung, dass du mich brauchst. Sonst wäre ich für dich da gewesen. Ehrlich.“

„Aber er war es nicht“, betonte Matt scharf. „Er hat dich im Stich gelassen. Er hat uns verlassen. Aber ich bin geblieben. Was ich getan habe, habe ich für uns getan.“

Cherry richtete das Gewehr auf Hunter. „Es war nicht seine Schuld, Hunter. Sei nicht böse auf ihn. Ich war da, ich habe es gesehen. Er wurde dazu getrieben.“ Sie schluchzte. „Diese Frau war schrecklich. Eine billige Hure, die mir den Daddy gestohlen hat.“

Nach einer kurzen Pause fuhr sie fort: „Als Avery zurückkam, war ich so glücklich. Ich dachte, wenn sie und Matt wieder zusammenkommen, wenn sie bleibt und ihn einfach liebt, würde alles wieder gut werden. So wie es früher war. Aber jetzt ... ich wünschte, sie wäre weggeblieben. Ihr wärt beide weggeblieben. Ihr habt alles kaputtgemacht!“

„Das ist nicht wahr!“ wandte Hunter rasch ein. „Seit jener Nacht ist nichts mehr in Ordnung. Wie könnte es auch anders sein? Ihr habt alle eine große Lüge gelebt.“

„Das ist alles nur eure Schuld“, schnitt Matt ihm das Wort ab. „Ihr zwei seid Fremde geworden, Verräter an der Familie und an Cypress Springs.“

„Frag ihn nach Karl!“ rief Avery ihr mit hoher, verzweifelter

Stimme zu. „Karl ist nicht nach Kalifornien gegangen. Er ist hier, in diesem Raum. Frag Matt, ob das stimmt."

Cherry sah Matt an. „Wovon redet sie?"

„Ich brauche dich, Schwesterchen. Du kümmerst dich um mich und um uns alle. Verlass mich nicht, wenn ich dich am meisten brauche."

„Er hat ihn umgebracht, Cherry!" Avery zerrte an ihren Fesseln. „Genauso wie er uns alle umbringen wird. Frag ihn nach Karl und der gemeinsamen Sache."

„Matt?" flüsterte Cherry mit zitternder Stimme.

„Er hat die gemeinsame Sache über die Liebe gestellt, Schwesterchen." Matt streckte ihr eine Hand hin. „Das kannst du ihm nicht vorwerfen. Unsere Sache ist das Wichtigste."

Matt blickte zum Tisch, als erwarte er die Bestätigung der anderen. Cherry folgte seiner Blickrichtung zu dem Kreis von Stummen am Tisch, das blanke Entsetzen im Gesicht. Sie wich einen Schritt zurück, und das Gewehr begann ihr zu entgleiten.

„Nein." Sie schüttelte den Kopf. Ihre Stimme wurde schriller. „Nein!"

Matt nutzte den Augenblick und sprang vor. Hunter rief eine Warnung und hechtete nach seiner Waffe. Avery schrie auf.

Ein Schuss übertönte alles. Hunter drehte sich um und sah, wie die Wucht der Kugel seinen Zwilling nach hinten riss. Matt schien einen Moment in der Luft zu hängen, schwerelos, ehe er zu Boden sank.

Das Gewehr fiel hin, und Cherry sackte neben ihrem Bruder auf die Knie.

59. KAPITEL

Im nächsten Moment ertönten ringsum Polizeisirenen. Eine Abordnung der Staatspolizei und des Sheriff Departments von West Feliciana stürmte die Fabrik.

Avery hatte erfahren, dass Lilah und Cherry die Staatspolizei alarmiert hatten. Nach einiger Überredung hatte die sich bereit erklärt, einen Trooper zur Hütte zu schicken. Während des Wartens war Cherry eingefallen, dass ihr Vater immer ein Gewehr im Kofferraum seines Dienstwagens hatte. Sie hatte es an sich genommen und war losgegangen, um Hunter zu unterstützen.

Avery wusste, dass sie und Hunter ohne Cherrys Hilfe jetzt tot wären, genauso wie Gwen, Buddy, ihr Vater und die vielen anderen.

Sie war mit Hunter in die Ambulanz des Hospitals von West Feliciana nach St. Francisville gebracht worden. Dort hatte man sie an Gesicht und Kopf mit fünfzig Stichen genäht. Obwohl das CT weder Blutung noch Schwellung des Gehirns zeigte, wollte der Arzt sie zur Beobachtung über Nacht dabehalten. Im Grunde war sie jedoch relativ glimpflich davongekommen.

Glimpflich. Tränen traten ihr in die Augen. Nichts würde mehr so sein wie früher. Tief in ihr steckte ein Schmerz, den kein Medikament und keine ärztliche Kunst lindern konnte.

„Hallo, schöne Frau."

Sie drehte das Gesicht zur Tür, und das Kopfkissen raschelte unter der Bewegung. Hunter stand angezogen im Türrahmen und lächelte sie an. „Wieso bist du auf?"

„Ich wurde entlassen."

„Das ist nicht fair." Sie dachte schaudernd daran, wie Matt ihm das Messer in die Schulter gerammt hatte. „Alles in Ordnung mit dir, Hunter, bist du sicher?"

„Es war nur eine Fleischwunde. Ziemlich hässlich und blutig, aber es ist kein großer Schaden entstanden."

„Das habe ich nicht gemeint."

„Ich weiß."

Sie sahen sich an und erkannten im Blick des anderen die Spuren des Entsetzens der letzten Stunden.

„Hat die Polizei schon mit dir gesprochen?" fragte er.

„Ja." Sie war von der Staatspolizei und dem Sheriff Department vernommen worden und hatte geantwortet, bis sie vor Müdigkeit und Schmerzmitteln nur noch undeutlich hatte sprechen können. Da war der Arzt eingeschritten und hatte darauf bestanden, die restliche Befragung auf morgen zu verschieben.

„Hast du Lust auf einen Ausflug?"

„Einen Ausflug? Willst du mich entführen?"

„Keine schlechte Idee, aber, nein." Er verschwand und kam einen Augenblick später mit einem Rollstuhl zurück. „Ich habe eine Überraschung für dich."

Er rollte den Stuhl an ihr Bett, sicherte die Räder und half ihr, vom Bett in den Stuhl umzusteigen.

„Du weißt, dass ich das Ding nicht brauche."

„Ich weiß nichts dergleichen. Und sei nicht schon wieder so eigenwillig. Es war schon schwer genug, die Erlaubnis der Schwester für diese Ausfahrt zu bekommen."

Avery blickte zu ihm auf und wollte etwas einwenden. Er hinderte sie daran, indem er ihr einen raschen Kuss auf die Lippen drückte.

Hunter rollte sie aus dem Zimmer und den Flur hinunter an der Schwesternstation vorbei. Die Nachtschwester lächelte. Sie fuhren durch die leere Halle mit ihren Getränke- und Snackautomaten und blieben vor einem Patientenzimmer stehen, dessen Tür angelehnt war. Hunter schob die Tür auf und rollte Avery ins Zimmer.

Eine Frau lag auf dem Bett. Sie war entsetzlich bleich und durch Kabel und Schläuche an Monitore und eine Reihe von Infusionen angeschlossen.

Aber sie lebte.

„Gwen?“ fragte Avery mit vor Rührung heiserer Stimme.

Die Frau öffnete die Augen mit flackernden Lidern und sah in ihre Richtung. Zunächst war ihre Miene ausdruckslos, doch dann verzog sie den Mund zu einem schwachen Lächeln. „Avery? Bist du das wirk...“

„Ja, ich bin es.“ Freudentränen traten ihr in die Augen. Avery stieg aus dem Rollstuhl und ging langsam zu Gwen ans Bett, nahm ihre Hand und drückte sie fest. „Matt hat mir gesagt, du wärst tot.“

„Das ... glaubte er auch“, sagte sie mühsam.

Mit schwacher, manchmal kaum hörbarer Stimme erzählte sie, wie sie gestürzt war, angeschossen wurde, zu Boden ging, sich wieder aufrappelte und es zur Straße schaffte. Dort war sie endgültig zusammengebrochen.

Als Gwen die Augen schloss, blickte Avery Hunter an. „Woher wusstest du, dass sie hier ist?“

„Ich hörte die Schwestern in der Notaufnahme von einer Frau reden, die mit einer Schusswunde eingeliefert worden war. Offenbar hatte ein Autofahrer sie bewusstlos neben dem Highway 421 gefunden und in die Notaufnahme gebracht. Dort wurde sie sofort operiert.“

„Ein Autofahrer?“ fragte Avery. „Da draußen, zu dieser nächtlichen Stunde? Auf dieser einsamen, abgelegenen Straße ist doch schon tagsüber sehr wenig Verkehr.“

„Ein Wunder“, bestätigte Hunter leise. „Da hatte wohl jemand von ganz oben seine Hand im Spiel.“

„Genau mein Gedanke.“ Sie wandte sich wieder Gwen zu, die sie mit feuchten Augen ansah. „Ist Matt, ist er ...“

„Tot?“ Avery nickte, beugte sich hinunter und gab Gwen einen leichten Kuss auf die Stirn. „Ich bin so froh, dass du lebst.“

„Das reicht jetzt“, entschied eine Schwester von der Tür her. „Miss Lancaster braucht Ruhe.“

„Kann ich nicht bleiben?“ fragte Avery und mochte nicht einmal Gwens Hand loslassen. „Ich verspreche auch, leise zu sein.“

„Sie brauchen ebenfalls Ruhe“, betonte die Schwester, war jedoch sehr mitfühlend. „Sie ist morgen früh auch noch hier, Miss Chauvin.“

Morgen früh, dachte Avery, wie schön doch zwei so simple Worte klingen können.

EPILOG

Montag, den 31. März 2003,
9 Uhr morgens.

Avery sah zu, wie Hunter die Türen des großen U-Haul-Anhängers zuklappte und das Vorhängeschloss einrasten ließ. Er ruckte daran, um sich zu vergewissern, dass es wirklich geschlossen war, und wandte sich ihr zu. „Fertig?"

Sie nickte und stieg in ihren Blazer. Gwen war schon vor zwei Tagen nach New Orleans zurückgekehrt. Sie hatte es nicht abwarten können, Cypress Springs zu verlassen. Avery vermisste sie bereits. Sie hatte Gwen versprochen, dass sie mit Hunter vorbeikommen würde, wenn sie durch ihre Stadt fuhren.

Allerdings konnten sie nicht lange bleiben. Ihr Redakteur erwartete sie am kommenden Montagmorgen frisch und munter an ihrem Schreibtisch. Sie musste eine Story schreiben, und zwar eine große.

Sarah wimmerte. Sie saß hinten, ihre Welpen im Laderaum. „Ist schon okay, Mädchen", raunte Avery ihr zu und kraulte sie hinter den Ohren. „Keine Sorge."

Sie drehte sich im Sitz nach vorn, erhaschte dabei im Seitenspiegel einen Blick auf sich und erschrak.

„Ich hab's genau gesehen", sagte Hunter leise, prüfte im Spiegel den Verkehr und fuhr los.

„Ich sehe aus wie Frankensteins Braut, und die Stiche jucken."

„Ich finde, du siehst wunderbar aus."

„Hast du noch nicht gehört, dass Blinde nicht fahren dürfen? Vielleicht sollte ich besser aussteigen."

Leise lachend langte er über die Konsole und drückte ihr die Hand. „Ich bin wirklich froh, dass du lebst."

Avery schlang die Finger um seine, und plötzliche Rührung nahm ihr die Stimme.

Sie bogen auf die Main Street ab und kamen am Stadtplatz mit seiner erstaunlich weißen Laube vorbei. Leute blieben stehen und sahen ihnen nach. Einige winkten, andere starrten nur.

Jeder hatte inzwischen die Geschichte gehört, die noch sensationeller war als der Waguespack-Mord. Und die Reaktionen reichten von Schock über Ungläubigkeit bis zu Zorn. Viele hatten ihre Trauer und ihre Verwirrung zum Ausdruck gebracht. Wie hatte so etwas geschehen können, und ausgerechnet hier? Cypress Springs war so ein schöner Ort zum Leben. Etliche Bürger waren vorgeladen und vom FBI über Die Sieben befragt worden – über die alte und die neue Gruppierung. Niemand wurde festgenommen.

Cypress Springs trauerte. Um die Toten und um eine Lebensart, die auf einer Lüge basierte. Eine Veränderung war unvermeidlich.

Averys Blick fiel auf ‚Rauches Dry Goods' an der Ecke Main und First Street. „Hunter, halt an."

Er folgte ihrer Bitte und brachte den Geländewagen direkt vor dem Laden zum Stehen. Wie vor vier Wochen stieg sie aus und blickte die Main Street hinab mit ihren malerischen Gebäuden, dem schönen Stadtplatz und den unveränderten Ladenfronten.

Es sieht nicht echt aus, dachte sie. Es ist ein Anachronismus. Die Zeit geht weiter ... das Leben schreitet voran im Guten wie im Schlechten. Alles andere ist Betrug, wie ein Elixier, das ewige Jugend verspricht.

Hunter stellte sich neben sie. „Alles okay mit dir?"

Sie streifte ihn mit einem Seitenblick. „Wird schon. Und wie steht's mit dir?"

„Ich werde nachts wach und frage mich, warum er und nicht

ich? Wir waren Brüder, sogar Zwillinge. Es hätte mich genauso treffen können."

Die Polizeipsychologen gingen davon aus, dass Matt unter einer psychotischen Störung gelitten hatte, der paranoiden Schizophrenie verwandt, mit dem großen Unterschied, dass er völlig normal handelte, außer wenn er unter seinem Wahn litt.

Eine umfassende und genaue Diagnose sei schwierig, hatte der Psychiater gesagt, da er nur im Nachhinein auf Matts Symptome schließen könne. Er hatte spekuliert, dass der Vorfall mit Sallie Waguespack den Keim für den späteren dramatischen Ausbruch der Krankheit gelegt hatte. Sein Wahn war durch die Ideologie, die in Familie, Gemeinde und dem gewählten Beruf gepflegt wurde, noch gefördert worden.

Avery fand Hunters Hand und schlang die Finger darum. „Nein", sagte sie leise, „es hätte dich nicht treffen können."

Dankbar sah er sie an. „All die Jahre habe ich mich von der Familie verlassen, ja ausgestoßen gefühlt. Niemand hat etwas in der Richtung gesagt, aber ich habe es gespürt. Nach jener Mordnacht war natürlich alles anders, und jetzt weiß ich endlich, warum."

Sie rieb mitfühlend die Wange an seiner Schulter. „Es tut mir Leid, Hunter."

„Mir auch." Er sah ihr in die Augen. „Aber ich werde Mom und Cherry durch die nächste Zeit helfen. Ich werde für sie da sein."

Der Bezirksstaatsanwalt hatte auf Anklagen gegen die beiden verzichtet. Zum einen, weil Cherry zum Zeitpunkt des Mordes noch ein Kind gewesen war. Aber auch wegen Mangels an Beweisen und weil der wahre Mörder nicht mehr lebte.

Trotzdem hatten Cherry und Lilah entschieden, dass sie nicht in Cypress Springs bleiben konnten. Ihr Haus stand bereits zum Verkauf, und sie hatten einen Immobilienmakler in Baton Rouge aufgesucht. Cherry hatte sich entschlossen, endlich den Catering Service aufzumachen, von dem sie und ihre Mutter schon seit langem träumten.

Sie kommen heil aus der Sache heraus, dachte Avery, und sind endlich frei von den Geheimnissen, die sie langsam umgebracht hätten.

„Ich weiß, wie mein Roman endet“, sagte Hunter plötzlich.

„Wirklich?“

„Noch nicht im Detail, aber ich weiß, dass es meinem Helden gut gehen wird, und das ist okay.“

Sie verstand ihn. Auch sie wusste noch nicht, was die Zukunft für sie bereithielt. Sie wusste nur, dass sie bereit war, sich ihr zu stellen. Und zwar sofort.

Avery stellte sich auf die Zehenspitzen und küsste ihn. „Was hältst du davon, wenn wir sofort hier abhauen?“

– ENDE –

Mary Alice Monroe

Nur dieser eine Sommer

Ein lange gehütetes Geheimnis öffnet der kühlen Cara endlich die Augen für das, was im Leben wirklich zählt – und für die Liebe zu dem attraktiven Naturforscher Brett Beauchamps.

Band-Nr. 25092
7,95 € (D)
ISBN 3-89941-125-0

MIRA®

Heather Graham

Bote des Todes

Das geplante Attentat auf einen hochrangigen irischen Politiker und die Liebe zu dem undurchsichtigen Journalisten Daniel werden der jungen TV-Produzentin Moira Kelly fast zum Verhängnis ...

Band-Nr. 25093
7,95 € (D)
ISBN 3-89941-126-9

Heather Graham
Am Anfang war der Tod
Band-Nr. 25083
7,95 € (D)
ISBN 3-89941-108-0

Jennifer Blake
Der Benedict Clan
„Fremder Feind“
Band-Nr. 25084
7,95 € (D)
ISBN 3-89941-111-0

Anne Stuart
Mitternachtsschatten
Band-Nr. 25085
7,95 € (D)
ISBN 3-89941-112-9

Christiane Heggan
In tödlicher Gefahr
Band-Nr. 25078
7,95 € (D)
ISBN 3-89941-101-3

Erica Spindler
Der Tod kommt lautlos
Band-Nr. 25063
7,95 € (D)
ISBN 3-89941-084-X

Heather Graham
Mord in Miami
Band-Nr. 25071
7,95 € (D)
ISBN 3-89941-093-9

Mary Alice Monroe
Sommer der Verheißungen
Band-Nr. 25043
7,95 € (D)
ISBN 3-89941-054-8

Alex Kava
Eiskalter Wahnsinn
Band-Nr. 25069
7,95 € (D)
ISBN 3-89941-091-2